中國古典文學名家選集

杜牧選集

朱碧蓮 選注

圖書在版編目(CIP)數據

杜牧選集 / 朱碧蓮選注. —上海：上海古籍出版社，2016.8（2024.6 重印）

（中國古典文學名家選集）

ISBN 978-7-5325-7974-7

Ⅰ.①杜… Ⅱ.①朱… Ⅲ.①唐詩－選集②古典散文－散文集－中國－唐代 Ⅳ.①I214.222

中國版本圖書館 CIP 數據核字（2016）第 038919 號

中國古典文學名家選集

杜牧選集

朱碧蓮　選注

上海古籍出版社出版發行

（上海市閔行區號景路 159 弄 1-5 號 A 座 5F　郵政編碼 201101）

（1）網址：www.guji.com.cn

（2）E-mail：guji1@guji.com.cn

（3）易文網網址：www.ewen.co

江陰市機關印刷服務有限公司印刷

開本 890×1240　1/32　印張 10.5　插頁 5　字數 292,000

2016 年 8 月第 1 版　2024 年 6 月第 5 次印刷

印數：6,301—6,900

ISBN 978-7-5325-7974-7

I·3014　定價：52.00 元

如有質量問題,請與承印公司聯繫

出 版 説 明

　　上海古籍出版社及其前身中華書局上海編輯所一向重視中國古典文學的普及工作，早在二十世紀六十年代，在出版《中國古典文學作品選讀》等基礎性普及讀物的同時，又出版了兼顧普及與研究的中級選本。該系列選本首批出版的是周汝昌先生選注的《楊萬里選集》和朱東潤先生選注的《陸游選集》。

　　一九七九年，時值百廢俱舉，書業重興，我社爲滿足研究者及愛好者的迫切需要，修訂重印了上述兩書，并進而約請王汝弼、聶石樵、周振甫、陳新、杜維沫、王水照等先生選輯白居易、杜甫、李商隱、歐陽修、蘇軾等唐宋文學名家的作品，略依前書體例，加以注釋。該套選本規模在此期間得以壯大，叢書漸成氣候，初名“古典文學名家選集”。此後，王達津、郁賢皓、孫昌武等先生先後參與到選注工作中來，叢書陸續收入王維、孟浩然、李白、韓愈、柳宗元、杜牧、黃庭堅、辛棄疾等唐宋文學名家的選本近十種，且新增了清代如陳維崧、朱彝尊、查慎行等重要作家的作品選集，品種因而更加豐富，并最終定名爲“中國古典文學名家選集”。

　　本叢書的初創與興起得到學界和讀者的支持。叢書作品的選注者多是長期從事古典文學研究的名家，功力扎實，勤勉嚴謹，選輯精當，注釋、箋評深淺適宜，選本既有對古典文學名家生平、作品特色的總論，又或附有關名家生平簡譜或相關研究成果，所以推出伊始即深受讀者喜愛，很快成爲一些研究者的重要參考用書，在海內外頗獲好評。至上世紀九十年代，本叢書品種蔚然成林，在業界同類型選集作品中以其特色鮮明而著稱：既可供研究者案頭參閱，也可作爲古典文學愛好者品評賞鑒的優秀版本。由於初版早已售罄，部分品種雖有重印，但印數有限，不成規模，應讀者呼籲，今特予改版，重新排印，并稍加修訂。此叢書將以全新的面貌展現在讀者面前。

上海古籍出版社

二〇一二年十二月

前　　言

　　杜牧(八〇三—八五二),字牧之,京兆萬年(今陝西省西安市)人。唐文宗大和二年(八二八)登進士第,同年應制舉登科入仕。入仕前有三點值得一提。

　　一是杜牧深受祖父杜佑的影響,博覽書史,致力于經世濟時之學,研究"治亂興亡之跡,財賦兵甲之事,地形險易遠近,古人長短得失"(《上李中丞書》),關心國家的興衰和時政的得失。他教育小姪阿宜,即以杜佑爲榜樣,可知其對乃祖的敬仰。二是少年時代生活艱難。父親從郁的早逝,使他家的生活陷于困境。十歲時祖父逝世,不久父親病故。他在《上宰相求湖州第三啓》中自述貧困之狀甚詳,言語間可能有所誇大,然而由於少年失怙,境況自是大不如前,但是弟兄之間却是友愛情深。親弟杜顗比他小四歲,"幼孤多疾,目視昏近"(《杜君墓誌銘》),成年後英俊善文,可惜中第入仕不數年,即因目疾失明,成爲廢人。從開成二年(八三七)冬,直至大中五年(八五一)春卒,其間十五年的生活全賴杜牧供養。杜牧爲醫治兄弟目疾,千方百計以重金延聘名醫爲之診治,甚至因此而辭去官職,可見其友于情誼之篤。三是他一方面以"關西賤男子"(《感懷詩》)布衣之身,時時關心政治,寫了許多具有强烈政治性的詩文;另一方面又有"不拘細行"(《唐摭言》)的放蕩行爲,不脱貴介

1

公子的積習,而這在入仕初期的幕府生活中尤其突出。

杜牧於大和二年二十六歲解褐入仕,至大中六年(八五二)五十歲去世,其間三爲幕府吏,三爲朝官,四爲刺史。

三爲幕府吏是在沈傳師江西、宣州幕;在揚州牛僧孺幕;在崔鄲宣州幕,前後"十年爲幕府吏,每促束於簿書宴遊間"(《上刑部崔尚書狀》)。以杜牧之才學,應付簿書之類公務自是綽有餘裕,而閒暇時忙於宴遊倒也是事實,於是遂有牛僧孺遣卒、街吏平安之報的傳說。《遣懷》詩曰:"落魄江南載酒行,楚腰腸斷掌中輕。十年一覺揚州夢,贏得青樓薄倖名。"是詩爲十年後回憶之作。他留連於秦樓楚館,與歌伎舞女結交,這固然使他得以深入瞭解處於屈辱地位的風塵女子的生活和思想感情,後來他所寫的不少同情婦女命運的詩篇與此不爲無關,然而這種生活畢竟是虛度年華,故而他在詩中多少流露了懺悔之情。另有《念昔遊》、《題禪院》等詩亦微含反省之意。

三爲朝官指杜牧於大和九年(八三五)至開成二年(八三七)任監察御史,旋爲反對李訓、鄭注專權而移疾分司東都,大中二年(八四八)至四年由睦州入朝爲司勳員外郎、史館修撰,轉吏部員外郎,復於大中五年由湖州入爲考功郎中、知制誥,大中六年終於中書舍人。三次在朝時間斷斷續續,前後不足八年。

四爲刺史是杜牧於會昌二年(八四二)至大中二年連續七年任黃州、池州、睦州刺史,後於大中四年(八五〇)至五年(八五一)自請外任爲湖州刺史。任刺史時間約爲九年。他在黃、池任內治績頗爲可觀,加惠于州民。在黃州十六個月,有效地改革了一些弊政。據《祭城隍神祈雨文》和《第二文》,及《塞廢井文》自述,約有數端:取消吏員、里胥歲時伏臘公取於民的陋規;除去三萬五千名以"鄉正村長"之名而行強取豪奪之實的冗員;除去外加的租賦以減輕百姓的負擔;懲治頑吏,獎勵良吏,實行買賣公平;當面審理,依法斷獄;填塞廢井,以免百姓誤陷致死。在池州任上,他作《上李太尉論江賊書》,論説"江賊"形成的原因,具體揭露州縣長官虐害無辜的慘狀,並提出處置的建議,後爲李德裕所採納。最值得一提的是杜牧對於百姓的徭役負擔給予相當的重視。在《李君墓誌銘》中,他提到李方玄出任池州刺史時,"創造籍簿,民被徭役者,科品高下,鱗次比之,一在我手,至當役役之,其未及者,吏不得弄……凡裁減蠹民者十餘事。"李方玄所爲減輕了百姓負擔,深得杜牧贊賞。他還曾向汴州從事推薦襄邑縣令李式年少有吏才,能親掌板簿輪流差遣夫役,革除積弊,使窮人出力,富人出錢,差役均平,制止黠吏從中漁利。他自己也採用同樣做法,減輕了貧民的徭役。

　　杜牧出身於世家,本人又兼具文才武略,在仕途上原可飛黃騰達,大展其報國之志。不幸的是,他生當牛、李黨争激烈之際,陷於牛、李黨争的夾縫中而受到牽連,故一生未獲大用。

　　杜牧的政治主張與李德裕基本相同,而在私交上却與牛僧孺感情深厚,這就造成了他理智與感情的矛盾。在淮南幕府任職期間,他日以宴遊爲事,流連倡樓歌館之中,牛僧孺曾遣卒數十易服潛護之,後杜牧得知,銘感不已(見于鄭《揚州夢記》)。杜牧是重感情的人,有此一段因緣,所以日後凡涉及牛、李間的衝突論争,他差不多都站在牛僧孺一邊,加以袒護。其所作《牛公墓誌銘》對牛頗多溢美之詞,未免夸大失實。尤其是對於牛、李的主張,他不是是牛非李,曲意偏袒,就是大事化小,輕描淡寫。有時明知牛僧孺錯了,也故意迴避不書。不過,儘管如此,在牛僧孺任相期間,杜牧除了寫過寄贈詩,一般性歌頌牛的"仁政"(《寄牛相公》)之外,並未提出有關國計民生的建議。相反大和八年,他在牛僧孺幕府時所寫的《罪言》、《戰論》、《守論》等長篇論文,對牛僧孺於大和六年底應對文宗致太平之道時説的“太平無象”、“今四夷不至交侵，百姓不至流散，……亦謂小康”(《通鑑·大和六年》)等粉飾太平的言論作了間接的批評，對朝廷大曆、貞元間的姑息政策深表不滿。至於他早年所作的《感懷詩》，則更是寫出了“夷狄日開張，黎元愈憔悴”的現實，與牛僧孺口中的“小康”景象何啻天壤！司馬光將杜牧上述各篇的要點逐一摘録在大和七年，緊接在牛僧孺的高論之後，真是絶妙的諷刺！可見在政治主張上杜牧不盡贊成牛僧孺，他深知牛僧孺不足爲，故在其執政時不提任何建議，以免徒傷情誼。而在李德裕爲相的會昌時期，杜牧却一再上書貢獻方略，有《上李司徒論用兵書》、《上李太尉論江賊書》、《上李太尉論北邊事啓》等。這些文章，就如何平定澤潞、主動出擊回鶻，及處分“江賊”等問題提出主張和辦法。史稱：“時德裕制置澤潞，亦頗採牧言。”(《通鑑·會昌三年》)他提出的處置“江賊”的具體方案更爲德裕所採納(見傅璇琮《李德裕年譜·會昌五年》)。澤潞平定後，杜牧即上《賀中書門下平澤潞啓》，歌頌李德裕，功蓋周公。照此看來，杜牧同李德裕在削平藩鎮、對抗回鶻襲擾等問題上有共同的主張和策略。而且李、杜兩家又爲世交，李德裕之父李吉甫曾爲杜佑的“司徒史”(《岐陽公主墓誌銘》)，後同爲憲宗朝宰相，李德裕爲鎮海節度使時亦辟杜牧弟杜顗爲巡官。可是當李德裕入朝爲相後，却於會昌二年將原在朝廷任膳部、比部員外郎兼史職的杜牧出爲黄州刺史，期滿後又遷爲池州刺史。爲什麽李德裕不能容納擢用杜牧，讓其大展懷抱？

　　繆鉞先生《杜牧傳》認爲原因大致有三：一是杜牧曾爲僧孺幕僚；二是牧爲人風流倜儻，不拘小節；三是他性格剛直，不肯趨奉，故而不爲李德裕所喜。分析深中肯綮。這裏再補充一點，即兩人在朝中可能發生過面對面的衝突。杜牧在京供職(自文宗開成四

年至武宗會昌二年)與李德裕同朝共事一年餘(自開成五年九月至
會昌二年春),在此期間,有兩件事值得注意。《舊唐書・武宗紀》
載會昌元年"四月辛丑,敕:'《憲宗實録》舊本未備,宜令史官重修
進内,其舊本不得注破,候新撰成同進。'時李德裕先請不遷憲宗
廟,爲議者沮之,復恐或書其父不善之事,故復請改撰實録,朝野非
之。"杜牧其時正任史官,難免要卷入這場爭論,很可能反對李德裕
的"議者"之中就有杜牧在内,"朝野非之"中也有杜牧,於是李、杜
關係鬧僵。又,《通鑑・會昌元年》載:"以前山南東道節度使、同平
章事牛僧孺爲太子少師。先是漢水溢,壞襄州民居,故李德裕以爲
僧孺罪而廢之。"僧孺當時爲襄州刺史,不能防患於未然,致使漢水
泛濫,作爲宰相的德裕堅持追究牛僧孺失職之罪,亦無可厚非,但
杜牧爲了維護對其有恩的牛僧孺,却强爲之辯,認爲這是"李德裕
挾維州事"(《牛公墓誌銘》)實施的報復。可能爲此又一次觸怒李
德裕,彼此傷了感情,於是李德裕就把杜牧作爲牛黨的成員而加以
排斥,於會昌二年春出之爲黄州刺史。杜牧給好友李方玄的信中
稱:"有怒之者,怒不附己者,怒不恬言柔舌道其盛美者,怒守直道
而違己者。"(《上池州李使君書》)説的就是不肯趨附李德裕而被貶
的情況。後又有詩句云:"我實剛腸者,形甘短褐髠。曾經觸蠆尾,
猶得憑熊軒。"(《昔事文皇帝》)"誤曾公觸尾,不敢夜循牆。""淺深
須揭厲,休更學張綱。"(《除官歸京睦州雨霽》)所謂"觸蠆尾"亦爲
針對李德裕而發。

　　杜牧在州郡任上儘管内心憤憤不平,在詩中和書信裏時露怨
言,但同時却又連連上書,就有關國家大事提出建議,倒也没有以
私廢公。後來,當李德裕失勢遭貶,由牛黨人物的推薦,杜牧於大
中二年(八四八)入朝爲司勳員外郎時,原以爲從此可以大展宏願,
故不免喜形於色,可是一年不到,便以養家爲由,堅懇外放,想來其

中必有難言之隱。我們從他所作的《杭州新造南亭子記》約略可以窺知一二。"是時君、相務反會昌之政，故僧尼之弊，皆復其舊。"（《通鑑·大中元年》）杜牧對此顯然是不滿的，他在文中對武宗朝禁佛之舉大加贊賞，而以犀利的筆觸揭露、抨擊一些人利用佛教迷信作惡的醜事。禁佛是武宗和李德裕君臣共同努力的成果，是會昌朝一大德政。宣宗即位，却反其道而行之，杜牧在文中借李播之口予以反對。他堅請外放，無異是對當時"務反會昌之政"的一種抗議。杜牧於大中五年（八五一）由湖州內升爲考功郎中、知制誥，後拜中書舍人，但態度消極，當年關注時事、反對弊政的銳氣早已銷磨殆盡，無所作爲，祇是日與三五親友優遊於樊川別墅，度過他生命旅途的最後歲月，抑鬱而終。

杜牧與牛、李兩派人物都有一點瓜葛，但是並無黨派成見，不是牛黨，亦非李黨，他祇是從個人的遭遇與體驗出發，時而爲感情所支配，是非模糊；有時則理智佔上風，頭腦清醒，以大局爲重。一般說來，在感情上他是傾向牛僧孺的，在理智上却又是支持李德裕的，這就是他爲甚麼在上書貢獻方略時稱頌李德裕的善政，而在一些私人書啓和墓誌銘中却又加以詆毀並褒美牛僧孺的原因[1]。

杜牧詩歌的藝術成就很高，五、七言各體中以七絶爲佳，清新俊爽，令人嘆美。其數量亦相當可觀，約爲一百六七十首。管世銘謂："杜紫微天才橫逸，有太白之風，而時出入於夢得，七言絶句一體，殆尤專長。觀玉溪生'高樓風雨'云云，傾倒之者至矣！"（《讀雪山房唐詩序例》）

他的七絶內容豐富。其中，有表現人民疾苦，譏刺達官貴族不勞而獲的《題村舍》；有抒寫懷才不遇的《寄遠》、《贈漁父》；有同情

---

① 有關杜牧與牛李黨爭問題，請參閱拙文《論杜牧與牛李黨爭》，載《文學遺產》一九八八年第二期。

婦女不幸命運的《月》、《奉陵宫人》；有揭露帝王淫靡生活的《過華清宫絶句三首》；有描寫離愁鄉思的《題齊安城樓》、《秋浦途中》等。而其寫景與詠史兩類作品，則更膾炙人口。

杜牧的寫景小詩以其獨特的感受攝取大自然美好的一角表現其蓬勃的生機和生動的形象，給人以美的啓迪和享受。如《江上偶見絶句》："楚鄉寒食橘花時，野渡臨風駐綵旗。草色連雲人去住，水紋如縠燕差池。"岸上橘樹，白花齊放，野渡旌旗，隨風招展。芳草萋萋，遠與天接。路上行人，或走親訪友，或上墳祭掃，來去匆匆。江上微風吹拂，水波漣漪，雙雙燕子，差池其羽。彩旗與橘花鬬艷，雙燕共行人映襯，真是一幅絶妙的楚地水鄉寒食時分的特有景象！又如《齊安郡後池絶句》："菱透浮萍緑錦池，夏鶯千囀弄薔薇。盡日無人看微雨，鴛鴦相對浴紅衣。"池水上有"菱"與"浮萍"編成的"緑錦"，還有鴛鴦身披的"紅衣"，色彩多麽絢爛；菱葉"透"浮萍，夏鶯"弄"薔薇，鴛鴦"浴"紅衣，動作多麽鮮明；"盡日無人"，環境又是多麽清幽。再如《山行》：

　　遠上寒山石徑斜，白雲生處有人家。停車坐愛楓林晚，霜葉紅於二月花。

詩人筆下的秋景與春色具有同樣的魅力，把經霜楓葉與二月春花巧妙地聯在一起，唤起了人們對春光的美好嚮往，不是春光，却勝似春光。末句道前人所未道，堪稱千古佳句。詩以斜徑、人家作爲淡淡出現的背景，使得整個畫面錯落有致，遠近配合，濃淡相間。第二句的"生"字特別傳神，仿佛讓人看到白雲在冉冉升起浮動。

杜牧有不少寫景絶句微寓感慨，耐人尋味。著名的《江南春絶句》"千里鶯啼緑映紅，水村山郭酒旗風，南朝四百八十寺，多少樓臺煙雨中"，描繪了江南春景。千里鶯啼宛轉，綠樹紅花相映；水村山郭，酒旗迎風，熱鬧繁華；而煙雨迷濛中南朝所建之巍峨古寺，若隱若現，"真好一幅江南春景圖"（周敬《唐詩選脈會通》）。細玩結句，意味深長，令人頓起今昔盛衰之感。黃生謂結句"感南朝遺蹟之湮滅，而語特不直説"（《唐詩摘鈔》），指出其有含蓄蘊藉之致。又如《齊安郡中偶題》"兩竿落日溪橋上，半縷輕煙柳影中。多少綠荷相倚恨，一時回首背西風"，寫黃州秋景。開頭兩句寫溪橋上殘陽西墜，岸畔柳蔭模糊如影，對偶工致，造語新巧。"兩竿"脫胎於"日上三竿"，原本形容日出，此則用以寫落日，且化三竿爲兩竿，以狀落日之低，幾乎貼地。俗云"一縷輕煙"，此則偏説"半縷"，越發顯出薄霧之輕裊若浮，若斷若續。就在這迷茫朦朧的意象中，驀地刮來一陣西風，那在水中早已感受到秋寒的綠荷祇得以背對之，以互相倚偎來抵擋西風的襲擊。這裏寫出了風翻綠荷的姿態，亦賦予綠荷以熱烈的愛憎，表現其對肆虐西風的憎恨。綠荷的"背對西風"不就是詩人高潔情懷的寫照嗎？再看《泊秦淮》：

> 煙籠寒水月籠沙，夜泊秦淮近酒家。商女不知亡國恨，隔江猶唱《後庭花》。

全詩祇首句即已生動畫出了秦淮夜月的景觀。水氣彌漫，月色朦朧的景象，與詩人內心涌起的惆悵之慨相互映襯。"次句點明夜泊，而以'泊酒家'三字引起後二句。'不知'二字，感慨最深，寄托甚微。"（李鍈《詩法易簡錄》）商女"唱者無心，而隔江聽者殊覺唏噓悲感也。恰不説明，愈含蓄愈妙。"（張萼蓀《唐詩三百首評注》）以交融之景寓興亡之慨，故爲"絶唱"（沈德潛《唐詩別裁集》）。

這類寫景詩往往運用比興手法以寓其惆悵情懷，具有濃鬱的詩情畫意。如《寄遠》："前山極遠碧雲合，清夜一聲白雪微。欲寄相思千里月，溪邊殘照雨霏霏。"以男女離別相思象徵其才高而不得所用的悵惘，結句用景物意象狀其無由進取之情，表現了詩人恍惚而無奈的心緒，寫得意境綿邈，蘊藉工致。詩人還常用數字入詩。對此，前人多有非議，以爲是"算博士"。明楊慎便曾謂："牧之詩好用數目垛積。"(《升庵詩話》卷一)這是未從全詩主題及整體形象出發作具體分析的結果。試看下列各句：

> 三十六宮秋夜深，昭陽歌斷信沉沉。(《月》)
> 南朝四百八十寺，多少樓臺煙雨中。(《江南春》)
> 二十四橋明月夜，玉人何處教吹簫？(《寄揚州韓綽判官》)
> 不用憑欄苦迴首，故鄉七十五長亭。(《題齊安城樓》)

這些詩句都有數字，然而仔細玩味，絕非可有可無，皆爲表現詩歌題旨所必需，難以用別的詞語來更換。"三十六宮"，形容漢宮之多，爲陳皇后之孤寂作必不可少的鋪墊；"四百八十寺"，寫南朝佞佛者之奢靡，因而引出今昔盛衰之感；"二十四橋"，以橋之多描寫揚州的繁華，突出詩人對它的嚮往；"七十五長亭"，以計算故鄉道里的遙遠表達詩人鄉思之情切。可知詩中這些數字經過詩人的藝術創造已飽含感情，具有藝術表現力，因而成爲詩中不可分割的組成部分，與詩的意境血肉相聯，絕非無用的堆垛。故黃周星《唐詩快》曰："牧之多用數目字，儘饒別趣，算博士何嘗不妙！"

　在杜牧的七絕中，約有二十餘首詠史詩頗引人矚目，其内容涉及面相當廣泛。詩人或擷取史實的一兩個側面評論得失，或選擇一些歷史人物評說其功過優劣。有時直接發表議論，表明其愛憎好惡；有時則寓褒貶於形象描寫之中，凝煉含蓄。他的論史絶句被稱爲“二十八字史論”，見識獨到，非同凡響。其《題烏江亭》詩曰：“勝敗兵家事不期，包羞忍恥是男兒。江東子弟多才俊，卷土重來未可知。”這是針對《史記·項羽本紀》所寫的項羽事蹟而發的。項羽兵敗垓下，無顔見江東父老，便自刎而死。司馬遷記載其事，深表同情，並無異議，遂成定論。而杜牧則獨抒己見，認爲勝負未可預料，能勝亦能敗者方爲好男兒，江東子弟多有才能，焉知不能捲土重來，反敗爲勝？詩人藉此反對朝野委靡氣象，提倡勇敢戰鬥、不屈不撓的精神，有振聾發聵之意。其《題商山四皓廟》亦不同舊説。與杜牧同時的著名詩人温庭筠、李商隱都有詠四皓詩，但都止於就事論事，無甚驚人的高見。杜牧獨不然。他認爲商山四皓盲目擁戴惠帝，險些使劉氏天下易姓，幸而周勃、陳平等誅滅諸吕才使局勢得以安定。爲此，詩人一反舊説，得出“四老安劉是滅劉”的結論。前人議論杜牧此類詠史詩爲“出奇立異”、“好異而畔於理”，殊不知其藉史實發議論，有鼓勵積極進取、嚮往朝政清明的積極意義。

不過，此類詩雖有新意，畢竟直露有餘而含蘊不足，不及那些將褒貶寓於形象之中的詠史詩，如《過華清宮》、《月》、《金谷園》、《題桃花夫人廟》等更具有藝術魅力。《過華清宮絶句》第一首描寫華清宮花木葱蘢，錦繡堆垛，千門萬户，深廣幽邃。此時，祇見一騎飛至，貴妃笑逐顔開，原來是她所喜愛的荔枝送來了。畫面一派歡樂氣氛。詩人不着一字褒貶，然而却“以樂景寫哀”，使人從“笑”的背後清楚地看到了人民的血和淚，強烈地感受到了詩人對唐明皇不恤民力的憤懣和譴責。再看《過勤政樓》，三、四句曰：“唯有紫苔偏稱意，年年因雨上金鋪。”把玄宗當年在勤政殿慶賀生日、羣臣祝賀的熱鬧景象與今日的蕭索敗落作了強烈的對比。宮殿冷落，人跡罕至，自然莓苔遍生。而詩人却謂其“偏稱意”，似乎在有意逞能，顯示自己，趁着雨水降落之際，日復一日、年復一年地“上金鋪”，把原本金璧輝煌的門環遮掩得黯然失色。把無情的“紫苔”寫得生氣勃勃，恰恰從反面襯托氣氛之凄清，而詩人今昔之慨及其對晚唐朝政的隱憂也就蘊含其中了。

杜牧的《赤壁》更是詠史詩的傑作：

折戟沉沙鐵未消，自將磨洗認前朝。東風不與周郎便，銅雀春深鎖二喬。

首兩句叙事，平平寫來，似無甚深意。可第三句却陡地振起，從反面着筆，設想若無東風之便，周瑜打了敗仗將會出現的後果。可謂憑空想象，意味深長。因二喬非普通美女，一爲孫策夫人，一爲主帥之妻，她們的命運與孫吴的存亡息息相關：戰勝則奠定三分基業，安享榮華；戰敗則國破家亡，淪爲奴妾。在這裏，有關國家前途命運的大事，詩人以具有戲劇意味的畫面，通過二喬的處境加以表現，從而贊美了周瑜善於捕捉戰機而大獲全勝的英雄業績。此詩自宋人許彥周以後，妄評誤解者代不乏人。或以爲杜牧眼界狹小，不關心國家大事，祇注目兩位美女，有“輕薄”之嫌；或以爲杜牧以兵家之眼光“譏誚”周瑜祇不過僥倖取勝而已。這些都是皮相之見，未能通過詩的形象和意境細加體味。後來，蘇軾貶謫黄州，面對杜牧吟咏過的赤壁，爲不能實現“西北望，射天狼”（《江城子·密州出獵》）的志願而惆悵，從中受到啓示，便曾以凌雲健筆，寫下豪氣縱橫的《念奴嬌·赤壁懷古》詞。二者旨意相通，深情遠韻，堪稱赤壁咏史之雙璧。

杜牧的五言絶句約有三十來首，在寫景、抒情方面與七絶仿佛,亦饒有風致,新巧可喜。總之,杜牧的絶句具有自己的面貌與個性,有的工致精巧,有的俊爽飄逸,有的婉約藴藉,爲唐代臻於極致的詩歌藝術增添了光采。楊慎把杜牧與王昌齡、李白、劉禹錫並舉,稱其爲絶句"大家"(《唐音癸籤》卷一〇引),王士禎説杜牧與李商隱"亦不減盛唐作者"(《萬首唐人絶句選凡例》),"牧之、義山七言絶句,可稱晚唐神品。"(《萬首唐人絶句選評》)于復齋以爲杜牧"七絶尤有遠韻遠神,晚唐諸家讓渠獨步"(《唐詩三百首續選》),可謂的評。

杜牧的五、七言律詩數量與絶句相當,亦有很高成就。而且,與絶句相比較,其律詩,特別是七律,更有較强的現實性。《聞慶州趙縱使君與党項戰中箭身死長句》贊美趙縱慷慨捐軀,而朝廷文武大臣竟麻木不仁,毫無反響,詩人不無憤慨地表示"誰知我亦輕生者,不得君王丈二殳。"希望能追隨趙使君爲國效力。《早雁》則借詠早雁之失羣哀鳴,象徵河湟人民之無家可歸,流離失所。《河湟》直接描寫河湟人民在邊疆多事中的災難,同情、關心其不幸命運。《李給事》稱贊好友李中敏請斬鄭注、面斥仇士良的耿直品格,揭露了宦官專權的罪惡。如此等等,都表現了詩人關心時政、憂國憂民的懷抱。

七律中引人注目的爲融寫景、抒情和感慨於一體者。如《齊安郡晚秋》:

> 柳岸風來影漸疏,使君家似野人居。雲容水態還堪賞,嘯志歌懷亦自如。雨暗殘燈棋欲散,酒醒孤枕雁來初。可憐赤壁爭雄渡,唯有蓑翁坐釣魚。

詩寫作者在黃州太守任上的生活,看去頗閒適自在。然而,那"殘燈”、“孤枕”等，却隱隱透出其心中的鬱悶。末聯更以“可憐”、“唯有”收結，於中尤可體會，詩人表面上的平静生活蘊含着其内心的激烈翻騰。“雨暗”和“酒醒”兩句爲拗句，頗有頓挫之致。又如《洛陽長句二首》，詩人目睹洛陽古蹟之蕭索荒敗，想見漢帝禪讓及唐皇臨幸之盛況，不由爲晚唐頹喪的國勢而黯然神傷！詩的中間四聯對句情景交融，工致精美：“橋横落照虹堪畫，樹鎖千門鳥自還。芝蓋不來雲杳杳，仙舟何處水潺潺？”“橋邊遊女珮環委，波底上陽金碧明。月鎖名園孤鶴唳，川酣秋夢鑿龍聲。”既寫了洛陽古城的風景如畫，亦寫出了它的寥落凄清，與杜甫《蜀相》中的名句“映階碧草自春色，隔葉黄鸝空好音”異曲而同工。再看《題宣州開元寺水閣，閣下宛溪，夾溪居人》：

六朝文物草連空，天澹雲閒今古同。鳥去鳥來山色裏，人歌人哭水聲中。深秋簾幕千家雨，落日樓臺一笛風。惆悵無因見范蠡，參差煙樹五湖東。

詩以六朝文物瞬息而逝，夾溪景象依然如故，抒寫其欲效仿范蠡，隱退江湖，却無從實現的惆悵情懷。全詩寓慨於景，句中藏句，筆外有筆，“直造老杜門牆”（薛雪《一瓢詩話》），頗有沉鬱頓挫之致。徐獻忠曰：“牧之含思悲凄，流情感慨，下語精切，含聲圓整，而抑揚頓挫之節，尤其所長。以時風委靡，獨持拗峭。”（《唐音統籤》卷五五三引）他的話頗能道出杜牧七律的風格特徵。此外，杜牧的律詩還時用古調，豪宕艷麗中别有一種古樸瀟灑的風韻。如“一千年際會，三萬里農桑”（《華清宮三十韻》），“廣德者强朝萬國，用賢無敵是長城”（《詠歌聖德遠懷天寶因題關亭長句》）等等，誠如方回所謂：“頗能用老杜句律，自爲翹楚，不卑卑於晚唐之酸楚湊砌也。”

（《瀛奎律髓》）其他如“仙掌月明孤影過，長門燈暗數聲來”（《早雁》），“塵世難逢開口笑，菊花須插滿頭歸”（《九日齊山登高》），“牧羊驅馬雖戎服，白髮丹心盡漢臣”（《河湟》），“晚花紅艷静，高樹緑陰初”（《春末題池州弄水亭》），“雨露偏金穴，乾坤入醉鄉”（《華清宫三十韻》）等，都是廣爲流傳的佳句。楊慎曾曰：“律詩至晚唐，李義山而下，惟杜牧之爲最。”（《升庵詩話》）李、杜并稱，良有以也。

對於杜牧的古體詩，前人多有疵議，以爲“李義山、劉夢得、杜牧之三人，筆力不相上下，大抵工律詩而不工古詩，七言尤工，五言微弱，雖有佳句，然不能如韋、柳、王、孟之高致。”（張戒《歲寒堂詩話》）“牧之《樊川集》，古體常病猥雜率易。”（許印芳語，《瀛奎律髓》引）這些評價也過於絶對，馮浩就曾反駁謂：“三人（即李、劉、杜）各自成家，何用並衡？更何可與韋、柳、王、孟較也？不工五言，此其優劣，皆非確論。”（《玉溪生詩集箋注》）實則在不重視古體詩的晚唐詩壇，杜牧在這方面所取得的成就應該説還是相當突出的。

杜牧所作古體詩約三十來首，七言不多，主要是五言，五言中多數爲長篇，最長的《杜秋娘詩》有一百十二句。這些五七言詩的特點之一是具有政論性。如《感懷詩》，對藩鎮割據進行了系統的回顧和檢討，贊揚憲宗的拔擢將才，蕩平叛亂，譏評玄宗、德宗、穆宗的姑息養奸。詩人揭露了藩鎮的飛揚跋扈，責問：“如何七十年，汗艷含羞恥？”而對百姓所受的痛苦則表示關懷同情：“夷狄日開張，黎元愈憔悴。”“骨添薊垣沙，血漲滹沱浪。”與此同時，詩人還表達了他願爲平叛而效力的懷抱，如“臣實有良策，彼可徐鞭笞”（《雪中書懷》）；“關西賤男子，誓肉虜杯羹”（《感懷詩》）；“常恨兩手空，不得一馬箠”（《送沈處士赴蘇州李中丞招以詩贈行》）；“何當提筆待巡狩，前驅白旆弔河湟”（《皇風》）。

杜牧古體詩的另一特點是敘事性。詩人借五古形式或寫婦女的坎坷生活及其悲慘的命運，或寫名將賢人的功業與才能，不乏佳篇。如名篇《杜秋娘詩》，叙述了秋娘從“低鬟認新寵”的帝王寵姬，淪爲“夜借鄰人機”的貧婦，最終作了宮廷鬥爭犧牲品的遭遇。前此的叙事詩中，曾經塑造了諸如羅敷、劉蘭芝、花木蘭、楊貴妃等藝術形象，但像秋娘這樣一生大起大落、頗具戲劇意味的人物形象却也並不多見。她的出現，無疑豐富、充實了我國古典叙事詩歌的畫廊。又如《張好好詩》，寫了好好從歌驚四座的妙齡樂妓到洛陽街頭的賣酒婦人的不幸遭遇，與白居易的《琵琶行》一樣，反映了封建社會中廣大被侮辱與被損害的婦女的悲慘命運。此外，詩人運用五古形式還寫了其他衆多的人物，其中有在平定淮西藩鎮時建立戰功的李光顏。《郡齋獨酌》有云：

> 我愛李侍中，摽摽七尺强。白羽八札弓，腥壓綠檀槍。風前略橫陣，紫髯分兩傍。淮西萬虎士，怒目不敢當。功成賜宴麟德殿，猿超鶻掠廣毬場。三千宮女側頭看，相排踏碎雙明璫。旌竿裊裊旗燿燿，意氣橫鞭歸故鄉。

刻畫了李光顏的威武丰采。其他如對博古通今、文武兼備的冀處士，以及躬耕田畝、優遊山林、超然物外的朱處士等，都寫得人各有貌，生動傳神。毫無疑問，在古體叙事作者寥寥的晚唐，杜牧寫作這麽多古體長篇，並取得這樣的成就，是應當予以足够評價的。

杜牧的古體詩與近體律、絶在藝術風格上有所不同。他的古詩往往別有境界，寫得古樸純厚，雄豪健朗，頗有太白遺風。如《池州送孟遲先輩》末云：

> 人生直作百歲翁，亦是萬古一瞬中。我欲東召龍伯翁，上

天揭取北斗柄。蓬萊頂上斡海水，水盡到底看海空。月於何
處去，日於何處來？跳丸相趁走不住，堯舜禹湯文武周孔皆爲
灰。酌此一杯酒，與君狂且歌。離別豈足更關意，衰老相隨可
奈何！

詩固寓人生如夢、及時行樂的衰頹情緒，却有意仿效屈原《天問》之
體，展開藝術想象的翅膀，情感激蕩，氣度恢宏。再看他描寫大雨
的雄壯景象：

東垠黑風駕海水，海底卷上天中央。三吴六月忽悽慘，晚
後點滴來蒼茫。錚棧雷車軸轍壯，矯躩蛟龍爪尾長。神鞭鬼
馭載陰帝，來往噴灑何顛狂。四面崩騰玉京仗，萬里橫牙羽林
槍。雲纏風束亂敲磕，黄帝未勝蚩尤強。百川氣勢苦豪俊，坤
關密鎖愁開張。（《大雨行》）

寫江南孟夏大雷雨的景象。從點點滴滴，到雷電大作，暴雨傾瀉，
直至百川崩流，天地爲之籠罩的過程，寫來酣暢淋漓，汪洋恣肆，使
人如聞如見。詩中比喻之豐富亦足驚人，如以“錚棧雷車”喻雷聲，
以“矯躩蛟龍”喻閃電，以“玉京仗”、“羽林槍”喻傾注之雨綫，以黄
帝與蚩尤之交戰喻濃雲慘霧，形容雷雨交加時的聲、色、光、形，無
所不至。

杜牧的散文數量可觀，有論、書、啓、序、傳、記、銘、狀等近百
篇，從中可見他在政治、軍事方面的卓越才能和關心時政、同情民
瘼的積極進取精神。全祖望曾道：“杜牧之才氣，其唐長慶以後第
一人耶！讀其詩古文詞，感時憤世，殆與漢長沙太傅相上下。”（《杜
牧之論》）如果説杜牧詩歌中有一部分是遊宴應酬之作的話，那麽，

他的文章則大都是"感時憤世"之作。他的《上知己文章啓》對此説得很清楚："元和功德,凡人盡當歌詠紀叙之,故作《燕將録》。往年弔伐之道未甚得所,故作《罪言》。自艱難來始,卒伍傭役輩,多據兵爲天子諸侯,故作《原十六衛》。諸侯或恃功不識古道,以至於反側叛亂,故作《與劉司徒書》。處士之名,即古之巢、由、伊、吕輩,近者往往自名之,故作《送薛處士序》。寶曆大起宫室,廣聲色,故作《阿房宫賦》。有廬終南山下,嘗有耕田著書志,故作《望故園賦》。"

　　就内容言,杜牧的散文涉及面比較廣。其中,有反映其文學思想的《答莊充書》、《李賀集序》、《獻詩啓》、《李府君墓誌銘》[①]等,這類文章第一次明確提出"文以意爲主"的理論,主張以意氣統率辭章,反對華而不實的淫靡詩風,充分肯定了李賀詩歌的藝術特色和成就。在中國文學批評史上有重要地位。同時,集中也有表達他反對佛道迷信思想的《論相》、《杭州新造南亭子記》、《書處州韓吏部孔子廟碑陰》、《三子言性辯》等。他譏諷秦始皇、漢武帝的迷於長生,至死不悟,也揭露了朝野迷信佞佛的愚妄。他反對孟子的性善説和楊子人性善惡混之説,而贊成荀子的性惡説,認爲:"荀言人之性惡,比於二子,荀得多矣。"他還以歷史事實論證相術之虚妄不足信,對荀子否定相術的《非相》篇極表贊同。如此等等,均可看出他較其同輩,對現實有更爲清醒的認識。

　　他的文章最有意義的是論説藩鎮割據和回鶻、吐蕃侵擾的部分。由於家學淵源,杜牧自幼研讀經史,復致力於經世濟時之學,尤諳兵書韜略,所著《孫子注》一書,"上至周、秦,下至長慶、寶曆之兵,形勢虚實,隨句解析,離爲三編"。入仕後杜牧即把注意力放在

---

　　① 杜牧與元稹、白居易在文學思想上的論争請參閲拙文《杜牧與元和體詩》,載《湖北大學學報》一九八八年第三期。

如何削平河北三鎮的割據,收回落入吐蕃之手的河湟地區等問題上。對淮西一戰綿延多年方得平定之事,他也要探究個水落石出。自云:"某大和二年爲校書郎,曾詣淮西將軍董重質,詰其以三州之衆,四歲不破之由。重質自誇勇敢之外,復言其不破之由,是徵兵太雜耳。"(《上李司徒相公論用兵書》)可見他對現實政治的關心!本着這樣的精神,他寫了《罪言》、《原十六衛》等,上書執政,直陳己見,指出歷朝處置藩鎮政策之誤,提出了切實可行的用兵措施。《唐書》本傳便曾謂澤潞之平,"略如牧策"。不管當時李德裕是否用了杜牧的意見,但在如何處置江淮一帶的劫江者時,李德裕却是確實按杜牧的主張去實施的,甚至連船隻的數目和兵員多少都相同。由於這些文章觸及時事,兼具説理性和實用性,所以深得史學家司馬光的贊賞,而將《罪言》、《原十六衛》、《戰論》、《守論》、《注孫子序》、《上李司徒相公論用兵書》六文的要點摘入《資治通鑑》。一口氣選用杜牧這麼多文章,其對杜文之重視,於此可知。

　　杜牧的傳記文亦有鮮明的愛憎和強烈的現實意義。他贊揚對國家和民族的安定統一作出貢獻的人物,大力頌揚其英勇獻身的精神。如《張保皋鄭年傳》、《燕將録》、《竇列女傳》、《宋州寧陵縣記》等,與韓愈的《張中丞傳後叙》、柳宗元的《段太尉逸事狀》,其精神是一脈相承的。他曾自述作文原則曰:"事必直書,辭無華飾,所冀通衢一建,百姓皆觀,事事彰明,人人曉會,坦率誠樸,不近文章。"(《進撰故江西韋大夫遺碑文》)又云:"鋪陳功業,稱校短長,措於《史記》、《漢書》之間,讀於文士才人之口,與二子並無愧容。"(《上安州崔相公啓》)可見杜牧有意追慕《史》《漢》風格,追求質樸無華,崇尚實用,在文風委靡的晚唐,杜牧無疑是韓、柳古文運動的有力後勁。正因爲如此,他的《張保皋鄭年傳》、《竇列女傳》,不祇爲新、舊《唐書》所引録,爲歐陽修、宋祁所喜愛,更爲王士禛所激

賞,《香祖筆記》卷六云:"余於唐人之文,最喜杜牧、孫樵二家。"李慈銘論杜文曰:

> (七月初一日)午後讀樊川文。予自己酉冬於《唐文粹》中讀牧之之數篇,不過謂其生峭便學,如孫樵、劉蛻之徒。今日復讀之,乃知才學均勝,通達治體,原本經訓,而下筆時復不肯一語猶人。故骨力與詩等,而氣味醇厚較過之。所著如《罪言》、《原十六衞》、《守論》、《戰論》諸篇,前惟賈太傅《治安策》、《過秦論》,後惟老蘇《幾策》、《權書》可以鼎立,固爲最著;他如《李飛墓誌》、《盧秀才墓誌》、《李賀集序》、《注孫子序》、《杭州新造南亭子記》、《上李司徒論用兵書》、《上李太尉論江賊書》、《黄州刺史謝上表》、《進撰韋寬遺愛碑文表》、《塞廢井文》、《題荀文若傳後》諸作,皆奇正相生,不名一體,氣息亦直逼兩漢。長篇如《韋寬遺愛碑》,尤見筆力。《燕將録》、《竇列女傳》亦卓然史才。雖取境太近,然一展卷間,如層巒疊嶂,煙景萬物;如名將號令,壁壘旌旗,不時變色;如長江大沙,風水相遭,陡作奇致;又如食極潔諫果,味美於回,真韓、柳外一勁敵也。(《越縵堂讀書記》)

杜牧另有三篇散文短賦,數量雖寡,影響却大。其《阿房宫賦》,一出即名動京師,因此被主考官崔郾取爲進士第五名。此賦咏史警今,寓有諷諫深意。不僅主題思想積極,且在表現形式和手法上亦有創新,全文韻散相間,詞藻富贍,情景逼真,熔叙述、抒情、議論於一爐,深受歐陽修和蘇軾喜愛。歐陽修的《秋聲賦》和蘇軾的前後《赤壁賦》等,明顯受到此賦影響。

此外,杜牧還有慢詞《八六子》一首,《樊川文集》不載,而爲《尊前集》輯録,故未引起學界充分注意。宋翔鳳《樂府餘論》曰:"詞自南唐以後,但有小令,其慢詞蓋起宋仁宗朝。中原息兵,汴京繁庶,歌臺舞席,競賭新聲,耆卿失意無俚,流連坊曲,遂盡收俚俗語言,編入詞中,以便伎人傳習,一時動聽,散播四方。其後東坡、少游、山谷輩相繼有作,慢詞遂盛。"没有注意及此詞,遂以慢詞爲柳永首唱。這樣,便將文人慢詞的創作整整推遲了兩百年,繆鉞先生在《杜牧詩選》前言和《靈谿詞説》中力闢其疏,良是。

且看《八六子》詞:

> 洞房深,畫屏燈照,山色凝翠沈沈。聽夜雨冷滴芭蕉,驚斷紅窗好夢,龍煙細飄繡衾。辭恩久歸長信,鳳帳蕭疏,椒殿閒扃。　　輦路苔侵。繡簾垂、遲遲漏傳丹禁。蕣華偷悴,翠鬟羞整,愁坐望處,金輿漸遠,何時綵仗重臨?正銷魂,梧桐又移翠陰。

詞寫宫怨,與他的七絶《月》詩所表達的失寵望幸的主旨相近。以詞藝論之,雖不免粗糙,且少深遠渾融的意境。不過,最後以景語結束,亦頗有回腸蕩氣之致。後秦觀《八六子》詞,融匯杜牧《贈别》詩句,寫女子懷人之思,大有出藍之致。其末句云:"正銷凝,黄鸝又啼數聲。"正仿效杜詞的語言和意境。洪邁曰:"秦少游《八六子》詞云:'片片飛花弄晚,濛濛殘雨籠晴。正銷凝,黄鸝又啼數聲。'語句清峻,爲名流推激。予家舊有建本《蘭畹曲集》,載杜牧之一詞,但記其末句云:'正銷凝,梧桐又移翠陰。'秦公蓋效之,似差不及也。"(《容齋四筆》)又陳霆《渚山堂詞話》曰:"少游尾闋云:'正銷凝,黄鸝又啼數聲。'唐杜牧之一詞,其末云:'正銷魂,梧桐又移翠陰。'秦詞全用杜格,然秦首句云:'倚危亭、恨如芳草,萋萋剗盡還

生.'二語妙甚,故非杜可及也."他們都指出了杜詞爲秦詞之藍本,
整體上雖不如秦詞精致渾凝,情景交融,但杜作在慢詞的最初階
段,創調者難,故在詞史上開啓之功是不能抹煞的.

　　那麽,何以《樊川文集》不載此詞呢?這恐怕與詩人"既無其
才,徒有其奇,篇成在紙,多自焚之"(《獻詩啓》)的嚴謹態度有關,
他的外甥裴延翰不及搜尋,亦無法搜尋,集中自難輯録.而詩人平
生"不拘細行",經常出入於青樓歌館,這夢一般的生活及失意的心
情與後來的柳永有着驚人的相似之處.因此,他在民間歌詞和樂
曲的薰陶下作慢詞,且經張好好們演唱得以流傳保存下來,自不足
怪.而且,秦觀之受杜牧的影響,也不止是一首《八六子》,如其受
蘇軾激賞的《踏莎行》尾句:"郴江幸自繞郴山,爲誰流下瀟湘去?"
其句式和語言即本自牧之《題壽安縣甘棠館御溝》詩句:"水殿半傾
蟾口澀,爲誰流下蓼花中?"

　　從杜牧所作《冬至日寄小姪阿宜詩》和《讀韓杜集》,可知他作
詩學屈宋,作文學班馬;詩以杜甫爲楷模,文以韓愈爲圭臬.誠如
賀裳《載酒園詩話又編》所云:"此正一生所得力處,故其詩文俱帶
豪健."可貴的是,他學習前人,轉益多師,又自具面目,獨樹一幟,
故於詩文詞賦,各體均工.洪亮吉《北江詩話》曰:"有唐一代,詩文
兼擅者,唯韓,柳,小杜三家."又云:"詩文並可獨到,則昌黎之外,
唯杜牧之一人."這評價還是恰當的.

　　本書編選體例先詩後文;詩選則分編年和未編年兩部分.選
注過程中,有幸得繆鉞先生和何滿子先生指教,獲益匪淺;並承繆
先生代爲題簽書名,在此特表謝忱.

朱碧蓮

一九八八年春於還芝齋

目　　録

詩選（未編年部分）

文選

詩選（編年部分）

感懷詩一首〔一〕

　　高文會隋季，提劍徇天意〔二〕。扶持萬代人，步驟三皇地〔三〕。聖云繼之神，神仍用文治〔四〕。德澤酌生靈，沉酣薰骨髓〔五〕。

〔一〕原注：“時滄州用兵。”此謂對李同捷用兵。據《資治通鑑》卷二四三：敬宗寶曆二年(八二六)三月，“橫海節度使李全略薨，其子副大使同捷擅領留後，重賂鄰道，以求承繼。”文宗大和元年(八二七)春，同捷擅據滄景，因不聽朝廷調遣，而遭討伐，“大和三年二月，橫海節度使李祐帥諸道行營兵擊李同捷，破之……四月戊辰，李祐拔德州，城中將卒三千餘人奔鎮州，李同捷與祐書，請降”。結果被送解京師斬首，“滄景悉平”。按：平定同捷叛亂歷時四年，杜牧作是詩正值用兵時。據繆鉞《杜牧詩選》推斷，詩當作於大和元年，因次年牧之即“舉進士及第，接連制策登科，做了官，就不會再自稱‘賤男子’了。”滄州，橫海鎮，一名滄景，治所在滄州(今河北省滄縣東南)。

〔二〕高文兩句：謂高祖李淵與太宗李世民順應天意，提劍起兵，滅隋興唐。高文，即高祖與太宗。唐太宗謚號文皇帝，故稱。會，適逢。季，末世。提劍，喻起兵。《史記·高祖本紀》：“吾以布衣提三尺劍取天下，此非天命乎？”徇，從。

1

〔三〕扶持兩句：謂高祖、太宗滅隋興唐，救助人民，功垂萬代，堪與三
　　　皇媲美。扶持，猶救助。步驟，《後漢書・曹褒傳》：“三五步驟。”
　　　注引《孝經鈎命訣》曰：“三皇步，五帝驟，三王馳。”意謂三皇五帝
　　　治理天下，遲速有節，按步驟行事。

〔四〕聖云兩句：謂太宗承高祖事業，以文德治天下。聖，指高祖。云，
　　　語助詞。神，指太宗。文治，《舊唐書・音樂志》：“太宗曰：‘朕雖
　　　以武功定天下，終當以文德綏海内。’”

〔五〕德澤兩句：謂太宗恩德滋潤百姓，使百姓如飲醇酒，暖入骨髓。
　　　生靈，生民，百姓。沉酣，謂醉酒。

第一段歌頌唐太宗貞觀之治。

　　旄頭騎箕尾，風塵薊門起〔六〕。胡兵殺漢兵〔七〕，屍滿
咸陽市〔八〕。宣皇走豪傑〔九〕，談笑開中否〔一〇〕。蟠聯兩
河間，燼萌終不弭〔一一〕。號爲精兵處，齊蔡燕趙魏〔一二〕。
合環千里疆，爭爲一家事〔一三〕。逆子嫁虜孫，西鄰聘東
里。急熱同手足，唱和如宮徵〔一四〕。法制自作爲，禮文爭
僭擬〔一五〕。壓階螮鬥角，畫屋龍交尾〔一六〕。署紙日替
名，分財賞稱賜〔一七〕。刓隍慁萬尋〔一八〕，繚垣疊千
雉〔一九〕。誓將付孱孫，血絕然方已〔二〇〕。九廟仗神
靈〔二一〕，四海爲輸委〔二二〕。如何七十年〔二三〕，汗艴含羞
恥〔二四〕？韓彭不再生，英衛皆爲鬼〔二五〕。凶門爪牙輩，
穰穰如兒戲〔二六〕。累聖但日吁，閫外將誰寄〔二七〕？屯田
數十萬，隄防常慴惴〔二八〕。急征赴軍須，厚賦資凶
器〔二九〕。因隳畫一法，且逐隨時利〔三〇〕。流品極蒙
尨〔三一〕，網羅漸離弛〔三二〕。夷狄日開張〔三三〕，黎元愈憔

悴〔三四〕。邈矣遠太平,蕭然盡煩費〔三五〕。

〔六〕旄頭兩句:謂安禄山發動叛亂,戰争從幽燕一帶掀起。旄頭,星名,二十八宿之一,亦稱昴(mǎo)。《史記·天官書》:“昴曰髦頭,胡星也。”《正義》曰:“昴七星爲髦頭,胡星,亦爲獄事。明,天下獄訟平;暗,爲刑罰濫。六星明與大星等,大水且至,其兵大起;搖動若跳躍者,胡兵大起;一星不見,皆兵之憂也。”箕、尾,亦二十八宿星名,分野在幽、燕。風塵,此謂戰亂。薊(jì)門,即薊丘,在今北京市德勝門西北一帶。此指代幽燕地區。

〔七〕胡兵:據《資治通鑑》卷二一六:安禄山爲胡人,蓄謀叛亂,“養同羅、奚、契丹降者八千餘人,謂之‘曳落河’。曳落河者,胡言壯士也。及家僮百餘人,皆驍勇善戰,一可當百。”

〔八〕咸陽:原爲秦都,故址在今陝西長安縣東之渭城故城,此指唐都長安(故城在今陝西西安市西北)。

〔九〕宣皇句:原注:“肅宗也。”謂天下豪傑皆爲肅宗奔走效力,擁戴他平叛。肅宗(七五六—七六二在位),謚號爲“文明武德大聖大宣孝皇帝”。

〔一〇〕談笑句:謂肅宗很快平定安史之亂,收復兩京,扭轉中衰局面,使唐朝得以復興。否(pǐ),《周易》卦名,表示否塞不通之象。

〔一一〕蟠聯兩句:謂安史叛亂雖經平定,然其餘黨仍盤踞黄河南北,猶火之餘燼未滅、草之萌芽未剷,後患無窮。據《資治通鑑》卷二二二:由於唐王朝下令“東京及河南、北受僞官者,一切不問”,並“以張忠志爲成德軍節度使,統恒、趙、定、易等五州,賜姓李,名寶臣。……以史朝義降將薛嵩爲相、衛、邢、洺、貝、磁六州節度使,田承嗣爲魏、博、德、滄、瀛五州都防禦使,李懷仙仍故地爲幽州、盧龍節度使。”德宗建中初年,河北諸鎮復相繼謀反作亂。蟠聯,盤踞聯結。兩河,河南道及河北道。燼,火之餘燼;萌,植物萌芽。弭(mǐ),滅。

〔一二〕號爲兩句:謂齊、蔡、燕、趙、魏五個藩鎮節度兵力最爲强勁。《史

記·淮陰侯列傳》：“公所居，天下精兵處也。”齊，淄青節度，治所
青州(今山東省益都縣)。蔡，彰義節度，治所蔡州(今河南省汝南
縣)。燕，盧龍節度，治所幽州(今北京市)。趙，成德節度，治所鎮
州(今河北省正定縣)。魏，魏博節度，治所魏州(今河北省大名縣
東北)。

〔一三〕合環兩句：謂五强鎮據有廣大地盤，串通一氣，結成背叛朝廷之
同盟。合環，串通。一家，猶言結盟。

〔一四〕逆子四句：謂叛鎮間互相結姻通婚，勾結連環，結成死黨，協調步
驟。逆、虜，指叛鎮。急熱，喻親密。《新唐書·藩鎮傳》：“李寶臣
與薛嵩、田承嗣、李正己、梁崇義相姻嫁，急熱爲表裏。”唱和(hè)，
互相應答。宮徵(zhǐ)，古代音樂分爲宮、商、角、徵、羽五音。

〔一五〕法制兩句：謂叛鎮妄自尊大，自定法制，禮儀制度模擬天子。《舊
唐書·田悦傳》：“朱滔稱冀王，悦稱魏王，武俊稱趙王，又請李納
稱齊王……築壇於魏縣中，告天受之。滔爲盟主，稱孤；武俊、悦、
納稱寡人。滔以幽州爲范陽府，恒州爲真定府，魏州爲大名府，鄆
州爲東平府。”又《新唐書·藩鎮傳》：“滔等居室皆曰殿，妻曰妃，
子爲國公，下皆稱臣，謂殿下，上書曰牋，所下曰令。”僭(jiàn)擬，
冒用名分，指臣下擅用天子制。

〔一六〕壓階兩句：謂叛鎮所建宮殿飾螭繪龍，僭擬天子。螭(chī)，傳爲
無角之龍。

〔一七〕署紙兩句：謂叛鎮所發公文皆模擬天子詔書，不再署名而用印
璽，其分賞部下財物竟亦仿效天子而稱“賜”。日，每日。替，廢。

〔一八〕刳(kū)隍：挖掘城池。隍，城池。歉(xián)：貪欲。萬尋：極言城
池之長。尋，舊制八尺爲尋。

〔一九〕繚垣：圍牆，此指城牆。千雉：極言城牆之高大。雉，量度，長三
丈，高一丈。

〔二〇〕誓將兩句：謂叛鎮擁兵自重，割據一方，且欲世代相傳，承繼不
替。《舊唐書·李寶臣傳》：“(寶臣)與薛嵩、田承嗣、李正己、梁崇
義等，連結姻婭，互爲表裏，意在以土地傳付子孫，不稟朝旨，自補

官吏,不輸王賦。"孱(chán),弱。血,血統。以上均爲叛鎮之宮室、禮文、城防等不遵制度、比擬天子狀。

〔二一〕九廟:歷代帝王立九廟以祀祖先。古天子立太祖、三昭、三穆七廟,王莽時增立黃帝太初祖和帝虞始祖廟,是爲九廟。

〔二二〕四海:猶全國。輸委:輸送。

〔二三〕七十年:自玄宗天寶十四載(七五五)安祿山反,至文宗大和元年(八二七)杜牧作是詩止,凡七十三年,此取其整數而言。

〔二四〕汗赧(xì):因心中羞慚而臉紅出汗。赧,大紅色。以上四句謂唐王朝上得祖宗神靈保佑,下有四方財物供應,爲何長期含垢忍恥,聽任叛鎮飛揚跋扈?

〔二五〕韓彭兩句:謂唐王朝如今已不復有韓信、彭越、李靖、李勣等堪當大任之名將。韓彭,謂西漢開國名將韓信、彭越。英衞,謂唐初名將衞國公李靖、英國公李勣。

〔二六〕凶門兩句:謂武將雖亦紛紛出征,却不能平叛立功,結果形同兒戲。凶門,《淮南子·兵略》:"將已受斧鉞,辭而行,乃鬋指爪,設明衣,鑿凶門而出。"高誘注:"凶門,北出門也。"爪牙,謂武臣。《詩經·小雅·祈父》:"予王之爪牙。"穰穰,衆多貌。

〔二七〕累聖兩句:謂唐代歷朝天子每日徒然嘆息,誰堪托付削平藩鎮之重任?累,歷代。吁(xū),嘆息。閫(kǔn)外,城門之外,喻軍權。《史記·馮唐列傳》:"臣聞上古王者之遣將也,跪而推轂,曰閫以内者,寡人制之;閫以外者,將軍制之。"裴駰《集解》引韋昭曰:"此郭門之閫也。"

〔二八〕屯田兩句:謂唐初屯田之兵有數十萬,常小心警惕,隄防叛亂。惱惴(zhé zhuì),憂懼貌。

〔二九〕急徵兩句:謂安史亂後七十年來,每有戰事,則必加重徵斂,以供軍需。資,供應。軍須,即軍需。凶器,《韓非子·存韓》:"兵者,凶器也,不可不審用也。"

〔三〇〕因隳(huī)兩句:謂玄宗對藩鎮處置不當,輕易改變太宗所定法度,僅顧一時之利而損害國家統一事業。隳,毁壞。畫一法,此指前朝法度。《史記·曹相國世家》:"(曹)參代(蕭)何爲漢相國,舉事無所變更,一遵蕭何約束。……百姓歌之曰:'蕭何爲法,顜若畫一;曹參代之,守而勿失。載其清净,民以寧一。'"按,牧之《爲中書門下請追尊號表》云:"大曆、貞元之際,河北、河南之地,朝廷行姑息之政,郡國皆叛亂之臣。苟且之令行,畫一之法廢,月增日長,雄唱雌和。"詩文可互證。

〔三一〕流品句:謂朝官冗雜。流品,指官職的類別、等級。蒙龙(méng),雜亂貌。

〔三二〕網羅句:謂法制逐漸鬆弛。網羅,喻指法律。

〔三三〕夷狄:謂外患及藩鎮之禍。開張:放肆囂張。

〔三四〕黎元:猶百姓。

〔三五〕邈(miǎo)矣兩句:謂藩鎮叛亂造成社會動蕩,百姓貧困,太平安定之日遥遥無期。邈矣,遥遠貌。蕭然,騷亂貌。煩費,指橫征暴歛。

第二段寫安史亂後河北諸鎮割據跋扈及其禍害百姓之狀。

至於貞元末〔三六〕,風流恣綺靡〔三七〕。艱極泰循來〔三八〕,元和聖天子〔三九〕。元和聖天子,英明湯武上。茅茨覆宮殿,封章綻帷帳〔四〇〕。伍旅拔雄兒〔四一〕,夢卜庸真相〔四二〕。勃雲走轟霆,河南一平蕩〔四三〕。繼於長慶初〔四四〕,燕趙終舁襁〔四五〕。攜妻負子來,北闕争頓顙〔四六〕。故老撫兒孫〔四七〕,爾生今有望。茹鯁喉尚隘,負重力未壯〔四八〕。坐幄無奇兵,吞舟漏疏網〔四九〕。骨添薊垣沙〔五〇〕,血漲滹沱浪〔五一〕。祇云徒有征,安能問無狀〔五二〕。一日五諸侯〔五三〕,奔亡如鳥往。取之難梯天,失之易反掌。蒼然太行路,剪剪還榛莽〔五四〕。

〔三六〕貞元：唐德宗年號(七八五—八○五)。

〔三七〕風流：風俗；風氣。恣：放縱。綺靡(qǐ mǐ)：華麗奢侈。李肇《唐國史補下》："長安風俗，自貞元侈於遊宴。"

〔三八〕泰：《周易》卦名，與否相反，通暢、安寧之意。《周易正義》卷二："䷊乾下坤上，泰，……天地交而萬物通也。"

〔三九〕元和：唐憲宗年號(八○六—八二○)。以上四句謂憲宗元和年間，終於否極泰來，由艱危而轉順暢。

〔四○〕茅茨(cí)兩句：謂憲宗儉節如帝堯和漢文帝。《韓非子·五蠹》："堯之王天下也，茅茨不剪。"封章，百官呈進皇帝之奏章均有封套，故稱。綻(zhàn)，縫。《古豔歌行》："故衣誰當補，新衣誰當綻。"《漢書·東方朔傳》："(文帝)集上書囊以爲殿帷。"

〔四一〕伍旅句：謂憲宗於軍旅中提拔高崇文討伐叛鎮。據《資治通鑑》卷二三七：憲宗元和元年(八○六)，西川節度使劉闢反抗朝廷，宰相杜黃裳向憲宗薦舉高崇文爲統帥，拜左神策行營節度使。"時宿將名位素重者甚衆，皆自謂當征蜀之選，及詔用崇文，皆大驚。"

〔四二〕夢卜句：以武丁夢得傅説、西伯占卜得姜尚喻憲宗能任用杜黃裳、武元衡、裴度等人爲相。庸，用。《史記·殷本紀》："武丁夜夢得聖人，名曰説。以夢所見視羣臣百吏，皆非也。於是乃使百工營求之野，得説於傅險中。是時説爲胥靡，築於傅險。見於武丁，武丁曰是也。得而與之語，果聖人，舉以爲相，殷國大治。"又《史記·齊太公世家》："西伯將出獵，卜之，曰'……所獲霸王之輔。'於是周西伯獵，果遇太公於渭之陽，與語大説，曰：'自吾先君太公曰當有聖人適周，周以興，子真是邪？吾太公望子久矣。'故號之曰太公望，載與俱歸，立爲師。"

〔四三〕勃雲兩句：謂憲宗以雷霆萬鈞之力一舉蕩平盤踞河南之叛鎮。轟霆，疾雷。《新唐書·憲宗紀》："元和十二年(八一七)十月，克蔡州，十三年七月，宣武、魏博、義成、橫海軍討李師道，十四年(八一九)二月，師道伏誅，七月，韓弘以汴、宋、亳、潁四州歸於有司。”按,牧言未免過其實。憲宗初期尚能用賢,晚年却驕侈拒諫,親讒好仙,以致暴卒。

〔四四〕長慶:唐穆宗年號(八二一——八二四)。

〔四五〕燕趙句:謂燕趙平定,百姓來歸朝廷。燕趙,指盧龍軍和成德軍。《新唐書·穆宗紀》:“元和十五年十月辛巳,成德軍觀察支使王承元以鎮、趙、深、冀四州歸於有司。”“長慶元年正月辛丑,大赦改元;二月己卯,劉總以盧龍軍八州歸於有司。”舁襁(yú qiǎng),背負嬰兒。此喻準備歸附朝廷。襁,襁褓。

〔四六〕北闕:謂朝廷。《漢書·高帝紀》:“至長安,蕭何治未央宫,立東闕、北闕、前殿、武庫、太倉。”注:“未央殿雖南向,而尚書奏事,謁見之徒,皆詣北闕。……是則以北闕爲正門。”後因以帝王宫禁爲北闕。闕,宫門前之望樓。頓顙(sǎng):叩頭。顙,額。

〔四七〕故老:老人。

〔四八〕茹鯁兩句:喻穆宗君臣懦弱無能,猶喉窄之難吞魚骨,力弱之未能負重。

〔四九〕坐幄兩句:謂軍帥無奇策良謀,致使藩鎮歸而復叛,猶疏網之遺漏吞舟大魚。幄,軍帥指揮之帳幕。吞舟,《史記·酷吏列傳》:“網漏於吞舟之魚。”

〔五〇〕骨添句:謂薊丘一帶尸骨新添,幽州盧龍軍都知兵馬使朱克融謀反作亂。《新唐書·穆宗紀》:“長慶元年七月甲辰,幽州盧龍軍都知兵馬使朱克融,囚其節度張弘靖以反。”又《新唐書·藩鎮傳》:“幽州亂,……推克融領軍務,……克融縱兵掠易州,敗兩縣,寇蔚州,……轉寇定州。”

〔五一〕血漲句:謂滹沱河面泛起血浪,成德軍大將王廷湊謀反。《新唐書·穆宗紀》:“長慶元年七月壬戌,成德軍大將王廷湊殺其節度使田弘正以反。”又《新唐書·藩鎮傳》:“王廷湊害弘正,自稱留後,……會朱克融囚張弘靖,以幽州亂,乃合從拒王師。”滹(hū)沱,水名,源出山西省繁峙縣大戲山,東南流經河北正定,東北流注沽河入海,成德軍治所在今正定,故云。

〔五二〕袛云兩句：謂朝廷枉稱征伐叛鎮，實際無力切實追究其叛逆之罪。無狀，行爲不良，此指叛逆。

〔五三〕五諸侯：指魏博、横海、昭義、河東、義武節度使。唐節度使專制一方，猶如古代諸侯。馮集梧《樊川詩集注》：“《藩鎮傳》：時魏博節度使田布，横海節度使初爲烏重胤，後以深冀行營節度使杜叔良代之，昭義節度使劉從諫，河東節度使裴度兼幽鎮招撫使，及義武節度使陳楚，是爲五諸侯也。”

〔五四〕蒼然兩句：謂太行山以東河北三鎮背叛朝廷，致使太行路上榛莽叢生，阻塞不通。蒼然，草盛貌。太行，太行山，在山西高原與河北平原間。翦翦，狹小貌。榛莽，叢木雜草。《舊唐書・天文志》：“長慶元年七月幽州軍亂，囚其帥張弘靖，立朱克融。”“鎮州軍亂，殺其帥田弘正、王廷湊。元和末，河北三鎮，皆以疆土歸朝廷，至是幽、鎮俱失。俄而史憲誠以魏州叛，三鎮復爲盜據，連兵不息。”

　　第三段寫憲宗朝收復叛鎮之功績及穆宗朝懦弱無能、措置不當，以至河北三鎮得而復失。

　　關西賤男子〔五五〕，誓肉虜杯羹〔五六〕。請數繫虜事，誰其爲我聽〔五七〕！蕩蕩乾坤大〔五八〕，瞳瞳日月明〔五九〕。叱起文武業，可以豁洪溟〔六〇〕。安得封域内，長有扈苗征〔六一〕。七十里百里，彼亦何嘗爭〔六二〕。往往念所至，得醉愁蘇醒。韜舌辱壯心，叫閽無助聲〔六三〕。聊書感懷韻〔六四〕，焚之遺賈生〔六五〕。

〔五五〕關西：陝西在函谷關以西，杜牧爲京兆萬年（今陝西省西安市）人，故稱。賤男子：杜牧於文宗大和二年（八二八）春中進士，三月應制舉賢良方正能言極諫科及第，授官校書郎。是詩作於大和元年,時尚未解褐,故稱。

〔五六〕誓肉句:謂誓烹叛鎮之肉而食其羹。肉,用作動詞。虜,謂叛鎮。《史記‧項羽本紀》:"必欲烹而翁,則幸分我一杯羹。"

〔五七〕請數(shǔ)兩句:謂請讓我列舉蕩平叛鎮之策,但又有誰肯聽取呢?

〔五八〕蕩蕩:廣大貌。

〔五九〕瞳瞳(tóng):光明貌。《後漢書‧郎顗傳》:"誠欲陛下修乾坤之德,開日月之明。"

〔六〇〕叱(chì)起兩句:謂自己將竭盡全力貢獻朝廷,使天子重建文武統一之業,令天地大放光明。叱,呼喝。文武,謂周文王、周武王。豁洪溟,驅除黑暗,使天地開朗。溟,幽暗。

〔六一〕安得兩句:謂朝廷何時能仿效夏禹、夏啓之征服有扈、有苗,亦能一舉平定叛鎮,實現統一。扈苗,有扈與有苗,古代兩個叛亂的部落首領,夏禹征有苗,帝舜以文德服之;夏啓征有扈,以武力滅之。

〔六二〕七十兩句:謂殷湯與周文王以七十里、百里之地終於兼有天下,彼等皆以文德服人,何嘗以武力相爭。《孟子‧公孫丑上》:"以德行仁者王,王不待大。湯以七十里,文王以百里。以力服人者,非心服也,力不贍也;以德服人者,中心悦而誠服也。"

〔六三〕韜(tāo)舌兩句:謂緘口無言,未免有辱壯心;然向朝廷進言,又無人相助聲援。韜,藏。叫閽,叩開宮門,謂向朝廷進言。屈原《離騷》:"吾令帝閽開關兮,倚閶闔而望予。"

〔六四〕聊:姑且。

〔六五〕遺(wèi):贈送。賈生:謂西漢賈誼。誼年少才高,數上書言削弱諸侯王勢力,頗得文帝賞納。然而,由於權臣貶抑,終鬱鬱不得志。《史記‧賈誼列傳》:"諸律令所更定,及列侯悉就國,其説皆自賈生發之。"又《漢書‧賈誼傳》:"天下初定,制度疏闊。諸侯王僭儗,地過古制,淮南、濟南王皆爲逆誅。誼數上疏陳政事,多所欲匡建。"

第四段表達詩人平叛願望及其無從實現之無奈心理。

　　唐自安史亂後，即形成藩鎮割據局面，親身經歷離亂之大詩人杜甫以其敏銳之洞察力在長詩《北征》中已對藩鎮割據深表憂慮。牧之亦本老杜憂國憂民之心寫作是詩，稍後李商隱更作《行次西郊作一百韻》揭露時弊，三首長詩亦詩亦史，在唐代詩壇上鼎足而三。此詩以古文筆法評說玄宗之後歷朝處置藩鎮之策，贊揚憲宗擢拔人材、掃平叛鎮之英明，批評代宗、德宗及穆宗姑息養奸，致使戰亂不已，人民遭難。詩人抒其懷抱，欲爲平叛事業作出貢獻。全詩質樸雄健，氣韻高古，夾叙夾議，頗具政論色彩。翁方綱曰：“小杜《感懷詩》，爲滄州用兵作，宜與《罪言》同。”（《石洲詩話》卷二）

及第後寄長安故人〔一〕

　　東都放榜未花開〔二〕，三十三人走馬迴〔三〕。秦地少年多釀酒，却將春色入關來〔四〕。

〔一〕本詩選自《樊川外集》，作於大和二年（八二八）春，時年二十六歲。王定保《唐摭言》卷三“慈恩寺題名遊賞賦詠雜記”條云：“大和二年，崔鄆侍郎東都放榜，西都過堂，杜牧有詩云云。”牧之於大和二年以第五名及第。《樊川文集》卷一三《投知己書》曰：“大和二年，小生應進士舉。”又《舊唐書·文宗紀》：“大和元年七月辛巳，敕今年權於東都置舉。”按唐制，進士試在京都長安舉行，時間多在正月，而原定大和二年正月之進士試由文宗敕命提前於元年七月在東都洛陽進行，此係變例。杜牧應試雖在大和元年七月，科名則仍屬大和二年。

〔二〕東都：謂洛陽。未花開：喻尚未通過吏部試一關。唐制，凡進士及第,尚須通過吏部試,制策登科後,方得解褐入仕。

〔三〕三十三人:謂同科及第進士三十三人。據徐松《登科記考》:大和二
　　年進士科狀元爲韋籌,餘有厲玄、鍾輅(一作"輅")、崔黯、鄭溥等。

〔四〕秦地兩句:謂秦地少年可早釀美酒,以備慶賀之用,因我等三十
　　三人即將帶着及第喜訊入關來了。秦地,指今陝西一帶,戰國時
　　屬秦,項羽率軍入關後三分其地。此謂京都長安。《樊川文集·
　　外集》釀,一作"辦"。却,一作"即",又作"已"。此從《唐摭言》。
　　春色,謂進士及第之喜訊,亦雙關美酒。李肇《國史補》下:"酒則
　　有郢州之富水,劍南之燒春。"關,函谷關,秦置,在今河南省靈寶
　　縣東北。亦雙關吏部之過關考試。《唐摭言·述進士》下篇注:
　　"近年及第未過關試者,皆稱新及第進士,所以韓中丞儀嘗有《知
　　聞近過關試,儀以一篇紀之》曰:'短行納了付三銓,休把新銜惱必
　　先。今日便稱前進士,好留春色與明年。'"

贈終南蘭若僧〔一〕

　　家在城南杜曲傍〔二〕,兩枝仙桂一時芳〔三〕。禪師都
未知名姓〔四〕,始覺空門意味長〔五〕。

〔一〕本詩選自《樊川外集》。作於大和二年。據孟棨《本事詩·高逸》
　　曰:"杜舍人牧,弱冠成名。當年制策登科,名振京邑。嘗與一二
　　同年城南遊覽,至文公寺,有禪僧擁褐獨坐,與之語,其玄言妙旨,
　　咸出意表。問杜姓字,具以對之。又云:'修何業?'傍人以累捷誇
　　之,顧而笑曰:'皆不知也。'杜歎訝,因題詩曰云云。"又《資治通
　　鑑》卷二四三:"大和二年閏三月甲午,賢良方正裴休、李郃、李甘、
　　杜牧、馬植、崔璵、王式、崔慎二十二人中第,皆除官。"此詩,《樊川
　　外集》作:"北闕南山是故鄉,兩枝仙桂一時芳。休公都不知名姓,

始覺禪門氣味長。"按,孟棨爲晚唐人,《本事詩》自當可信,兹從之。終南:終南山,在今陝西省西安市南。蘭若:寺廟,梵語"阿蘭若"之省稱。

〔二〕杜曲:古地名,在今陝西省長安縣東少陵原東南端,因杜氏世居於此,故名。

〔三〕兩枝句:自喻同一年内舉進士、登科第。詩人進士及第後,於大和二年三月復應"賢良方正直言極諫科"試,以第四等及第。仙桂,唐稱登科爲折桂。《晉書·郤詵傳》:詵舉賢良對策列最優,自謂:"猶桂林之一枝,崑山之片玉。"又白居易《和春深》詩:"折桂名懸牓,收螢志慕車。"牧之《重登科》詩亦寫其一年兩中之自得心情:"星漢離宫月出輪,滿街含笑綺羅春。花前每被青蛾問,何事重來祇一人?"(徐松《登科記考》引)

〔四〕禪師:和尚之尊稱。

〔五〕空門:猶言佛家。《大智度論》卷十八:"空門者,坐空法空。"又白居易《閑吟》詩:"自從苦學空門法,銷盡平生種種心。"

贈沈學士張歌人〔一〕

拖袖事當年〔二〕,郎教唱客前。斷時輕裂玉,收處遠縈煙〔三〕。孤直縆雲定,光明滴水圓〔四〕。泥情遲急管,流恨咽長弦〔五〕。吴苑春風起,河橋酒斾懸。憑君更一醉,家在杜陵邊〔六〕。

〔一〕沈學士:指沈述師,字子明,沈傳師之弟,曾任集賢學士。張歌人:謂張好好,歌伎。據《張好好詩·序》,知沈述師於大和六年(八三二)納張好好爲妾,此後即與友朋疏於往還,故此詩當作於大和六年,時詩人三十歲。

〔二〕拖袖:引袖,形容好好準備歌唱之態。拖,曳引。

〔三〕斷時兩句:謂好好歌喉宛轉美妙,頓挫有致。斷,猶頓挫。收,猶結束。繅(sāo),同"繰",抽繭出絲。此喻餘音裊裊,如輕煙之細長,綿綿不斷。

〔四〕孤直兩句:謂好好歌聲高亢,清亮圓潤。絚(gèng),通亘,貫通。《列子·湯問》:"(秦青)撫節悲歌,聲振林木,響遏行雲。"

〔五〕泥(nì)情兩句:謂其柔情宛轉之歌,令管樂爲之聲滯;其痛苦幽怨之曲,使琴弦爲之嗚咽。急管,管樂器吹奏聲短而促,故稱。長弦,彈撥樂器弓弦細而長,故稱。

〔六〕吳苑四句:寫詩人聽歌之感受。吳苑,古苑名,即長洲苑,在今江蘇省蘇州市西南、太湖以北,爲吳王闔閭游獵處所。《漢書·枚乘傳》:"修治上林,雜以離宮,積聚玩好,圈守禽獸,不如長洲之苑。"服虔注"長洲"曰:"吳苑。"河橋,在今陝西省朝邑縣東。《史記·秦本紀》:"昭襄王五十年,初作河橋。"《正義》:"此橋在臨晉縣東,渡河至蒲州,今蒲津橋也。"又《元和郡縣志》:"同州朝邑縣河橋,本秦后子奔晉,造舟於河,通秦晉之道,今屬河西縣。"酒斾(pèi),猶酒旗、酒帘,俗稱酒望子,酒家之標幟,每以布綴竿,懸於門首,以招徠酒客。洪邁《容齋隨筆·續筆》卷一六:"今都城與郡縣酒務及凡鬻酒之肆,皆揭大帘於外,以青白布數幅爲之徵者,隨其高卑大小,邨店或掛餅瓢,標箐稈,唐人多詠於詩,然其制蓋自古以然矣。"杜陵,本名杜原,又稱樂遊原,在今陝西省西安市東南,因漢宣帝杜陵在此而得名。《元和郡縣志》卷一:"杜陵,在(萬年)縣東南二十里,漢宣帝陵也。"

杜秋娘詩 并序〔一〕

杜秋,金陵女也〔二〕。到十五,爲李錡妾〔三〕。後錡叛滅，籍之入宮〔四〕，有寵於景陵〔五〕。穆宗即位〔六〕，命秋爲皇子傅姆〔七〕。皇子壯，封漳王〔八〕。鄭注用事〔九〕，誣丞相欲去異己者〔一〇〕，指王爲根〔一一〕。王被罪廢削，秋因賜歸故鄉。予過金陵，感其窮且老，爲之賦詩。

〔一〕本詩作於大和七年(八三三)，時年三十一歲。錢易《南部新書》："李錡之誅也，二婢配掖庭，曰鄭曰杜。鄭則幸於元和，生宣皇帝，是爲孝明皇后。杜即杜秋，《獻替録》中云杜仲陽，即杜秋也，漳王養母。""杜仲陽，即杜秋也，始爲李錡侍人，錡貶填宮，亦進帛書，後爲漳王養母。大和三年，漳王黜，放歸浙西，續詔令觀院安置，兼加存卹。故杜牧有《杜秋詩》，稱於時。"王士禎《帶經堂詩話》卷十七概述秋娘事曰："幼讀牧之《杜秋娘詩》，考其始末，略記之：文宗太和五年春，上與宰相宋申錫謀誅宦官。申錫引吏部侍郎王璠與京兆尹，以密旨諭之。璠泄其謀，鄭注、王守澄陰爲之備。上弟漳王湊賢，有人望，注令豆盧著誣告申錫謀立漳王。上怒，罷申錫爲右庶子，命守澄捕著所告晏敬則、王師文等，於禁中鞠之，誣服。左常侍崔元亮等力爭於延英，宰相牛僧孺亦言之。乃貶漳王爲巢縣公，申錫爲開州司馬。九年，巢公湊薨，追贈齊王。初，李德裕爲浙西觀察使，漳王傅母杜仲陽坐宋申錫事，放歸金陵，詔德裕存處之。會德裕離浙西，牒留後李蟾使如詔旨。至是，王璠、李漢奏德裕厚賂仲陽，陰結漳王，圖爲不軌。上怒甚，宰相路隋曰：'德裕不至有此。果如所言，臣亦應得罪。'乃以德裕爲賓客分司。(按，以上亦見《資治通鑑》卷二四五)秋娘，即仲陽也。"而馮集梧注則曰："《西溪叢語》：'《新唐書·李德裕傳》："德裕徙鎮海軍代王璠。先是太和中，漳王養母杜仲陽放浙西，有詔在所存問，時德裕被召，乃檄留後使如詔書。璠入爲尚書左丞，而漳王以罪廢死，因與戶部侍郎李漢，共譖德裕嘗賂仲陽導王爲不軌，帝惑其言。"'寶革《音訓》云：杜牧作杜秋詩，乃云漳王得罪後，秋始被放歸本郡，疑即仲陽也，與此不同，似牧之之誤。《南部新書》云：'杜仲陽即杜秋也,始爲李錡侍人,錡敗,填宫,亦進帛書,後爲漳王養母。太和中,漳王黜,放歸浙西,續詔令觀院安置,兼加存恤,故杜牧有《杜秋詩》稱於時。'此説與牧之合。按:《舊書·李德裕傳》云:德裕奉詔安排宫人杜仲陽於道觀,與之供給。仲陽者,漳王養母。王得罪,放仲陽於潤州故也。則本牧之説也。《太平廣記》:李錡之擒也,侍婢一人隨之,錡夜自裂衣襟,書己寃,言爲張子所賣,教侍婢曰:'結之於帶,我死,汝必入内,上必問汝,汝當以是進。'及錡伏法,京城大霧三日,或聞鬼哭。憲宗又於侍婢得帛書,頗疑其寃,敕京兆府葬之。錡宗屬巫居重位,頗以尊豪自奉,聲色之選,冠絶於時。及敗,配掖庭者,曰鄭,曰杜。鄭得幸於憲宗,是生宣皇帝,實爲孝明皇太后;次即杜。杜名秋,建康人也。有寵於穆宗,穆宗即位,以爲皇子漳王傅姆,太和中,漳王得罪國除,詔賜秋歸老故鄉。或云:係帛書即杜秋也。而宫闈事祕,世莫得知。夫秋,女謁也,而能以義申錡之寃,且逮事累朝,用物殫極,及被棄於家,朝饑不給,故名士聞而傷之。按:《南部新書》所云進帛書即謂此。第牧之云'秋有寵於景陵',而《廣記》則言'有寵於穆宗',且云'逮事累朝',是亦所謂宫闈事祕者與?"按:各書所載杜秋娘事,均含混不清,互有矛盾。秋娘放歸實在大和三年,且與漳王獲罪無涉。因宋申錫被誣在大和五年三月,德裕首鎮浙西在長慶二年至大和三年八月,此時申錫事猶未發,故並無德裕賂杜結湊之可能。考德裕再次鎮浙在大和八年十一月,時申錫"謀立漳王"案早已發生。而漳王死於八年,俟德裕到任亦當在八年十二月,是亦無賂杜結湊之可能。且李蟾死於大和七年,王璠、李漢誣德裕事在九年,故《通鑑》不當云"會德裕已離浙西,牒留後李蟾使如詔旨"。對此,傅璇琮《李德裕年譜》中考辨甚詳。此詩繫年,當仍從繆鉞《杜牧詩選》之推斷,定於大和七年春,"牧之奉沈傳師命北渡揚州,聘牛僧孺,往來京口"時。

〔二〕金陵:今江蘇鎮江。馮集梧注:"至大《金陵志》:唐潤州,亦曰金陵。張氏《行役記》言甘露寺在金陵山上。趙璘《因話録》言李勉初至金陵,於李錡坐上,屢讚招隱寺標致。二事皆在潤州,則唐人謂京口亦曰金陵。杜牧有金陵女秋娘詩,白居易有賜金陵將士救書,皆京口事也。"

〔三〕李錡:德宗時爲浙西觀察使、諸道鹽鐵轉運使,刻剝奉上,以邀帝寵;恃恩驕橫,蓄兵謀叛。順宗時爲鎮海節度使,罷領鹽鐵轉運。錡雖失利權而得節旄,故反謀亦未發。憲宗元和二年,因違抗詔命,不服調遷,起兵反叛。兵敗後,被械送京師長安腰斬。

〔四〕籍:没收入官。此謂杜秋娘以罪人眷屬被收入宫中。

〔五〕景陵:唐憲宗李純墓,在今陝西省乾縣。《唐會要》:"憲宗葬景陵。"又《新唐書·地理志》:"奉先景陵在縣西北二十里金熾山。"

〔六〕穆宗:憲宗第三子李恒,在位四年(八二〇—八二四)。

〔七〕傅姆:猶保母。

〔八〕漳王:李湊,穆宗第六子,文宗弟。《新唐書》卷八二:"懷懿太子湊,少雅裕,有尋矩。長慶元年始王漳,與安王同封。"大和五年黜爲巢縣公。"八年薨,贈齊王。(鄭)注後以罪誅,帝哀湊被讒:死不自明,開成三年追贈。"

〔九〕鄭注:原爲宦官王守澄親信,因通醫術,被薦之文宗,遂得寵。後與李訓謀除宦官,在"甘露之變"中失敗被殺。用事:當權。

〔一〇〕丞相:謂宋申錫。

〔一一〕根:禍根。

序言簡介杜秋娘其人及作詩緣起。

　　京江水清滑〔一二〕,生女白如脂。其間杜秋者,不勞朱粉施〔一三〕。老濞即山鑄〔一四〕,後庭千雙眉〔一五〕。秋持玉斝醉〔一六〕,與唱《金縷衣》〔一七〕。濞即白首叛,秋亦紅淚滋〔一八〕。

〔一二〕京江：長江流經京口(今江蘇鎮江)城北的一段江面稱京江。

〔一三〕不勞朱粉施：謂天生麗質，無須塗脂抹粉。《漢武故事》：“諸宮美人，皆自然美麗，不施粉白黛黑。”

〔一四〕老濞(bì)句：以吳王劉濞就山鑄錢喻指李錡之聚財搜寶。劉濞，漢高祖劉邦之姪，封吳王。《史記·吳王濞列傳》：“吳有豫章郡銅山，濞則招致天下亡命者盜鑄錢，煮海水爲鹽，以故無賦，國用富饒。”景帝三年(前一五四)，鼂錯謀削諸侯封地，濞趁機聯合楚、趙等七國兵謀反。景帝遣周亞夫將三十六將軍擊之，未幾，濞敗亡。濞“白頭舉事”，時年六十二歲，故稱“老濞”。

〔一五〕後庭：後宮。千雙眉：一作“千蛾眉”，謂侍女之多。

〔一六〕玉斝(jiǎ)醉：一作“玉斝飲”、“白玉斝”。斝，酒杯。

〔一七〕金縷衣：原注：“勸君莫惜金縷衣，勸君須惜少年時。花開堪折直須折，莫待無花空折枝。李錡長唱此辭。”

〔一八〕紅淚滋：喻流淚之多。王嘉《拾遺記》卷七：“(魏)文帝所愛美人，姓薛名靈芸，常山人也。……時文帝選良家子女，以入六宮。(谷)習以千金寶賂聘之。既得，乃以獻文帝。靈芸聞別父母，歔欷累日，淚下霑衣。至升車就路之時，以玉唾壺承淚，壺則紅色。”

第一段寫秋娘之美貌及被籍没之概況。

吳江落日渡，灞岸綠楊垂〔一九〕。聯裾見天子，盼眄獨依依〔二〇〕。椒壁懸錦幕〔二一〕，鏡奩蟠蛟螭〔二二〕。低鬟認新寵，窈裊復融怡〔二三〕。月上白璧門〔二四〕，桂影涼參差〔二五〕。金階露新重〔二六〕，閑捻紫簫吹〔二七〕。莓苔夾城路〔二八〕，南苑雁初飛〔二九〕。紅粉羽林仗〔三〇〕，獨賜辟邪旗〔三一〕。歸來煮豹胎〔三二〕，饜飫不能飴〔三三〕。

〔一九〕吳江兩句：謂秋娘離別京口來至長安。吳江，京口與揚州間之長江，此指京口。灞岸，灞水岸邊。此謂長安。灞水在長安東二十里，源出藍田縣藍田谷中，經長安縣境，西北流入渭河，中流受輞川、劉谷、倒溝谷、輕谷等水，灞橋橫跨其上。

〔二〇〕聯裾兩句：謂李錡姬妾同時籍没入宫，而天子獨鍾情於秋娘。聯裾，猶聯袂(mèi)，相偕。裾，衣襟。盼睞(miǎn)，眷顧貌。依依，傾慕貌。

〔二一〕椒壁：猶椒房，漢皇后居所，以椒和泥塗壁，取其温香多子義。《三輔黄圖》引《西京雜記》曰：“温室以椒塗壁。”又云：“椒房殿在未央宫，以椒和泥塗，取其温而芬芳也。”又《太平御覽》卷一八五引《漢官儀》云：“皇后稱椒房，以椒塗室，主温暖除惡氣也。”此泛指后妃宫室。

〔二二〕鏡奩(lián)：，鏡匣。蛟螭(chī)：，龍類。有角曰蛟，無角曰螭。此謂飾有蛟螭狀花紋。

〔二三〕低鬟兩句：形容秋娘新得寵之容態：髮髻低垂，姿態美好，神情愉悦。窈裊(yǎo niǎo)，姿態美好。融怡，愉悦貌。

〔二四〕白璧門：白玉所飾宫門。

〔二五〕桂影句：謂桂影錯落，秋風送涼。

〔二六〕金階：宫中華麗之臺階。

〔二七〕捻(niǎn)：按指。紫簫：原注：“《晉書》：盗開涼州張駿塚，得紫玉簫。”

〔二八〕莓苔：泛指苔類植物。夾城：《舊唐書·地理志》：“南内曰興慶宫，……宫之西南隅有花蕚相輝、勤政務本之樓。”又《玄宗紀》：開元二十年六月，“遣范安及於長安廣(擴充)花蕚樓，築夾城至芙蓉園。”此泛指宫内通道。

〔二九〕南苑：在長安城東南角曲江之南，即芙蓉園。張禮《游城南記》：“芙蓉園在曲江西南，與杏園皆秦宜春下苑地。園内有池，謂之芙蓉池，唐之南苑也。”

〔三〇〕紅粉：指姬妾宫女。羽林仗：羽林軍及儀仗隊。《新唐書·百官志》：“左右羽林軍，掌統北衙禁兵，督攝左右廂飛騎儀仗。”
〔三一〕辟邪旗：畫有辟邪獸之旗。辟邪，獸名。《通典》：“大駕鹵簿衛馬
　　隊，左右廂各二十四隊，從十二旗，第一隊辟邪旗。”
〔三二〕豹胎：古人以豹胎爲精美食品。
〔三三〕饜飫(yàn yù)：飽。飴(yí)：美味之食。此謂並不感到味美。

　　咸池昇日慶，銅雀分香悲〔三四〕。雷音後車遠，事往落
花時〔三五〕。燕禖得皇子〔三六〕，壯髮綠矮矮〔三七〕。畫堂授
傅姆，天人親捧持〔三八〕。虎睛珠絡褓，金盤犀鎮帷〔三九〕。
長楊射熊羆，武帳弄啞咿〔四〇〕。漸拋竹馬劇，稍出舞雞
奇〔四一〕。嶄嶄整冠珮，侍宴坐瑤池〔四二〕。眉宇儼圖畫，
神秀射朝輝〔四三〕。

〔三四〕咸池兩句：喻憲宗逝世，穆宗即位。咸池，神話謂日浴處。《淮南
　　子‧天文訓》：“日出於暘谷，浴於咸池。”銅雀，銅雀臺，曹操於建
　　安十五年冬所築，在今河北省臨漳縣西南，與金虎臺、冰井臺共稱
　　三臺。分香，陸機《弔魏武帝文序》：“見魏武帝遺令，……曰：吾
　　婕好妓人，皆著銅爵臺。……汝等時時登銅爵臺，望吾西陵墓田。
　　餘香可分與諸夫人。諸舍中(謂衆妾)無所爲，學作履組賣也。”
　　(《文選》卷六〇)
〔三五〕雷音兩句：謂秋娘從此不再聽到天子車駕聲，往事如花之凋落，
　　不復開放。雷音，喻帝王車駕聲。司馬相如《長門賦》：“雷隱隱而
　　響起，聲象君之車音。”後車，隨從之車。
〔三六〕燕禖(méi)：猶高禖，媒神，舊時帝王祀以求子。《禮記‧月令》：
　　仲春之月，“玄鳥至。至之日，以太牢祠於高禖，天子親往。”注曰：
　　“高辛氏之出，玄鳥遺卵，娀簡吞之而生契。後王以爲媒官嘉祥而
　　立其祠焉。變媒言禖，神之也。”皇子，謂漳王湊。

〔三七〕壯髮句：謂漳王額髮下垂，頗具帝王之相。壯髮，額前所生之髮。《漢書・趙皇后傳》：“中宮史曹宮御幸孝成皇帝，産子，……曰：我兒，男也，額上有壯髮，類孝元皇帝。”顏師古注曰：“壯髮，當額前侵下而生，今俗呼爲圭頭者是也。”綠綏（ruí）綏，頭髮濃密下垂貌。

〔三八〕畫堂兩句：謂秋娘受命爲保姆，親自護持教養皇子。畫堂，飾有彩畫之屋，此指皇子住處。《漢書・元后傳》：“甘露三年，生成帝於甲館畫堂。”天人，謂皇子具有非凡之材。《三國志・魏志・王粲傳》注引《魏略》曰：“邯鄲淳對其所知，嘆植（曹植）之材，謂之天人。”

〔三九〕虎睛兩句：謂皇子用品華貴：小兒包被以如虎睛之珠穿綫絡裹，住室以金綫盤成之犀角爲鎮帷。褓，襁褓。鎮帷，墜住帷帳勿使飄動之物。

〔四〇〕長楊兩句：謂穆宗喜愛漳王，遊獵時帶在身邊，常在武帳中逗弄他。長楊，長楊宮，在今陝西省周至縣。《三輔黃圖》卷一：“長楊宮，在今周至縣東三十里，本秦舊宮，至漢修飾之以備行幸，宮中有垂楊數畝，因爲宮名，門曰射熊觀，秦、漢遊獵之所。”武帳，帝王坐息之處，帳中設置兵器衛護。啞咿，小兒學語聲。

〔四一〕漸抛兩句：謂漳王日漸長大，不再騎竹爲戲，而具鬥雞之能。《新唐書・王勃傳》：“沛王聞其名，召署府修撰。是時諸王鬥雞，勃戲爲文檄英王雞。”劇，一作“戲”。

〔四二〕嶄嶄兩句：謂漳王穿戴整齊，陪侍母后宴飲。嶄嶄，冠冕高聳貌。瑤池，神話中西王母居處。《穆天子傳》卷三：“天子觴西王母於瑤池之上。”

〔四三〕眉宇兩句：謂漳王面容美好，神采煥發。儼，儼然。

第二段寫秋娘入宮得寵及爲漳王傅姆。

一尺桐偶人，江充知自欺〔四四〕。王幽茅土削〔四五〕，秋放故鄉歸。觚稜拂斗極〔四六〕，迴首尚遲遲〔四七〕。四朝三十載〔四八〕，似夢復疑非。潼關識舊吏〔四九〕，吏髮已如絲〔五〇〕。却喚吳江渡，舟人那得知。歸來四鄰改，茂苑草菲菲〔五一〕。清血灑不盡〔五二〕，仰天知問誰？寒衣一匹素〔五三〕，夜借鄰人機。

〔四四〕一尺兩句：以漢武帝時江充陷害戾太子事喻指鄭注之誣害漳王湊。據《漢書·江充傳》：充以告發趙王太子丹姦亂而得武帝信任，一時威震京師。“後上幸甘泉，疾病。充見上年老，恐晏駕後爲太子所誅，因是爲姦，奏言上疾祟在巫蠱。於是上以充爲使者治巫蠱。充將胡巫掘地求偶人，捕蠱，及夜祠，視鬼染污，令有處，輒收捕驗治，燒鐵鉗灼，强服之。民轉相誣以巫蠱，吏輒劾以大逆亡道，坐而死者，前後數萬人。是時，上春秋高，疑左右皆爲蠱祝詛，有與亡，莫敢訟其冤者。充既知上意，因言宮中有蠱氣，先治後宮希幸夫人，以次及皇后，遂掘蠱於太子宮，得桐木人。太子懼不能自明，收充，自臨斬之。……太子由是遂敗。……後武帝知充有詐，夷充三族。”又《資治通鑑》卷二四四：“上弟湊賢，有人望，(鄭)注令神策都虞候豆盧著誣告申錫謀立漳王。戊戌，守澄奏之，上以爲信然，甚怒。”注曰：“漳王固上之所忌，因其所忌而讒間之，此宋申錫之所以不免於罪也。”

〔四五〕王幽句：謂漳王被幽禁，削去封爵。茅土，指封爵。《資治通鑑》卷二四五：文宗大和五年(八三一)三月“癸卯，貶漳王湊爲巢縣公，申錫爲開州司馬。……九年正月乙卯，巢公湊薨，追贈齊王。”

〔四六〕觚(gū)稜：殿堂屋角瓦脊成方角稜瓣之形。班固《西都賦》：“設璧門之鳳闕，上觚稜而棲金爵(雀)。”王觀國《學林》：“屋角瓦脊，成方角稜瓣之形，故謂之觚稜。《西都賦》云云，蓋謂以銅鐵爲鳳雀，安於闕角瓦脊之上。”拂：拂拭。此謂連接。斗極：北斗星和北極星,此泛指星辰。

〔四七〕遲遲: 徐行貌。

〔四八〕四朝句:秋娘於憲宗元和二年(八〇七)籍没入宫,復歷穆宗、敬宗、文宗三朝,至大和五年(八三一)放歸,前後凡二十五年,此言"三十載"者,乃取其整數。

〔四九〕潼關句:以漢終軍重過潼關喻秋娘由入宫原路返回故鄉。《漢書·終軍傳》:終軍"字子雲,濟南人也。少好學,以辯博能屬文,聞於郡中,年十八,選爲博士弟子"。"初,軍從濟南當詣博士,步入關。關吏予軍繻。軍問:'以此何爲?'吏曰:'爲復傳,還當以合符。'軍曰:'大丈夫西游,終不復傳還。'棄繻而去。軍爲謁者,使行郡國,建節東出關。關史識之,曰:'此使者乃前棄繻生也。'"潼關,古桃林塞,置於後漢,在今陝西省潼關縣東南,關城險峻,下臨黄河,東扼長安,歷來是軍事要地。《通典》:"潼關,本名衝關。河自龍門南流,衝激華山,故以爲名。"

〔五〇〕如絲: 謂髮白如絲。

〔五一〕茂苑:長洲縣(今江蘇省蘇州市)之別稱,左思《吴都賦》:"帶朝夕之濬池,佩長洲之茂苑。"此借指秋娘故鄉京口。草菲菲:草盛貌。

〔五二〕清血:猶清淚。《文選·李陵〈答蘇武書〉》注:"血即淚也。飲血,謂飲泣也。"

〔五三〕素: 白絹。

第三段寫漳王得罪,秋娘放歸,晚境凄涼。

我昨金陵過,聞之爲獻欷〔五四〕。自古皆一貫,變化安能推。夏姬滅兩國,逃作巫臣姬〔五五〕。西子下姑蘇,一舸逐鴟夷〔五六〕。織室魏豹俘,作漢太平基〔五七〕。誤置代籍中,兩朝尊母儀〔五八〕。光武紹高祖,本係生唐兒〔五九〕。

珊瑚破高齊，作婢舂黃糜〔六〇〕。蕭后去揚州，突厥爲
閼氏〔六一〕。

〔五四〕歔欷(xū xī)：哀嘆。

〔五五〕夏姬兩句：據《左傳》宣公九年、十年及成公二年載，夏姬爲鄭穆
公女，陳大夫御叔妻，夏徵舒之母，與陳靈公、孔寧、儀行父私通。
徵舒殺靈公。楚莊王伐陳，殺徵舒，滅陳，以爲楚縣，後又恢復陳
國。莊王以夏姬賜予連尹襄老。楚晉邲之戰中，襄老戰死，夏姬
回鄭。楚大夫巫臣聘夏姬，乘出使之機，攜姬奔晉。此謂夏姬滅
兩國，恐係誇張之辭。實則陳國幾滅於楚，陳靈公及其子爲此而
死，而楚國君臣三人(楚莊王原欲娶夏姬，爲巫臣所阻)受其影響。

〔五六〕西子兩句：謂西施使吳王夫差荒淫誤國後，隨范蠡乘一葉扁舟泛
遊五湖，飄然而去。按：據史書記載，范蠡功成引退，泛舟五湖，
並無偕西施同遊事。《史記·貨殖列傳》：范蠡既雪會稽之恥，
"乃乘扁舟浮於江湖，變名易姓，適齊爲鴟夷子皮，之陶，爲朱公。"
楊愼《升庵全集》卷六八："世傳西施隨范蠡去，不見所出，只因杜
牧'一舸隨鴟夷'之句而附會也。《墨子》曰：'西施之沈，其美也。'
墨子去吳越之世甚近，所書得其真。《修文御覽》引《吳越春秋·
逸篇》云：'吳亡後，越浮西施於江，令隨鴟夷以終。'此正與《墨子》
合。蓋吳既滅，越沈西施於江。浮，沉也，反言耳；隨鴟夷者，子胥
之譖死，西施有力焉。胥死，盛以鴟夷。今沈西施，所以報子胥之
忠，故云隨鴟夷以終。范蠡去越，亦號鴟夷子皮，杜牧遂以子胥鴟
夷爲范蠡之鴟夷，乃影撰此事，以墮後人於疑網也。"俞弁《逸老堂
詩話》："古人文辭中往往談及西子事，而其說不一。《吳越春秋》
云：'吳亡，西子被殺。'則西子之在當時，固已死矣。宋之問詩：
'一朝還舊都，靚粧尋若耶。鳥驚入松網，魚畏沈荷花。'則西子復
還會稽矣。杜牧之詩：'西子下姑蘇，一舸逐鴟夷。'則西子甘心隨
范蠡矣。及觀東坡《范蠡》詩：'誰遣姑蘇有麋鹿，更憐夫子得西
施。'則又爲蠡竊西子而去矣。予按《墨子·親士篇》曰：'西施之

沈，其美也。'西施之終，不見於史傳，古今咸謂其從范蠡五湖之
遊，今乃知其終於沈，可以爲西子浣千古之冤矣。墨子，春秋末
人，其所言當可信。"舸(gě)，船。鴟(chī)夷，原爲盛酒之革囊，伍
子胥死，吳王夫差"取子胥尸盛以鴟夷革，浮之江中"(《史記・伍
子胥列傳》)。范蠡引退後，自號鴟夷子皮。

〔五七〕織室兩句：《史記・外戚世家》："漢使曹參等擊虜魏王豹，以其國
爲郡，而薄姬輸織室。……漢王入織室，見薄姬有色，詔内後
宮，……一幸生男，是爲代王。"代王後爲文帝，在位二十三年(前
一七九—前一五七)，奉行黃老無爲政策，使社會生産得以恢復發
展，國家安定，爲漢朝保持長期繁榮隱定局面奠定基礎。魏豹，原
爲魏後，項羽破秦，立爲魏王。後從劉邦擊楚，叛漢，爲韓信虜歸，
復令爲漢守滎陽，終爲其部下所殺。

〔五八〕誤置兩句：《史記・外戚世家》："吕太后時，竇姬以良家子入宮侍
太后。太后出宮人以賜諸王，各五人，竇姬與在行中。竇姬家在
清河，欲如趙近家，請其主遣宦者吏：'必置我籍趙之伍中。'宦者
忘之，誤置其籍代伍中。籍奏，詔可，當行。竇姬涕泣，怨其宦者，
不欲往。相強，乃肯行。至代，代王獨幸竇姬，生女嫖，後生兩
男。……及代王立爲帝，而王后所生四男更病死。孝文帝立數
月，公卿請立太子，而竇姬長男最長，立爲太子。立竇姬爲皇后，
女嫖爲長公主。"文帝死，景帝即位，尊竇皇后爲皇太后。景帝死，
武帝即位，尊爲太皇太后。兩朝，謂文、景兩朝。母儀，爲人母之
典範。

〔五九〕光武兩句：謂東漢光武帝繼承漢業，其先世却爲侍婢唐兒所生。
光武帝劉秀，東漢開國皇帝，在位三十三年(二五—五七)。《後漢
書・光武帝紀》："帝，高祖九世之孫也，出自景帝生長沙定王發。"
又《史記・五宗世家》："長沙定王發，發之母唐姬，故程姬侍者。
景帝召程姬，程姬有所避，不願進，而飾侍者唐兒使夜進。上醉不
知，以爲程姬而幸之，遂有身。已乃覺非程姬也。及生子，因命曰
發。以孝景前二年用皇子爲長沙王。以其母微，無寵，故王卑濕

貧國。"

〔六○〕珊瑚兩句：謂馮小憐使高齊破滅，最後却成爲舂米奴婢。珊瑚，
馮集梧注："按：珊瑚自即謂馮小憐，然未見，俟再考。"《北史·馮
淑妃傳》："妃名小憐，後主惑之。後主至長安，及遇害，以妃賜代
王達，甚嬖之。達妃爲淑妃所譖，幾致於死。隋文帝將賜達妃兄
李詢，令著布裙配舂，詢母逼令自殺。"又《臨漢隱居詩話》："杜牧
好用故事，仍於事中復使事，若'虞卿雙璧截肪鮮'是也。亦有趁
韻而撰造非事實者，若'珊瑚破高齊，作婢舂黄糜'是也。李詢得
珊瑚，其母令衣青衣而舂，初無'糜'字。"（《苕溪漁隱叢話前集》卷
二三引）

〔六一〕蕭后兩句：《隋書·蕭后傳》："煬帝嗣位，立爲皇后。帝每游幸，
后未嘗不從，及幸江都，宇文氏之亂，隨軍至聊城，化及敗，没於竇
建德。突厥處羅可汗遣使迎后於洺州，建德不敢留，遂入於虜
廷。"閼氏（yān zhī），原爲匈奴王后之稱，此謂突厥王后。

　　女子固不定〔六二〕，士林亦難期〔六三〕。射鈎後呼
父〔六四〕，釣翁王者師〔六五〕。無國要孟子〔六六〕，有人毀仲
尼〔六七〕。秦因逐客令，柄歸丞相斯〔六八〕。安知魏齊首，
見斷簀中屍〔六九〕。給喪廱張輩，廊廟冠巋危〔七○〕。珥貂
七葉貴，何妨我虜支〔七一〕。蘇武却生返〔七二〕，鄧通終
死饑〔七三〕。

〔六二〕不定：謂命運變化不定。

〔六三〕士林：文士薈萃之所，此謂士大夫輩。期：預料。

〔六四〕射鈎句：謂管仲曾箭中齊桓公衣帶鈎，而桓公仍任之爲相，以其
爲仲父。《史記·齊世家》："初，襄公之醉殺魯桓公，通其夫人，殺
誅數不當，淫於婦人，數欺大臣，羣弟恐禍及，故次弟糾奔魯，其

母魯女也,管仲、召忽傅之。次弟小白奔莒,鮑叔傅之。小白母,衛女也,有寵於釐公。小白自少好善大夫高傒。及雍林人殺無知,議立君,高、國先陰召小白於莒。魯聞無知死,亦發兵送公子糾,而使管仲別將兵遮莒道,射中小白帶鉤。小白詳死,管仲使人馳報魯。魯送糾者行益遲,六日至齊,則小白已入,高傒立之,是爲桓公。桓公之中鉤,詳死以誤管仲,已而載溫車中馳行,亦有高、國內應,故得先入立,發兵距魯。……魯遂殺子糾於笙瀆。召忽自殺,管仲請囚。……桓公乃詳爲召管仲欲甘心,實欲用之。管仲知之,故請往。鮑叔牙迎受管仲,及堂阜而脱桎梏,齋祓而見桓公。桓公厚禮以爲大夫,任政。"父,仲父,父之次弟。《戰國策·齊六》:"周文王得吕尚以爲太公,齊桓公得管夷吾以爲仲父。"

〔六五〕釣翁句:《史記·齊世家》:"吕尚蓋嘗窮困,年老矣,以漁釣奸周西伯。西伯將出獵,卜之,曰:'所獲非龍非螭,非虎非羆,所獲霸王之輔。'於是周西伯獵,果遇太公於渭之陽,與語大説,曰:'自吾先君太公曰當有聖人適周,周以興。子真是邪? 吾太公望子久矣。'故號之曰太公望,載與俱歸,立爲師。"

〔六六〕無國句:謂諸侯國皆不願采納孟子之學説主張。要,通"邀"。《史記·孟子列傳》:"孟軻,騶人也。受業子思之門人。道既通,游事齊宣王,宣王不能用。適梁,梁惠王不果所言,則見以爲迂遠而闊於事情。……退而與萬章之徒序《詩》、《書》,述仲尼之意,作《孟子》七篇。"

〔六七〕有人句:謂孔子雖賢,猶有人加以毀謗。《論語·子張》:"叔孫武叔毀仲尼。子貢曰:'無以爲也,仲尼不可毀也。'"

〔六八〕秦因兩句:《史記·李斯列傳》:秦王拜李斯爲客卿,"秦宗室大臣皆言秦王曰:'諸侯人來事秦者,大抵爲其主游閒於秦耳,請一切逐客。'李斯議亦在逐中"。斯乃上諫逐客書,秦王遂"除逐客之令,復李斯官,卒用其計謀。官至廷尉。二十餘年,竟并天下,尊爲皇帝,以斯爲丞相。"

〔六九〕安知兩句:《史記·范雎列傳》:雎係魏人,事魏中大夫須賈。"須賈爲魏昭王使於齊，范雎從。留數月，未得報。齊襄王聞雎辯口，乃使人賜雎金十斤及牛酒，雎辭謝不敢受。須賈知之，大怒，以爲雎持魏國陰事告齊，故得此饋，令雎受其牛酒，還其金。既歸，心怒雎，以告魏相。魏相，魏之諸公子，曰魏齊。魏齊大怒，使舍人笞擊雎，折脅摺齒。雎詳死，即卷以簀，置廁中。賓客飲者醉，更溺雎，故僇辱以懲後，令無妄言者。雎從簀中謂守者曰：‘公能出我，我必厚謝公。’守者乃請出棄簀中死人。魏齊醉，曰：‘可矣。’范雎得出。”後范雎至秦，説秦昭王，大受信用，因爲秦相。遂逼迫魏“急持魏齊頭來，不然者，我且屠大梁！”魏齊出亡，自剄於趙。“趙王聞之，卒取其頭予秦。”簀(zé)，竹席。

〔七〇〕給(jǐ)喪兩句：《史記·周勃世家》：“絳侯周勃者，沛人也。……勃以織薄曲爲生，常爲人吹簫給喪事，材官引、强。”後從劉邦起兵，因戰功封絳侯，文帝時爲右丞相。給喪，爲人辦喪事。蹶(juē)張，以脚踏弩，使之張開。《史記·申屠嘉列傳》：“申屠丞相嘉者，梁人，以材官蹶張從高祖擊項籍，遷爲隊率。”文帝時封關内侯，後爲丞相。《集解》引如淳曰：“材官之多力，能脚踏、强弩張之。”廊廟，舊時帝王與朝臣議論政事的地方，因指代朝廷。《戰國策·秦策》：“謀不出廊廟，坐制諸侯。”冠崣危，峨冠博帶，大官之服飾。崣危，高貌。

〔七一〕珥(ěr)貂兩句：謂子孫七朝顯貴，又何妨其爲胡虜後裔？《漢書·金日磾傳贊》曰：“金日磾夷狄亡國，羈虜漢庭，而以篤敬寤主，忠信自著，勒功上將，傳國後嗣，世名忠孝，七世内侍，何其盛也！”珥貂，插戴貂尾。漢侍中之冠佩貂尾以爲飾。珥，插戴。七葉，謂武帝、昭、宣、元、成、哀及平帝七朝。我，一作“戎”。虜支，少數民族之宗支。虜，對少數民族之蔑稱。

〔七二〕蘇武句：《漢書·蘇武傳》：天漢元年(前一〇〇)，蘇武以中郎將使持節出使匈奴，爲匈奴拘押，“幽武置大窖中，絶不飲食。天雨雪，武卧齧雪與旃毛並咽之，數日不死。匈奴以爲神，乃徙武北海上無人處，使牧羝，羝乳乃得歸。……武既至海上，廩食不至，掘野鼠去（儲）草實而食之。杖漢節牧羊，卧起操持，節旄盡落。”武留匈奴凡十九載，昭帝即位後始歸。及還，鬚髮盡白。

〔七三〕鄧通句：謂鄧通爲文帝幸臣，擁有銅山之富，最終竟死於饑餓。《史記·佞幸列傳》：文帝賞賜通巨萬以十數，官至上大夫。“上使善相者相通，曰‘當餓死’。文帝曰：‘能富通者在我也，何謂貧乎？’於是賜鄧通蜀嚴道銅山，得自鑄錢，‘鄧氏錢’布天下。其富如此。”景帝立，罷免鄧通，籍没其家。通“竟不得名一錢，寄死人家。”

　　主張既難測〔七四〕，翻覆亦其宜〔七五〕。地盡有何物？天外復何之〔七六〕？指何爲而捉〔七七〕，足何爲而馳？耳何爲而聽，目何爲而窺？己身不自曉，此外何思惟？因傾一樽酒，題作杜秋詩。愁來獨長詠，聊可以自怡〔七八〕。

〔七四〕主張：主宰。《莊子·天運》：“天其運乎？地其處乎？日月其争於所乎？孰主張是？孰維綱是？孰居無事推而行是？”
〔七五〕翻覆：謂人事變化無常。
〔七六〕之：往。
〔七七〕捉：握。
〔七八〕聊：姑且。怡：怡悦性情。

　　第四段由秋娘坎坷遭遇聯想到古往今來的一些著名歷史人物的不同命運，慨嘆世事之多變，禍福之無常。

　　此詩凡一百十二句，五百六十字，爲《樊川詩集》中最長篇什。詩之前半叙事，其叙秋娘事蹟，運以典型場景和對比手法，異常生動。詩之後半，發而爲議論，直接表達其對不幸女子之同情和對現實政治之不滿。

結尾部分,則運用屈原《天問》筆法,起了深化主題的作用。然全詩議論部分篇幅過多,又一味堆砌典故,頗嫌直露而寡情韻,且最終流露了人生無常的消極情緒。故吳喬《圍爐詩話》卷三云:"《杜秋詩》至'我昨過金陵,聞之爲欷歔',詩意已足,以後引夏姬、西子等,則十紙難竟,又有'指何爲而捉'等,是豈雅人深致? 不及《琵琶行》多矣。"賀貽孫《詩筏》曰:"杜牧之作《杜秋娘》五言長篇,當時膾炙人口。……余謂牧之自有佳處,此詩藉秋娘以嘆貴賤盛衰之倚伏,雖亦感慨淋漓,然終嫌其語意太盡。"又賀裳《載酒園詩話又編》曰:"昔人多稱其《杜秋詩》,今觀之,真如暴漲奔川,略少淳泓澄澈。"然杜詩當時確曾傳誦一時。如張祜《讀池州杜員外〈杜秋娘詩〉》:"年少多情杜牧之,風流仍作杜秋詩。可知不是長門閉,也得相如第一詞。"又如李商隱《贈司勳杜十三員外》:"杜牧司勳字牧之,清秋一首杜秋詩。前身應是梁江總,名總還曾字總持。心鐵已從干鏌利,鬢絲休歎雪霜垂。漢江遠弔西江水,羊祜韋丹盡有碑。"

揚 州 三 首(選二)〔一〕

　　煬帝雷塘土〔二〕,迷藏有舊樓〔三〕。誰家唱《水調》〔四〕? 明月滿揚州〔五〕。駿馬宜閒出,千金好暗投〔六〕。喧闐醉年少〔七〕,半脫紫茸裘〔八〕。

　　秋風放螢苑〔九〕,春草鬥雞臺〔一〇〕。金絡擎鵰去〔一一〕,鸞環拾翠來〔一二〕。蜀船紅錦重,越橐水沈堆〔一三〕。處處皆華表,淮王奈却迴〔一四〕。

〔 一 〕本詩作於文宗大和七年。是年四月,宣歙觀察使沈傳師内召爲吏部侍郎,原在沈幕之杜牧遂應淮南節度使牛僧孺之聘,赴揚州爲淮南節度推官,後轉掌書記。

〔二〕煬帝：隋煬帝楊廣(五六九—六一八)，在位十四年(六〇四—六一八)。登位伊始，即大興土木，築西苑，造離宮，開運河，建龍舟，幸江都(即揚州)，沉湎聲色，荒淫無度，至使民不聊生，紛紛揭竿而起。大業十四年，終爲禁軍將領宇文化及等所縊殺。雷塘：隋煬帝葬地，在揚州城西北十五里。煬帝原葬於城西北五里之吳公臺，據《資治通鑑》卷一八八：唐高祖武德五年(六二二)，“改葬隋煬帝於揚州雷塘。”胡注：“雷塘，漢所謂雷陂也，在今揚州城北平岡上。”按，煬帝墓原有碑，上刻“隋煬帝陵”，後毀圮，清嘉慶十二年(一八〇七)，浙江巡撫阮元和揚州知府伊秉綬重立之。唐羅隱《煬帝陵》“君王忍把平陳業，只換雷塘數畝田。”

〔三〕迷藏：即迷樓。據《迷樓記》：“隋煬帝時，浙人項昇進新宮圖。帝令揚州依圖起造，經年始成。回環四合，上下金碧，工巧宏麗，自古無有，費用金玉，帑庫爲之一空。人誤入者雖終日不能出。帝顧左右曰：‘使真仙遊其中，亦當自迷也，可目之曰迷樓。’”(《説郛》卷三二)

〔四〕水調：原注：“煬帝鑿汴渠成，自造《水調》。”馮集梧注：“《樂苑》：《水調》，商調曲。舊説，隋煬帝幸江都所製。曲成奏之，王令言聞而謂其弟子曰：‘但有去聲，而無迴韻，帝不返矣！’後竟如其言。”

〔五〕明月句：形容揚州之繁華。徐凝《憶揚州》：“蕭娘臉上難勝淚，桃葉眉頭易得愁。天下三分明月夜，二分無賴是揚州。”

〔六〕駿馬兩句：謂貴遊子弟騎馬閒逛、一擲千金。暗投，一作“暗遊”。

〔七〕喧闐(tián)：喧譁。

〔八〕紫茸裘：紫色裘皮衣服。

〔九〕放螢苑：據馮集梧注：“《一統志》：‘揚州府隋苑，在江都縣北七里。’舊志：‘放螢苑即隋苑，一名上林苑。’按：《隋書·煬帝紀》：‘大業十二年五月，於景華宮徵求螢火，得數斛，夜出游山，放之，光遍巖谷。至七月幸江都宮。’是放螢事在東都，不在江都也。舊志因牧之詩求其地以實之，要未可據。”

〔一〇〕鬭雞臺：馮集梧注引《大業拾遺記》：“煬帝嘗遊吳公宅雞臺，恍惚間與陳後主相遇,尚喚帝爲殿下。"

〔一一〕金絡:金絲繩帶。鵰:,一種凶禽,黑褐色,似鷹而大,能捕食山
羊、野兔等。

〔一二〕鸞環:鸞形之玉環。翠:,翠羽,指翠鳥。

〔一三〕蜀船兩句:謂揚州水路交通發達,蜀船運來五采之錦,越橐裝來
沉香之木。蜀錦,《新唐書·地理志》:"成都府蜀郡土貢錦。"越,
指今越南。《新唐書·地理志》:"驩州土貢沉香。"驩州,即德州,
今越南榮市。橐(tuó),無底之囊。水沈堆,指成堆之沉香木。
沈,通"沉"。《梁書·林邑國傳》:"沈木者,土人斫斷之,積歲朽
爛,而心節獨在,置水中則沈,故名曰沈香。"

〔一四〕處處兩句:謂揚州繁盛之極,無奈淮南王劉安却棄世而登仙。華
表,古代立於宮殿、城垣或陵墓前刻有花紋之石柱。《搜神後記》:
"丁令威本遼東,學道於靈虛山,後化鶴歸,集城門華表柱。時有
少年欲射之,鶴乃飛,徘徊空中,言曰:'有鳥有鳥丁令威,去家千
年今始歸,城郭如故人民非,何不學仙冢纍纍。'"淮王,謂西漢淮
南王劉安。《風俗通》:"俗說淮南王安,白日升天。"然馮集梧注反
對此説,曰:"謹按:《漢書》淮南王安,招募方技怪迂之人,述神仙
黃白之事,財殫力屈,無能成獲,乃謀叛逆。上使宗正以符節治
王,安自殺,太子諸所與謀皆取夷,國除,爲九江郡。親伏白刃,與
衆棄之,安在其能神仙乎?"

　　揚州在唐代最爲繁華,歌樓舞榭,盛極一時;詩人於大和七、八年間
曾在揚州供職,沉湎聲色,出入青樓,集中不乏歌咏揚州之什。本詩則極
寫揚州當年之盛況。宋洪邁《容齋隨筆》卷九《唐揚州之盛》云:"唐世鹽
鐵轉運使在揚州,盡幹利權,判官多至數十人,商賈如織,故諺稱'揚一益
二',謂天下之盛,揚爲一而蜀次之也。杜牧之有'春風十里''珠簾'之
句,張祜詩云:'十里長街市井連,月明橋上看神仙。人生只合揚州死,禪
智山光好墓田。'王建詩云:'夜市千燈照碧雲,高樓紅袖客紛紛。如今不
似時平日,猶自笙歌徹曉聞。'徐凝詩云:'天下三分明月夜,二分無賴是

揚州。'其盛可知矣。"

送杜顗赴潤州幕〔一〕

少年才俊赴知音〔二〕，丞相門欄不覺深〔三〕。直道事人男子業〔四〕，異鄉加飯弟兄心〔五〕。還須整理韋弦佩〔六〕，莫獨矜誇玳瑁簪〔七〕。若去上元懷古去，謝安墳下與沈吟〔八〕。

〔一〕本詩選自《樊川外集》。杜顗(yǐ)：字勝之，牧之弟(少牧四歲)，大和六年(八三二)進士。八年十一月，李德裕出爲鎮海節度使，辟顗爲巡官，牧之作此詩送行。時年三十二歲。潤州：鎮海節度使幕府所在地，今江蘇省鎮江市。

〔二〕少年才俊：牧之所作杜顗墓誌銘云："君幼孤多疾，目視昏近，先夫人不令就學，年十七，讀《尚書》十三篇，《禮記》七篇，《漢書》止《賈誼傳》，不復執卷。年二十四，明年當舉進士，始握筆，草《闕下獻書》、《與裴丞相度書》，指言時事，書成各數千字，不半歲遍傳天下。進士崔岐有文學，峭澀不許可人，詣門贈君詩曰：'賈馬死來生杜顗，中間寥落一千年。'"

〔三〕丞相：謂李德裕。《資治通鑑》卷二四四：文宗大和七年"二月丙戌，以兵部尚書李德裕同平章事。"八年十一月"乙亥，復以德裕爲鎮海節度使，不復兼平章事。"又《新唐書·百官志》："唐因隋制，以三省之長中書令、侍中、尚書令共議國政，此宰相職也。……貞觀八年，僕射李靖因疾辭位，詔疾小瘳，三兩日一至中書門下平章事，而平章事之名蓋起於此。"

〔四〕直道事人：謂以正義之道侍奉李德裕。《論語·微子》："柳下惠爲士師,三黜。人曰:‘子未可以去乎?’曰:‘直道而事人,焉往而不三黜?枉道而事人,何必去父母之邦?’”據牧之《上宰相求湖州第一啓》:“李太尉貴驕多過,凡有毫髮,顗必疏而言之。後謫袁州,於蒼惶中言於親吏曹居實曰:‘如杜巡官愛我之言,若門下人盡能出之,吾無今日。’”

〔五〕加飯:猶言保重身體。《古詩十九首》:“努力加餐飯。”

〔六〕還須句:勉勵杜顗效法古人,修養性情。韋弦佩,語本《韓非子·觀行》:“西門豹之性急,故佩韋以緩己;董安于之心緩,故佩弦以自急。”韋,皮帶。弦,弓弦。

〔七〕莫獨句:誡顗勿尚浮華之風。矜(jīn)誇,驕矜誇大。玳瑁,龜類動物,其甲可製飾品。

〔八〕若去兩句:囑顗去謝安墓地懷古憑弔以表仰慕之意。去,一作“處”。上元,唐縣名,即今南京市。謝安墓在上元縣東南十里。謝安(三二〇—三八五),字安石,東晉陽夏(今河南太康)人。孝武帝時爲尚書僕射,領中書令(即宰相)。淝水一戰,他指揮有方,派謝石、謝玄等率北府兵八萬擊敗前秦苻堅軍九十萬。沈吟,深思貌。

贈 別 二 首〔一〕

娉娉裊裊十三餘〔二〕,荳蔻梢頭二月初〔三〕。春風十里揚州路,卷上珠簾總不如〔四〕!

多情却似總無情,惟覺罇前笑不成〔五〕。蠟燭有心還惜別,替人垂淚到天明。

〔一〕文宗大和六年(八三二)十二月,牛僧孺以同平章事,充淮南節度使。次年四月,辟牧之爲節度使推官、監察御史裏行,轉掌書記。

牧之在揚州淮南幕府期間，流連青樓，生活放浪。本詩即爲大和
九年牧之轉眞監察御史，離揚州赴長安供職前夕，贈其愛妓之作，
時年三十三歲。于鄴《揚州夢記》：“唐中書舍人杜牧，少有逸才，
下筆成詠，弱冠擢進士第，復捷制科。牧少俊，性疏野放蕩，雖爲
檢刻而不能自禁。會丞相牛僧孺出揚州，辟節度掌書記。牧供職
以外，唯以宴遊爲事。揚州，勝地也，每重城向夕，倡樓之上，常有
絳紗燈萬數，輝羅燿列空中，九里三十步，街中珠翠填咽，邈若仙
境，牧常出没馳逐其間，無虛夕。復有卒三十人，易服隨後潛護
之，僧孺之密教也。而牧自謂得計，人不知之，所至成歡，無不會
意。如是且數年。及征拜侍御史，僧孺於中堂餞，因戒之曰：‘以
侍御史氣概遠馭，因當自極夷塗；然常慮風情不節，或至尊體乖
和。’牧因繆曰：‘某幸常自檢守，不至貽尊憂耳。’僧孺笑而不答，
即命侍兒，取一小書籚對牧發之，乃街卒之密報也，凡數千百。悉
曰：‘某夕，杜書記過某家，無恙。’‘某夕，宴某家，亦如之。’牧對之
大慚，因泣拜致謝，而終身感焉。”
〔二〕娉(pīng)娉嫋(niǎo)嫋：女子體態輕盈美好貌。
〔三〕荳蔻句：謂此女年輕美麗，如早春二月含苞待放之荳蔻花。荳
　　　蔻，多年生常綠草本植物，初夏開花，果實芳香。
〔四〕珠簾：門簾以珠子串聯而成。
〔五〕罇：酒器。

　　張戒《歲寒堂詩話》云：“杜牧之云：‘多情却是總無情，惟覺尊前笑不
成。’意非不佳，然而詞意淺露，略無餘蘊。只知道得人心中事，而不知道
盡則又淺露也。後來詩人能道得人心中事者少爾，尚何無餘蘊之責哉！”
按：從全詩意境看，其詞雖淺而亦尚有含蘊。三、四兩句以蠟淚比襯惜別
之情，富有韻致。此後，“蠟淚”一詞遂成熟典。黃叔燦《唐詩箋注》曰：
“曰‘却似’，曰‘惟覺’，形容妙矣。下却借蠟燭托寄，曰‘有心’，曰‘替
人’，更妙。宋人評牧之詩：豪而艷，宕而麗，其絕句於晚唐中尤爲出色。”

張好好詩 并序〔一〕

　　牧大和三年〔二〕，佐故吏部沈公江西幕〔三〕。好好年十三，始以善歌來樂籍中〔四〕。後一歲，公移鎮宣城，復置好好於宣城籍中〔五〕。後二歲〔六〕，爲沈著作述師以雙鬟納之〔七〕。後二歲，于洛陽東城重睹好好〔八〕，感舊傷懷，故題詩贈之。

　　君爲豫章姝〔九〕，十三纔有餘。翠茁鳳生尾，丹葉蓮含跗〔一〇〕。高閣倚天半，章江聯碧虛〔一一〕。此地試君唱，特使華筵鋪〔一二〕。主公顧四座〔一三〕，始訝來踟蹰〔一四〕。吳娃起引贊，低徊映長裾。雙鬟可高下，纔過青羅襦〔一五〕。盼盼乍垂袖〔一六〕，一聲雛鳳呼〔一七〕。繁絃迸關紐，塞管裂圓蘆。衆音不能遂，裊裊穿雲衢〔一八〕。主公再三嘆，謂言天下殊。贈之天馬錦〔一九〕，副以水犀梳〔二〇〕。龍沙看秋浪，明月遊東湖〔二一〕。自此每相見，三日已爲疏。玉質隨月滿，豔態逐春舒〔二二〕。絳脣漸輕巧〔二三〕，雲步轉虛徐〔二四〕。旌旆忽東下，笙歌隨舳艫〔二五〕。霜凋謝樓樹，沙暖句溪蒲。身外任塵土，罇前極歡娛〔二六〕。飄然集仙客，諷賦欺相如〔二七〕。聘之碧瑤珮，載以紫雲車〔二八〕。洞閉水聲遠，月高蟾影孤〔二九〕。爾來未幾歲〔三〇〕，散盡高陽徒〔三一〕。洛城重相見〔三二〕，婥婥爲當壚〔三三〕。怪我苦何事，少年垂白鬚？朋遊今在否，落拓更能無〔三四〕？門館慟哭後，水雲秋景初〔三五〕。斜日掛衰柳，涼風生座隅〔三六〕。灑盡滿衿淚，短歌聊一書。

〔一〕本詩作於大和九年秋。張好好：歌伎名。

〔二〕大和：文宗年號(八二七—八三五)。大，通"太"。

〔三〕佐故句：謂詩人在沈傳師江西幕府任江西團練巡官、試大理評
事。沈公，沈傳師，字子言，傳奇作家沈既濟之子，史謂吳人，實今
浙江湖州武康人。大和二年十月，以尚書右丞外放爲江西觀察
使，召杜牧、李景讓、蕭寘入幕，極一時之盛。《舊唐書·沈傳師
傳》："出爲洪州刺史，江南西道觀察使，轉宣州刺史，宣、歙、池觀
察使，入爲吏部侍郎。太和元年卒，年五十九。"馮集梧辨曰："按：
《舊唐書·文宗紀》：'太和二年十月，以右丞沈傳師爲江西觀察
使。四年九月，以江西觀察使沈傳師爲宣、歙觀察使。七年四月，
以宣、歙、池觀察使沈傳師爲吏部侍郎。九年四月，吏部侍郎沈傳
師卒。'則傳師出鎮、移鎮、還朝及卒，年數甚明，傳云太和元年卒
者，字誤也。"

〔四〕樂籍：謂入樂户之名籍。古時官伎屬樂部，故稱。

〔五〕宣城：今屬安徽省。

〔六〕二：一本作"三"。

〔七〕沈著作述師：沈述師，字子明，傳師弟，時爲著作郎。雙鬟：將髮
屈繞如環，挽成雙髻。此謂鬟髻上貴重首飾，以見聘禮之豐。辛
延年《羽林郎》："兩鬟何窈窕，一世良所無。一鬟五百萬，兩鬟千
萬餘。"

〔八〕洛陽句：詩人於大和九年初進京爲監察御史。秋七月，因好友李
甘受鄭注貶斥而以疾辭，朝廷即命其以監察御史分司東都。

〔九〕君：一作"爾"。豫章：郡名，即洪州，治所在南昌，今屬江西省。
姝(shū)：美女。

〔一〇〕翠茁(zhuó)兩句：謂好好體態輕盈，面容嬌美，一如翠竹搖風，蓮
苞待放。茁，生長。鳳尾，鳳尾竹。丹葉，牧手書真蹟作"丹臉"。
跗(fú)，花萼。

〔一一〕高閣兩句：謂滕王閣高矗雲端，閣下贛水流逝，遠與天接。高閣，
　　　　指滕王閣。章江，即贛江。碧虛，天空。王勃《滕王閣》：“滕王高
　　　　閣臨江渚。”

〔一二〕華筵：豐盛的筵席。

〔一三〕主公：一作“主人”。

〔一四〕踟躕（chí chú）：徘徊不前貌。

〔一五〕吳娃四句：寫好好出場行禮之優美姿態。吳娃，吳地美女，此喻
　　　　指好好。引贊，稱頌。此謂行禮。低佪，徘徊留戀貌，此言脈脈含
　　　　情。裾，衣服之大襟。雙鬟可高下，謂好好行禮時下蹲起立狀。
　　　　羅襦（rú），絲羅短襖。

〔一六〕盼盼：顧視貌。乍：牧手書真蹟作“下”。

〔一七〕雛鳳呼：喻好好歌喉美妙。雛鳳，幼鳳。李商隱《韓冬郎即席爲
　　　　詩相送》詩：“雛鳳清於老鳳聲。”

〔一八〕繁弦四句：謂好好歌聲高亢悠揚，無人能及。繁弦，謂琴弦所彈
　　　　出的繁富音調。關紐，即關鍵。迸、裂，狀樂聲之高亢。塞管，猶
　　　　蘆管。《文獻通考》卷一三八：“蘆管，胡人截蘆爲之，大概與觱篥
　　　　相類，出於北國。”裊裊（niǎo），狀歌聲悠揚。雲衢，天空。

〔一九〕天馬錦：繪有天馬圖案之名貴錦緞。天馬，產於西域之良馬。
　　　　《史記·大宛列傳》：“初得烏孫馬好，名曰天馬。及得大宛汗血
　　　　馬，益壯，更名烏孫馬曰西極，大宛馬曰天馬。”

〔二〇〕副：佐，加。水犀梳：以水犀（犀牛名）角製成之名貴梳子。

〔二一〕龍沙兩句：謂“主公”攜好好或登高觀潮，或泛舟月下。龍沙，在
　　　　南昌城北，地勢高峻。東湖，在南昌城東。《太平寰宇記》引雷次
　　　　宗《豫章記》云：“州城東有大湖，北與城齊，隨城迴曲，至南塘，水
　　　　通章江，增減與江水同。”

〔二二〕玉質兩句：謂好好體態舒展，日漸豐滿。玉質，猶玉體。

〔二三〕絳（jiàng）脣：朱脣。絳，大紅。

〔二四〕雲步：謂行步飄逸如雲。虛徐：雍容舒展貌。

〔二五〕旌斾（pèi）兩句：謂沈傳師由江西調任宣歙觀察使，乘舟東下治

所宣城(今屬安徽省),好好亦隨船而去。旌旆,旌旗,唐節度使儀仗有旌與節,因以指代沈傳師。笙歌,以聲代人,指好好。舳(zhóu)艫,泛指船隻。據《漢書·武帝紀》注:船尾爲舳,船頭爲艫。

〔二六〕霜凋四句:謂沈氏兄弟等與好好流連風景,飲酒盡歡,視功名如塵土。謝樓,謝朓樓,在宣城北,一名北樓,爲南齊宣城太守謝朓所建。李白曾登樓賦詩,有《秋登宣城謝朓北樓》、《宣州謝朓樓餞別校書叔雲》等篇。沙暖,指春日。杜甫《絶句》:"遲日江山麗,春風花草香。泥融飛燕子,沙暖睡鴛鴦。"句溪,《太平寰宇記》:"句溪一名東溪,水源從寧國縣東鄉溪嶺承天目山腳水,合流連接,至此爲句溪,流向北,至郡門外過也。"

〔二七〕飄然兩句:原注:"著作嘗任集賢校理。"謂沈述師曾任集賢校理,所作之賦超過司馬相如。集仙客,指沈述師。集仙,宮殿名,開元中置,内設書院,置學士、直學士。《舊唐書·玄宗紀》:"(開元十三年)夏四月丁巳,改集仙殿爲集賢殿,麗正殿書院改集賢殿書院;内五品已上爲學士,六品已下爲直學士。"據《李賀集序》,知沈述師大和五年爲集賢校理。諷賦,此謂作賦。賦有諷諫之義,故稱。欺,猶言壓倒,勝過。相如,司馬相如,漢武帝時著名辭賦家,著有《子虚》、《上林》、《大人》等賦。

〔二八〕聘之兩句:謂沈述師以隆重的禮節聘娶張好好。碧瑶,猶碧玉。珮,玉佩。紫雲車,仙家所乘。《博物志》卷八:"西王母乘紫雲車而至。"

〔二九〕洞閉兩句:暗用劉阮入天台及嫦娥奔月事,謂好好自爲述師之妾後,如入仙境,隔絶人世,不復與故人往還。據《太平御覽》卷四一引《幽明録》(《太平廣記》卷六一引《神仙記》):漢永平五年,有剡縣劉晨、阮肇者共入天台山採藥,迷路後遇二仙女,姿質妙絶,如舊相識,邀入山中小住。半年後出山歸家,"親舊零落,邑屋全異,無復相識。問得七世孫,傳聞上世入山迷不得歸。"蟾影,喻嫦娥。《後漢書·天文志》注引《靈憲》曰:"姮娥遂托身於月,是爲蟾蜍。"

〔三〇〕爾來：猶近來。爾，通“邇”。

〔三一〕高陽徒：謂酒友。《史記·酈生列傳》：“酈生瞋目案劍叱使者曰：
‘走！復入言沛公，吾高陽酒徒也，非儒人也。’”

〔三二〕洛城：一作“洛陽”。

〔三三〕婥(chuò)婥：體態柔弱貌。婥，通“綽”。當壚：謂賣酒。《史記·
司馬相如列傳》：“相如與俱之臨邛，盡賣其車騎，買一酒舍酤酒，
而令文君當壚。”韋昭曰：“壚，酒肆也，以土爲墮，邊高似壚。”

〔三四〕落拓(tuò)：猶“落魄”，窮困失意。

〔三五〕門館兩句：爲詩人答語，謂沈傳師已死，自己於秋初至洛陽。門
館，謂沈傳師之官署。《晉書·謝安傳》：“羊曇者，太山人，知名士
也，爲安所愛重。安薨後，輟樂彌年，行不由西州路。嘗因石頭大
醉，扶路唱樂，不覺至州門。左右白曰：‘此西州門。’曇悲感不已，
以馬策扣扉，誦曹子建詩曰：‘生存華屋處，零落歸山丘。’慟哭
而去。”

〔三六〕斜日兩句：以斜陽、衰柳、涼風，烘托詩人與好好重逢的悲愴
情懷。

本詩作年，序文所記似有誤。其謂“大和三年”，“後一歲”、“後二
歲”、“後二歲”云，相加爲“大和八年”。是年，牧之爲牛僧孺淮南節度幕
府掌書記，有《淮南監軍使院廳壁記》可證，而牧之自記該文亦云作於“大
和八年十月二十日”。然考其行狀，牧之拜真監察赴長安供職在大和九
年，入秋，乃分司東都，至洛陽，方與好好重晤。又，其詩云：“門館慟哭
後，水雲秋景初。斜日掛衰柳，涼風生座隅。”則可知此詩當作於大和九
年(八三五)秋無疑。

詩人有自書此詩的行書真蹟傳世，“氣格雄健，與其文章相表裏”
(《宣和書譜》卷九)。其流傳至今，彌爲可貴。王士禎曰：“唐杜牧之《張
好好詩并序》真蹟卷，用硬黃紙，高一尺一寸五分，長六尺四寸，末闕六
字，與本集不同者二十許字。……董其昌跋云：‘樊川此書，深得六朝人
氣韻，余所見顏、柳以後，若溫飛卿與杜牧，亦名家也。’”(《漁洋詩話》)是

詩真蹟於清乾隆時入内府,《石渠寶笈初編》著録。後歸張伯駒,現存故宫博物院。

題敬愛寺樓〔一〕

暮景千山雪,春寒百尺樓〔二〕。獨登還獨下,誰會我悠悠〔三〕?

〔一〕本詩作於開成元年(八三六)春,時年三十四歲。敬愛寺:在洛陽。《唐會要》卷四八:"東京敬愛寺懷仁坊。顯慶二年,孝敬在春宫爲高宗武太后立之,以敬愛寺爲名。……天授二年,改爲佛授記寺,其後又改爲敬愛寺。"

〔二〕百尺樓:狀寺樓之高。《世説新語・黜免》:"殷中軍廢後,恨簡文曰:'上人箸百尺樓上,儋梯將去。'"

〔三〕獨登兩句:陳子昂《登幽州臺歌》:"前不見古人,後不見來者,念天地之悠悠,獨愴然而涕下。"此化用其意。

洛陽長句二首〔一〕

草色人心相與閒,是非名利有無間〔二〕。橋橫落照虹堪畫,樹鎖千門鳥自還〔三〕。芝蓋不來雲杳杳〔四〕,仙舟何處水潺潺〔五〕?君王謙讓泥金事,蒼翠空高萬歲山〔六〕。

天漢東穿白玉京,日華浮動翠光生〔七〕。橋邊遊女珮

環委,波底上陽金碧明〔八〕。月鎖名園孤鶴唳,川酣秋夢
鑿龍聲〔九〕。連昌繡嶺行宮在,玉輦何時父老迎〔一○〕?

〔一〕本詩作於開成元年。長句:七言詩稱長句,相對五言稱短句
　　　而言。
〔二〕草色兩句:意謂詩人心境閑淡,無意名利,似草色之若有若無。
　　　詩人前一年供職長安,摯友李甘因反對鄭注、李訓,被貶封州司
　　　馬。牧之爲避禍,即移疾分司東都,遂生對世情淡泊之心。相與,
　　　共同。有無間,若有若無之間。
〔三〕橋横兩句:寫洛陽城黄昏景色如畫。鳥自還,以鳥之回巢狀景象
　　　之冷清。
〔四〕芝蓋句:謂仙人杳無音信,一去不返。芝蓋,猶車蓋。蓋如靈芝,
　　　故稱。此指代仙人王子喬。雲杳杳,謂雲際消息杳然。《列仙傳》
　　　曰:"王子喬,周靈王太子晉也。好吹笙,作鳳鳴。浮丘公接上嵩
　　　山,三十餘年,仙去。"
〔五〕仙舟句:謂何處再覓郭泰、李膺之蹤影?《後漢書·郭泰列傳》:
　　　郭泰字林宗,"博通墳籍,善談論,美音制,乃游於洛陽。始見河
　　　南尹李膺,膺大奇之,遂相友善,於是名震京師。後歸鄉里,衣冠
　　　諸儒送至河上,車數千兩。林宗唯與李膺同舟而濟,衆賓望之,以
　　　爲神仙焉。"兩句以與洛陽有關之人事,寫洛陽當年之盛況不復
　　　再來。
〔六〕君王兩句:意謂君王不再巡幸東都,萬歲山徒然高聳蒼翠。泥金
　　　事,指帝王舉行封禪典禮事。秦漢後,歷代帝王爲顯示國家統一
　　　強盛,每登泰山祭拜天地,以報天地之功。築壇祭天曰封,闢場祭
　　　地曰禪。此以封禪喻指皇帝巡幸。《通典》:"大唐貞觀十一年,
　　　左僕射房玄齡等議封禪制,玉牒、玉檢、玉册;又議金匱形制,如
　　　今之表函,纏以金繩,封以金泥,印以受命璽。"泥金,金泥,用水
　　　銀和金粉以爲泥,用以封印玉牒玉檢詔書等,於封禪時用之。萬
　　　歲山,即嵩山,在今河南省登封縣北,亦稱嵩高山。

〔七〕天漢兩句：謂洛水流貫洛城，碧波映照，熠熠生輝。天漢，猶云天
　　　　河、銀河。白玉京，傳爲天帝住所，此指東都洛陽。日華，陽光。

〔八〕橋邊兩句：謂洛水橋邊有遊女委棄之珮環，金碧輝煌之上陽宮倒
　　　　映在粼粼波光之中。珮環，即環珮，婦女飾物。上陽，宮名，在唐
　　　　洛陽皇城西南禁苑內，故址在今洛陽城西約二公里洛水北岸。唐
　　　　高宗時建，武則天常居此。

〔九〕月鎖兩句：謂名園空鎖，唯有秋月映照，孤鶴哀鳴；夢酣中或聞伊
　　　　水傳來之陣陣鑿龍聲。此極寫其荒寂之狀。名園，李格非《洛陽
　　　　名園記》："洛陽園池有嘉猷、會節、恭安、溪園等，皆隋唐官園。"
　　　　"方唐貞觀、開元之間，公卿貴戚開館列第於東都者，號千有餘
　　　　邸。及其亂離，繼以五季之酷，其池塘竹樹，兵車蹂踐，廢而爲丘
　　　　墟；高亭大樹，煙火焚燎，化而爲灰燼，與唐共滅而俱亡者無餘處
　　　　矣。予故嘗曰：園圃之廢興，洛陽盛衰之候也。"鑿龍聲，傳說龍
　　　　門爲大禹所鑿。龍門，即伊闕，地名，在今河南省洛陽市南。《水
　　　　經注・伊水》："伊水又北入伊闕。昔大禹疏以通水，兩山相對，
　　　　望之若闕，伊水歷其間北流，故謂之伊闕矣。"又《漢書・溝洫
　　　　志》："昔大禹治水，山陵當路者毀之，故鑿龍門，辟伊闕。"

〔一〇〕連昌兩句：謂連昌、繡嶺等行宮雖在，而皇帝車輦何時再能臨幸？
　　　　連昌，宮名，唐高宗顯慶三年置，故址在今河南省宜陽縣。繡嶺，
　　　　宮名，高宗顯慶三年置，故址在今河南省陝縣。玉輦，帝王車駕。

　　牧之爲全身避禍，移疾東都，乃藉游覽名勝以遣時日。孰料當年帝
王遊幸、貴族流連之名園宮苑，竟如此空寂荒涼，懷抱中興熱望的詩人不
能不爲之慨嘆不已。

　　詩之前一首寫春景，後一首寫秋色，各具特色。兩詩各用一"鎖"字，
春日謂"樹鎖千門"，秋夕云"月鎖名園"。不曰宮苑之千門萬戶雖設而長
闔，却道爲濃蔭所遮蔽；不直說名園如何荒蕪，却云爲孤月所籠罩，用以
突出景物如故，而人事已非，繁華永逝，以象徵手法描繪了一幅晚唐社會
凄涼没落的景象。詩之後一首以問句結尾，尤顯低迴之致，既表期望之

意,亦露惆悵之情。方回曰:"唐自天寶以後,不復駕幸東都,此詩有望幸之意。'樹鎖千門'一句極佳。"(《瀛奎律髓》)紀昀評曰:"寫盛衰之感則有之,不見望幸之意。"(同上)陸貽典評曰:"落句妙,蓋傷久不見天寶承平時事也。通首皆是此意。虛谷以爲'有望幸之意',失之迂矣。"(同上)

故洛陽城有感〔一〕

一片宮牆當道危〔二〕,行人爲汝去遲遲〔三〕。罼圭苑裏秋風後〔四〕,平樂館前斜日時〔五〕。錭黨豈能留漢鼎〔六〕,清談空解識胡兒〔七〕。千燒萬戰坤靈死,慘慘終年鳥雀悲〔八〕。

〔一〕本詩作於開成元年。故洛陽城:謂漢、魏故城。在今河南省洛陽市白馬寺東洛水北岸,南北九里餘,東西六里餘。馮集梧注:"周之王城即郟鄏,在漢爲河南縣,平王東遷後居之;下都即成周,在漢爲洛陽縣,敬王避子朝之難,始居之。至赧王,復還王城舊都。而自東漢以後,凡都洛者,俱在漢之洛陽,洛陽與河南二城,東西相去四十里。隋營新都,正在二城之中,又移兩縣俱入都城,而自漢已來之洛陽,始有故城之目焉。"

〔二〕宮:一作"官"。危:高聳。

〔三〕去遲遲:徘徊不前貌。

〔四〕罼圭苑:古宮苑名。《後漢書·靈帝紀》:"光和三年,作罼圭、靈昆苑。"注:"罼圭苑有二:東罼圭苑周一千五百步,中有魚梁臺;西罼圭苑周三千三百步,並在洛陽宣平門外也。"

〔五〕平樂館:一名"平樂觀",宮殿名。《後漢書·靈帝紀》:"中平五年冬十月甲子,帝自稱'無上將軍',燿兵於平樂觀。"注:"平樂觀在洛陽城西。”

〔六〕錮黨句：謂禁錮黨人豈能挽救東漢滅亡。據《後漢書·黨錮列
傳》載：漢末名士李膺、陳蕃等因反對宦官專權，受到終身禁錮，
史稱“黨錮之禍”。鼎，古代帝王傳國之重器，象徵政權。

〔七〕清談句：意謂清談誤國。用晉王衍與唐張九齡察識石勒和安祿
山懷有異志事。《晉書·王衍傳》：“出補元城令，終日清談，而縣
務亦理。”《石勒載記》：“勒行販洛陽，倚嘯上東門，王衍見而異之，
顧謂左右曰：‘向者胡雛，吾觀其聲視有奇志，恐將爲天下之患。’”
又《新唐書·張九齡傳》：“安祿山初以范陽偏校入奏，氣驕蹇，九
齡謂裴光庭曰：‘亂幽州者，此胡雛也。’及討奚、契丹敗，張守珪執
如京師，……九齡曰：‘祿山狼子野心，有逆相，宜即事誅之，以絶
後患。’帝曰：‘卿無以王衍知石勒而害忠良。’卒不用。”

〔八〕千燒兩句：謂漢魏以來洛陽歷經戰亂，慘遭破壞，甚至山川神靈
亦難幸免，如今荒無人煙，唯聞鳥雀悲鳴。坤靈，地神，古代對山
岳河瀆神之總稱。馮注：“千燒萬戰，固通指東漢以後之洛陽言
之，而實有感於安史之再破東都也。”錢謙益、何焯《唐詩鼓吹評
註》卷六：“此經洛陽懷漢、晉興廢之事而作也。首言過此見宮牆
之危而不忍去，蓋恨之亡也夫。其所以然者，以靈帝造罼圭、平樂
以游俠，又聽信讒言，興鈎黨之禍以害賢良耳。至晉則尚清談，雖
王衍先識胡兒之患，亦何補於敗亡哉！噫！洛陽用武之地，屢經
兵火之變，坤靈亦滅，惟見長年鳥雀之悲耳，能不過故城而有
感乎。”

金　谷　園〔一〕

　　繁華事散逐香塵〔二〕，流水無情草自春〔三〕。日暮東
風怨啼鳥，落花猶似墮樓人〔四〕！

〔一〕本詩選自《樊川別集》。約作於開成二年(八三七)春。時年三十五歲。金谷園：晉石崇所建別墅，在今河南省洛陽市東北。石崇《金谷詩序》："余有別廬在河南界金谷澗中，清泉茂樹，衆果竹柏藥物備具。"石崇，字季倫，西晉之豪富官僚，官至侍中，以劫掠客商致富，與貴戚王愷、羊琇等爭侈鬭富，後爲趙王倫所殺。

〔二〕繁華句：謂金谷園當年之繁華盛事已隨香塵而消散無迹。香塵，沉香之末。王嘉《拾遺記》卷九："(崇)使數十人各含異香，行而語笑，則口氣從風而揚。又屑沉水之香，如塵末，布象床上，使所愛者踐之，無迹者賜以真珠百琲。"

〔三〕流水：謂金谷水。《水經·穀水注》："金谷水出太白原，東南流歷金谷，謂之金谷水。"

〔四〕墮樓人：謂石崇之愛妾綠珠。《晉書·石崇傳》："崇有妓曰綠珠，美而艷，善吹笛。孫秀使人求之。崇時在金谷別館，方登涼臺，臨清流，婦人侍側。使者以告。崇盡出其婢妾數十人以示之，皆蘊蘭麝，被羅縠，曰：'在所擇。'使者曰：'君侯服御麗則麗矣，然本受命指索綠珠，不識孰是？'崇勃然曰：'綠珠吾所愛，不可得也。'使者曰：'君侯博古通今，察遠照邇，願加三思。'崇曰：'不然。'使者出而又反，崇竟不許。秀怒，乃勸倫誅崇、建。崇、建亦潛知其計，乃與黃門郎潘岳陰勸淮南王允、齊王冏以圖倫、秀。秀覺之，遂矯詔收崇及潘岳、歐陽建等。崇正宴於樓上，介士到門。崇謂綠珠曰：'我今爲爾得罪。'綠珠泣曰：'當效死於君前。'因自墜於樓下而死。"

　　是詩對金谷園的荒涼不勝感慨，對綠珠之不幸命運深表同情。三、四兩句以啼鳥之怨襯綠珠之恨，以花之飄落喻人之墮樓，情景交融，哀婉蘊藉。俞陛雲《詩境淺說續編》云："前三句景中有情，皆含憑弔蒼涼之思。四句以花喻人，以落花喻墜樓人，傷春感昔，即物興懷，是人是花，合成一淒迷之境。"

題揚州禪智寺〔一〕

　　雨過一蟬噪〔二〕，飄蕭松桂秋〔三〕。青苔滿階砌〔四〕，白鳥故遲留〔五〕。暮靄生深樹〔六〕，斜陽下小樓。誰知竹西路〔七〕，歌吹是揚州〔八〕？

〔一〕本詩作於開成二年秋。《上宰相求湖州第二啓》曰："文宗皇帝改號初年，某爲御史分察東都，顗爲鎮海軍幕府吏。至二年間，顗疾眼，暗無所睹，故殿中侍御史韋楚老曰：'同州有眼醫石公集，劍南少尹姜沔喪明，親見石生針之，不一刻而愈，其神醫也。'某迎石生至洛，告滿百日，與石生俱東下，見病弟於揚州禪智寺。"禪智寺：又名上方寺、竹西寺，在揚州城東十五里，寺前有橋，跨舊官河。

〔二〕蟬噪：王籍《入若耶溪詩》："蟬噪林逾靜。"

〔三〕飄蕭句：謂風動松、桂，飄搖蕭瑟。

〔四〕階砌：臺階。

〔五〕故：故意。遲留：淹留。

〔六〕暮靄(ǎi)：傍晚雲氣。顔延年《陶徵士誄》："晨煙暮靄，春煦秋陰。"

〔七〕竹西路：在禪智寺前官河北岸。馮集梧注引《名勝志》曰："《寶祐志》云：竹西亭在禪智寺前河北岸，取杜牧詩語也。"

〔八〕歌吹(chuì)：歌聲與鼓吹聲。《漢書·霍光傳》："大行在前殿，發樂府樂器，引內昌邑樂人，擊鼓歌吹作俳倡。"鮑照《蕪城賦》："廛閈撲地，歌吹沸天。"

　　此詩用以動顯靜之反襯手法描寫了禪智寺初秋傍晚的清幽與寂静，全詩對偶工整，語言凝煉。

題宣州開元寺〔一〕

　　南朝謝朓城，東吳最深處〔二〕。亡國去如鴻，遺寺藏烟塢〔三〕。樓飛九十尺，廊環四百柱。高高下下中，風繞松桂樹。青苔照朱閣，白鳥兩相語。溪聲入僧夢，月色暉粉堵〔四〕。閱景無旦夕，憑欄有今古〔五〕。留我酒一罇，前山看春雨〔六〕。

〔一〕原注：“寺置於東晉時。”馮集梧注引《名勝志》：“宣城縣城中景德寺，晉名永安，唐名開元，蘭若中之最勝者。”《唐會要》卷四八：“天授元年十月二十九日，兩京及天下諸州各置大雲寺一所，開元二十六年六月一日，並改爲開元寺。”詩作於開成三年（八三八）春，時年三十六歲。集中《大雨行》原注曰：“開成三年，宣州開元寺作。”按，詩人於開成二年告假自洛陽至揚州視弟疾，假滿百日按例即棄官。是年秋，應宣歙觀察使（治所宣州，即今安徽宣城）之辟，爲團練判官，殿中侍御史，内供奉，攜弟顗赴任。

〔二〕南朝兩句：意謂宣城風景優美，古蹟衆多，留有大詩人謝朓之遺蹤，亦爲孫吳之故地。南朝，東晉後建都建康（今南京）之宋、齊、梁、陳四朝，此謂南齊。謝朓城，一作“謝朓樓”。即宣城。南齊詩人謝朓曾爲宣城太守，人稱“謝宣城”，留有謝公樓、謝公亭等古蹟。東吳，三國孫吳地處江東，故稱。

〔三〕亡國兩句：意謂晉亡事非，空留遺蹟。塢，山塢，四面高中間低之山地。

〔四〕樓飛八句：謂寺樓倚山傍水，高大雄偉，周圍松、桂參差錯落，環境清幽，無論白天夜晚，均景色優美，引人入勝。暉，映照。粉堵，粉牆。

〔五〕閱景兩句：謂開元寺之景象朝夕均宜觀賞，而倚樓憑欄，憑弔古
　　　人，每令人追念不已。

〔六〕留我兩句：謂詩人飲酒春雨，憑欄處氣象常新。潘德輿《養一齋
　　　詩話》評曰："牧之雄直如此，而人第以艷麗盡之。"

題宣州開元寺水閣閣下
宛溪夾溪居人〔一〕

　　六朝文物草連空，天澹雲閒今古同。鳥去鳥來山色
裏，人歌人哭水聲中〔二〕。深秋簾幕千家雨，落日樓臺一
笛風〔三〕。惆悵無因見范蠡，參差煙樹五湖東〔四〕。

〔一〕本詩作於開成三年深秋。宛溪：源出宣城東南嶧山，流繞城東，
　　　至縣東北，與句溪合。

〔二〕鳥去兩句：寫宛溪自然風光與居人生活。吳汝綸曰："起四句極
　　　奇，小杜最喜琢製奇語也。"（《唐宋詩舉要》卷五引）《禮記·檀弓
　　　下》曰："晉獻公成室，張老曰：'美哉輪焉，美哉奐焉！歌於斯，哭
　　　於斯，聚國族於斯。'"此化用其意。

〔三〕深秋兩句：賀裳《載酒園詩話又編》："杜長律亦極有佳句，如'深
　　　秋簾幕……一笛風。'……俱灑落可誦。"簾幕，窗簾、帷幕。

〔四〕惆悵兩句：謂遙望煙樹迷濛之太湖，徒然仰慕功成身退之范蠡。
　　　無因，無由，無緣。范蠡，春秋越國大夫，助越王勾踐滅吳，功成，
　　　"遂乘輕舟以浮於五湖，莫知其所終極。"（《國語·越語》）參差
　　　(cēn cī)，不整齊貌。五湖，《國語》韋昭注曰："五湖，今太湖。"又
　　　《文選·江賦》注引張勃《吳錄》："五湖，太湖之別名也。"《後漢

49

書‧馮衍傳》注引虞翻曰："太湖有五道，故謂之五湖，涺湖、洮湖、射湖、貴湖及太湖爲五湖。並太湖之小支俱連太湖，故太湖兼得五湖之名。"此泛指太湖流域之湖泊。

牧之胸懷韜略，然一生無由施展。進不能成就功業，退復有室家之累，難以隱居山林，故藉范蠡以抒慨。《唐詩鼓吹評注》卷六曰："昔范蠡功成身退遊於五湖，可謂識進退之宜矣，今所可見者惟有五湖煙樹，如蠡者豈得而見之哉！言外有感嘆人已意。"宋宗元曰："三、四無窮奇慨，五、六寫景處可以步武青蓮。"（《網師園詩箋》卷二）查慎行評曰："第二聯不獨寫眼前景，含蓄無窮。"（《瀛奎律髓》）何焯評曰："寄託高遠，不在逐句寫景，若爲題所牽，便無味矣。"（同上）許印芳評曰："此詩全在景中寫情，極脫洒，極含蓄，讀之再三，神味益出，與空講風調者不同。學者須從運實於虛處求之，乃能句中藏句，筆外有筆。若徒揣摩風調，流弊不可勝言矣。"（同上）

宣州開元寺南樓〔一〕

小樓纔受一牀橫，終日看山酒滿傾〔二〕。可惜和風夜來雨，醉中虛度打窗聲〔三〕。

〔一〕本詩作於開成三年。

〔二〕小樓兩句：謂南樓之小雖僅容一牀，然而，却能於此飲酒看山，自有情趣。陶潛《歸去來辭》："倚南窗以寄傲，審容膝之易安。"此用其意。

〔三〕可惜兩句：謂可惜醉酒而眠，竟未能領略夜雨敲窗之情趣。

贈宣州元處士〔一〕

　　陵陽北郭隱，身世兩忘者〔二〕。蓬蒿三畝居，寬於一
天下〔三〕。罇酒對不酌，默與玄相話〔四〕。人生自不足，愛
嘆遭逢寡〔五〕。

〔一〕本詩作於開成三年。元處士：生平未詳。馮集梧注：“按：牧之又
　　有《題元處士高亭詩》，許渾亦有《題宣州元處士幽居詩》，又有《灞
　　上逢元處士東歸詩》，又有《元處士自洛歸宛陵山居見示詹事相公
　　餞行之什因贈詩》。其贈詩注云：元君多隱廬山學《易》，常爲相
　　國師服，即其人可知矣。”處士，有才德而隱居不仕者。
〔二〕陵陽兩句：謂元處士如北郭先生之隱居，身世兩忘，超然物外。
　　陵陽，山名。《方輿勝覽》：“陵陽山在宣城，一峯爲疊嶂樓，一峯爲
　　譙樓，一峯爲景德寺。”又《宣城志》：“陵陽山，岡巒盤曲，爲郡之
　　鎮。自敬亭之南，隱起爲三峯，環繞縣治。郡地四出皆卑，即阜爲
　　垣，郡治蓋據此山之岡麓也。”北郭，據《後漢書·廖扶傳》：東漢
　　廖扶“絕志世外，專精經典，尤明天文、讖緯、風角、推步之術。州
　　郡公府辟召皆不應。就問災異，亦無所對。”時人因號爲“北郭
　　先生”。
〔三〕蓬蒿(hāo)兩句：謂處士居陋室而胸襟開闊。蓬蒿，野草。洪亮
　　吉《北江詩話》卷四：“杜牧之詩：‘蓬蒿三畝居，寬於一天下。’非天
　　地之寬，胸次之寬也。即十字而幕天席地之概，已畢露紙上矣。”
〔四〕罇酒兩句：以揚雄喻處士，謂其淡於名利。《漢書·揚雄傳》：
　　“(雄)爲人簡易佚蕩，口吃不能劇談，默而好深湛之思，清靜亡爲，
　　少耆欲，不汲汲於富貴，不戚戚於貧賤，不修廉隅以徼名當世。家
　　産不過十金，乏無儋石之儲，晏如也。自有大度，非聖哲之書不好
　　也；非其意，雖富貴不事也。……家素貧，耆酒，人希至其門。”玄，

揚雄好古而樂道,仿《易》而作《太玄》。

〔五〕人生兩句:謂人生多有不如意事,元處士獨能坦然處之,而一般
　　　人則每耿耿於懷,不免嘆息生不遭時。寡,寡遇。即不得人賞識。

題元處士高亭〔一〕

　　水接西江天外聲〔二〕,小齋松影拂雲平〔三〕。何人教
我吹長笛〔四〕? 與倚春風弄月明〔五〕。

〔一〕本詩作於開成三年。原注:“宣州。”高亭:亭名。

〔二〕西江:謂青弋江。江在宣州西,故云。

〔三〕拂雲平:狀松樹之高入雲天。

〔四〕長笛:《文選·長笛賦》注:“《説文》:笛,七孔,長一尺四寸,今長
　　　笛是也。”

〔五〕弄月:賞玩月色。謝靈運《怨曉月賦》:“卧洞房兮當何悦? 滅華
　　　燭兮弄曉月。”陳後主《三婦艷詩》:“小婦春妝罷,弄月當宵楹。”

念　昔　遊(三首選二)〔一〕

　　十載飄然繩檢外〔二〕,罇前自獻自爲酬〔三〕。秋山春
雨聞吟處,倚遍江南寺寺樓。

　　李白題詩水西寺〔四〕,古木迴巖樓閣風。半醒半醉游
三日,紅白花開山雨中〔五〕。

〔一〕據周紫芝《竹坡詩話》，牧之爲宣城幕，游涇溪水西寺時留有二小詩，其一即"李白題詩"云云，今載集中。"其一云：'三日去還住，一生焉再遊。含情碧溪水，重上粲公樓。'此詩今榜壁間而集中不載，乃知前人好句零落多矣。"按，據繆鉞《杜牧年譜》，牧之於開成二年深秋至宣城，四年春赴京，是詩當作於開成三年。

〔二〕十載：牧之自大和二年（八二八）二十六歲在沈傳師幕府任職，直至三十六歲在宣州崔鄲幕府，凡十一年，其間生活頗爲放浪。此言"十載"，舉其整數（參見《贈別》注〔一〕）。飄然：謂無拘無束。繩檢：約束，謂世俗禮法。

〔三〕醻前句：謂獨酌自飲。獻醻，古行飲酒禮主客相互敬酒之謂。《詩·小雅·楚茨》箋："始主人酌賓爲獻，賓既酌主人，主人又自飲酌賓曰醻。"

〔四〕原注："宣州涇縣。"李白題詩：指李白《遊水西簡鄭明府》及《別山僧》詩，二詩均曾提及水西寺。水西寺：在涇縣西水西山上，今已圮。《江南通志》云："水西山，在寧國府涇縣西五里，林壑邃密，下臨涇溪。舊建寶勝、崇慶、白雲三寺，浮屠對峙，樓閣參差，碧水浮烟，咫尺萬狀。晉葛洪、劉遺民，唐李白、杜牧之皆常遊憩於此。"王琦注"水西寺"曰："按：《江南通志》有水西寺、水西首寺、天宮水西寺，皆在涇縣西五里之水西山中。天宮水西寺官者，本名凌巖寺，南齊永平元年，淳于棼捨宅建。上元初改天宮水西寺，大中時重建。宋太平興國間，賜名崇慶寺。凡十四院，其最勝者曰華嚴院。橫跨兩山，廊廡皆閣道，泉流其下。"（《李太白全集》卷二〇）

〔五〕山雨：一作"煙雨"。

自宣城赴官上京〔一〕

蕭灑江湖十過秋，酒杯無日不遲留〔二〕。謝公城畔溪驚夢,蘇小門前柳拂頭〔三〕。千里雲山何處好,幾人襟韻一生休〔四〕? 塵冠挂却知閑事〔五〕,終把蹉跎訪舊游。

〔一〕本詩作於開成四年(八三九)春初,時年三十七歲。是年春初,牧
之離宣城赴京就左補闕、史館修撰之職。

〔二〕蕭灑兩句:詩人自謂優遊江湖,已逾十載,無日不流連醉酒。蕭
灑,清逸脱俗貌。孔稚珪《北山移文》:"耿介拔俗之標,蕭灑出塵
之想。"秋,猶謂年。酒杯句,參看《雨中作》:"酣酣天地寬,悅悅稚
劉伍。""一世一萬朝,朝朝醉中去。"另有《遣懷》七絶,亦概括了詩
人十載間醉酒忘情之况。遲留,逗留;流連。

〔三〕謝公兩句:自謂十年間,或登臨謝朓遺址以弔古,或樓身伎樓歌
館以行樂。謝公城,即宣城。蘇小,《樂府詩集·蘇小小歌序》:
"蘇小小,錢塘名娟也,南齊時人。"

〔四〕千里兩句:謂山川千里,風物唯宣城獨好,幾人能有我之襟韻,一
生豈能就此罷休?雲山,山川風物。襟韻,懷抱與韻致。

〔五〕塵冠:謂在塵世爲官。

詩人不甘心沉湎酒色,虚度年華,亦不願寄身宦海,與世沉浮。既欲
優游林下,又欲一展懷抱,有所作爲,於此可見詩人赴官上京時矛盾複雜
的思想感情。錢謙益、何焯評曰:"此牧之爲宣城太守(按:誤。應爲宣州
觀察使幕。)任滿還京而作也。首言瀟灑宦遊已十餘年,無日不淹留於杯
酒之間,蓋因耽飲而乃見其瀟灑也。若'溪聲驚夢'、'楊柳拂頭',皆瀟灑
之情,是雲山之勝莫過宣城,襟韻之高惟余獨得,今且還京未免爲宦情所
絆,不若掛冠而歸乃爲適志。今雖未遂所願,終當歸隱以尋訪舊遊也,豈
久爲名利所羈哉!'一生休'當非休美之意,言何人一生無高情曠致也,
蓋襟韻從雲山而生,末聯正足此句意。"(《唐詩鼓吹評註》)

自宣州赴官入京路逢裴坦判官歸宣州因題贈〔一〕

　　敬亭山下百頃竹〔二〕，中有詩人小謝城〔三〕。城高跨樓滿金碧，下聽一溪寒水聲。梅花落徑香繚繞，雪白玉瓓花下行〔四〕。縈風酒斾挂朱閣〔五〕，半醉遊人聞弄笙〔六〕。我初到此未三十〔七〕，頭腦釪利筋骨輕〔八〕。畫堂檀板秋拍碎〔九〕，一引有時聯十觥〔一〇〕；老閑腰下丈二組，塵土高懸千載名〔一一〕。重遊鬢白事皆改〔一二〕，唯見東流春水平。對酒不敢起，逢君還眼明。雲疊看人捧，波臉任他橫。一醉六十日，古來聞阮生〔一三〕。是非離別際，始見醉中情。今日送君話前事，高歌引劍還一傾〔一四〕。江湖酒伴如相問〔一五〕，終老煙波不計程〔一六〕。

〔一〕本詩作于開成四年春。裴坦：《新唐書・裴坦傳》：坦字知進，"及進士第，沈傳師表置宣州觀察府，召拜左拾遺、史館修撰。歷楚州刺史。……薦爲職方郎中，知制誥，……召爲中書侍郎、同中書門下平章事，不數月卒。"詩人亦曾入沈傳師幕，故與裴坦熟識。判官：觀察使之屬官。

〔二〕敬亭山：原名昭亭山，山上舊有敬亭，因謝朓在此吟詠而得名。山在宣城北十里，高數百丈，千巖萬壑，爲登臨勝地。謝朓賦《敬亭山》詩云："茲山亘百里，合沓與雲齊。"李白《獨坐敬亭山》詩云："衆鳥高飛盡，孤雲獨去閑。相看兩不厭，祇有敬亭山。"又《宣城縣志》："敬亭自謝、李相繼賦詩，遂有名天下。"

〔三〕小謝城：指宣城。南齊謝朓曾爲宣城太守，人稱"謝宣城"，朓與劉宋謝靈運同族,而年輩稍晚,故又稱"小謝"。李白:《宣州謝朓樓餞別校書叔雲》詩:"蓬萊文章建安骨,中間小謝又清發。"

〔 四 〕雪白句:謂婦女在花下游賞。玉璫,玉製耳飾,借指婦女。

〔 五 〕縈:旋繞。酒斾:酒旗。

〔 六 〕弄笙:演奏笙管。笙,一種吹奏樂器。

〔 七 〕我初句:詩人初次隨沈傳師至宣城,時年二十八歲。

〔 八 〕釤(shàn)利:爽利。

〔 九 〕畫堂句:謂在畫堂賞樂,隨檀板之節拍而擊節欣賞。畫堂,繪有彩畫之堂舍。檀板,拍板,樂器,堅木數片,以繩串聯,用以拍擊。

〔一〇〕一引:引,指進酒。江淹《恨賦》:"濁醪夕引。"陶潛《歸去來兮辭》:"引壺觴以自酌。"一引,猶言一飲。李白《將進酒》"會須一飲三百杯。"觥(gōng):以兕角製成之酒器。

〔一一〕老閑兩句:謂詩人願流連畫堂歌筵,至老不求高官,唯冀他日清名流傳千古。丈二組,拴于印上之長絲帶,此指代官印。塵土,猶塵世。

〔一二〕重遊:謂詩人開成二年應崔鄲之辟再次來到宣城。鬢白:詩人時年三十五歲,然鬢髮已白。其四十歲在黃州所作之《郡齋獨酌》曰:"前年鬢生雪,今年鬚帶霜。"

〔一三〕對酒六句:以阮籍自喻,謂將如籍之沉湎于酒,不拘禮法,而獨與裴坦志趣相投,知交莫逆。《晉書·阮籍傳》:"文帝初欲爲武帝求婚于籍,籍醉六十日,不得言而止。鍾會數以時事問之,欲因其可否而致之罪,皆以酣醉獲免。……籍又能爲青白眼,見禮俗之士,以白眼對之。及嵇喜來弔,籍作白眼,喜不懌而退。喜弟康聞之,乃齎酒挾琴造焉。籍大悦,乃見青眼。……鄰家少婦有美色,當壚沽酒。籍嘗詣飲,醉便臥其側。籍既不自嫌;其夫察之,亦不疑也。"眼明,謂以青眼對志趣相投之裴坦。雲罍(léi),大酒杯。《世說新語·任誕》:"諸阮皆能飲酒,仲容(咸)至宗人間共集,不復用常梧斟酌,以大甕盛酒,圍坐相向大酌。"波臉,謂美婦。任他橫,謂阮籍在鄰婦旁醉臥並無非禮之行。阮生,指阮籍,字嗣宗。魏晉名士,不問世事,不拘禮法,口不臧否人物,以醅飲避世遠禍。

〔一四〕傾：舉杯。

〔一五〕江湖：謂各地。

〔一六〕終老煙波：猶歸隱江湖。《新唐書·張志和傳》：“張志和坐事貶南浦尉,會赦還,以親既喪,不復仕,居江湖,自稱煙波釣徒。”程：驛程,路程。

宣州送裴坦判官往舒州〔一〕
時牧欲赴官歸京

　　日暖泥融雪半消,行人芳草馬聲驕〔二〕。九華山路雲遮寺〔三〕,清弋江村柳拂橋〔四〕。君意如鴻高的的〔五〕,我心懸斾正搖搖〔六〕。同來不得同歸去〔七〕,故國逢春一寂寥〔八〕！

〔一〕本詩作于開成四年春。舒州：今安徽省舒城縣。

〔二〕驕：得意,昂奮。

〔三〕九華山：在安徽省青陽縣西南。《太平寰宇記》：“池州青陽縣九華山,在縣南二十里,舊名九子山,李白以有九峯如蓮花削成,改爲九華山。”

〔四〕清弋(yì)江：一作“青弋江”,在安徽省東南。《元和郡縣志》：“宣州宣城縣青弋水,州西九十九里。”《方輿紀要》：“寧國府宣城縣青弋江,府西六十里,源出涇縣及池州府之石埭縣。”

〔五〕的的：明白；昭著。《淮南子·説林》：“的的者獲。”注：“的的,明也,爲衆所見,故獲。”

〔六〕我心句：謂詩人惜別時之心神不安。《詩經·王風·黍離》：“行邁靡靡,中心搖搖。"又《戰國策·楚一》:"寡人卧不安席,食不甘味,心搖搖如懸旌,而無所終薄。"

〔七〕同來句:謂兩人同來宣州幕府供職,今則詩人將歸京赴任,裴則前往舒州,彼此不能同歸長安。

〔八〕故國句:設想自己回京後孤寂之狀。故國,謂故鄉長安。一,强調語氣之語助詞。寂寥,寂寞。

錢謙益、何焯評是詩曰:"此言春暖而行人戒途,君由客路而過池州,則九華之雲遮寺,青弋之柳拂橋,皆途中所經行者。君之有此行也,如鴻之高舉,而我亦將歸京,心搖搖如懸旌已。憶昔與君同來不得與君同去,則我歸京之日,故國尚逢春景,第當相別之後,此心寂寥,相思正未有已耳。"(《唐詩鼓吹評注》)金聖嘆《貫華堂選批唐才子詩集》曰:"杜與裴俱爲宣州判官,是時杜拜殿中侍御史、內供奉,將歸京,裴却棄官遊舒州,故杜送之以是詩。一寫時,二寫別,三寫舒州路,四寫歸京路,甚明。問:杜、裴既稱一色,然則詩何不用彈冠事耶? 因此一問,忽然悟其五、六之妙。言裴去志,高如冥鴻,既是杜所甚明;杜又初歸,心如懸旌,未必遂容論薦,所以欲同歸而且不得也。末句反明宣州官中連歲歡握可知。"高步瀛《唐宋詩舉要》曰:"格調既高,語皆雋拔。"

初春雨中舟次和州橫江〔一〕裴使君見迎〔二〕李趙二秀才同來〔三〕因書四韻兼寄江南許渾先輩〔四〕

芳草渡頭微雨時,萬株楊柳拂波垂。蒲根水暖雁初浴〔五〕,梅徑香寒蜂未知。辭客倚風吟暗澹〔六〕,使君迴馬溼旌旗〔七〕。江南仲蔚多情調,悵望春陰幾首詩〔八〕!

〔一〕本詩作于開成四年春。詩人離宣城赴京前,攜弟顗同至潯陽省從
　　　兄江州刺史愷,隨後沿江、漢,經南陽、武關、商山而入長安。是詩
　　　爲赴潯陽途次和州時所作(事詳《上宰相求湖州第二啓》)。次:
　　　停留。和州:今安徽和縣。橫江:橫江浦,長江重要渡口,在和縣
　　　東南長江西北岸,與江東南岸當塗縣之采石鎮相對。

〔二〕裴使君:和州刺史,裴姓。使君,州郡長官之別稱。

〔三〕秀才:唐應進士舉者亦稱秀才。

〔四〕先輩:進士間互相推敬之稱。李肇《唐國史補》卷下:“進士爲時
　　　所尚久矣。是故俊乂實集其中,由此出者,終身爲聞人。故爭名
　　　常切,而爲俗亦弊。其都會謂之舉場,通稱謂之秀才;投刺謂之鄉
　　　貢;得第謂之前進士;互相推敬謂之先輩。”許渾:詩人至交,著名
　　　詩人。字用晦,丹陽(今屬江蘇省)人,大和六年進士及第。歷官
　　　監察御史,睦州、郢州刺史等。當時任當塗(今屬安徽省,唐屬宣
　　　州,距和州不遠)縣令。許渾《丁卯集》卷上有《酬杜補闕初春雨中
　　　泛舟次橫江喜裴郎中相迎見寄》詩,當爲答謝之作。詩曰:“江館
　　　維舟爲庾公,暖波微淥雨濛濛。紅檣迤邐春巖下,朱旆聯翩曉樹
　　　中。柳滴圓波生細浪,梅含香豔吐輕風。郢歌莫問青山吏,魚在
　　　深池鳥在籠。”

〔五〕蒲:香蒲,多年生草本植物,生于淺水或池沼中。

〔六〕辭客:謂李、趙二秀才。暗澹:謂微雨迷濛。

〔七〕旌旗:太守出行之儀仗。

〔八〕江南兩句:謂許渾一似張仲蔚之博學而多才思,當其悵望春雨之
　　　時,定能吟寫許多動人詩篇。仲蔚,《高士傳》:“張仲蔚者,平陵
　　　人,明天官博物,善屬文,好詩賦,閉門養性,不治榮名。”

　　是詩描繪初春微雨景象,生動如畫。蘇軾《惠崇春江晚景》詩似從中
受到啓發。蘇詩:“竹外桃花三兩枝,春江水暖鴨先知。蔞蒿滿地蘆芽
短,正是河豚欲上時。”句法意境,均頗神似。

題烏江亭〔一〕

勝敗兵家事不期〔二〕，包羞忍恥是男兒〔三〕。江東子弟多才俊〔四〕，卷土重來未可知。

〔一〕本詩作于開成四年。烏江亭：在今安徽省和縣東北烏江鎮。《括地志》卷四：“烏江亭，即和州烏江縣是也，晉初爲縣。注：《水經》云：江水又北，左得黃律口，《漢書》所謂‘烏江亭長檥船以待項羽’，即此也。”

〔二〕勝敗句：謂勝敗乃兵家常事，難以預期。兵家，一作“由來”。事不期，一作“不可期”。

〔三〕包羞句：謂能忍受羞恥者方爲好男兒。

〔四〕江東句：《史記·項羽本紀》：“項王乃欲東渡烏江。烏江亭長檥（yǐ）船待，謂項王曰：‘江東雖小，地方千里，衆數十萬人，亦足王也。願大王急渡。今獨臣有船，漢軍至，無以渡。’項王笑曰：‘天之亡我，我何渡爲！且籍與江東子弟八千人渡江而西，今無一人還，縱江東父兄憐而王我，我何面目見之？縱彼不言，籍獨不愧於心乎？’……乃自刎而死。”江東，安徽蕪湖以下之長江下游南岸地區。項羽爲下相（故址在今江蘇省宿遷縣西七里）人，隨叔父項梁避仇吳中（今江蘇省吳縣）。秦二世元年（前二〇九）七月，梁舉吳中兵起義，得精兵八千人。才俊，才能卓越者。

項羽以兵敗自刎烏江，爲失敗之英雄，自古幾成定論，而杜牧則獨持異議，以其能勝不能敗，無有忍辱負重的堅忍精神，缺少男兒氣概。蓋詩人憤于晚唐朝廷懦弱，對藩鎮取姑息容忍政策，故發爲驚世駭俗之論，藉此以振雄風耳。宋後各家對此褒貶不一，茲摘録於下：

王安石《烏江亭》詩曰：“百戰疲勞壯士哀，中原一敗勢難回。江東子

弟今雖在,肯爲君王卷土來?"李璧注曰:"公詩蓋取籍意。"(《王荆公詩註》)

　　蔡正孫云:"荆公此詩,正爲牧之設也。蓋牧之之詩,好異於人,其間有不顧理處。"(《詩林廣記》卷六)

　　方岳《深雪偶談》:"牧之處唐人中,本是好爲論議,大概出奇立異,如《四皓廟》,如《烏江亭》。"

　　胡仔《苕溪漁隱叢話》後集卷一五:"牧之於題詠,好異於人。……至《題烏江亭》,則好異而叛於理。……項氏以八千人渡江,敗亡之餘,無一還者,其失人心爲甚,誰肯復附之? 其不能卷土重來,決矣。"

　　劉克莊《後山詩話》卷一:"吕温詩云:'天下起兵誅董卓,長沙義士最先來。'荆公(當作"杜牧")云:'江東子弟多才俊,卷土重來未可知。'皆可倡東南勇敢之風。"

　　《詩林廣記》卷六引謝枋得云:"衆言項羽有速亡之罪,牧之獨言項羽有可興之機,亦死中求活意也。"

　　都穆《南濠詩話》:"荆公反樊川之意,似爲正論,然終不若樊川之死中求活。"

　　吳喬《圍爐詩話》:"牧之自許詩豪,故《題烏江亭》失之于直。"

題　橫　江　館〔一〕

　　孫家兄弟晉龍驤,馳騁功名業帝王〔二〕。至竟江山誰是主〔三〕? 苔磯空屬釣魚郎〔四〕。

〔一〕本詩作于開成四年初春。詩人途次橫江,應裴使君之邀上岸小
　　　住,憑弔古蹟,作此詩。橫江館:橫江浦之驛館。《太平寰宇記》:
　　　"和州歷陽縣橫江浦,在縣東南二十六里。"又《太平府志》:"采石
　　　驛在采石鎮,濱江即唐時橫江館也。"

〔二〕孫家兩句：謂橫江浦古來爲兵家争鬭之地，孫策、孫權兄弟及西
晉王濬都曾在此馳騁一時，而終成帝王之業。《資治通鑑》卷六
一："策渡江轉鬭，所向皆破，莫敢當其鋒者。"又《三國志·吳書·
吳主傳》注引《江表傳》："策起事江東，權常隨從。性度弘朗，仁而
多斷，好俠養士，始有知名，侔于父兄矣。"龍驤，指西晉大將王濬。
據《晉書·王濬傳》：濬字士治，曾拜巴州、益州刺史，復爲龍驤將
軍。"武帝謀伐吳，詔濬修舟艦……吳人于江險磧要害之處，並以
鐵鎖橫截之，又作鐵錐長丈餘，暗置江中，以逆距船。……濬乃作
大筏數十，亦方百餘步，縛草爲人，被甲持杖，令善水者以筏先行，
筏遇鐵錐，錐輒著筏去。又作火炬，長十餘丈，大數十圍，灌以麻
油，在船前遇鎖，然炬燒之。須臾，融液斷絕，于是船無所礙。"直
下石頭城(今南京市西)，"皓乃備亡國之禮，素車白馬，肉袒面縛，
銜璧牽羊"，舉國降。

〔三〕至竟：畢竟；到底。

〔四〕苔磯：遍長青苔之石磯。磯，突出江邊之小石山。空：徒然。

　　橫江浦係長江重要渡口，爲兵家争鬭之所，當年孫氏兄弟在此建立
帝業，而王濬則于此一舉蕩滅孫吳，成就晉武帝之一統事業。如今一切
皆已逝去，英雄、功臣安在？江邊唯見釣魚郎而已！詩人弔古抒慨，隱約
流露歲月流逝而功業未成之苦悶情懷。

漢　　江〔一〕

　　溶溶漾漾白鷗飛〔二〕，綠淨春深好染衣。南去北來人
自老，夕陽長送釣船歸。

〔一〕詩人于開成四年春赴長安，本詩爲沿長江、漢水溯流而上途中作。

漢江：即漢水，長江最長之支流。

〔二〕溶溶漾漾：江水瀲灩、水波蕩漾貌。

　　是詩第一句寫漢水流動之態，以白鷗飛翔襯托，越顯出漢水之廣大浩瀚；第二句則寫江水之清碧，以其色綠可染衣狀其澄澈，動静相間，極寫漢水之優美景色。三、四兩句有漢水長流、夕陽常在，而人壽短促之慨。周珽《唐詩選脈會通》引徐充語曰：“‘人自老’三字最爲感切，釣船常在，而南去北來之人，爲利爲名則無定蹤，皆汩没于此，真可嘆也。”

途　中　作〔一〕

　　緑樹南陽道，千峰勢遠隨。碧溪風澹態，芳樹雨餘姿〔二〕。野渡雲初暖，征人袖半垂。殘花不一醉，行樂是何時？

〔一〕本詩作于開成四年春赴長安經南陽道中。南陽：今河南省南陽縣。

〔二〕碧溪兩句：謂碧溪在春風吹拂下有恬淡之態，芳樹在微雨後綽有風姿。澹，一作“慢”。雨餘，雨後。

村　　行〔一〕

　　春半南陽西〔二〕，柔桑過村塢〔三〕。娉娉垂柳風，點點迴塘雨〔四〕。襄唱牧牛兒〔五〕，籬窺蒨裙女〔六〕。半濕解征衫〔七〕，主人饋雞黍〔八〕。

〔一〕本詩作于開成四年春南陽道中。

〔二〕春半：春之半，謂陰曆二月。南陽：今河南省南陽縣一帶。

〔三〕過：一作“遍”。村塢（wù）：村落。

〔四〕娉（pīng）娉：美好貌。一作“嫋嫋”。迴塘：曲折之池塘。

〔五〕蓑（suō）：蓑衣，草製之雨衣。

〔六〕蒨（qiàn）：同“茜”，草名，根可作紅色染料。此指代紅色。

〔七〕征衫：旅途所穿衣衫。

〔八〕饋（kuì）：贈獻食品。雞黍：謂殺雞爲黍以待客。《論語·微子》：“止子路宿，殺雞爲黍而食之。”

題　武　關〔一〕

碧溪留我武關東〔二〕，一笑懷王迹自窮〔三〕。鄭袖嬌嬈酣似醉，屈原憔悴去如蓬〔四〕。山牆谷塹依然在，弱吐强吞盡已空〔五〕。今日聖神家四海，戍旗長卷夕陽中〔六〕。

〔一〕本詩爲開成四年牧之赴京途中經武關作。武關，在陝西省商南縣西北，戰國時秦置。《括地志》卷四：“故武關在商州商洛縣東九十里。春秋時少習也，杜預云少習，商縣武關也。”

〔二〕碧溪：指商洛水。《元豐九域志》卷三：商洛在州東八十里，“有商山，商洛水。”

〔三〕懷王：楚懷王，名熊槐。前三二八至前二九九年在位。初用屈原爲左徒，使其造爲憲令；十一年時爲從約長，聯絡諸侯抗秦。十六年中秦計，外受欺于張儀，内聽讒佞之臣，疏遠貶斥屈原，冒然發兵攻秦，喪師失地。三十年復輕信秦昭王之約，不聽屈原勸阻，逕往武關，終爲秦所劫。三年後客死于秦。《史記·屈原列傳》："秦昭王與楚婚，欲與懷王會。懷王欲行，屈平曰：'秦虎狼之國，不可信，不如毋行。'懷王稚子子蘭勸王行：'奈何絶秦歡！'懷王卒行。入武關，秦伏兵絶其後，因留懷王，以求割地。懷王怒，不聽。亡走趙，趙不内。復之秦，竟死于秦而歸葬。……身客死于秦，爲天下笑。"

〔四〕鄭袖兩句：謂懷王寵幸鄭袖，爲其美色所惑，而斥逐賢臣屈原，使其流落沅湘。鄭袖，懷王寵姬，與讒臣靳尚勾結，排陷屈原，説懷王釋去張儀。嬌嬈，妍媚貌。《史記·屈原列傳》："屈原至于江濱，被髮行吟澤畔。顏色憔悴，形容枯槁。"蓬：蓬草。蓬草隨風飄轉，此喻屈原放逐江南。

〔五〕山牆兩句：謂武關地形險要一如當年，而戰國時以强凌弱之勢皆已過去。谷塹(qiàn)，谷深如壕溝。塹，壕溝。弱吐强吞，謂强國并吞弱國。

〔六〕戍旗：邊防營地之旌旗。

　　武關爲楚懷王入秦不反之地，詩人赴長安途經此處，不免興起懷古之情，對楚懷王外受欺于秦，内爲鄭袖美色所惑深致譴責，而對屈原之遭貶放逐則表示同情惋惜。詩以頌揚唐王朝統一安定作結，然有弦外之音，意謂應以楚懷王之客死異邦爲前車之鑒，微露詩人對現狀之隱憂。是詩用語、意境、結構與劉禹錫《金陵懷古》異曲而同工。

商山富水驛〔一〕

　　益戇由來未覺賢，終須南去弔湘川〔二〕。當時物議朱雲小，後代聲華白日懸〔三〕。邪佞每思當面唾〔四〕，清貧長欠一杯錢〔五〕。驛名不合輕易改〔六〕，留警朝天者惕然〔七〕。

〔一〕本詩作于開成四年赴商山道中。商山：在今陝西省商縣東。《荆州記》："其地險阻，林壑深邃。"富水驛：原注："驛本名與陽諫議同姓名，因此改爲富水驛。"在今陝西省商南縣東二十餘里，原名陽城驛，中唐以後改名富水驛。元稹《陽城驛詩》云："商有陽城驛，名同陽道州。我願避公諱，名爲避賢郵。"可見元稹時尚未改名。陽城，字亢宗，定州北平人，及進士第後隱居中條山。李泌薦之德宗，于是召拜右諫議大夫，以敢于犯顏直諫稱。《新唐書・陽城傳》："及裴延齡誣逐陸贄、張滂、李充等，帝怒甚，無敢言，城聞，曰：'吾諫官，不可令天子殺無罪大臣。'乃約拾遺王仲舒守延英閣上疏，極論延齡罪，慷慨引誼，申直贄等，累日不止。聞者寒懼，城愈勵。帝大怒，召宰相抵城罪。順宗方爲皇太子，爲開救，良久得免，敕宰相諭遣。然帝意不已，欲遂相延齡。城顯語曰：'延齡爲相，吾當取白麻壞之，哭于廷。'帝不相延齡，城力也。"

〔二〕益戇(zhuàng)兩句：謂陽城如汲黯之愚直，而人未覺其賢，終如賈誼之貶謫南方，唯有臨湘水而弔屈原。益戇，用漢汲黯敢于面諫武帝事。戇，愚而剛直。汲黯，字長孺，漢武帝時爲主爵都尉。《史記・汲黯列傳》：黯"爲人性倨，少禮，面折，不能容人之過。……天子方招文學儒者，上曰吾欲云云，黯對曰：'陛下內多欲而外施仁義，奈何欲效唐虞之治乎？'上默然，怒，變色而罷朝。公卿皆爲黯懼。上退，謂左右曰：'甚矣，汲黯之戇也！'……有間黯罷，上曰：'人果不可以無學，觀黯之言也益甚。'"又，《史記・賈誼列傳》："天子議以爲賈生任公卿之位。絳、灌、東陽侯、馮敬之屬盡害之，乃短賈誼。……于是天子後亦疏之，不用其議，乃以賈生爲長沙王太傅。賈生既辭往行，聞長沙卑濕，自以壽不得長，又以適(通"謫")去，意不自得。及渡湘水，爲賦以弔屈原。"

〔三〕當時兩句：以朱雲喻陽城之剛直，意謂朱雲藐視他人非議，敢于直諫，因而留名青史，光輝永存。物議，衆人之非議。朱雲，字游，魯人，少以勇力聞，漢元帝時博士，爲縣令，因得罪廢錮。《漢書》卷六七：“成帝時，丞相故安昌侯張禹以帝師位特進，甚尊重。雲上書求見，公卿在前。雲曰：‘今朝廷大臣上不能匡主，下亡以益民，皆尸位素餐，……臣願賜尚方斬馬劍，斷佞臣一人以厲其餘。’上問：‘誰也？’對曰：‘安昌侯張禹。’上大怒，曰：‘小人居下訕上，廷辱師傅，罪死不赦！’御史將雲下，雲攀殿檻，檻折。雲呼曰：‘臣得下從龍逢、比干遊于地下，足矣！未知聖朝何如耳？’”聲華，好名聲。吳聿《觀林詩話》：“杜牧之有‘當時物議朱雲小，後代聲名白日懸。’此乃以朱雲對白日，皆爲假對，雖以人姓名偶物，不爲偏枯，反爲工也。”

〔四〕邪佞(nìng)：奸惡之徒。此謂裴延齡。

〔五〕清貧句：謂陽城生活儉樸，家無餘財，每月俸祿，多作酒資。《新唐書·陽城傳》：“(城)常以木枕布衾質錢，人重其賢，爭售之。每約二弟：‘吾所俸入，而可度月食米幾何，薪菜鹽幾錢，先具之，餘送酒家，無留也。’”

〔六〕不合：不應當。

〔七〕警：告誡。朝天：覲見天子。此謂赴京爲官者。惕然：戒懼貌。

　　牧之以“題詠好異于人”(《苕溪漁隱叢話》語)著稱，此詩即爲顯例。元稹以該驛犯直臣陽城諱而力主改名，牧則反之，認爲原驛名不僅與犯諱無涉，且能令人向往陽城之風采，從而“惕然”，兢兢業業，無愧于爲臣之責。詩人此去赴任左補闕，亦爲諫官，其言外之意自當效法陽城，以敢言直諫爲己任。詩中連用三位著名直臣以喻陽城，非常貼切。其中，汲黯與賈誼爲暗喻，而朱雲爲明喻。明用朱雲之典，實則隱含譏刺，因爲成帝雖昏庸，最終猶能納諫，能不易折檻，以彰直臣，而德宗則將陽城謫貶道州，可見其昏庸之甚！

商山麻澗〔一〕

雲光嵐彩四面合〔二〕,柔柔垂柳十餘家。雉飛鹿過芳
草遠〔三〕,牛巷雞塒春日斜〔四〕。秀眉老父對罇酒〔五〕,蒨
袖女兒簪野花〔六〕。征車自念塵土計,惆悵溪邊書
細沙〔七〕。

〔一〕本詩作于開成四年。麻澗:《讀史方輿紀要》:"陝西商州麻澗在
　　　熊耳峯下,山澗環抱,厥地宜麻,因名曰麻澗,行六十里而至秦
　　　嶺。"《輿程記》:"自武關西北行五十里至桃花舖,又八十里至白楊
　　　店子,又八十里至麻澗。"

〔二〕雲光嵐(lán)彩:山光霧氣,山村夕照時特有之景觀。嵐彩,日光
　　　透過山間濃重霧氣所呈光彩。

〔三〕雉(zhì):野雞。

〔四〕塒(shí),鑿牆爲雞棲之窠。《詩·王風·君子于役》:"雞棲于塒,
　　　日之夕矣,羊牛下來。"

〔五〕秀眉:老年人常有一二根眉毛特長,是謂秀眉。罇:酒杯。

〔六〕蒨(qiàn)袖:紅色衫袖。簪:插戴。

〔七〕征車兩句:意謂回顧自身,風塵僕僕,不勝惆悵,唯有在溪邊塗畫
　　　細沙以遣落寞之懷。征車,旅途所乘之車。

金聖嘆《貫華堂選批唐才子詩集》曰:"一,寫四面;二,寫中間;三,寫
閒靜;四,寫豐樂,便較陶令《桃花源記》爲煩矣。五、六,忽然寫一父老樽
酒、女兒衣袖,以深顯自家形穢。'書細沙'者,無顏自明,而又不能含糊
付之也。"《唐宋詩舉要》卷五引吳汝綸曰:"秀麗如畫。"

題商山四皓廟一絕〔一〕

　　呂氏强梁嗣子柔〔二〕,我于天性豈恩讎〔三〕。南軍不祖左邊袖〔四〕,四老安劉是滅劉。

〔一〕本詩作于開成四年。商山：在陝西省商縣東南(詳前注)。四皓廟：《一統志》："商州四皓廟,在州西金雞原,一在州東商洛鎮。"四皓,謂秦末隱居于商山的四位老者,即東園公、甪(lù)里先生、綺里季、夏黄公,世稱"商山四皓"。《史記·留侯世家》："十二年,上從擊破布軍歸,疾益甚,愈欲易太子。留侯諫,不聽,因疾不視事。叔孫太傅稱説引古今,以死争太子。上詳許之,猶欲易之。及燕,置酒,太子侍。四人從太子,年皆八十有餘,鬚眉皓白,衣冠甚偉。上怪之,問曰：'彼何爲者?'四人前對,各言名姓,曰東園公,甪里先生,綺里季,夏黄公。上乃大驚,曰：'吾求公數歲,公辟逃我,今公何自從吾兒游乎?'四人皆曰：'陛下輕士善罵,臣等義不受辱,故恐而亡匿。竊聞太子爲人仁孝,恭敬愛士,天下莫不延頸欲爲太子死者,故臣等來耳。'上曰：'煩公幸卒調護太子。'四人爲壽已畢,趨去。上目送之,召戚夫人指示四人者曰：'我欲易之,彼四人輔之,羽翼已成,難動矣。呂后真而主矣。'"

〔二〕呂氏：漢高祖劉邦妻。《史記·呂太后本紀》："呂太后者,高祖微時妃也,生孝惠帝、女魯元太后。……呂后爲人剛毅,佐高祖定天下。"强梁：猶强横。嗣(sì)子柔：謂太子劉盈爲人柔弱。《史記·呂太后本紀》："孝惠爲人仁弱,高祖以爲不類我,常欲廢太子,立戚姬子如意,如意類我。戚姬幸,常從上之關東,日夜啼泣,欲立其子代太子。"

〔三〕我于句：以第一人稱口吻寫,謂劉邦與太子和如意俱爲父子,本無所謂恩仇,實因呂氏强横,太子仁弱,而如意則與己類似,故欲廢太子而立如意。天性,謂父母愛子爲天生之性。《孝經·聖治章》:"父子之道,天性也。"讎,同"仇"。

〔四〕 南軍:西漢禁衞軍名,有南軍、北軍。南軍守衞未央宮,因宮在長安城南,故稱;北軍守衞長安城內北部。袒(tǎn):裸露。據《史記·呂太后本紀》:呂后死後,掌握禁衞軍的呂產、呂祿等欲擁兵作亂,太尉周勃與丞相陳平謀誅諸呂以保全劉氏天下。當時,"太尉入軍門,行令軍中曰:'爲呂氏右袒,爲劉氏左袒。'軍中皆左袒爲劉氏。太尉遂將北軍。"擊產,誅之郎中府吏廁中。是詩中之"南軍",當爲"北軍"之誤。

四皓素爲世人所稱。司馬遷認爲,高祖所以不易立太子,由四皓羽翼之力,故視之爲安劉功臣。而詩人則據諸呂謀亂史實,認爲惠帝仁弱,四皓盲目擁戴,致使權柄落入諸呂之手,劉氏天下險歸異姓。故四皓有罪無功,實不足稱道。方岳《深雪偶談》云:"牧之處唐人中,本是好爲論議,大概出奇立異,如《四皓廟》。"意謂其有意標新立異,出語驚人。然作詠史詩貴在翻出新意,是詩之弊不在議論,微嫌語稍枯直耳。

冬至日寄小姪阿宜詩〔一〕

　　小姪名阿宜,未得三尺長。頭圓筋骨緊〔二〕,兩臉明且光。去年學官人〔三〕,竹馬繞四廊〔四〕。指揮羣兒輩,意氣何堅剛。今年始讀書,下口三五行。隨兄旦夕去,斂手整衣裳〔五〕。去歲冬至日,拜我立我旁。祝爾願爾貴,仍且壽命長。今年我江外〔六〕,今日生一陽〔七〕。憶爾不可見,祝爾傾一觴〔八〕。陽德比君子,初生甚微茫。排陰出九地,萬物隨開張〔九〕。一似小兒學,日就復月將〔一〇〕。

勤勤不自已〔一一〕，二十能文章。仕宦至公相，致君作堯湯〔一二〕。我家公相家〔一三〕，劍珮嘗丁當〔一四〕。舊第開朱門，長安城中央〔一五〕。第中無一物，萬卷書滿堂。家集二百編〔一六〕，上下馳皇王〔一七〕。多是撫州寫〔一八〕，今來五紀強〔一九〕。尚可與爾讀，助爾爲賢良。經書括根本，史書閱興亡。高摘屈宋豔，濃薰班馬香。李杜泛浩浩，韓柳摩蒼蒼〔二〇〕。近者四君子〔二一〕，與古爭強梁〔二二〕。願爾一祝後，讀書日日忙。一日讀十紙，一月讀一箱。朝廷用文治，大開官職場。願爾出門去，取官如驅羊〔二三〕。吾兄苦好古，學問不可量。畫居府中治，夜歸書滿牀。後貴有金玉，必不爲汝藏。崔昭生崔芸，李兼生窟郎。堆錢一百屋，破散何披猖〔二四〕。今雖未即死，餓凍幾欲僵。參軍與縣尉，塵土驚劻勷。一語不中治，笞箠身滿瘡〔二五〕。官罷得絲髮，好買百樹桑。稅錢未輸足，得米不敢嘗〔二六〕。願爾聞我語，歡喜入心腸。大明帝宮闕〔二七〕，杜曲我池塘〔二八〕。我若自潦倒〔二九〕，看汝爭翶翔〔三〇〕。總語諸小道，此詩不可忘。

〔　一　〕本詩作于開成五年(八四〇)冬至日，時年三十八歲。詩云："去歲冬至日，拜我立身旁"，"今年我江外，今日生一陽。憶爾不可見，祝爾傾一觴"。考詩人前一年在京任左補闕，是年冬，爲膳部員外郎，乞假往潯陽視弟顗眼疾。阿宜：馮集梧注曰："按唐杜氏世系表，牧之無親兄，從兄弟愉之子爲承照，羔之子爲宗之，悰之子爲盍休、述休、孺休。牧之親弟顗，其子爲無逸，而《太平廣記》引《南楚新聞》，則云：杜悰長子無逸。考牧之作顗墓誌，却云：一男麟師，年十歲。語各不合。豈麟師者，未及長成，而悰以己子繼之與？若此之阿宜，則又不可知爲何兄之子也。"

〔二〕緊：强勁。

〔三〕官人：猶爲官之人。韓愈《試大理評事王君墓志銘》："一女憐之，
必嫁官人，不以與凡子。"

〔四〕竹馬：兒童游戲，折竹騎以當馬。

〔五〕斂手：拱手行禮。

〔六〕江外：長江以南地區。此謂潯陽，即今江西省九江市。

〔七〕生一陽：謂冬至。《周易·復》："七日來復。"孔疏："五月一陰生，
十一月一陽生。"又疏"後不省方"曰："冬至一陽生，是陽動而陰復
静也。"

〔八〕觴(shāng)：酒杯。

〔九〕陽德四句：謂陽氣如君子，初起時不甚明顯，然能將陰氣排出九
地之外，地上萬物隨之生長。陽德，謂陽氣，喻君子。陰，喻小人。
九地，地下最深處。《周易·繫辭下》："陽一君而二民，君子之道
也；陰二君而一民，小人之道也。"開張，謂生存發展。

〔一〇〕日就句：日有所就，月有所進。就，成就；將，進。《詩經·周頌·
敬之》："日就月將，學有緝熙于光明。"

〔一一〕勤勤：勤勉貌。已：止。

〔一二〕仕宦兩句：意謂阿宜當勤奮學習，以便入仕爲公侯將相，輔助皇
上成爲堯、湯一類聖君。

〔一三〕公相家：詩人祖父杜佑封岐國公，曾任宰相。《新唐書·宰相世
系表》："襄陽杜氏佑相德、順、憲三宗。"

〔一四〕丁當：猶"叮噹"。象聲。

〔一五〕舊第兩句：謂祖屋豪華，居長安城中心。杜牧宅第在長安安仁
坊，在朱雀門街東第一街從北第三坊。朱門，古代貴族住宅大門
漆成紅色，以示尊貴。《長安志》："萬年縣所領朱雀門街之東安仁
門，太保致仕岐國公杜佑宅。"杜牧《上宰相求杭州啓》："某于京
中，唯安仁舊第三十間支屋而已。"

〔一六〕家集句：謂藏書中有杜佑所撰《通典》二百卷。二百編，一作
"三百篇"。按：《通典》，二百卷。先是劉秩採經史，自黃帝迄

唐天寶末年制度沿革廢置，議論得失，撰《政典》三十五篇。佑因而擴之，參以新禮，分門別類，所述下迄唐天寶年間，肅宗、代宗後之重要因革，亦附載于註中，爲我國現存最早專論典章制度之通史。

〔一七〕上下句：謂《通典》自上古以迄唐代，爲貫通古今之書。

〔一八〕撫州：杜佑曾任撫州(今江西省撫州市)刺史。

〔一九〕今來句：謂至今已有六十餘年。紀，十二年。强，有餘。

〔二〇〕經書六句：謂阿宜應多讀經史書籍，亦須學習文學作品，經書中含有事理之本原，史書載有歷代興亡之教訓。屈原、宋玉之楚辭格調高雅，文詞華美；司馬遷、班固的文章則風格醇厚，詞藻富贍；近人李白、杜甫的詩歌浩如江海；而韓愈、柳宗元的文章高接雲天。班馬，一説指班固、司馬相如。翁方綱曰："小杜'濃薰班馬香'，對屈、宋説，自指班固、馬相如，此二句謂詩賦也。上文已拈'史書閱興亡'，此不應復及馬史、班史。杜詩'以我似班揚'，班與揚可合稱，則馬、班亦可合稱，不必定指馬遷也。今人但因《班馬異同》書名熟在人口，因以此句指二史，其實非也。"(《石洲詩話》)浩浩，水大貌。摩，迫近。蒼蒼，指天空。

〔二一〕四君子：謂上句所舉之李、杜、韓、柳。

〔二二〕爭强梁：爭强鬥勝。

〔二三〕朝廷四句：謂朝廷以禮樂法度教化人民，以科舉取士，不拘一格選拔人材，委以官職，勉勵阿宜應試進取，則高官並不難得。洪邁《容齋三筆》："《符讀書城南》一章，韓文公以訓其子，使之腹有詩書，致力于學，其意美矣；然所謂'一爲公與相，潭潭府中居。不見公與相，起身自犁鋤'等語，乃是覬覦富貴，爲可議也。杜牧之《寄小姪阿宜詩》，亦云：'朝廷用文治，大開官職場。願爾出門去，取官如驅羊。'其意與韓類也。"驅羊，《帝王世紀》："黃帝夢人執千鈞之弩。驅羊萬羣，寤而嘆曰：'千鈞之弩，異力者也，驅羊數萬羣，能牧民爲善者也。'于是，依占而求之，得力牧于大澤，進以爲將。"

〔二四〕崔昭四句：謂崔昭與李兼厚斂致富，家藏萬貫，而崔子芸，李子窟郎，却不能保守家産，終揮霍殆盡。披猖，指錢財用盡而破落。馮集梧注曰："按：崔昭、李兼父子，新舊《唐書》俱無傳，表亦未見。《舊德宗紀》有岳州李兼，《權德輿傳》有江西觀察使李兼，當爲一人。《唐會要·諡法篇》有台州刺史崔昭諡肅，贈刑部尚書。李兼諡昭。又《國史補》載裴佶姑夫爲朝官，有雅望，朝退嘆曰：'崔昭何人？衆口稱美，此必行賄者也！如此安得不亂？'言未竟，閽者報壽州崔使君候謁，姑夫怒呵閽者，將鞭之，良久，束帶强出。須臾，命茶甚急，又命酒饌，又令秣馬飼僕，姑曰：'何前倨而後恭也？'及入門，有得色，出懷中一紙，乃昭贈官絁千匹。據此詩云：堆錢百屋，破散披猖，明崔昭、李兼皆厚殖財賄，而其子不能守者，是行賄之崔使君，當即此崔昭也。又按：《舊紀》云：興元元年三月，岳州李兼，黔南元全柔，桂管盧嶽加御史大夫，嶽加中丞。"

〔二五〕參軍四句：謂參軍、縣尉等下級官吏，終日供上司驅遣，稍有不合，即受笞撻，滿身瘡痕。參軍，州刺史之屬官，品秩爲從七品至從九品不等，初任官或貶謫官之虛銜。韓愈《八月十五日夜贈張功曹》："判司卑官不堪説，未免捶楚塵埃間。"縣尉，掌一縣之治安，品秩爲從九品下，亦科第出身者初仕之職。高適《封丘尉作》："我本漁樵孟諸野，一生自是悠悠者。乍可狂歌草澤中，寧堪作吏風塵下？祇言小邑無所爲，公門百事皆有期。拜迎長官心欲碎，鞭撻黎庶令人悲。"按：參軍與縣尉官卑秩低，受人輕視，詩人鼓勵阿宜他日出將入相，勿以參軍、縣尉爲滿足。劻，原注曰："音匡。"勷，原注曰："音穰。"劻勷，急迫貌。中（zhòng）治，合乎治理之道。笞（chī）箠，以竹板撲人。吳曾《能改齋漫録》："陳正敏《遯齋閑覽》言：杜子美'脱身簿尉中，始與箠楚辭'；韓退之'判司卑官不堪説，未免箠楚塵埃間'；杜牧之'參軍與簿尉，塵土驚劻勷，一語不中治，鞭笞身滿瘡'，謂唐時參軍、簿尉，不免受杖。鮑彪謂：'詳考杜、韓所言，捶有罪者也，牧之亦言驚見有罪者如此，非

身受杖也。退之《江陵途中》："棲身法曹掾,何處事卑陬,何況親
狎獄,敲搒發姦偷。"此豈身受杖者耶?'然《太平廣記》載李遜決包
尉臀杖十下;及《舊唐書·于頔傳》:'頔爲湖州刺史,改蘇州,追憾
湖州舊尉,封杖以計强決之。'則鮑論亦未當。"又胡震亨《唐音癸
籤》卷一七曰:"杜送高適詩:'脫身簿尉中,始與捶楚辭。'韓愈詩:
'判司卑官不堪説,未免捶楚塵埃間。'杜牧詩:'參軍與縣尉,塵土
驚劻勷。一語不中治,笞箠身滿瘡。'據此,唐時卑官,不免笞撻,
正與今代同。史稱代宗命劉晏考所部刺史有罪者五品以上劾治,
六品杖訖奏聞,豈但簿尉哉!"

〔二六〕官罷四句:謂參軍或縣尉俸祿微薄,任期滿後,所得僅可購買百
　　　　株桑樹,歸耕度日。然未將税錢繳納完足,又何敢嚐食新米?絲
　　　　髮,毫髮,喻收入甚少。税錢,唐初實行租庸調法,德宗時改爲兩
　　　　税法,以錢納税,夏秋兩季征收税錢,夏税不超過六月,秋税不超
　　　　過十一月。

〔二七〕大明:宮殿名,唐高宗龍朔二年(六六二)置,唐末毀于兵燹。故
　　　　址在今西安城大北門外東北三里許。《長安志》:"東内大明宮,在
　　　　禁苑之東南,南接京城之北面,西接宮城之東北隅。"

〔二八〕杜曲:即樊川别墅,在長安城南下杜樊鄉。《舊唐書·杜佑傳》:
　　　　杜曲之"亭林館池,爲城南之最。"

〔二九〕若:一作"苦"。潦倒:困頓失意。

〔三〇〕翱翔:喻飛黃騰達。

　　是詩爲牧之贈其小姪阿宜所作。詩中自述出身門第,家學淵源等,
爲研究詩人思想身世之重要資料。
　　全詩首先寫阿宜的童稚之態,形象而風趣;次寫對阿宜的祝願:一願
其繼承父祖事業,注重經濟致用之學;二願其學習經史與屈宋班馬、李杜
韓柳之詩賦文章;三願其以時人崔昭、李兼之子揮霍家産及參軍、縣尉等
卑官終日惶惶不寧爲教訓,鼓勵他進取高官,青雲直上。這一方面反映
了詩人積極用世、關心時政的思想及其進步的文學主張(可與《答莊充

書》互爲補充),同時,亦反映了詩人誇耀門第的世俗之見。

早春題真上人院〔一〕

清羸已近百年身〔二〕,古寺風煙又一春。寰海自成戎馬地,惟師曾是太平人〔三〕。

〔 一 〕原注:"生天寶初。"真上人院:寺院名。程大昌《演繁露續集》卷六云:"唐天寶間,有真上人者,至杜牧之時,其人年已近百歲,故題其寺云云。此意最遠,不言其道行,獨以其年多嘗見天寶時事也。"天寶初至會昌初爲一百年,故知是詩約作于會昌初年。

〔 二 〕清羸(léi):消瘦。

〔 三 〕寰海兩句:謂海内藩鎮割據,戰亂不已,當此亂世,惟有真上人法師曾見天寶初年之太平景象。寰海,猶海内。戎馬,兵馬,此指戰亂。師,法師,僧之尊稱。兩句譏天寶後即不復有太平之日,隱含不滿,渴望統一安定。

自　　遣〔一〕

四十已云老,況逢憂窘餘。且抽持板手,却展小年書〔二〕。嗜酒狂嫌阮,知非晚笑蘧〔三〕。聞流寧嘆吒?待俗不親疏〔四〕。遇事知裁剪〔五〕,操心識卷舒〔六〕。還稱二千石,于我意何如〔七〕?

〔一〕本詩作于武宗會昌二年(八四二),時出爲黄州刺史,四十歳。

〔二〕且抽兩句:謂姑且在公務之暇閲讀怡悦性情之閒書。持板,謂辦理公務。板,古時臣子朝見君王時所執之手版。小年書,喻指内容淺近之閒適書。小年,年壽短。《莊子・逍遥遊》:“小知(智)不及大知,小年不及大年。”

〔三〕嗜酒兩句:意謂己雖嗜酒但不學阮籍之顛狂;年届四十即知過去之非,因笑蘧瑗知非之年未免過晩。阮籍,字嗣宗。魏晉乃易代多事之秋,文人多有罹禍者,籍獨以放浪醉酒全身。《晉書・阮籍傳》:“文帝初欲爲武帝求婚于籍,籍醉六十日,不得言而止。”又:“兵家女有才色,未嫁而死。籍不識其父兄,徑往哭之,盡哀而還。……時率意獨駕,不由徑路,車迹所窮,輒慟哭而反。”蘧瑗,字伯玉,春秋衛人。《淮南子・原道》:“故蘧伯玉年五十,而知四十九年非。”

〔四〕聞流兩句:意謂聞無稽流言何用嘆息,對凡俗之人亦不必有親疏之分。指對世事取超脱態度。聞流,《禮記・儒行》:“聞流言而不信。”嘆吒(zhà),嘆息。

〔五〕裁剪:謂斟酌取捨。

〔六〕卷舒:指屈伸進退之策。《淮南子・俶真》:“盈縮卷舒,與時變化。”

〔七〕還稱兩句:謂如此爲州郡之刺史,内心又作何感想? 二千石,指刺史。漢代郡守俸禄爲二千石,後遂稱郡守爲二千石。唐代刺史職位與漢郡守相當,故稱。

　　詩人在《郡齋獨酌》中自抒懷抱,情緒激昂,但亦深感牢落不偶,進取非易,故有“自笑亦荒唐”之語。是詩則進而抒寫其沉溺詩酒以求置身于世外之消極心理,對現實缺乏信心,情緒低落。在黄州刺史任上,仕與隱,積極進取與消極避世這兩種思想,時時縈迴争鬭於杜牧腦際,反映了詩人内心難以排遣的鬱悶。

早 雁〔一〕

金河秋半虜弦開,雲外驚飛四散哀〔二〕。仙掌月明孤影過,長門燈暗數聲來〔三〕。須知胡騎紛紛在,豈逐春風一一迴〔四〕? 莫厭瀟湘少人處,水多菰米岸莓苔〔五〕。

〔一〕本詩作于會昌二年八月。史載回鶻(hú)烏介"可汗帥衆過杷頭烽南,突入大同川,驅掠河東雜虜牛馬數萬,轉鬭至雲州城門。刺史張獻節閉城自守,吐谷渾、党項皆挈家入山避之。庚午,詔發陳、許、徐、汝、襄陽等兵屯太原及振武、天德,俟來春驅逐回鶻"(《資治通鑑》卷二四六)。回鶻,即回紇,維吾爾族之古稱。唐德宗貞元中回紇可汗請唐改稱其爲回鶻,取"回旋輕捷如鶻"之意。早雁:雁爲候鳥,秋季飛至南方過冬,春季飛回北方,此時係八月中秋,未至深秋,故稱早雁。

〔二〕金河兩句:謂八月之金河,正當回鶻開弓射獵之時,天外羣雁,驚惶四散,恐駭哀鳴。金河,今内蒙古自治區呼和浩特南。秋半,謂八月。虜,敵人,此謂回鶻。牧之《上李太尉論北邊事啓》引後魏崔浩語,謂北方少數民族"夏則散衆放畜,秋肥乃聚,背寒向暄,南來寇抄"。"虜弦開"乃喻指回鶻南來寇掠。

〔三〕仙掌兩句:謂月明之夜,失羣之孤雁從金人承露盤上飛過;長門宮燈暗之時,傳來數聲淒楚之雁鳴。仙掌,謂金人捧露盤。漢武帝爲求長生,信方士謬説,在建章宮置之。《三輔黄圖》卷三:"《廟記》曰:'神明台,武帝造,祭仙人處,上有承露盤,有銅仙人,舒掌捧銅盤玉杯,以承雲表之露,以露和玉屑服之,以求仙道。'《長安記》:'仙人掌大七圍,以銅爲之。魏文帝徙銅盤折,聲聞數十里。'"又《長安志》引《三輔故事》:"承露盤二十七丈,大七圍。"長門,漢宮名,故址在原長安城東,武帝陳皇后失寵退居之所。《漢書·陳皇后傳》:"上使有司賜皇后策,上璽綬,罷退居長門宮。"
又,《三輔黃圖》卷三:"長門宮,離宮,在長安城。孝武陳皇后得
幸,頗妒,居長門宮。"

〔四〕須知兩句:意謂應知回鶻鐵騎正在北方踐踏肆虐,大雁又豈能追
隨春風一一飛回故鄉?

〔五〕莫厭兩句:意謂莫要不滿南方空曠,人跡罕至,瀟湘水源豐富,多
產菰米,岸邊亦有莓苔,足夠大雁充飢。瀟湘,二水名,此泛指南
方。瀟水源出湖南藍山縣南九嶷山,湘水源出廣西靈川縣東海洋山
西麓,二水至湖南零陵縣會合,北流入洞庭湖。菰(gū)米,茭白實如
米,曰菰米(一稱"雕胡"),可食。莓(méi)苔,可供鳥食之一種植物。

　　是詩以比興象徵手法寫北方人民深受回鶻襲擾之苦,句句寫雁,字
字寓人,其關心同情人民疾苦之情溢于言表。"仙掌"、"長門"兩句對偶
工致,一寫孤雁之影,一寫雁鳴之哀,備具淒苦。而雁過漢宮,當政者猶
沉湎私欲,無視民瘼,從中正可見詩人的諷刺之意。全詩藉早雁以寄慨,
委婉含蓄,可謂詠物詩之極致。錢謙益、何焯評曰:"此言秋高弓勁,胡人
將開弦以射雁,故驚飛四散而哀鳴也。然來時尚早,所以過仙掌而度長
門,月明之中止看孤影,燈暗之際惟聞數聲耳。乃今胡騎猶在,即至春期
未可遽回。蓋瀟湘雖甚寂寞,猶有菰米、莓苔可充飲啄,毋北歸以中金河
之弦也。言外有'相教慎出入'之意。"(《唐詩鼓吹評註》)金聖嘆《貫華堂
選批唐才子詩集》曰:"此詩慰諭流客,且安僑寓。時方艱難,未可謀歸
也。前解追敘其來,後解勸止其去。"賀裳《載酒園詩話又編》曰:"《早雁》
光景真是可思。但全篇惟'金河秋半'四字稍切'早'字,餘皆言矰繳之
慘,勸無歸還,似是寄托之作。"

雪　中　書　懷〔一〕

臘雪一尺厚〔二〕,雲凍寒頑癡〔三〕。孤城大澤畔,人疏

煙火微〔四〕。憤悱欲誰語？憂惲不能持〔五〕。天子號仁聖，任賢如事師。凡稱曰治具，小大無不施〔六〕。明庭開廣敞，才雋受羈維〔七〕。如日月緪昇，若鸞鳳葳蕤〔八〕。人才自朽下，棄去亦其宜〔九〕。北虜壞亭障，聞屯千里師。牽連久不解，他盜恐旁窺〔一〇〕。臣實有長策，彼可徐鞭笞〔一一〕。如蒙一召議，食肉寢其皮〔一二〕。斯乃廟堂事，爾微非爾知〔一三〕。向來躐等語，長作陷身機〔一四〕。行當臘欲破，酒齊不可遲。且想春候暖，甕間傾一卮〔一五〕。

〔一〕本詩作于會昌二年十二月，牧之時任黃州刺史。
〔二〕臘：陰曆十二月。
〔三〕雲凍句：謂雪天寒冷，雲層凍結凝固。頑癡，喻凍雲凝結。
〔四〕孤城兩句：謂黃州僻處雲夢澤畔，人烟稀少。據《黃州刺史謝上表》：“黃州在大江之側，雲夢澤南，古有夷風，今盡華俗。戶不滿二萬，稅錢才三萬貫。”大澤，謂雲夢澤。
〔五〕憤悱(fěi)兩句：謂內心鬱悶憂傷，難以自抑，却無處傾訴。憤悱，鬱憤。憂惲(yùn)，憂傷惱恨。
〔六〕凡稱兩句：謂凡屬有益的治國措施，不論其大小，無不施行。治具，治國之措施。《史記·酷吏列傳》：“法令者治之具。”
〔七〕明庭兩句：謂朝廷聖明，敞開大門，凡有才之士均受到任用。明庭，朝廷。才雋(jùn)，才能出衆者。雋，通“俊”。羈(jī)維，以繩束縛，此謂任用。
〔八〕如日兩句：謂武宗朝政治開明，如旭日之初升，似新月之上弦，蒸蒸向上；又仿佛鸞鳳之毛羽絢麗繽紛，繁榮昌盛。日月緪(gēng)升，《詩經·小雅·天保》：“如月之恒，如日之升。”緪，通“恒”。陳奐《詩毛氏傳疏》：“月上弦之貌。”葳蕤(wēi ruí)，草木繁茂披垂狀，此謂鸞鳳之長羽紛披。
〔九〕人才兩句：化用孟浩然《歲暮歸南山》“不才明主棄，多病故人疏”

句意,含有牢騷不平。

〔一○〕北虜四句：謂回鶻入侵中土,朝廷已調集大軍抵禦之。如若不及
　　　時解決這一問題,則恐其他敵人窺伺,乘隙而起。北虜,謂回鶻。
　　　亭障,古代設于邊疆險要處供防守之堡壘。他盜,指抗命之藩鎮。
　　　《史記·項羽本紀》："所以遣將守關者,備他盜之出入與非常也。"
　　　聞屯千里師,《舊唐書·武宗紀》："(會昌)二年八月,回紇烏介可
　　　汗過天德至杷頭烽北,俘掠雲朔北州,乃徵發許、蔡、汴等六鎮之
　　　師,以太原節度使劉沔爲回紇南面招討使,以張仲武爲幽州盧龍
　　　節度使,檢校工部尚書,封蘭陵郡王,充回紇東面招討使,皆會軍
　　　于太原。"

〔一一〕鞭笞(chī)：猶驅使。《漢書·陸賈傳》："漢王起巴蜀,鞭笞
　　　天下。"

〔一二〕食肉寢皮：謂徹底消滅。《左傳·襄公二十一年》："然二子者,譬
　　　于禽獸,臣食其肉而寢處其皮也。"

〔一三〕斯乃兩句：謂抵禦侵略、保障國土爲朝廷大事,非官職卑微者所
　　　宜知。斯,此。廟堂,猶言朝廷。微,地位卑下。

〔一四〕向來兩句：謂從來越級進諫者,常陷于危殆。躐(liè)等,越級。
　　　陷身機,馮集梧注："《魏志·袁紹傳》注：《魏氏春秋》曰：舉手挂
　　　網羅,動足蹈機陷。"機,捕鳥獸的機檻。《後漢書·趙壹傳》："罦
　　　網加上,機穽在下。"

〔一五〕行當四句：謂臘月將盡,釀酒不宜遲緩,以便來年一醉解愁。行
　　　當,將要。酒齊(jì),指釀酒。古代按酒之清濁分五等,稱"五齊"。
　　　《周禮·天官·酒正》："辨五齊之名：一曰泛齊,二曰醴齊,三曰
　　　盎齊,四曰緹齊,五曰沈齊。"鄭玄箋："醴以上尤濁,盎以下差清。"
　　　甕(wèng)、卮(zhī),均古代酒器。

　　是詩無異牧之自薦之詩,表現了他深切憂念邊患,欲獻其平寇良策
的熱望。其同年所作《上李中丞書》,曾自述"于治亂興亡之跡,財賦兵甲
之事,地形之險易遠近,古人之長短得失"深有研究,從《罪言》亦可知其

自稱"有良策"，實非書生空論。惜不爲朝廷重視，反將其出置僻郡小州，使其熱望落空，"良策"不行，故詩中壯志難伸、抑鬱不平之氣噴薄而出。明胡震亨曰："韓退之贈張道士詩：'臣有平賊策，狂童不難治。恨無一尺箠，爲國笞羌夷。臣有膽與氣，不忍死茆茨。天空日月高，下照理不遺。寧當不竢報，歸袖風披披。霜天熟柿栗，收拾不可遲。'杜牧亦有書懷詩云：'北虜壞亭障，聞屯千里師。牽連久不解，他盜恐旁窺。臣實有良策，彼可徐鞭笞。如蒙一召議，食肉寢其皮。斯乃廟堂事，爾微非爾知。向來躒等語，長作陷身機。行當臘欲破，酒齊不可遲。且想春候暖，甕間傾一巵。'並以排調語抒孤憤，意象如一，未知紫微有意祖述，抑或偶爾暗合也？"（《唐音癸籤》卷十一）作于次年之《上李司徒相公論用兵書》，亦可略見其胸中韜略。又，《新唐書》本傳謂："宰相李德裕素奇其才，會昌中，黠戛斯破回鶻，回鶻種落潰入漠南，牧説德裕，不如遂取之。以爲兩漢伐虜，常以秋冬，當匈奴勁弓折膠，重馬兔乳，與之相校，故敗多勝少；今若以仲夏發幽、并突騎及酒泉兵，出其意外，一舉無類矣。德裕善之。會劉稹拒命，詔諸鎮兵討之。牧復移書于德裕。……俄而澤潞平，略如牧策。"德裕固奇其才，用其策，然囿于朋黨成見，終未能拔擢重用之。在德裕任相之會昌年間，杜牧僅一州郡刺史而已。牧之稱："李太尉專柄五年，多逐賢士，天下恨怨。"（《唐故太子少師奇章郡開國公贈太尉牛公墓誌銘》）若與是詩印證，則可知其"憤悱"、"憂悒"云云皆係因德裕所發耳。

郡齋獨酌〔一〕

前年鬢生雪，今年鬚帶霜。時節序鱗次，古今同雁行〔二〕。甘英窮西海，四萬到洛陽〔三〕。東南我所見，北可計幽荒〔四〕。中畫一萬國，角角棋布方〔五〕。地頑壓不穴，天迴老不僵〔六〕。屈指百萬世，過如霹靂忙〔七〕。人生落其内,何者爲彭殤〔八〕?促束自繫縛,儒衣寬且長。旗亭雪中過,敢問當壚娘〔九〕。我愛李侍中〔一〇〕,摽摽七尺強〔一一〕。白羽八札弓〔一二〕,腥壓綠檀槍〔一三〕。風前略橫陣,紫髯分兩傍。淮西萬虎士,怒目不敢當〔一四〕。功成賜宴麟德殿〔一五〕,猿超鶻掠廣毬場〔一六〕。三千宮女側頭看,相排踏碎雙明璫〔一七〕。旌竿幖幖旗煜煜,意氣橫鞭歸故鄉〔一八〕。我愛朱處士〔一九〕,三吳當中央〔二〇〕。罷亞百頃稻,西風吹半黃,尚可活鄉里,豈唯滿囷倉〔二一〕。後嶺翠撲撲,前溪碧泱泱〔二二〕。霧曉起凫雁〔二三〕,日晚下牛羊〔二四〕。叔舅欲飲我,社甕爾來嘗;伯姊子欲歸,彼亦有壺漿〔二五〕。西阡下柳塢,東陌繞荷塘〔二六〕。姻親骨肉舍,煙火遙相望〔二七〕。太守政如水,長官貪似狼,征輸一云畢,任爾自存亡〔二八〕。我昔造其室〔二九〕,羽儀鸞鶴翔〔三〇〕。交橫碧流上,竹映琴書牀〔三一〕。出語無近俗,堯舜禹武湯〔三二〕。問"今天子少,誰人爲棟梁?"我曰"天子聖,晉公提紀綱〔三三〕。聯兵數十萬,附海正誅滄〔三四〕。謂言大義小不義,取易卷席如探囊。犀甲吳兵鬭弓弩,蛇矛燕騎馳鋒鋩。豈知三載凡百戰,鉤車不得望其牆〔三五〕。"答云"此山外,有事同胡羌〔三六〕。誰將國伐叛,話與釣魚郎〔三七〕?"溪南重迴首,一逕出修篁〔三八〕。爾來十三歲,斯人未曾忘。往往自撫己,淚下神蒼茫〔三九〕。御史詔分洛,舉趾何猖狂〔四〇〕。闕下諫官業,拜疏無文章。尋僧解幽夢,乞酒緩愁腸〔四一〕。豈爲妻子計,未去山林藏。平生五色線,願補舜衣裳〔四二〕。絃歌教燕趙,蘭芷浴河湟〔四三〕。腥羶一掃灑,兇狠皆披攘〔四四〕。生人但眠食〔四五〕,壽域富農桑〔四六〕。孤吟志在此,自亦笑荒唐。

江郡雨初霽〔四七〕，刀好截秋光〔四八〕。池邊成獨酌，擁鼻
菊枝香〔四九〕。醺酣更唱太平曲〔五〇〕，仁聖天子壽無疆。

〔一〕原注：“黃州作。”本詩應作于會昌二年。

〔二〕時節兩句：謂時令更遞、古今變遷如魚鱗之排列齊整，鴻雁之飛
　　　行有序，均爲自然現象。鱗次，排列如魚鱗。雁行(háng)，如雁相
　　　次而行。

〔三〕甘英兩句：謂甘英出使萬里外，窮盡西海而還洛陽。《後漢書·
　　　西域傳》：“永元六年，班超復擊破焉者，于是五十餘國悉納質內
　　　屬。其條支、安息諸國至于海瀕四萬里外，皆重譯貢獻。九年，班
　　　超遣掾甘英窮臨西海而還。皆前世所不至，《山經》所未詳，莫不
　　　備其風土，傳其珍怪焉。于是遠國蒙奇、兜勒皆來歸服，遣使
　　　貢獻。”

〔四〕東南兩句：謂中國之大既有東南之地，爲我所親見，更有北方荒
　　　遠之地亦應核計在內。幽荒，幽州一帶，今河北省北部。

〔五〕中畫兩句：謂中國劃分爲衆多小國，猶如棋子四面八方布滿了棋
　　　盤各個角落。《漢書·地理志》：“昔在黃帝，作舟車以濟不通，旁
　　　行天下，方制萬里，畫野分州，得百里之國萬區。是故《易》稱‘先
　　　王建萬國，親諸侯’，《書》云‘協和萬國’，此之謂也。”

〔六〕地頑兩句：謂大地頑强，受重壓而不分裂；天宇旋轉，雖久遠而不
　　　僵化。

〔七〕屈指兩句：謂百萬世之長，亦不過屈指之間，一切如霹靂之急雷，
　　　轉眼即逝。霹靂，急雷。

〔八〕人生兩句：謂人生天地間，長壽者與短命者皆轉瞬即逝，無分彼
　　　此。彭，彭祖，傳說爲長壽者。《莊子·逍遙遊》：“彭祖乃今以久
　　　特聞。”《齊物論》：“莫壽于殤子，而彭祖爲夭。”殤，未成年而死。
　　　《逸周書·謚法》：“短折不成曰殤，未家短折曰殤。”葛立方《韻語
　　　陽秋》卷十二：“杜牧《郡齋獨酌》詩云：‘屈指千萬世，……爲彭
　　　殤？’非心地明了貫穿道釋者，不能道也。及觀其自撰墓志，又忍

死作別裴相之章,則知獨酌之咏豈空言哉!"

〔九〕促束四句:意謂身着衣袖寬長的儒衣,每愛以禮法自我束縛,雪天經過酒樓,也不敢與當壚少婦搭話。促束,局促不安貌。旗亭,酒樓。當壚娘,賣酒女郎。

〔一〇〕李侍中:李光顔,字光遠。據《新唐書·李光顔傳》:顔初從馬燧爲裨將,討李懷光、楊惠琳,戰有功。憲宗討蔡,擢忠武軍節度使。"初,賊晨壓其營以陣,衆不得出,光顔毁其栅,將數騎突入賊中,反往一再,衆識光顔,矢集其身如蝟。子攬馬鞅諫無深入,光顔挺刃叱之,於是士爭奮,賊乃潰北。當此時,諸鎮兵環蔡十餘屯,相顧不肯前,獨光顔先敗賊。"賊平,加檢校司空。穆宗朝加同中書門下平章事,進兼侍中。敬宗初,官拜司徒、河東節度使。寶曆二年卒,年六十六。侍中,門下省長官,獎賞立功武將之尊銜。

〔一一〕摽摽(biāo):高貌。七尺强:七尺餘。

〔一二〕白羽句:身佩飾有白羽之勁弓。《左傳·成公十六年》:"潘尪之黨與養由基蹲甲而射之,徹七札焉。"洪亮吉詁引《廣雅》曰:"札,甲也。"按:徹七札,言徹七重甲,能陷堅也。詩云"八札",蓋强調光顔弓力强勁,足以射透八層鎧甲。

〔一三〕脾(bì):通"髀",股。綠檀槍:槍名,以深綠色漆于槍上,故名。馮集梧引《芥隱筆記》曰:"老杜有'苔卧綠沉槍',《南史》有'綠沉屏風',杜牧之有'脾壓綠檀槍',與'沉'相通。"

〔一四〕風前四句:謂光顔英勇衝擊敵陣,連桀驁不馴之淮西叛軍亦不敢抵擋。略,衝擊。紫髯,形容光顔頰有長鬚,相貌堂堂,英武逼人。淮西,唐方鎮名,淮南西道之省稱,治所在蔡州(今河南省汝南縣),領有申、光、蔡三州,長期爲李希烈、吳少誠、吳少陽、吳元濟等所割據,至憲宗十二年(八一七)爲朝廷平定。

〔一五〕麟德殿:大明宮内殿名。

〔一六〕猿超句:謂光顔在毬場上動作果斷敏捷,如猿猴,似鶻鳥。鶻(hú),即隼(sǔn),一種猛禽。毬,亦稱鞠丸,古代習武用具,以皮爲之,中實以毛,足踏或杖擊爲戲。《長安志》:"西内有毬場亭子。"

〔一七〕相排句:謂衆宮女爭相觀看毬戲,竟至擠落、踏碎耳飾。相排,互相擁擠。明璫,婦女耳飾,以明珠製作。

〔一八〕旌竿兩句:謂光顏受恩賜而榮歸故里,旗竿上旌旗高揚,鮮明奪目。旌,旌旗,節度使或大將出行時之儀仗。幖(biāo)幖,翻動貌。爥(huò)爥,明亮。意氣,謂洋洋自得。

〔一九〕朱處士:無考。處士,隱居之士人。

〔二○〕三吳:《水經注·漸江水》以吳興、吳郡、會稽爲三吳;《通典·州郡十二》以吳興、吳郡和丹陽爲三吳。此指今江蘇省南部、浙江省北部一帶,朱處士即隱居于此。

〔二一〕罷亞四句:謂朱家百頃稻穀長勢良好,豐收後不僅儲滿糧倉,尚有餘糧接濟鄉鄰。罷亞,原注:"稻名。"囷(qūn),糧倉,方者曰倉,圓者曰囷。

〔二二〕後嶺兩句:謂朱處士住處靠山臨溪,景物宜人。翠撲撲,謂山嶺翠色誘人。碧泱(yāng)泱,喻溪水澄碧深廣。

〔二三〕鳧(fú):野鴨。

〔二四〕日晚句:《詩經·王風·君子于役》:"日之夕矣,羊牛下來。"

〔二五〕叔舅四句:謂朱處士常與親戚歡飲。叔舅,母之弟。我,謂朱處士,以第一人稱口氣寫。社甕(wèng),祭祀社神之酒。社,古時祭祀土地神之所。甕,盛酒器,此指代酒。伯姊(zǐ),長姊。壺漿,指酒。

〔二六〕西阡、東陌:阡陌,田間小路,東西曰阡,南北曰陌。

〔二七〕姻親兩句:謂親戚住處相距不遠,彼此可遙遙相望。舍,房屋。

〔二八〕太守四句:謂朱處士按法定之數繳納租稅,此外,無論地方官吏清廉或貪婪,均不過問。太守,州郡長官。征輸,納稅。

〔二九〕造:至。

〔三○〕羽儀句:謂朱處士儀表不俗,如鸞、鶴之翶翔。羽儀,喻儀表。《周易·漸》:"鴻漸于陸,其羽可用爲儀。"孔疏:"其羽可用爲物之儀表,可貴可法也。"

〔三一〕交横两句：謂朱處士居處高雅清幽，終日以琴書自娱。庾信《擬詠懷》：“琴聲遍屋裏，書卷滿牀頭。”

〔三二〕出語两句：謂其出語不同凡響，言必稱上古三代之聖君明主。堯、舜爲儒家敬仰之聖主；禹爲夏朝開國之君；武爲周朝開國之君；湯爲殷朝開國之君。武應在湯後，此爲押韻，故倒置。

〔三三〕問今四句：回憶昔日訪問朱處士時两人間之問答。據下文“爾來十三歲”，知十三年前當爲文宗大和三年(八二九)。文宗于寶曆二年(八二六)十二月即位，時年十八，三年後爲二十一歲。棟梁，喻宰相。晉公，謂裴度。度字中立，貞元初擢進士第。憲宗十二年(八一七)十二月，以平淮西有功，賜爵晉國公。敬宗寶曆二年(八二六)二月爲司空，同平章事(即宰相)。

〔三四〕聯兵两句：謂對滄景李同捷用兵事。文宗大和元年(八二七)春，李同捷擅據滄景，七月抗命不受詔；八月，詔討李同捷；大和三年四月，斬李同捷，滄景平。附海，近海，滄州近渤海，故云。滄景，唐方鎮名，又名横海，治所滄州，在今河北省滄縣東南。

〔三五〕謂言六句：意謂朝廷對滄景用兵乃大義之舉，滄景彈丸之地原可一舉蕩平，豈料戰鬥激烈，雙方相持不下，三年間百餘戰，仍未克敵致勝。小，輕視。卷席、探囊，均蕩平之意。賈誼《過秦論》：“有席卷天下，包舉宇内，囊括四海之意。”《五代史·南唐世家》：“取江南如探囊中物耳。”犀甲，以犀牛皮所製之戰甲。吳兵，謂鋒利的兵器。屈原《九歌·國殤》：“操吳戈兮被犀甲。”蛇矛，一種長兵器。《十六國春秋·前趙録》：“陳安左手奮七尺大刀，右手執丈八蛇矛。”燕(yān)騎，一作“燕戟”。凡百戰，一作‘幾百戰’。鉤車，攻城之車。

〔三六〕胡羌：北方少數民族。此借指滄景。

〔三七〕誰將两句：《春秋繁露》：“魯君問于柳下惠曰：‘我欲攻齊，如何？’柳下惠對曰：‘不可。’退而有憂色曰：‘吾聞之也，謀伐國者，不問仁人，此何爲至于我？’”

〔三八〕逕：小路。篁：竹。

〔三九〕神蒼茫：謂神情悵惘。

〔四〇〕御史兩句：謂自己當年爲監察御史分司東都洛陽時，是何等趾高氣揚，無所顧忌。

〔四一〕闕下四句：謂自己在京任左補闕諫官之職，却並無拜疏奏章以盡諫官之責，而每愛交游寺僧，或飲酒買醉。

〔四二〕豈爲四句：意謂自己所以不願隱居山林而仍在朝爲官，並非爲妻兒着想，實緣欲爲國立功而有所作爲。五色線、舜衣裳，喻輔佐皇帝平定藩鎮，使天下重歸一統。王嘉《拾遺記》卷二：“因祇之國，其人善織，以五色絲内于口中，手引而結之，則成文錦。”《詩經·大雅·烝民》：“衮職有缺，維仲山甫補之。”衮，龍袍。此代王職。

〔四三〕絃歌兩句：意謂欲削平藩鎮，收復河湟，以絃歌禮樂教化北方人民，使其生活安定幸福。絃歌，謂以禮樂教化人民。《禮記·樂記》：“絃歌詩頌，此之謂德音。”《論語·陽貨》：“子之武城，聞絃歌之聲。”燕趙，謂河北三鎮。蘭芷，芳草名。此喻朝廷之教化。屈原《九歌·雲中君》：“浴蘭湯兮沐芳。”河湟，湟水流域及其流入黃河一帶地方。《新唐書·吐蕃傳》：“湟水出濛谷，抵龍泉，與河合。……故世舉謂西戎地曰河湟。”肅宗後，河西隴右包括河湟爲吐蕃所佔，宣宗大中三年(八四九)始收復。

〔四四〕腥羶(shān)兩句：意謂掃蕩藩鎮，平定吐蕃。腥羶，羊肉腥氣，此爲對吐蕃之蔑稱。兇狠，謂抗命之藩鎮。披攘，披靡；震伏。

〔四五〕生人：猶生民。

〔四六〕壽域：太平盛世。《漢書·禮樂志》：“驅一世之民，躋之仁壽之域。”

〔四七〕江郡：謂黃州。因州在長江之側，故稱。霽(jì)：雨停放晴。

〔四八〕刀好句：意謂秋色宜人，美如鍛錦，可以刀截取加身。杜甫《戲題畫山水圖歌》：“焉得并州快剪刀，剪取吳松半江水。”又李商隱《房中曲》：“枕是龍宮石，割得秋波色。”是牧之云“刀截秋光”，亦同一奇思耳。

〔四九〕擁鼻：撲鼻。

〔五〇〕醺(xūn)酣：醉酒。

　　牧之有《黄州刺史謝上表》曰："黄州在大江之側，雲夢澤南，古有夷風，今盡華俗，户不滿二萬，税錢才三萬貫。風俗謹樸，法令明具，久無水旱疾疫，人業不耗，謹奉貢賦，不爲罪惡，臣雖不肖，亦能守之。"字裏行間，微露大材小用之慨。詩人懷濟世之志，素以天下爲己任，而今僅守一僻左小郡，其心中鬱悶自不待言。故詩之首段情緒消沉，加上四十歲即已髮白如霜，遂起歲月如流而功業無就之嘆。第二段寫詩人所仰慕者爲削平淮西、戰功卓著之名將李光顔；素所知交者爲隱居吴中不問世事之朱處士。李積極進取，爲國立功，顯親揚名；朱則躬耕山林，超然物外，優哉遊哉，頗有達則兼濟天下，窮則獨善其身意。末段則暢述其欲奮起掃平割據，收復失地，使國家統一人民安康之懷抱，表達了他力圖進取，不願終老山林，而欲追隨光顔願奉身國事之志向，詩之情調復由感傷轉爲昂揚。翁方綱《石洲詩話》卷二評曰："小杜《感懷詩》爲滄州用兵作，宜與《罪言》同讀。《郡齋獨酌》詩，意亦在此。"

　　是詩爲五言古體，一韻到底，中間雜以七言句。描寫景物及抒發懷抱則多用對句，氣韻流暢，抒情叙事與議論結合，凝煉自然，可視爲牧之五古之力作。

送國棋王逢〔一〕

　　玉子紋楸一路饒，最宜簷雨竹蕭蕭〔二〕。羸形暗去春泉長，拔勢横來野火燒〔三〕。守道還如周伏柱，鏖兵不羨霍嫖姚〔四〕。得年七十更萬日，與子期於局上銷〔五〕。

〔 一 〕本詩作于會昌三年(八四三),時年四十一歲。詩曰"得年七十更
萬日",《嬾真子》曰:"七十更萬日者,牧之是時年四十二三,得至
七十,猶有萬日。""萬日"者,取其成數,非確指也。國棋:猶國
手。王逢:事蹟不詳。

〔 二 〕玉子兩句:謂兩人于竹聲蕭蕭之雨夜對弈,王逢棋藝高超,一路
讓子。玉子紋楸(qiū),玉製之圍棋子,楸木製成之棋盤。紋,指
棋盤上方格狀紋路。楸,一種落葉喬木,質地緻密,"琢之爲棋局,
光潔可鑒"(《杜陽雜編》)。饒,讓棋。蕭蕭,風雨搖竹之聲。

〔 三 〕羸(léi)形兩句:謂王逢弈棋取迂迴戰術,棋形貌似薄弱,實則暗
中蓄積力量,如春泉之暗漲;俟布局完成,其勢如野火燎原,不可
阻擋。羸形,棋形薄弱。拔勢,一作"猛勢"。

〔 四 〕守道兩句:謂弈棋當如老子道家之術,以靜制動,以柔克剛,而不
能像漢將霍去病那樣,一上來便揮師長驅直入,與敵短兵相接。
周伏柱,謂老子。相傳老子曾爲周柱下史,後因以"柱下"指代老
子或《道德經》。鏖(áo)兵,苦戰多殺。霍嫖姚,霍去病,漢武帝時
大將,善騎射,年十八爲剽(通"嫖")姚校尉,果敢任氣,曾率軍六
擊匈奴,深入沙漠,封狼居胥山而還,功績顯著,封爲冠軍侯、驃騎
將軍。

〔 五 〕得年兩句:謂詩人如享年七十,則尚有萬日,足可與逢在棋盤消
磨對陣。期,約定。局,棋盤。

赤　　壁〔一〕

折戟沉沙鐵未銷,自將磨洗認前朝〔二〕。東風不與周
郎便,銅雀春深鎖二喬〔三〕。

〔 一 〕本詩作于會昌三年,時任黃州刺史。赤壁:山名。湖北省有三赤

壁：一在蒲圻縣西北長江南岸，北岸爲烏林。其地石山高聳，突入江濱，上刻"赤壁"二字，漢末吳蜀聯軍曾大敗曹魏數十萬大軍于此。一在武昌縣東南，又名赤磯，亦名赤圻。一在黃岡縣，亦名赤鼻，屹立長江濱，土石皆帶赤色，下有赤鼻磯。杜牧與北宋蘇軾所寫當爲黃岡赤壁，二人皆藉此爲題以抒其慨。

〔二〕折戟兩句：謝枋得《唐詩絕句注解》："予自江夏泝洞庭，舟過蒲圻縣，見石壁有'赤壁'二字，因登岸訪問父老，曰至今土人耕田園者，或得弩箭，鏃長一尺有餘，或得斷槍，想見周郎與曹公大戰可畏。此詩磨洗折戟，非妄言也。"將，把、拿。黃叔燦曰："'認'字妙，懷古深情，一字傳出，下二句翻案，亦從'認'字生出。"（《唐詩箋注》）

〔三〕銅雀：臺名，故址在今河北省臨漳縣西南古鄴城西北隅。《三國志·魏志·武帝紀》："建安十五年冬，作銅雀臺。"二喬：指橋公二女，大橋爲孫策妻，小橋爲周瑜妻。《三國志·吳書·周瑜傳》："時得橋公兩女，皆國色也。策自納大橋，瑜納小橋。"注引《江表傳》曰："策從容戲瑜曰：'橋公二女雖流離，得吾二人作婿，亦足爲歡。"又，薛雪《一瓢詩話》曰："'春深'二字，下得無賴，正是詩人調笑妙語。"

此詩爲懷古咏史傑作。詩人從眼前折戟這一細節引出對於五百年前赤壁大戰之慨嘆，贊美周瑜統率指揮之功，過渡自然。"東風"兩句以假設語氣從反面落筆，有意想不到之藝術魅力，使咏史詩而具有抒情詩意境，較之正面議論更具匠心。胡震亨《唐音癸籤》卷三云："詩人咏史最難，妙在不增一字，而情感自深。"是詩以其優美之藝術形象顯示此戰與東吳命運攸關，而周瑜才能之卓越就在於因勢乘便，充分利用東風之利，一舉打敗曹魏，奠定三分之業，遂避免國破妻辱之悲。詩人對周瑜之敬仰不着一字，盡在蘊藉之中，同時亦隱含自己徒負軍事才能不得一展懷抱之憾。對此詩含蓄之妙，謝枋得《唐詩絕句注解》評曰："後二句絕妙，衆人詠赤壁，祇善當時之勝，杜牧之詠赤壁，獨憂當時之敗。此是無中生有,死中求活,非淺識可到。"

齊安郡晚秋〔一〕

柳岸風來影漸疏〔二〕,使君家似野人居〔三〕。雲容水態還堪賞,嘯志歌懷亦自如。雨暗殘燈棋欲散,酒醒孤枕雁來初〔四〕。可憐赤壁爭雄渡,唯有蓑翁坐釣魚〔五〕。

〔一〕本詩作于會昌三年。齊安郡:即黃州。南齊置齊安郡、縣,隋廢郡,省縣入黃岡。

〔二〕柳岸句:謂秋風蕭瑟,岸畔柳葉凋落稀疏。

〔三〕使君:詩人自謂。漢時尊稱刺史爲使君,後因以稱州郡長官。野人:鄉野之人,即農夫。

〔四〕雲容四句:謂生活閒淡孤寂:白天賞玩雲烟水色,嘯歌吟咏;雨夜飲酒弈棋。

〔五〕可憐:猶可嘆。蓑翁:穿蓑衣之漁翁。

黃州赤壁並非當年曹、吳爭雄之所,然既名赤壁,亦足引人緬懷往昔,思念英雄。詩人在黃州任上生活孤寂,內心殊不平靜,渴望進取之心在激蕩,故藉赤壁懷古以抒其慨。錢謙益、何焯評曰:"有不勝其感慨者,憶昔郡之赤壁,吳、魏爭雄其下,今者霸圖寂寞,江山儼然,惟有漁翁垂釣而已,然則盛衰興廢,慨可勝道哉!"(《唐詩鼓吹評註》)

齊安郡後池絕句〔一〕

菱透浮萍綠錦池,夏鶯千囀弄薔薇〔二〕。盡日無人看微雨,鴛鴦相對浴紅衣〔三〕。

〔一〕本詩作于會昌三年夏。

〔二〕夏鶯句:謂鶯兒在薔薇枝上宛轉嬌啼。

〔三〕紅衣:指鴛鴦之彩羽。

　　是詩別具情致。一是色彩豐富,其寫菱萍之綠,夏鶯與薔薇之紅黃相間,鴛鴦之綵羽,鮮明奪目,明媚可愛。次以"透"、"弄"、"浴"等動詞狀菱萍生長、夏鶯歡唱及鴛鴦戲水,更以"無人"反襯後池之清幽與詩人終日觀賞之悠閒,極爲傳神。

題齊安城樓〔一〕

　　嗚軋江樓角一聲〔二〕,微陽瀲瀲落寒汀〔三〕。不用憑欄苦迴首,故鄉七十五長亭〔四〕。

〔一〕本詩作于會昌三年秋。

〔二〕嗚軋(yà):畫角之聲。角:古軍樂器名,其聲嗚然,催人奮發。

〔三〕微陽:夕陽餘輝。瀲(liàn)瀲:水波閃動貌。寒汀:秋冬時節的水中小洲。

〔四〕故鄉:此謂長安。七十五長亭:據《新唐書·百官志·兵部》:"凡三十里有驛。"又《通典·州郡典》:"齊安郡去西京二千二百二十五里。"是黃州距長安七十五驛之遙。長亭,秦漢十里置亭,爲行人休憩及餞別之處。庾信《哀江南賦》:"十里五里,長亭短亭。"此指驛站(掌投遞公文、轉運官物及供來往官員休息之所)。

是詩先寫齊安城樓之景，一爲耳聞，一爲目見。後寫登高所引起之鄉思，隱隱流露不滿于刺史職位之意。末以"七十五長亭"之數，屈指計程，狀故鄉之遙，示鄉思之深。黃叔燦《唐詩箋注》曰："角聲初動，微陽將落，登樓盼望，能無故鄉之思？乃曰'不用憑欄苦回首，故鄉七十五長亭'，則別緒茫茫，不堪回首矣。"俞陛雲《詩境淺説續編》曰："煙水迷茫，斜日將沈之際，危樓一角，畫角聲低，言登臨所聞見也。後二句，默數歸程，有七十五長亭之遠；無路奮飛，安用憑欄極目耶？凡客子登高，鄉山遙望，已情所難堪。今言料無歸計，不用回頭，其心愈苦矣。"

齊安郡中偶題二首〔一〕

兩竿落日溪橋上，半縷輕煙柳影中。多少綠荷相倚恨，一時迴首背秋風。

秋聲無不攪離心，夢澤兼葭楚雨深〔二〕。自滴階前大梧葉，干君何事動哀吟〔三〕？

〔一〕本詩作于會昌三年秋。

〔二〕夢澤：指雲夢澤。本楚都江陵附近之湖澤，春秋戰國時楚王之游獵區，晉後範圍擴大，稱今湖南益陽縣湘陰縣以北、湖北江陵縣安陸縣以南、武漢市以西地區爲雲夢澤。兼葭(jiān jiā)：蘆荻。《詩經·秦風·兼葭》："兼葭蒼蒼，白露爲霜。所謂伊人，在水一方。"楚雨：黃州在雲夢澤地區，古屬楚國，故稱。

〔三〕干：關連。

這兩首絕句輕倩秀艷，意境蘊藉，引人入勝。

其一寫秋日黃昏所見之風荷景象，優美如畫。詩之一、二兩句對偶工整,構思精巧,造語清新。"兩竿"由"三竿"演化而來,原以形容太陽升高,時近中午。如《南齊書·天文志》:"日出高三竿。"劉禹錫《竹枝詞》:"日出三竿春霧消,江頭蜀客駐蘭橈。"而此則用以描寫落日之景,不言"三竿"而稱"兩竿",狀日之將落。"半縷"從"一縷"而來,"一縷"已甚輕細,何況"半縷"。三、四兩句則以擬人手法寫綠荷之隨風翻動,實則抒發自己嫉惡如仇之愛憎,與前淒清淡遠之氛圍融爲一體。

其二寫秋風蕭瑟,秋雨綿綿,催動鄉思,難以入睡。詩之末句以反問句式襯托悵惘之情,更覺蘊藉。白居易《長恨歌》云:"春風桃李花開夜,秋雨梧桐葉落時。"以景傳情,二者可謂異曲同工。而溫庭筠之《更漏子》:"梧桐樹,三更雨。不道離情正苦。一葉葉,一聲聲,空階滴到明。"其意境與句式則顯從"自滴階前大梧葉,干君何事動哀吟"中化出。翁方綱《石洲詩話》曰:"小杜詩'自滴階前大梧葉,干君何事動哀吟',亦在南唐'吹皺一池春水'語之前,可證杜黑白鷹語。"

寄浙東韓乂評事〔一〕

一笑五雲谿上舟〔二〕,跳丸日月十經秋〔三〕。鬢衰酒減欲誰泥? 迹辱魂慚好自尤〔四〕。夢寐幾回迷蛺蝶〔五〕,文章應廣《畔牢愁》〔六〕。無窮塵土無聊事,不得清言解不休〔七〕。

〔一〕本詩約作于會昌四年(八四四),據集中《薦韓乂啓》云:"大和八年(八三四),自淮南有事至越,見韓居于鏡上,三畝宅,兩頃田,樹蔬釣魚,唯召名僧爲侶,餘力究《易》,嬉嬉然無日不自得也。"據此,別後"十經秋",當是會昌四年。韓乂(yì):越中(今浙江紹興一帶)人,曾在沈傳師幕府任職,與詩人同事。時爲浙東觀察使幕府吏。牧之《薦韓乂啓》云：“韓及第後，歸越中，佐沈公江西、宣城。……其爲人也，貞潔芳茂，非其人不與遊，非其食不敢食。……某久承恩知，但欲薦賢於盛時。”評事：大理評事，係虛銜，唐時幕府官吏常帶有朝廷散官銜，以示榮寵。

〔二〕五雲谿：即若邪溪，在今浙江省紹興市東南。《太平寰宇記》：“越州會稽縣若耶谿，在縣東南二十八里，唐吏部侍郎徐浩遊之云：‘曾子不居勝母之閭，吾豈遊若邪之谿?’遂改爲五雲之谿。”

〔三〕跳丸日月：喻時光流逝之速。韓愈《秋懷》詩：“憂愁費晷景，日月如跳丸。”

〔四〕鬢衰兩句：意謂鬢髮染霜，酒興大減，將怪誰？而功業無成，深感羞慚之際，也祇能自怨自嘆。泥(nì)，糾纏，引申爲怨怪。迹，功業可見者。尤，怨恨。

〔五〕夢寐句：謂欲從老莊之學，超然物外。《莊子·齊物論》：“昔者莊周夢爲蝴蝶，栩栩然蝴蝶也。自喻適志與，不知周也，俄然覺，則蘧蘧然周也。”

〔六〕文章句：謂爲文也只有學揚雄，窮極無聊而已。廣，擴而充之。《畔牢愁》，揚雄所作辭賦名。《漢書·揚雄傳》：“旁《離騷》作重一篇，名曰《廣騷》；又旁《惜誦》以下至《懷沙》一卷，名曰《畔牢愁》。”注：“李奇曰：‘畔，離也。牢，聊也。與君相離，愁而無聊也。’”是牧之所云蓋自嘆不爲世所用，語含牢騷與煩惱。

〔七〕無窮兩句：謂無數世事，無窮愁悶，希望能聽得老友韓乂之高論，爲己指點迷津。塵土，謂世事。清言，高雅之言談。

蘭　溪〔一〕

蘭溪春盡碧泱泱〔二〕，映水蘭花雨發香〔三〕。楚國大夫憔悴日，應尋此路去瀟湘〔四〕。

〔一〕本詩作于會昌四年暮春。蘭溪：原注："在蘄州西。"蘄(qí)州治所
　　　在今湖北省蘄春縣。蘭溪源出今湖北省英山縣，西南流入長江，
　　　距黃州城七十里，以其側多蘭得名。《詩話總龜》云："蘭溪自黃州
　　　麻城出東南，流入大江，水極清泠。"《水經注・江水篇》："江水又
　　　東右得蘭溪水，口並江浦也。"《新唐書・地理志》："蘄州蘄水本浠
　　　水，武德四年，更名蘭溪；天寶元年，又更名。"《太平寰宇記》："蘄
　　　水縣蘭溪水，源出箬竹山，其側多蘭，唐武德初，縣指此爲名。"吳
　　　曾《能改齋漫録》卷九："杜守黃作此詩，黃承蘭溪下流故耳。"
〔二〕泱(yāng)泱：水深廣貌。
〔三〕映水句：謂岸邊蘭花與溪水互相照映，經春雨滋潤而流溢清香。
〔四〕楚國兩句：謂當年屈原流放江南，形容憔悴，大概就是沿蘭溪一
　　　路前往瀟湘的罷。楚國大夫，指屈原，參見《題武關》注〔四〕。瀟
　　　湘，泛指屈原流放地。《詩話總龜》引《零陵總記》："瀟水在永州西
　　　三十步，自道州營道縣九疑山中，亦名營水；湘水在永州北十里，
　　　出自桂林陽海山中，經靈渠北流至零陵北，與瀟水合。二水皆清
　　　泚一色，高秋八九月，雖丈餘可以見底。自零陵合流，謂之瀟湘，
　　　經衡陽，抵長沙，入洞庭。"

　　蘭爲屈原喜愛之香草，其辭賦中多用以比喻忠直之士和高潔之志。
杜牧由多蘭而得名之蘭溪聯想屈原當年遭讒被逐之狀，而蘭溪古屬楚
國，詩人遠離京都爲此小郡之刺史，與屈原之行吟澤畔相似，故見蘭而起
興，以表其敬仰屈原之情。

題　木　蘭　廟〔一〕

　　彎弓征戰作男兒，夢裏曾經與畫眉。幾度思歸還把
酒，拂雲堆上祝明妃〔二〕。

〔一〕本詩作于會昌四年。木蘭廟：《太平寰宇記》："黄州黄岡縣木蘭
　　　山，在縣西一百五十里，舊廢縣取此爲名，今有廟在木蘭鄉。"又程
　　　泰之《演繁露》云："樂府有《木蘭詞》，乃女子代父征戍，十年而歸，
　　　不受爵賞，人爲作詩，然不著何代人，……女子能爲許事，其義且
　　　武，在緹縈之上。或者疑爲寓言，然白樂天《題木蘭花》云：'怪得
　　　獨饒脂粉態，木蘭曾作女郎來。'又觀杜牧此詩，則既有廟貌，又曾
　　　作女郎，則誠有其人矣。異哉！"

〔二〕拂雲句：謂木蘭在從軍作戰時，曾至拂雲堆祭祀祝禱，祈求昭君
　　　佑其早日得勝回鄉。拂雲堆，神祠名。《元和郡縣志》："朔方軍北
　　　與突厥以河爲界，河北岸有拂雲堆神祠，突厥將入寇，必先詣祠，
　　　祭酹求福。"明妃，西漢元帝宫人，名嬙，(亦作"檣")，字昭君。竟
　　　寧元年(前三三)，匈奴呼韓邪單于入朝，元帝賜單于待詔掖庭王
　　　嬙爲閼氏以結和親。晉人避司馬昭諱，改昭君爲明君，後又稱明
　　　妃。《苕溪漁隱叢話前集》卷二二引《隱居詩話》云："杜牧《木蘭廟
　　　詩》殊有美思也。"

池州送孟遲先輩〔一〕

　　昔子來陵陽〔二〕，時當苦炎熱。我雖在金臺，頭角長
垂折。奉披塵意驚，立語平生豁〔三〕。寺樓最騫軒〔四〕，坐
送飛鳥没。一罇中夜酒，半破前峯月〔五〕。煙院松飄
蕭〔六〕，風廊竹交憂〔七〕。時步郭西南〔八〕，繚徑苔圓
折〔九〕。好鳥響丁丁〔一〇〕，小溪光汃汃〔一一〕。籬落見娉
婷〔一二〕，機絲弄啞軋〔一三〕。煙濕樹姿嬌，雨餘山態
活〔一四〕。仲秋往歷陽〔一五〕，同上牛磯歇〔一六〕。大江吞天
去，一練橫坤抹〔一七〕。千帆美滿風，曉日殷鮮血〔一八〕。

歷陽裴太守〔一九〕，襟韻苦超越〔二〇〕。鞚鼓畫麒麟〔二一〕，看君擊狂節〔二二〕。離袖颭應勞，恨粉啼還咽〔二三〕。明年忝諫官〔二四〕，綠樹秦川闊〔二五〕。子提健筆來，勢若夸父渴〔二六〕。九衢林馬撾，千門織車轍〔二七〕。秦臺破心膽，黥陣驚毛髮〔二八〕。子既屈一鳴，余固宜三刖〔二九〕。慵憂長者來，病怯長街喝〔三〇〕。僧爐風雪夜，相對眠一褐。暖灰重擁瓶，曉粥還分鉢〔三一〕。青雲馬生角，黃州使持節〔三二〕。秦嶺望樊川，祇得迴頭別〔三三〕。商山四皓祠〔三四〕，心與揜蒲説〔三五〕。大澤兼葭風，孤城狐兔窟〔三六〕。且復考《詩》《書》，無因見簪笏〔三七〕。古訓屹如山，古風冷刮骨。周鼎列瓶罍，荆璧橫抛掇〔三八〕。力盡不可取，忽忽狂歌發〔三九〕。三年未爲苦〔四〇〕，兩郡非不達〔四一〕。秋浦倚吳江〔四二〕，去檝飛青鶻〔四三〕。溪山好畫圖，洞壑深閨闥〔四四〕。竹岡森羽林〔四五〕，花塢團宮纈〔四六〕。景物非不佳，獨坐如轉紲〔四七〕。丹鵲東飛來〔四八〕，喃喃送君札〔四九〕。呼兒旋供衫，走門空踏襪〔五〇〕。手把一枝物，桂花香帶雪。喜極至無言，笑餘翻不悦〔五一〕。人生直作百歲翁〔五二〕，亦是萬古一瞬中〔五三〕。我欲東召龍伯翁〔五四〕，上天揭取北斗柄〔五五〕，蓬萊頂上幹海水〔五六〕，水盡到底看海空。月於何處去，日於何處來？跳丸相趁走不住〔五七〕，堯舜禹湯文武周孔皆爲灰〔五八〕。酌此一杯酒，與君狂且歌。離別豈足更關意〔五九〕，衰老相隨可奈何！

〔一〕本詩作于會昌四年赴任池州刺史後。是年九月，詩人黃州刺史任滿，轉爲池州刺史接李方玄之任。方玄字景業，爲牧之摯友，于會

昌五年四月,卒于宣城客舍(據《唐故處州刺史李君墓誌銘》)。牧
之《祭故處州李使君文》又云:"君刺池陽,我守黃岡,……幸會交
代,沿楫若飛,江山九月,涼風滿衣。……縱酒十日,舞袖傲垂。"
詩人遷任池州所稱之"江山九月"必在會昌四年。會昌二年春牧
之出守黃州,至四年九月,前後恰三年。至池州後,老友孟遲來
訪,詩人薦之應進士試,並賦此詩送別。池州:又名池陽郡,治所
秋浦縣(今安徽省貴池縣)。孟遲:《唐才子傳》:"孟遲,字遲之,
平昌人。會昌五年易重榜進士。"又《唐詩紀事》卷五四:"孟遲登
會昌五年進士第。"先輩:唐時應科舉試者互稱之敬詞。李肇《唐
國史補下》:"進士爲時所尚久矣,……互相推敬謂之先輩。"

〔 二 〕子:古時對男子之美稱,此謂孟遲。陵陽:在安徽宣城,見《贈宣
　　　　州元處士》注〔二〕。詩人于文宗開成二年至三年在宣州崔鄲幕府
　　　　任職。

〔 三 〕我雖四句:意謂自己當年雖曾受聘崔鄲,却並不得意,只因幸聞
　　　　孟遲一席話,心胸方豁然開朗,俗愁俱消。金臺,黃金臺,又稱燕
　　　　臺。此謂崔鄲幕府。戰國時燕昭王築宮延攬人才,使燕得以復
　　　　興,後遂稱招賢之所爲黃金臺。《史記·燕召公世家》:"燕昭王于
　　　　破燕之後即位,卑身厚幣以招賢者。謂郭隗曰:'齊因孤之國亂而
　　　　襲破,孤極知燕小力少,不足以報。然誠得賢士以共國,以雪先王
　　　　之恥,孤之願也。先生視可者,得身事之。'郭隗曰:'王必欲致士,
　　　　先從隗始。況賢于隗者,豈遠千里哉!'于是昭王爲隗改築宮而師
　　　　事之。"《長安客話》卷一:"黃金臺有二,故燕昭王所爲樂(毅)、郭
　　　　(隗)築而禮之者,其勝跡皆在定興。今都城亦有二,是後人所
　　　　築。……都城黃金臺,出朝陽門循濠而南,至東南角,巋然一土阜
　　　　是也。……京師八景有曰'金臺夕照',即此。"又馮集梧注曰:
　　　　"按:《新序》《通鑑》亦皆云築宮,不言臺也。然李白屢用黃金臺
　　　　事,如'誰人更掃黃金臺'、'燕昭延郭隗,遂築黃金臺'、'掃灑黃金
　　　　臺,招邀廣平客'、'如登黃金臺,遥謁紫霞仙'、'侍宴黃金臺,傳觴
　　　　青玉案'。杜甫亦有:'揚眉結義黃金臺'、'黃金臺貯俊賢多'。柳

子厚亦云：‘燕有黃金臺，遠致望諸君。’《白氏六帖》有‘燕昭王置千金于臺上，以延天下士，謂之黃金臺。’此語唐人相承用者甚多，不特本于白也。”頭角，喻年輕人之氣概或才華。垂折，喻失意。奉，敬詞。披，披覽，此謂聽聞。塵意，世俗之見。立語，頃刻之間。

〔四〕寺樓：當指宣州開元寺，可參看《題宣州開元寺》詩。騫(qiān)軒：一作“軒騫”，喻寺樓檐角尖飛，如鳥翅高舉。

〔五〕半破句：謂月至夜半始突破山峰遮擋而升上中天。

〔六〕飄蕭：風吹松聲。

〔七〕交戛(jiá)：風吹竹聲。

〔八〕郭：外城。

〔九〕繚徑句：謂人跡罕至，故苔蘚布滿曲折小徑。繚，繚繞。

〔一○〕丁(zhēng)丁：鳥鳴聲。

〔一一〕汈(pà)汈：水流聲。

〔一二〕籬落：猶籬笆。娉婷(pīng tíng)：美好貌，此謂農家少女。

〔一三〕機絲：織絲。啞軋(yā yà)：紡織機聲。

〔一四〕煙濕兩句：謂雨後之霧氣使樹姿嬌好，山色秀美。

〔一五〕仲秋：陰曆八月。歷陽：郡名，今安徽省和縣。

〔一六〕牛磯：謂牛渚磯，在安徽省當塗縣。《通典》：“宣州當塗有牛渚磯，亦謂之采石。”《元和郡縣志》：“當塗縣牛渚山，在縣北三十五里，山突出江中，謂之牛渚圻，古津渡處也。”

〔一七〕一練句：謂長江如白練之橫亘大地。謝朓《晚登三山還望京邑》：“餘霞散成綺，澄江靜如練。”練，白色熟絹。坤，八卦之一，地也。

〔一八〕殷(yān)：黑紅色。

〔一九〕裴太守：裴姓刺史。太守，此用作刺史的別稱。(參《初春雨中舟次和州橫江裴使君見迎李趙二秀才同來因書四韻兼寄江南許渾先輩》。)詩人于文宗開成四年由宣城赴京供職，途經和州，曾受到裴刺史歡迎。

〔二○〕襟韻：謂襟懷風度。苦：極。

〔二一〕鞔(mán)鼓句：謂皮革製成之鼓面上畫有麒麟以爲裝飾。鞔，用
　　　　皮革製成鼓面。段成式《酉陽雜俎》卷一二："玄宗常伺察諸王。
　　　　寧王嘗夏中揮汗鞔鼓，所讀書乃龜兹樂譜也。"

〔二二〕看君句：謂裴太守欣賞孟遲擊出節奏極爲快速之鼓點。

〔二三〕離袖兩句：寫兩人依依惜別之情。颭(zhǎn)，因風搖動，此謂揮
　　　　動。勞，慰問。

〔二四〕明年句：牧之與孟遲別後赴京任左補闕、史館修撰。左補闕，掌
　　　　供奉諷諫。明年，指文宗開成五年(八四〇)。忝(tiǎn)，謙詞。

〔二五〕秦川：謂今陝西、甘肅秦嶺以北平原地帶，古屬秦國，因名。此謂
　　　　京城長安。

〔二六〕子提兩句：謂孟遲來京赴試，文筆縱橫，才華發越，如夸父之逐
　　　　日，一往無前。夸父，神話人物。《山海經·海外北經》："夸父與
　　　　日逐走，入日。渴欲得飲，飲于河渭；河渭不足，北飲大澤。未至，
　　　　道渴而死。棄其杖，化爲鄧林。"

〔二七〕九衢(qú)兩句：謂孟遲意氣豪放，乘車騎馬，踏遍京城。九衢，四
　　　　通八達之路。林，喻馬鞭頻舉，與下"纖"字相對。馬撾(zhuā)，猶
　　　　馬策。

〔二八〕秦臺兩句：謂孟遲詩深刻嚴整，如秦鏡之照人心膽，如黥陣之驚
　　　　人毛髮。秦臺，猶秦鏡。《西京雜記》卷三：高祖入咸陽宮，"有方
　　　　鏡，廣四尺，高五尺九寸，表裏有明，人且來照之，影則倒見，以手
　　　　捫心而來，則見腸胃五臟，歷然無硋。人有疾病在內，則掩心而照
　　　　之，則知病之所在。又女子有邪心，則膽張心動。秦始皇常以照
　　　　宮人，膽張心動者則殺之。高祖悉封閉以待項羽，羽併將以東，後
　　　　不知所在。"蕭統《五月啓》："蘋葉飄風，影亂秦臺之鏡。"黥(qín)
　　　　陣，漢將黥布善布陣，故稱黥陣。《史記·黥布列傳》："布兵精甚，
　　　　上乃壁庸城，望布軍置陳(陣)如項籍軍，上惡之。"

〔二九〕子既兩句：謂二人均懷才不遇：孟遲落第，未能一鳴驚人；自己則
　　　　如和氏之懷玉，亦無人識寶。屈，曲而不伸。一鳴，《史記·滑稽
　　　　列傳》："此鳥不飛則已，一飛沖天；不鳴則已，一鳴驚人。"三刖

(yuè)，《韓非子·和氏》：“楚人和氏得玉璞楚山中，奉而獻之厲王。厲王使玉人相之。玉人曰：‘石也。’王以和爲誑而刖其左足。及厲王薨，武王即位，和又奉其璞而獻之武王。武王使玉人相之，又曰：‘石也。’王又以和爲誑而刖其右足。武王薨，文王即位，和乃抱其璞而哭于楚山之下，三日三夜，淚盡而繼之以血。王聞之，使人問其故，曰：‘天下之刖者多矣，子奚哭之悲也？’和曰：‘吾非悲刖也，悲夫寶玉而題之以石，貞士而名之以誑，此吾所以悲也。’王乃使玉人理其璞而得寶也。遂命曰和氏之璧。”刖，古代酷刑，斷足。

〔三〇〕慵(yōng)憂兩句：謂自己懶散病弱，不願與顯貴往來。慵，懶。長者，此謂顯貴者。喝，喝道，古時官員出行，前導者喝止行人避路。

〔三一〕僧爐四句：謂兩人曾于風雪之夜至僧寺，同被共榻而眠，夜半飲酒暖身，晨起分粥而食。褐(hè)，粗毛布衣，此謂粗布被。鉢(bó)，僧徒飯器。

〔三二〕青雲兩句：謂不意承蒙榮升，出任黃州刺史。青雲，喻官運亨通。馬生角，喻難成之事。語出《史記·刺客列傳》：“太史公曰：世言荆軻，其稱太子丹之命，‘天雨粟，馬生角’也，太過。”使持節，官吏持符信得代宣朝廷旨令，此指出任刺史。《通典》：“唐武德元年，改郡爲州，改太守爲刺史，加號持節，後加號爲使持節諸軍事，而實無節，但頒銅魚符而已。”按：牧之對外放州官深致不滿，故語帶譏諷。

〔三三〕秦嶺兩句：謂詩人告別故鄉前往黃州赴任。秦嶺，位于長安城南。樊川，長安城南名勝，杜佑有別墅在此。《長安志》：“《三秦記》：長安正南秦嶺，嶺根水流爲秦川，一名樊川，長安名勝之地。周處士韋夐，唐杜牧之，岐國杜公，奇章牛公之居皆在焉。”

〔三四〕商山句：見前《題商山四皓廟》注〔一〕。

〔三五〕心與句：謂在黃州常以摴蒲之戲自娛。與，參與。摴蒲(shū pú)，古博戲，擲五木觀其采色以賭勝負。説(yuè)，通“悦”。

〔三六〕大澤兩句：意謂黃州僻處雲夢澤畔，人煙稀少，乃狐兔出没之所。
《祭周相公文》曰：“黄州大澤，蒹葭之場。”參見《雪中書懷》注
〔四〕。蒹葭(jiān jiā)，蘆荻。

〔三七〕且復兩句：意謂姑且再研熟讀《詩》、《書》，無從置身朝廷，參與朝
政。無因，無從。簪笏(zān hù)，朝官所用之冠簪及朝見時手中
所執之狹長手版。版笏每以玉、象牙或竹片製成，用以指畫及
記事。

〔三八〕周鼎兩句：謂鼎彝重器與一般瓶罐同列，玉璧之寶竟遭棄毁。意
即不爲世所用而沉淪下僚。周鼎，局代傳國寶器。《左傳·宣公
三年》：“昔夏之方有德也，遠方圖物，貢金九牧，鑄鼎象物。”《史
記·封禪書》：“禹收九牧之金，鑄九鼎。”《史記·賈生列傳》：“于
嗟嚜嚜兮，生之無故，幹棄周鼎兮寶康瓠。”罌(yīng)，口小腹大之
瓶。荆璧，即和氏之璧，因産于荆楚，故稱。椴(sà)，自注：“蘇割
切。”側手以擊。

〔三九〕忽忽：失意貌。

〔四〇〕三年：謂武宗會昌二年(八四二)春至四年九月任黄州刺史首尾
三年。

〔四一〕兩郡：馮集梧注：“按：牧之自黄州遷池州，故云兩郡。”達：
顯貴。

〔四二〕吴江：指長江，池州古屬吴國，故稱。

〔四三〕檝(jí)：即“楫”，船槳。鶻(gǔ)：鶻鳩，鳥名。短尾，羽青黑色。
此指船頭刻有青鶻之船。

〔四四〕洞壑(hè)句：謂山洞深邃，有如閨房。壑，溝谷。闥闥(tà)，猶閨
房。闥，門也。

〔四五〕竹岡句：謂山岡之竹茂然成林。

〔四六〕花塢(wù)句：謂塢中鮮花燦爛似錦。塢，四面高中間低的地方。
纈(xiè)，絲織物上之印染花紋。

〔四七〕韝緤(gōu xiè)：謂受束縛。韝，舊時臂套，用以束衣袖以便動作。
緤，束；拴。

〔四八〕丹鵲：鵲之一種。《拾遺記》卷二：“塗脩國獻青鳳、丹鵲各一雌一雄。”按，《太平御覽》卷七六九“鵲”作“鵠”。

〔四九〕喃喃：，細語聲。札：信。

〔五〇〕呼兒兩句：謂聞孟遲來訪，急呼侍兒取衣，且未及着鞋即欲出門迎候。旋(xuàn)，原注：“去聲。”急貌。

〔五一〕翻：反而。

〔五二〕直：就；即使。

〔五三〕一瞬(shùn)：轉眼間，喻迅疾。

〔五四〕龍伯翁：神話人物。《列子·湯問》：“龍伯之國有大人，舉足不盈數步而暨五山之所，一釣而連六鼇，合負而趣歸其國，灼其骨以數焉。”

〔五五〕北斗柄：北斗七星由天樞、天璇、天璣、天權、玉衡、開陽、搖光組成，其中，天樞至天權名“斗魁”，玉衡至搖光名“斗杓”，亦稱斗柄。

〔五六〕蓬萊：仙山名，傳爲仙人所居。《山海經·海內北經》：“蓬萊山在海中。”《史記·封禪書》：“自威、宣、燕昭使人入海求蓬萊、方丈、瀛洲。此三神山者，其傳在勃海中。”斡(wò)：旋轉。

〔五七〕跳丸相趁：喻時光速逝。《大洞經》：“日爲跳丸。”《慎子》：“月如銀丸。”《禮記·月令·正義》：“京房云：先師以爲日似彈丸，或以爲月亦似彈丸。”又元稹《遣興》：“日月東西跳。”韓愈《秋懷詩》之九：“日月如跳丸。”相趁，猶相逐。

〔五八〕堯舜句：謂史家所稱道之聖君賢人如堯舜等，皆隨時光流逝而爲灰燼。

〔五九〕關意：掛念；注意。

　　是詩藉寫與孟遲之深厚情誼，抒發詩人材非所用之鬱憤牢騷。結尾以浪漫筆調表惜別之意，感情噴薄，想象飛越，出語驚人，頗具屈原問天氣勢。楊萬里將“我欲東召……看海空”等詩句與李賀“女媧煉石補天處，石破天驚逗秋雨”並提，謂其“詩有驚人句”（《誠齋詩話》）。葉矯然《龍性堂詩話續集》曰：“小杜《池州別孟遲詩》：‘我欲東召龍伯翁，水盡到

105

底看海空。'咄咄奇語,與老杜'頓轡海徒涌,神人身更長'之語相當。"

重　　送〔一〕

　　手撚金僕姑〔二〕,腰懸玉轆轤〔三〕。爬頭峯北正好去〔四〕,係取可汗鉗作奴〔五〕。六宮雖念相如賦,無那防邊重武夫〔六〕。

〔一〕重送:再次送別。

〔二〕撚(niǎn):以手拈物。金僕姑:箭名。《左傳·莊公十一年》:"乘丘之役,公以金僕姑射南宮長萬。"盧綸《和張僕射塞下曲》之一:"鷲翎金僕姑,燕尾綉蝥弧。"

〔三〕玉轆轤:劍名。《漢書·雋不疑傳》:"帶櫑具劍。"注云:"晉灼曰:古長劍首以玉作井轆轤形,上刻木作山形,如蓮花初生未敷時。今大劍木首,其狀似此。"轆轤,一作"鹿盧"。

〔四〕爬頭峯:亦作"杷頭烽",在今山西省,形勢險要。《資治通鑑》卷二四六胡注:"杷頭烽北臨大磧,東望雲、朔,西望振武。"

〔五〕係:縛。可汗(kè hán):古代西北少數民族君主之稱號。鉗:古刑法之一,以鐵圈束頸。

〔六〕六宮兩句:謂後宮妃嬪雖喜誦相如辭賦,奈邊防尚須倚重武將。六宮,皇后妃嬪或其住處。相如,司馬相如,西漢著名辭賦家。無那(nuó),無奈。

　　詩人前已賦長詩送別孟遲,然意猶未盡,復作是送別。其時北方回鶻猶爲患未已,詩人雖作地方官吏,仍憂念朝政,故前一年寫《上李司徒相公論用兵書》,詳陳平定澤潞之策。至池州後,又作《上李太尉論北邊事啓》,貢獻驅逐回鶻之計。而此詩則以詩歌形象塑造了一位勇猛善戰的武將,寓其消滅賊酋之壯志,并用以勗勉孟遲,爲國立功。楊慎《升庵詩話》卷五評送孟遲兩首詩曰:“二詩奇崛,而用韻古。”

登池州九峯樓寄張祜〔一〕

　　百感中來不自由〔二〕,角聲孤起夕陽樓〔三〕。碧山終日思無盡,芳草何年恨即休〔四〕。睫在眼前長不見,道非身外更何求〔五〕？誰人得似張公子,千首詩輕萬户侯〔六〕。

〔一〕本詩作於會昌五年(八四五)池州刺史任上,時年四十三歲。池州:治所在秋浦,今屬安徽省貴池縣。九峯樓:一作“九華樓”。清《一統志‧池州府》:“池州九華樓有二:一在貴池縣九華門上,唐建;一在青陽縣東南二里。唐杜牧有《九華樓寄張祜》詩。”張祜:《新唐書‧藝文志》:“《張祜詩》一卷,字承吉,爲處士,大中中卒。”是詩乃有感而發。據范攄《雲溪友議》卷四(《唐詩紀事》卷五二略同):“致仕尚書白舍人,初到錢塘,令訪牡丹花,獨開元寺僧惠澄近於京師得此花栽,始植於庭,欄圍甚密,他處未之有也。時春景方深,僧設油幕覆其上,牡丹自此東越分種之也。會稽徐凝,自富春來,未識白公,先題詩曰:‘唯有數苞紅萼在,含芳只待舍人來。’白尋到寺看花,乃命徐生同醉而歸。時張祜榜舟而至,甚若疏誕,然張、徐二生未之習稔,各希首薦焉。中舍曰:‘二君勝負,在於一戰也。’遂試《長劍倚天外賦》、《餘霞散成綺詩》,試訖解送,以凝爲先,祜其次耳。……祜遂行歌而返,凝亦鼓枻而歸。自是二生終身偃仰,不隨鄉試矣。先是李補闕林宗、杜殿中牧與白公輩下較文,具言元白詩體舛雜,而爲清苦者見嗤,因兹有恨。後杜舍人守秋浦,與張生爲詩酒之交,亦知錢塘之歲,白有是非之論,懷不平之色,爲詩二首以高之曰:'誰人得似張公子? 千首詩輕萬戶侯。'又曰:'如何故國三千里,虛唱新辭滿六宮。'"

〔 二 〕中: 内心。不自由: 不由自主。

〔 三 〕角聲: 畫角之聲。孤起: 謂畫角聲從遠處傳來,引起詩人内心的孤寂之感。

〔 四 〕碧山兩句: 謂思友之情似青山連綿不斷,悵恨之思如芳草綿延無邊。《楚辭·招隱士》:"王孫遊兮不歸,春草生兮萋萋。"

〔 五 〕睫在兩句: 批評白居易對張祜之不公正待遇。意謂睫毛近在眼前,却視而不見;"道"本在自身日常言行之中,又何必到處追求?《史記·越王勾踐世家》:"齊使者曰:'幸也越之不亡也! 吾不貴其用智之如目,見豪毛而不見其睫也。今王知晉之失計,而不自知越之過,是目論也。'"《索隱》:"言越王知晉之失,不自覺越之過,猶人眼能見豪毛而自不見其睫,故謂之'目論'也。"《孟子·離婁上》:"道在邇而求諸遠,事在易而求諸難。"

〔 六 〕千首句: 謂張祜以詩歌創作名世,即可糞土萬户侯矣。萬户侯,謂官高爵顯者。陸龜蒙《和過張祜處士丹陽故居》:"承吉短章大篇,爲才子之最,賢俊之士及高位重名者,多與之游。或薦之於天子,書奏不下;亦受辟諸侯府,性狷介不容物,輒自劾去。以曲阿地古淡有南朝遺風,遂築室種樹而家焉。"

牧之於會昌四年(八四四)九月,由黄州刺史遷爲池州刺史。五年(八四五),張祜由丹陽赴池州訪牧,兩人攜手同遊,談詩論文,甚爲契合。牧之頗爲賞識祜之《宮詞》,對白居易的揚凝抑祜,深抱不平,且對元白詩也早有異議,故成是詩,以慰張祜,并藉此寓寫個人身世之感,表現了他蔑視權貴的高傲性格。張祜後作《和杜牧之九華樓見寄》答之,詩云:"孤城高柳鳴曉鴉,風簾半鉤清露華。九峯聚翠宿危檻,一夜孤光懸冷沙。出岸遠暉帆欲落,入溪寒影雁差斜。杜陵歸去春應早,莫厭青山謝朓家。"

按，牧之曾于《唐故平盧軍節度巡官隴西李府君墓誌銘》一文中論及元白詩："(李戡)所著文數百篇，外于仁義，一不關筆。嘗曰：'詩者可以歌，可以流於竹，鼓於絲，婦人小兒，皆欲諷誦，國俗薄厚，扇之於詩，如風之疾速。嘗痛自元和已來有元、白詩者，纖艷不逞，非莊士雅人，多爲其所破壞。流於民間，疏于屛壁，子父女母，交口教授，淫言媟語，冬寒夏熱，入人肌骨，不可除去。吾無位，不得用法以治之。'欲使後代知有發憤者，因集國朝已來類於古詩得若干首，編爲三卷，目爲《唐詩》，爲序以導其志。"據此，痛恨元白詩風纖弱者，原係李戡(kān)而非杜牧，後人以之爲杜牧語，似有張冠李戴之嫌。唯杜牧特爲詳述，且筆端時露憤激之情，於中亦可見其贊同之意。又，劉克莊《後村詩話·後集》卷二云："杜牧罪元、白詩歌傳播，使子父女母交口誨淫，且曰：'恨吾無位，不得以法繩之。'余謂此論合是元魯山、陽道州輩人口中語。牧之風情不淺，如《杜秋娘》、《張好好》諸篇，青樓薄倖之句，街吏平安之報，未知去元、白幾何？以燕伐燕，元、白豈肯心服？"

酬張祜處士見寄長句四韻〔一〕

七子論詩誰似公〔二〕？曹劉須在指揮中〔三〕。薦衡昔日知文舉〔四〕，乞火無人作蒯通〔五〕。北極樓臺長掛夢，西江波浪遠吞空〔六〕。可憐故國三千里，虛唱歌辭滿六宮〔七〕。

〔一〕張祜原作《江上旅泊呈池州杜員外》詩云："牛渚南來沙岸長，遠吟佳句望池陽。野人未必非毛遂，太守還須是孟嘗。江郡風流今絶世，杜陵才子舊爲郎。不妨酒夜因閒話，別指東鄉是醉鄉。"酬：答謝。

〔二〕七子：漢末著名文學家孔融、陳琳、王粲、徐幹、阮瑀、應瑒、劉楨
　　七人，合稱建安七子。曹丕《典論·論文》："今之文人，魯國孔融
　　文舉、廣陵陳琳孔璋、山陽王粲仲宣、北海徐幹偉長、陳留阮瑀元
　　瑜、汝南應瑒德璉、東平劉楨公幹，斯七子者，於學無所遺，於辭無
　　所假，咸以自騁驥騄於千里，仰齊足而并馳。"

〔三〕曹劉：曹植和劉楨。以五言詩共稱于時。鍾嶸《詩品》上："自陳
　　思(曹植)已下，楨稱獨步。"牧之盛贊祜詩卓越，以爲可凌越七子，
　　俯視曹劉。

〔四〕薦衡句：原注："令狐相公曾表薦處士。"以孔融之薦禰衡於獻帝
　　喻令狐楚之薦祜於穆宗。《後漢書·禰衡傳》："唯善魯國孔融及
　　弘農楊修，常稱曰：'大兒孔文舉，小兒楊德祖，餘子碌碌，莫足數
　　也。'融亦深愛其才，遂上疏薦之。"

〔五〕乞火句：用蒯(kuǎi)通向丞相曹參舉賢事。意謂張祜雖得令狐楚
　　之薦，却沮於元稹，無人爲其疏通。《漢書·蒯通傳》："客謂通曰：
　　'先生之於曹相國，拾遺舉過，顯賢進能，齊國莫若先生者。先生
　　知梁石君、東郭先生世俗所不及，何不進之於相國乎？'通曰：'諾。
　　臣之里婦，與里之諸母相善也。里婦夜亡肉，姑以爲盜，怒而逐
　　之。婦晨去，過所善諸母，語以事而謝之。里母曰："女安行，我今
　　令而家追女矣。"即束縕請火於亡肉家，曰："昨暮夜，犬得肉，爭鬬
　　相殺，請火治之。"亡肉家遽追呼其婦。故里母非談説之士也，束
　　縕乞火非還婦之道也，然物有相感，事有適可。臣請乞火於曹相
　　國。'乃見相國曰：'婦人有夫死三日而嫁者，有幽居守寡不出門
　　者，足下即欲求婦，何取？'曰：'取不嫁者。'通曰：'然則求臣亦猶
　　是也，彼東郭先生、梁石君，齊之俊士也，隱居不嫁，未嘗卑節下意
　　以求仕也。願足下使人禮之。'曹相國曰：'敬受命。'皆以爲上
　　賓。"令狐楚薦祜事，見《唐摭言》"薦舉不捷"條："張祜元和、長慶
　　中，深爲令狐文公所知。公鎮天平日，自草薦表，令以新舊格詩三
　　百篇隨表進獻，請宣付中書門下。祜至京師，方屬元江夏偓仰内
　　廷，上因召問祜之辭藻上下。稹對曰：'張祜雕蟲小巧，壯夫恥而

不爲者，或獎激之，恐變陛下風教。'上頷之。由是寂寞而歸。"按，以上所載年月容或有誤，然其事當有所據。杜牧對張祜懷才不遇、橫遭排擠，深表同情。

〔六〕北極兩句：謂張祜雖未能出仕，却常在夢魂中牽挂朝廷，其情深遠，如江波卷浪，汹涌不已。北極，北極星，亦稱北辰。《論語·爲政》："爲政以德，譬如北辰居其所而衆星共（拱）之。"後因以指稱朝廷。西江，謂長江。

〔七〕可憐兩句：謂張祜所作宮詞徒然在六宫傳唱，而詞作者却無人賞識。原注："處士詩：'故國三千里，深宫二十年。一聲《河滿子》，雙淚落君前。'"祜另有《孟才人嘆一首并序》，寫《宮詞》在後宫傳唱之況甚詳："武宗皇帝疾篤，遷便殿，孟才人以歌笙獲寵者，密侍其右。上目之曰：'吾當不諱，爾何爲哉？'指笙囊泣曰：'請以此就縊。'上憫然。復曰：'妾嘗藝歌，願對上歌一曲以泄其憤。'上以懇，許之。乃歌'一聲何滿子'，氣亟立殞。上令醫候之，曰：'脈尚溫而腸已絶。'及帝崩，柩重不可舉。議者曰：'非俟才人乎？'爰命其櫬，櫬至，乃舉。嗟夫！才人以誠死，上以誠命。雖古之義激，無以過也。進士高璩登第年，宴，傳於禁伶，明年秋，貢士文多以爲之目。大中三年，遇高于由拳（嘉興），哀話于余，聊爲興嘆。詩曰：'偶因歌態詠嬌嚬，傳唱宫中十二春。却爲一聲何滿子，下泉須弔舊才人。'"又，葛立方《韻語陽秋》卷四："張祜詩云：'故國三千里，深宫二十年。'杜牧賞之，作詩云：'可憐故國三千里，虛唱歌詞滿六宫。'故鄭谷云：'張生故國三千里，知者惟應杜紫微。'諸賢品題如是，祜之詩名安得不重乎？"

九日齊山登高〔一〕

江涵秋影雁初飛〔二〕，與客攜壺上翠微〔三〕。塵世難

111

逢開口笑,菊花須插滿頭歸〔四〕。但將酩酊酬佳節,不用登臨恨落暉〔五〕。古往今來只如此,牛山何必獨霑衣〔六〕。

〔一〕本詩作于會昌五年重陽日。九日:陰曆九月九日,爲重陽節,古有登高飲酒佩茱萸以驅邪之習。《續齊諧記》:"桓景隨費長房游學累年,長房謂曰:'九月九日,汝家中當有災,宜急去,令家人各作絳囊,盛茱萸以繫臂,登高飲菊花酒,此禍可除。'景如言,舉家登山,夕還,見雞犬牛羊一時暴死。長房聞之曰:'此可代也。'今世人九日登高飲酒,婦人帶茱萸囊,蓋始於此。"齊山:在安徽省貴池縣東南,怪石嶙峋,洞窟幽深,岩壑秀美,峽峪險峻,爲江南名山之一。馮集梧注引《四庫全書總目》曰:"齊山有十餘峯,以其正相齊等,故曰齊山。或曰:唐刺史齊映有善政,嘗好遊,因而得名。"然《大清一統志·池州府一》云:"按《方輿勝覽》,謂山因唐刺史齊映得名,本于吳中復詩、周必大記。考映傳,未嘗刺池州,世系表有齊照爲池州,蓋因之而訛也。"又引《秋浦新志》云:"齊山有十餘峯,其高齊等,故名。周二十里,泉大小九十一,亭臺二十餘。其西有湖曰齊山湖,中有小山曰珠兒山,一名石洲。"據魏泰《臨漢隱居詩話》:"池州齊山石壁有刺史杜牧、處士張祜題名。"又,張祜有《和杜牧之齊山登高》詩云:"秋溪南岸菊霏霏,急管繁弦對落暉。紅葉樹深山徑斷,碧雲江静浦帆稀。不堪孫盛嘲時笑,願送王弘醉夜歸。流落正憐芳意在,砧聲徒促授寒衣。"

〔二〕涵:包容。秋影:猶秋色。

〔三〕客:謂張祜。翠微:山氣之作青縹色者,此即指山。杜甫《秋興八首》曰:"千家山郭静朝暉,日日江樓坐翠微。"

〔四〕塵世兩句:謂人生難得歡樂,遇此佳節,又得與友人同登齊山,自應插花滿頭,盡興而歸。塵世,猶人世。《莊子·盜跖篇》:"人上壽百歲,中壽八十,下壽六十,除病瘐死喪憂患,其中開口而笑者,一月之中不過四五日而已矣。"《續神仙傳》:"許碏插花滿頭,把花作舞,上酒家樓醉歌。"

〔五〕但將兩句：意謂當此佳節勝景，祇須盡情痛飲，不必悵惘傷感。
　　　酩酊(mǐng dǐng)，醉甚。恨，一作"怨"；又作"嘆"。落暉，夕陽餘
　　　暉。據《世説新語》注引《續晉陽秋》曰："陶元亮九日無酒，宅邊東
　　　籬下菊叢中摘盈把，坐其側。未幾，望見白衣人至，乃王宏送酒
　　　也。即便就酌，醉而後歸。"此化用其事。

〔六〕牛山句：意謂何須效景公徒作牛山之泣。《韓詩外傳》卷一○：
　　　"齊景公遊於牛山之上，而北望齊，曰：'美哉國乎！鬱鬱泰山。使
　　　古無死者，則寡人將去此而何之？'俯而泣沾襟。國子、高子曰：
　　　'然臣賴君之賜，蔬食惡肉可得而食也，駑馬柴車可得而乘也，且
　　　猶不欲死，況君乎？'俯泣。晏子曰：'樂哉，今日嬰之遊也！見怯
　　　君一，而諛臣二，使古而無死者，則太公至今猶存，吾君方今將被
　　　蓑笠而立乎畎畝之中，惟事之恤，何暇念死乎。'景公慚，而舉觴自
　　　罰，因罰二臣。"牛山，在今山東省淄博市東。獨，一作"淚"。沈德
　　　潛《唐詩別裁》卷一五曰："末二句影切齊山，非泛然下筆。"

　　《唐詩鼓吹評註》曰："此言秋雁初飛，與客攜壺而上翠微之山，因思
塵世之事，憂多樂少，今乘登高之興，當採菊而歸也。其所以攜壺者，將
從酩酊以酬九日之節，豈以上翠微而致嘆于落暉耶？此聯應第二句末，
言自古皆有死，登牛山而流涕，適見景公之愚耳，其何當于達人之曠觀
哉！此聯又括中四句意。"所評誠然，但意猶未盡。蓋此詩以曠達之詞寫
懷才不遇之憤，在人世無常、及時行樂之頹廢消沉中，大有牢騷不平之
慨。故胡應麟《詩藪》內編卷五曰："雖意稍疏野，亦自一種風致。"《唐宋
詩舉要》卷五引吳汝綸曰："感慨蒼茫，小杜最佳之作。"王安石則更作《和
王微之秋浦望齊山感李太白、杜牧之》詩云："齊山置酒菊花開，秋浦聞猿
江上哀。此地流傳空筆墨，昔人埋没已蒿萊。平生志業無高論，末世篇
章有遺才。尚得使君驅五馬，與尋陳迹久徘徊。"方回《瀛奎律髓》曰："此
以'塵世'對'菊花'，開闔抑揚，殊無斧鑿痕。又變體之俊者。後人得其
法，則詩如禪家散聖矣。"何焯曰："此詩變幻不測，體自渾成。"(同上)紀
昀批曰："前四句自好，後四句却似樂天，'不用'、'何必'，字與意并複，尤

爲礙格。"(《瀛奎律髓刊誤》)

池 州 清 溪〔一〕

　　弄溪終日到黃昏,照數秋來白髮根〔二〕。何物賴君千遍洗? 筆頭塵土漸無痕〔三〕。

〔一〕本詩約作于會昌五年秋。清溪:溪名。《元豐九域志》卷六:"池州貴池縣有池口、青溪、靈芝、秀山四鎮。"似鎮以溪名。

〔二〕弄溪兩句:謂終日盤桓溪邊,溪水清澈如鏡,秋來新添之白髮根根可數。弄,玩賞。數(shǔ),計。

〔三〕何物兩句:意謂長期受清溪環境薰染,雜念全消,情懷高潔,詩筆亦隨之清新高雅。何物,何故,猶今語不知怎麼一回事。此以襯托筆法贊美溪水澄澈。胡震亨《唐音戊籤》卷五五三曰:"詠水至此,大出人意表,奇哉!"

池州春送前進士蒯希逸〔一〕

　　芳草復芳草〔二〕,斷腸還斷腸。自然堪下淚,何必更殘陽〔三〕。楚岸千萬里〔四〕,燕鴻三兩行〔五〕。有家歸不得,況舉別君觴〔六〕。

〔一〕本詩作于會昌六年(八四六)春,時年四十四歲。前進士:唐時稱進士及第者。李肇《國史補》卷下:"得第謂之前進士。"蒯(kuǎi)

希逸：杜牧詩友。《全唐詩》：“薊希逸，字大隱，會昌三年登第。”

〔二〕芳草句：以眼前景起興，用無邊之芳草象徵綿綿不盡之情意。
　　　復，表示强調。

〔三〕自然兩句：謂離別之情已足催人淚下，而況當此夕陽殘照之時。
　　　黃周星曰：“四語竟是極妙絕句。”（《唐詩快》卷一○）

〔四〕楚岸：池州一帶臨江，古屬楚國，故稱。

〔五〕燕（yān）鴻：北飛之鴻雁。燕，先秦姬姓諸侯國名，在今河北省一
　　　帶，後因以指代北方。

〔六〕有家兩句：詩人家長安，故以不得歸家寫其被外放而不能供職朝
　　　廷之苦悶鬱塞心情，亦兼表送別之意。觴（shāng），酒杯。

春末題池州弄水亭〔一〕

　　使君四十四〔二〕，兩佩左銅魚〔三〕。爲吏非循吏，論書
讀底書〔四〕？晚花紅艷靜，高樹綠陰初。亭宇清無比，溪
山畫不如。嘉賓能嘯詠〔五〕，官妓巧粧梳〔六〕。逐日愁皆
碎，隨時醉有餘。偃須求五鼎〔七〕，陶祇愛吾廬〔八〕。趣向
人皆異，賢豪莫笑渠〔九〕。

〔一〕本詩作于會昌六年暮春。弄水亭：據《清一統志》：“弄水亭在貴
　　　池縣南通遠門外，唐杜牧建，取李白‘飲弄水中月’之句爲名。”李
　　　白《秋浦歌》：“秋浦多白猿，超騰若飛雪。牽引條上見，飲弄水
　　　中月。”

〔二〕使君：州郡刺史之尊稱，此詩人自謂。

〔三〕兩佩句：謂自己曾兩任刺史。銅魚，銅製魚形之符信，刻字於符
　　　陰，剖而分執之，分金、銀、銅質等，凡五品以上官員皆隨身佩帶，

新任刺史受命後即領取左魚，赴州後與州庫之右魚合契以爲憑信。程大昌《演繁露》卷六："唐世所用以貯魚符者，是之謂袋。袋中實有符契，即右一而與左二合者也。凡有召或使令，即從中出半契，合驗以防詐僞。"

〔四〕爲吏兩句：意謂自己雖兩任刺史，却並非一良吏；也嘗論書衡文，然究竟又讀何書耶。循吏，奉法循理之吏。底，何；甚麽。

〔五〕嘉賓：尊稱來賓。《詩經·小雅·鹿鳴》："我有嘉賓，鼓瑟吹笙。"

〔六〕官妓：亦作"宮妓"。唐宋時各州均有妓女，專供官署宴飲時歌舞侑酒。

〔七〕偃須句：謂主父偃專力追求富貴利祿。主父偃，漢武帝時官至中大夫，以力主削弱諸侯王勢力、抑制豪强、抗擊匈奴等深獲武帝賞識。《史記·主父列傳》："主父曰：'臣結髮遊學四十餘年，身不得遂，親不以爲子，昆弟不收，賓客棄我，我阨日久矣。且丈夫生不五鼎食，死即五鼎烹耳。'"五鼎，古代祭禮，大夫用五鼎盛羊、豕、魚、膚、腊，後因以形容貴族生活之奢侈。鼎，古代炊器，三足兩耳。

〔八〕陶祇句：謂陶潛惟願躬耕田園，隱居不仕。蕭統《陶淵明傳》：潛爲彭澤令，"歲終，會郡督郵至縣，吏請曰：'應束帶見之。'淵明嘆曰：'我豈能爲五斗米折腰向鄉里小兒！'即日解綬去職，賦《歸去來》。"又，陶潛《讀山海經》詩："衆鳥欣有託，吾亦愛吾廬。"

〔九〕趣向兩句：謂人各有志，他人欲爲賢臣豪傑建功立業，亦無可非議，自己則向往于隱退躬耕之生活。趣向，猶志向。渠，他。

是詩爲五言排律，以四句爲一組，對偶工整，融叙事、寫景、議論于一體。詩之第一層意思謂自己兩任刺史而並非良吏，語含譏刺，對外放州官深致不滿，第二層寫弄水亭景物之美。第三層寫自己常與賓客吟詩唱和、聽歌賞舞，沉湎于醉酒之中。最後以古人仕進與隱退爲例，表明自己不羨功名自求歸隱之願。詩人不甘心于刺史之遠離朝政，滿腔鬱憤，借酒澆愁，欲效淵明而掛冠。曾季貍《艇齋詩話》評曰："春晚景物説得出

者,惟韋蘇州‘綠陰生晝寂,孤花表春餘’,最有思致。如杜牧之‘晚花紅
豔静,高樹綠陰初’,亦甚工,但比韋詩,無雍容氣象爾。”

秋　浦　途　中〔一〕

蕭蕭山路窮秋雨〔二〕,淅淅溪風一岸蒲〔三〕。爲問寒
沙新到雁〔四〕,來時還下杜陵無〔五〕?

〔一〕本詩作于會昌四年至六年池州刺史任所。
〔二〕蕭蕭:猶“瀟瀟”,雨聲。窮秋:深秋。
〔三〕淅(xī)淅:風聲。蒲:香蒲,多年生草本植物。
〔四〕爲問:請問。寒沙:指暮秋之沙灘。
〔五〕杜陵:漢宣帝陵墓,在長安南五十里,此指長安。
　　　牧之家杜陵,見雁歸而興思鄉之念,並隱含關注朝政之意。

新　定　途　中〔一〕

無端偶效張文紀,下杜鄉園別五秋〔二〕。重過江南更
千里,萬山深處一孤舟〔三〕。

〔一〕本詩作于會昌六年九月遷任睦州刺史途中。詩云“下杜鄉園別五
　　　秋”,詩人自會昌二年春出爲黄州刺史,至會昌六年,前後爲五年。
　　　又《送盧秀才赴舉序》曰:“去歲九月,余自池改睦。”是牧之遷睦州
　　　刺史在會昌六年九月。新定:睦州一名新定郡,即今浙江省建

德縣。

〔二〕無端兩句：謂自己偶然仿效張綱而得罪權貴,被外放任刺史,離
　　別故鄉已有五載。無端,無來由。張文紀,據《後漢書·張綱列
　　傳》：東漢直臣張綱,字文紀,順帝時辟爲侍御史。“漢安元年,選
　　遣八使徇行風俗,皆耆儒知名,多歷顯位,唯綱年少,官次最微。
　　餘人受命之部,而綱獨埋其車輪於洛陽都亭,曰:‘豺狼當路,安問
　　狐狸!’”遂奏大將軍梁冀,河南尹梁不疑十五罪。“書御,京師震
　　竦。時冀妹爲皇后,内寵方盛,諸梁姻族滿朝,帝雖知綱言直,終
　　不忍用。……冀乃諷尚書,以綱爲廣陵太守。”下杜,在長安杜陵
　　附近,詩人故鄉。鄉園,一作“鄉關”。

〔三〕重過兩句：謂睦州距故鄉有千里之遠,自己正乘小舟歷艱險而赴
　　任。牧之《祭周相公文》自述途中情景及睦州概況云:“僻左五歲,
　　遭逢聖明。收拾冤沉,誅破罪惡。牧於此際,更遷桐廬。東下京
　　江,南走千里。曲屈越障,如入洞穴。驚濤觸舟,幾至傾没。萬山
　　環合,才千餘家,夜有哭鳥,晝有毒霧。病無與醫,饑不兼食。抑
　　暗偪塞,行少臥多。逐者紛紛,歸軫相接。唯牧遠棄,其道益艱。”
　　千里,馮集梧注引《元豐九域志》曰:“池州南至本州界二百八十
　　里,自界首至歙州三百五里,歙州東南至本州界一百一十里,自界
　　首至睦州二百六十里。”

初春有感寄歙州邢員外〔一〕

　　雪漲前谿水〔二〕,啼聲已繞灘〔三〕。梅衰未減態,春嫩
不禁寒〔四〕。迹去夢一覺,年來事百般〔五〕。聞君亦多感,
何處倚闌干〔六〕?

〔一〕本詩作于宣宗大中二年（八四八）初春，時年四十六歲。歙（shè）州：今安徽省歙縣。刑員外：邢羣（八〇〇——八四九），字涣思，年三十登進士第，歷官太子校書郎，大理評事，監察御史、處州刺史、歙州刺史。杜牧有《唐故歙州刺史邢君墓誌銘》，曰：“會昌五年，涣思由户部員外郎出爲處州。時某守黄州，歲滿轉池州，與京師人事離闊四五年矣，聞涣思出，大喜曰：‘涣思果不容于會昌中，不辱吾御史舉矣（詩人于開成四年在京任左補闕時向御史中丞孔温業薦舉邢羣爲御史）。’涣思罷處州，授歙州，某自池轉睦，歙州相去直西東三百里，問來人曰：‘邢君何以爲治？’曰：‘急於束縛黠夷。冗事弊政，不以久遠，必務盡根本。’某曰：‘邢君去縉雲日，稚老泣送於路，用此術也。’復問：‘閒日何爲？’曰：‘時飲酒高歌極歡。’某曰：‘邢君不喜酒，今時飲酒且歌，是不以用繁慮，而不快於守郡也。’”

〔二〕漲：一作“溺”。前谿：溪名，在浙江省分水縣。馮注引《景定嚴州續志》：“分水縣前谿，在縣南，出柳柏鄉，經分水鄉入定安，會于天目谿。”

〔三〕啼聲：指水聲。

〔四〕梅衰兩句：謂梅花雖已凋謝，猶未減其丰采；早春時分，春寒料峭使人難耐。

〔五〕迹去兩句：謂往事逝去如夢之覺醒，年來事務之多亦足以擾人。

〔六〕聞君兩句：遥致問候之意，意謂知道你有諸多感慨，但不知向何處傾訴耳。邢羣《郡中有懷寄上睦州員外杜十三兄》云：“城枕溪流更淺斜，麗譙連帶邑人家。經冬野菜青青色，未臘山梅處處花。雖免嶂雲生嶺上，永無音信到天涯。如今歲晏從羈滯，心喜彈冠事不賒。”

睦　州　四　韻〔一〕

州在釣臺邊〔二〕，溪山實可憐〔三〕。有家皆掩映〔四〕，無處不潺湲〔五〕。好樹鳴幽鳥,晴樓入野煙〔六〕。殘春杜陵客〔七〕,中酒落花前〔八〕。

〔一〕本詩作于大中二年暮春。
〔二〕釣臺:指嚴子陵釣臺,東漢初嚴子陵曾垂釣隱居于此,在今桐廬縣城西十五公里富春江畔。《元和郡縣志》:"睦州桐廬縣,嚴子陵釣臺在縣西三十里浙江北。"
〔三〕可憐:可愛。
〔四〕有家句:謂山中住家皆爲葱蘢樹木所遮掩映帶。
〔五〕潺湲(chán yuán):溪水緩流貌。
〔六〕晴樓:一作"晴巒"。
〔七〕杜陵客:詩人自謂。
〔八〕中(zhòng)酒:醉酒。《漢書·樊噲傳》:"項羽既饗軍士,中酒,亞父謀欲殺沛公。"注:"張晏曰:'酒酣也。'師古曰:'飲酒之中也,不醉不醒,故謂之中。'"

　　方回評是詩"輕快俊逸。"(《瀛奎律髓》)馮舒曰:"平平八句,不使才氣。中二聯俱是春暮,故落句好。"(同上)何焯曰:"溪山豈不佳?只韋、杜才地不堪常置閑處耳。'殘春'、'中酒',比年事蹉跎,作用既微,筆力尤橫。"(同上)紀昀曰:"風物宜人。""三、四今已成套,然初出自佳。六句不自然。結得淺淡有情。"(《瀛奎律髓刊誤》)

朱坡絕句三首〔一〕

　　故國池塘倚御渠〔二〕,江城三詔換魚書〔三〕。賈生辭賦恨流落〔四〕,祇向長沙住歲餘〔五〕。

煙深苔巷唱樵兒〔六〕，花落寒輕倦客歸〔七〕。藤岸竹洲相掩映〔八〕，滿池春雨鸊鵜飛〔九〕。

乳肥春洞生鵝管〔一〇〕，沼避迴岩勢犬牙〔一一〕。自笑卷懷頭角縮，歸盤煙磴恰如蝸〔一二〕。

〔一〕本詩作于大中二年。朱坡：在長安城南四十里，詩人祖父杜佑之別墅在此。《新唐書·杜佑傳》："朱坡樊川，頗治亭觀林芿，鑿山股泉，與賓客置酒爲樂，子弟皆奉朝請，貴盛爲一時冠。"又，馮集梧注引《雍大記》："朱坡在陝城南四十里，與華嚴寺相近，瞰南山之勝。故少保杜公池亭在焉。"

〔二〕故國：故鄉。御渠：流過皇宮之渠水，此謂樊川。

〔三〕江城句：謂三次奉詔任江城刺史。江城，指黃、池、睦三州。馮注："按，牧之自黃州遷池州，繼又遷睦州，三州皆臨江，故云'江城三詔換魚書'也。"魚書，魚符與敕書。刺史受命後領取左魚符以爲憑信，同時尚有敕牒，總稱"魚書"。《演繁露》卷一："唐世左魚之外，又有敕牒將之，故兼名魚書。"

〔四〕賈生句：謂賈誼被貶爲長沙王太傅後作辭賦以抒發留滯於外的怨恨。《史記·賈生列傳》："天子議以爲賈生任公卿之位。絳、灌、東陽侯、馮敬之屬盡害之，乃短賈生曰：'雒陽之人，年少初學，專欲擅權，紛亂諸事。'於是天子後亦疏之，不用其議，乃以賈生爲長沙王太傅。……賈生爲長沙王太傅三年，有鴞飛入賈生舍，止于坐隅。楚人命鴞曰'服'。賈生既以適居長沙，長沙卑溼，自以爲壽不得長，傷悼之，乃爲賦以自廣。"

〔五〕祇向句：原注："文帝歲餘思賈生。"《史記·賈誼傳》："後歲餘，賈生徵見。孝文帝方受釐，坐宣室。上因感鬼神事，而問鬼神之本。賈生因具道所以然之狀。至夜半，文帝前席。既罷，曰：'吾久不見賈生，自以爲過之，今不及也。'居頃之，拜賈生爲梁懷王太傅。梁懷王，文帝之少子，愛而好書，故令賈生傅之。"馮注："按，《史記·賈生傳》云：賈生爲長沙王太傅三年，有鵩飛入賈生舍云云；
又云：後歲餘，賈生徵見，《漢書》略同。是二傳所云歲餘，乃據作
《鵩鳥賦》後言之，而誼之住長沙，實已四歲有餘也。"按，絕句語言
凝煉，詩人僅取其大意言之，故可不必如考據之精確。

〔六〕煙深句：寫朱坡農村日暮景象。謂樵兒口唱山歌回到滿地青苔
　　　　的深巷，縷縷炊烟徐徐升起。

〔七〕寒輕：猶言"輕寒"，即微帶寒意。倦客：久留他鄉之人。

〔八〕藤岸竹洲：岸邊的藤蘿與水中小塊陸地上的翠竹。

〔九〕鸊鷉(pì tí)：水鳥名，善潛水，形似野鴨而略小之。

〔一〇〕乳肥：謂肥大之石鍾乳。鵝管：謂石鍾乳中輕薄如鵝翎管之洞孔。

〔一一〕沼(zhǎo)避句：形容池沼曲折有致，爲岩石圍繞，狀如參差不齊
　　　　之犬牙。

〔一二〕自笑兩句：謂可笑自己猶如頭角藏縮之蝸牛，盤在煙霧籠罩的石
　　　　磴上。卷懷，收藏，即藏身隱退。詩句語意雙關，以蝸牛之藏身殼
　　　　中喻指歸隱。《論語·衛靈公》："君子哉，蘧伯玉！邦有道則仕，
　　　　邦無道則可卷而懷之。"磴(dèng)，山巖上之石路。

是詩可與集中《上吏部高尚書狀》合參。狀云："人惟樸樕，材實朽
下，三守僻左，七換星霜，拘攣莫伸，抑鬱難訴。每遇時移節換，家遠身
孤，弔影自傷，向隅獨泣。將欲漁釣一壑，棲遲一丘，無易仕之田園，有仰
食之骨肉。當道每歎，末路難循，進退唯艱，憤悱無告。"三詩中流露的正
是這種仕隱兩難、進退維谷的情緒。

第一首詩寫其長期外任不得內調的抑鬱之慨。賈誼少年有爲，頭角
嶄露，突遭貶謫，已屬不幸，而自己遭受冷遇長達七年之久，更有過之無
不及，其牢騷不平，于此可知。詩人無可奈何之中，遂以夢想之詞，以思
鄉寓其不甘寂寞欲回朝廷之渴望。第二、三首詩回憶朱坡別墅之山水園
林和泉石池沼之勝，頗具野趣，一方面表現了故鄉"亭館林池，爲城南之
最"(《舊唐書·杜佑傳》)，一方面又透露了詩人的歸隱祈向，表現了詩人
對故鄉向往之情。

憶游朱坡四韻〔一〕

秋草樊川路〔二〕，斜陽覆盎門〔三〕。獵逢韓嫣騎，樹識館陶園〔四〕。帶雨經荷沼，盤煙下竹村。如今歸不得，自戴望天盆〔五〕。

〔一〕本詩作于大中二年。

〔二〕樊川：水名，在長安城南。《元和郡縣志》："萬年縣樊川，一名後寬川，在縣南三十五里，本杜陵之樊鄉，漢高祖賜樊噲食邑于此。"詩人之甥裴延翰曰："長安南下杜樊鄉，酈元注《水經》，實樊川也。延翰外曾祖司徒岐公（即杜佑）之別墅在焉。"（《樊川文集序》）

〔三〕覆盎（àng）門：一名杜門，在長安城南。《漢書·劉屈氂傳》："太子軍敗，南奔覆盎城門得出。"注："長安城南出東頭第一門曰覆盎城門，一號杜門。"

〔四〕獵逢兩句：意謂樊川朱坡一帶多皇族園林，向爲權貴遊獵之地。韓嫣（yān），漢武帝寵臣。《史記·佞幸列傳》："嫣者，弓高侯孽孫也。……善騎射，善佞，……官至上大夫，賞賜擬於鄧通。時嫣常與上臥起。江都王入朝，有詔得從入獵上林中。天子車駕蹕道未行，而先使嫣乘副車，從數十百騎，騖馳視獸。江都王望見，以爲天子，辟從者，伏謁道傍。嫣驅不見。既過，江都王怒，爲皇太后泣曰：'請得歸國入宿衞，比韓嫣。'太后由此銜嫣。嫣侍上，出入永巷不禁，以姦聞皇太后。太后怒，使使賜嫣死。"館陶，館陶公主，漢武帝之姑，曾將長門園獻給武帝，後改名爲長門宮，在長安城東南（見《漢書·東方朔傳》）。

〔五〕自戴句：意謂因外任刺史而不得歸鄉，猶如頭戴盆而不能望天。司馬遷《報任安書》："僕以爲戴盆何以望天。"

秋晚早發新定〔一〕

解印書千軸〔二〕,重陽酒百缸〔三〕。涼風滿紅樹,曉月下秋江。巖壑會歸去,塵埃終不降〔四〕。懸纓未敢濯,嚴瀨碧淙淙〔五〕。

〔一〕本詩作于大中二年九月重陽赴京就任司勳員外郎、史館修撰途中。牧之《上宰相求杭州啓》曰:"某前任刺史七年。……自去年八月,特蒙獎擢,授以名曹郎官、史氏重職。七年棄逐,再復官榮,歸還故里,重見親戚。"牧之此次內調得力于新任宰相周墀之援引,其《上周相公啓》于此甚表感激:"伏以睦州治所,在萬山之中,終日昏氛,侵染衰病,自量忝官已過,不敢率然請告,唯念滿歲,得保生還。不意相公拔自污泥,昇於霄漢,却收斥錮,令廁班行,仍授名曹,帖以重職。當受震駭,神魂飛揚,撫己自驚,喜過成泣,藥肉白骨,香返遊魂,言於重恩,無以過此。"

〔二〕解印:謂免去刺史之職。軸:書畫卷軸。

〔三〕重陽:陰曆九月九日,古有登高飲酒風俗。

〔四〕巖壑兩句:意謂應歸隱山林,超塵脫俗。會,會須;應當。塵埃,喻污染。屈原《漁父》:"安能以皓皓之白而蒙世俗之塵埃乎?"

〔五〕懸纓兩句:謂既已受官,未敢擅自解冠而去,遂乘舟西上赴任,耳畔唯聞嚴陵瀨之淙淙水聲而已。《孺子歌》:"滄浪之水清兮,可以濯我纓;滄浪之水濁兮,可以濯我足。"此化用其意。纓,冠系。嚴瀨(lài),嚴陵瀨,在浙江桐廬縣南,相傳爲東漢嚴光垂釣處。《太平寰宇記》:"桐廬縣桐溪,一名紫溪,水木泉石相映,自桐溪至於潛,有九十六瀨,第二即嚴陵瀨也。"又,《水經注》卷四〇《漸江水》:"(孫權)割富春之地立桐廬縣,自縣至於潛,凡十有六瀨,第二是嚴陵瀨,瀨帶山,山下有一石室,漢光武帝時,嚴子陵之所居也。故山及瀨,皆即人姓名之。”淙淙(cóng),流水聲。

江　南　懷　古〔一〕

車書混一業無窮〔二〕,井邑山川今古同〔三〕。戊辰年向金陵過〔四〕,惆悵閒吟憶庾公〔五〕。

〔一〕本詩作于大中二年赴京途經金陵時。

〔二〕車書混一:謂統一全國。《禮記·中庸》:“車同軌,書同文。”庾信《哀江南賦·序》:“混一車書,無救平陽之禍。”

〔三〕井邑:指鄉村與都市。井,相傳古制八家一井,引伸爲鄉里。

〔四〕戊辰年:即大中二年。按干支紀年,南朝梁武帝太清二年(五四八)亦爲戊辰年。是年,降將侯景舉兵叛亂,破建康,下臺城,逼殺梁武帝和簡文帝。庾信《哀江南賦》記其事曰:“粤以戊辰之年,建亥之月,大盜移國,金陵瓦解。”金陵:今江蘇省南京市。

〔五〕庾公:謂庾信,南北朝著名詩人,初仕梁,後出使西魏,西魏滅梁,被強留長安,北周滅魏,仕于北周。故其詩每多鄉國之思。按,牧之途經金陵,回顧三百年前侯景之亂,感念庾信家國破滅之痛,因以寄寓其對朝政之隱憂。

長安雜題長句六首(選四)〔一〕

其　一

觚稜金碧照山高〔二〕,萬國珪璋捧赭袍〔三〕。舐筆和

鉛欺賈馬,讚功論道鄙蕭曹〔四〕。東南樓日珠簾卷,西北
天宛玉厄豪〔五〕。四海一家無一事〔六〕,將軍攜鏡泣
霜毛〔七〕。

〔一〕本詩作于大中四年(八五〇)春,時年四十八歲。長句:七言詩。

〔二〕觚稜(gū léng)句:謂長安宮殿金碧輝煌,巍峨高聳,可與終南山
比高。觚稜,借指宮殿,詳參《杜秋娘詩》注〔四六〕。

〔三〕萬國句:謂天下萬國皆來朝貢賀。珪璋,均玉器,周制,諸侯朝王
執珪,朝后執璋。赭(zhě)袍,紅褐色袍服,唐時皇帝穿赭袍。

〔四〕舐(shì)筆兩句:意謂朝中文士之才華高于賈誼、司馬相如,宰相
之功績德行遠勝蕭何、曹參。舐筆和(huò)鉛,用舌舔筆混合鉛粉
以寫字。賈誼和司馬相如,均西漢著名辭賦家。蕭何和曹參,均
漢初著名丞相。

〔五〕東南兩句:意謂日出東南之隅,樓上捲簾人爲誰家之女;飾有革
製彎頭、玉製環扣之天馬從西北大宛國而來,何等威武雄壯! 東
南樓日,《陌上桑》:"日出東南隅,照我秦氏樓。秦氏有好女,自名
爲羅敷。"此化用其句。天宛(yuān),謂大宛國所產之天馬。大
宛,漢西域國名,在原蘇聯烏茲別克東部。《史記·大宛列傳》:
"大宛在匈奴西南,在漢正西,去漢可萬里。……多善馬,馬汗血,
其先天馬子也。"裴駰引《漢書音義》曰:"大宛國有高山,其上有
馬,不可得,因取五色母馬置其下,與交,生駒汗血,因號曰天馬
子。"玉厄,即玉環。原注:"《詩》曰:'鞗革金厄。'蓋小環。"鞗
(tiáo),彎頭。

〔六〕四海一家:謂國家統一。

〔七〕將軍句:意謂帶兵之將無用武之地,坐見鬢髮染霜,徒嘆衰老。
馮集梧注:"六詩以'四海一家無一事'起,而以'一豪名利鬭蠆蠱'
結之,其爲收復河湟後作與?"按,馮説是。據《資治通鑑》卷二四
八:大中三年二月,吐蕃上層內訌,安史亂後即爲其所佔之秦、
原、安樂三州及石門等七關,此時"來降"。"八月乙酉,河、隴老幼

千餘人詣闕，己丑，上御延喜門樓見之，歡呼舞躍，解胡服，襲冠帶，觀者皆呼萬歲。"河湟收復，曾使牧之激動不已，作詩盛贊宣宗之功，語多溢美誇大之辭。然是詩則微含諷刺，對朝廷的醉心太平，而使將軍賦閑，甚表隱憂。

其　二

晴雲似絮惹低空，紫陌微微弄袖風〔一〕。韓嫣金丸莎覆綠，許公韉汗杏黏紅〔二〕。煙生窈窕深東第，輪撼流蘇下北宮〔三〕。自笑苦無樓護智，可憐鉛槧竟何功〔四〕！

〔一〕紫陌：謂長安之繁華道路。李白《南都行》："高樓對紫陌，甲第連青山。"

〔二〕韓嫣兩句：寫王公貴族春晴野獵之勝狀。韓嫣金丸，《西京雜記》："韓嫣好彈，常以金爲丸，所失者，日有十餘，長安爲之語曰：'苦飢寒，逐金丸。'"莎(suō)，莎草。許公，北周宇文述，封許國公，性好奇，喜炫耀。原注引《北史》曰："宇文述封許國公，製馬韉，于後角上缺方三寸，以露白色，時謂'許公缺勢'。"韉(jiān)，馬鞍的坐墊。莎覆綠、杏黏(nián)紅，即覆莎綠、黏杏紅之倒裝。

〔三〕煙生兩句：寫達官貴人居所的豪華氣派。窈窕，幽深貌。東第，王侯貴族的住宅。《史記·司馬相如列傳》："位爲通侯，居列東第。"《索隱》："列甲第在帝城東，故云東第也。"流蘇，穗子，車上帷帳下垂之飾物。北宮，亦名桂宮，皇帝與貴幸遊戲之所。《後漢書·劉盆子傳》注引《長安記》："桂宮在未央宮北，亦曰北宮。"《漢書·東方朔傳》："董君貴寵，天下莫不聞。郡國狗馬、蹴鞠、劍客，輻湊董氏。常從遊戲北宮，馳逐平樂，觀雞鞠之會，角狗馬之足，上大歡樂之。"

〔四〕自笑兩句：，謂可笑自己並無樓護之智辯，不能結交權貴，而頗似揚雄，徒有才學而難以建功。《漢書·游俠傳》："是時王氏方盛，賓客滿門，五侯兄弟爭名，其客各有所厚，不得左右，唯（樓）護盡入其門，咸得其驩心。結士大夫，無所不傾，其交長者，尤見親而敬，衆以是服。爲人短小精辯，論議常依名節，聽之者皆竦。與谷永俱爲五侯上客，長安號曰‘谷子雲筆札，樓君卿脣舌’，言其見信用也。”可憐，可惜。鉛槧(qiàn)，古人書寫工具。槧，木板。揚雄不善結交，而潛心研究學問。《西京雜記》：“揚子雲好事，常懷鉛提槧，從諸計吏訪殊方絕域四方之語，以爲裨補。”

錢謙益、何焯《唐詩鼓吹評註》曰：“首言晴雲連天微風弄袖是也。公子挾彈而遊，金丸覆綠；王公命駕而出，驣汗黏紅。第宅則煙籠甌窶，輪輿則撼動流蘇，是以人爭奔赴。我獨不如樓護之智，不能自托于侯王，但提鉛懷槧而已，竟何補于身世哉！”按，此詩寫朝廷粉飾太平，朝中權貴爭富鬪侈，獨有自己不願隨時俯仰，淡泊自守，足見其憂世傷時之深。錢、何所謂“不能自托于侯王”、“何補于身世”，似未能盡得詩人之意。

其 三

雨晴九陌鋪江練〔一〕，嵐嫩千峯疊海濤〔二〕。南苑草芳眠錦雉〔三〕，夾城雲暖下霓旄〔四〕。少年羈絡青紋玉，游女花簪紫蒂桃〔五〕。江碧柳深人盡醉〔六〕，一瓢顏巷日空高〔七〕。

〔一〕九陌：漢長安城中有八街、九陌，此泛指都城大道。鋪江練：喻長安街道之平坦猶如鋪在江上的白練一般。練，白絹。謝朓《晚登三山還望京邑》：“餘霞散成綺，澄江靜如練。”
〔二〕嵐(lán)嫩句：謂山峯霧氣蒸潤，如層層海濤翻騰。嵐，山間霧氣。
〔三〕南苑：帝王遊賞地(詳參《杜秋娘詩》注)。錦雉(zhì)：即“錦雞”，羽色斑爛，可供觀賞。

〔四〕夾城：宮内通道（詳參《杜秋娘詩》注）。霓旄(máo)：帝王儀仗，
　　　　以羽毛染五彩所製成之旌旗，有如虹霓，故稱。

〔五〕少年兩句：寫長安城之繁華熱鬧。謂街頭少年所騎之馬，籠頭上
　　　　每以青紋玉爲飾；遊春少女則大多頭插紫蒂桃花。青紋玉，青色
　　　　帶紋路之玉。蒂，花果與枝莖相連部分。

〔六〕江碧柳深：謂曲江池水澄碧，池畔柳樹成蔭。曲江爲長安城遊覽
　　　　勝地，故址在今陝西省西安市東南。秦爲宜春苑，因水流曲折，故
　　　　稱曲江。《劇談録》：“曲江池入夏則菰蒲蔥翠，柳蔭四合，碧波紅
　　　　蕖，湛然可愛。”

〔七〕一瓢句：意謂日高春暖，紫陌紅塵，唯有詩人却獨居陋室，有如安
　　　　貧樂道的孔門弟子顏回。《論語·雍也》：“一簞食，一瓢飲，在陋
　　　　巷之中，人不堪其憂，回也不改其樂。”

　　《唐詩鼓吹評註》曰：“此言長安之地，九陌如江練之平，千峯如海濤
之湧，而且芳草南苑，遠見錦雉之眠；雲暖夾城，快睹霓旄之下。時則遊
苑少年，青文爲其羈絡；尋春遊女，紫蒂滿于花簪。人物繁富，可謂至于
斯極者也。乃深柳碧江之際，人人盡醉，我則貧如顏子，能無鬱鬱乎哉！”
金聖嘆《貫華堂選批唐才子詩集》：“（前解）‘江練’、‘海濤’，寫出勝地；
‘草芳’、‘雲暖’，寫出良辰。又及‘南苑’、‘夾城’者，蓋其意之所指乃獨
在斯也。（後解）五、六又寫少年，又寫游女，言長安以天子輦轂之下，而
其男女風俗如此，此誰實開之乎？七、八自言屹然獨不爲淫風之所漸
染也。”

其　　四

　　束帶謬趨文石陛，有章曾拜皁囊封〔一〕。期嚴無奈睡
留癖，勢窘猶爲酒泥慵〔二〕。偷釣侯家池上雨，醉吟隋寺
日沈鐘〔三〕。九原可作吾誰與？師友琅邪邴曼容〔四〕。

〔一〕束帶兩句：謂自己衣冠整齊趨朝上殿,也嘗有表章上奏皇帝。束帶,整飾衣冠,束緊衣帶,以示恭敬。謬趨,朝見之謙稱。趨,快走。臣下朝見國君需快步走,以示恭敬。文石陛,以文石砌成之殿階,代指朝廷。文石,有紋理的佳石。陛,殿、壇的臺階。《漢書·梅福傳》："故願一登文石之陛。"皁(zǎo)囊封,漢制,臣下上奏章表,通常不封口,如有機密,則封于黑色囊袋中。《後漢書·蔡邕傳》注引《漢官儀》："凡章表皆啓封,其言密事,得皁囊也。"皁,黑色。

〔二〕期嚴兩句：寫自己秉性疏慵,不能迎合上意。句意謂上朝之期限本甚嚴格,然無奈好睡成癖,每每誤期;而處境窘迫,又只爲天生嗜酒,疏懶成性。泥(nì),此謂耽飲,嗜酒。慵,疏懶。其《上李中丞書》云："嗜酒好睡,其癖已痼,往往閉戶便經旬日,弔慶參請,多亦廢闕。至於俯仰進趨,隨意所在,希時徇勢,不能逐人。是以官途之間,比之輩流,亦多困躓。"

〔三〕偷釣兩句：寫其垂釣醉吟的疏狂閑適生活。隋寺,或指長安城中最大的大興善寺。《長安志》："萬年縣所領朱雀門街之東靖善坊大興善寺,盡一方之地,初曰遵善寺,……寺殿廣崇,爲京城之最。"馮集梧注其《獨酌》詩曰："按,隋于所移都,所建寺,諒不可悉數,而大興善寺則其最先而最大者。《酉陽雜俎》謂寺取大興城兩字,坊名一字爲名,茲云以其本封名焉,知當時容有隋寺之目。牧之此云'隋家寺',而《長安長句》亦云'醉吟隋寺',其即此寺與?"沈,"通"沉。

〔四〕九原兩句：意謂死者如可復生,我將從誰呢? 看來,唯有引西漢邴曼容爲師友了。九原,晉國卿大夫墓地。《禮記·檀弓下》："趙文子與叔譽觀乎九原。文子曰:'死者如可作也,吾誰與歸?'"與,贊同,跟從。琅邪(yá),郡名,在今山東省膠南諸城縣一帶。邴曼容,西漢末年人,養志自修,不願爲高官。《漢書·兩龔傳》："琅邪邴漢亦以清行徵用,至京兆尹,後爲太中大夫。王莽秉政,(龔)勝與漢俱乞骸骨。……漢兄子曼容亦養志自修,爲官不肯過六百石，輒自免去，其名過出於漢。”

《長安雜題長句》凡六首，描寫詩人供職長安時所見所聞所感。此選四首。第一首寫朝廷君臣粉飾太平景象，第二首寫王公貴族奢侈之生活，第三首寫士女終日嬉游無所事事，第四首寫詩人身爲朝官而不願與世俯仰之志趣。六詩詞語富贍，用事準確，首尾聯均以議論語氣表深沉之慨，或寓譏含刺，或自甘寂寞，或自示高潔，無不透露其與時世格格不入之苦悶情懷，寫來“渾成精妙”（何焯《瀛奎律髓》語），“風格自道”（紀昀《瀛奎律髓刊誤》語）。

題永崇西平王宅太尉愬院六韻〔一〕

天下無雙將，關西第一雄〔二〕。授符黄石老，學劍白猿翁〔三〕。矯矯雲長勇，恂恂郤縠風〔四〕。家呼小太尉〔五〕，國號大梁公〔六〕。半夜龍驤去，中原虎穴空〔七〕。隴山兵十萬，嗣子握珧弓〔八〕。

〔一〕本詩作于大中四年。永崇：長安朱雀街坊名。《長安志》：“朱雀街東第三街永崇坊，司徒兼中書令李晟宅。”西平王宅：謂李晟宅。德宗時，李晟平定朱泚叛亂有功，封西平王。《舊唐書·李晟傳》：“德宗至自興元，……賜（晟）永崇里第。……入第之日，京兆府供帳酒饌，賜教坊樂具，鼓吹迎導，宰臣節將送之，京師以爲榮觀。”李晟有十五子，以愿、愬、聽最爲知名。太尉：官名，秦漢時爲軍政首腦，唐時爲兼職官銜，武官之尊稱。愬：李愬，晟子，字元直，憲宗元和十一年任唐、隨、鄧州節度使，率兵討吳元濟。次年冬，雪夜攻克蔡州，生擒吳元濟，進授山南東道節度使，封涼國公,死贈太尉。《舊唐書・李愬傳》:"始晟尅復京城,市不改肆。及愬平淮蔡,復蹟其美。父子仍建大勳,雖昆仲皆領兵符,而功業不侔于愬,近代無以比倫。加以行已有常儉不違禮。弟兄席父勳寵,率以僕馬第宅相矜。惟愬六遷大鎮,所處先人舊宅一院而已。"馮集梧注:"按《長安志》:朱雀街東第五街興寧坊,有淄青節度使同中書門下平章事李愬賜第,蓋愬未賜第以前,只處先人舊宅也。"

〔二〕關西:李愬爲洮州(今屬甘肅省)人,洮州位于函谷關以西,故稱。

〔三〕授符兩句:意謂李愬精通兵法,武藝不凡。符,兵符,古代調兵遣將之憑信,此謂兵書。黃石老,亦稱"圯上老人"。事本《史記・留侯世家》:"良嘗閒從容步游下邳圯上,有一老父,衣褐,至良所,直墮其履圯下,……出一編書,曰:'讀此則爲王者師矣。後十年興。十三年孺子見我濟北,穀城山下黃石即我矣。'遂去,無他言,不復見。且日視其書,乃《太公兵法》也。良因異之,常習誦讀之。"白猿翁,擅長劍術之神猿。據《吳越春秋》:"越有處女,將北見于王,道逢一翁,自稱曰袁公,問于處女:'吾聞子善劍,願一見之。'于是袁公即杖箖箊竹,竹枝上頡,橋末墮地,女即捷末,袁公則飛上樹,變爲白猿。"又,宋吳开《優古堂詩話》引《潘子真詩話》云:"杜牧之《題李西平宅》云:'授圖黃石老,學劍白猿翁。'庚信作《宇文盛墓誌》,所謂'授圖黃石,不無師表,學劍白猿,遂傳風旨。'然予讀李太白《贈宋中丞詩》云:'白猿懸劍術,黃石借兵符。'則太白亦嘗用之矣。"

〔四〕矯矯兩句:謂李愬既有關羽之勇武,亦具郤縠之帥才。矯矯,勇武貌。雲長,三國蜀將關羽,字雲長。《華陽國志》:"關、張勇冠三軍,俱萬人之敵。"恂(xún)恂,溫順貌。《漢書・李廣傳贊》:"李將軍恂恂如鄙人,口不能出辭。"郤縠(xí hú),春秋晉人,趙衰曾向晉文公推薦其爲元帥。《國語・晉語四》:"公問元帥于趙衰。對曰:'郤縠可,行年五十矣,守學彌惇。'"

〔五〕小太尉:愬父晟拜爲太尉中書令,故稱愬爲小太尉。

〔六〕大梁公：原注：“太尉季弟德亦封梁國公。”梁，當爲“涼”之誤。原
　　注中“德”字亦爲“聽”之誤。《新唐書·宰相世系表》：“隴西李氏
　　聽，檢校司徒涼國公。”馮注：“按，愬、聽先後俱封涼國公，新舊傳並
　　同，而此文及分注字各本，並作‘梁’，據唐時封號，大約多依本
　　貫，李氏出隴右，疑封涼國爲是，‘梁’傳寫誤。又，西平王十五子，
　　無名德者，原注‘德’字，爲‘聽’字之誤無疑，第各本皆同，亦仍之。”

〔七〕半夜兩句：意謂李愬去世，從此中原無人矣。半夜，《莊子·大宗
　　師》：“藏舟於壑，藏山於澤，謂之固矣。然而夜半有力者負之而
　　走，昧者不知也。”此暗用其意，喻人生難免一死，死亡難以抗拒。
　　龍驤(xiāng)，晉大將王濬曾拜龍驤將軍，因平吳有功，勳高位重。
　　此代指李愬。去，去世。虎穴空，謂李愬一死，國無良將。馮注：
　　“按，此言西平宅愬院也。愬真虎將，宅即虎穴。愬薨則似宅空，
　　此醒出題中宅院字，結美其子控邊宣力，世濟厥勳也。”

〔八〕隴山兩句：謂愬子李玭繼承父業，保衛邊陲。隴山，在今陝西省
　　隴縣西北，綿亘陝西、甘肅兩省，爲關中西面之要隘。嗣子，原注：
　　“今鳳翔李尚書，太尉長子。”李愬嫡長子李玭曾任鳳翔節度使，于
　　大中三年收復秦州(今屬甘肅省)。瑂弓，繪有花紋之弓。

　　是詩以五言排律形式歌頌李愬平叛有功，爲國建立殊勳。起首兩句
即用工整之對偶極贊其勇武知兵，對其去世深表痛惜，尾聯一轉：所幸嗣
子李玭亦爲虎將，可謂後繼有人。杜牧自己未能爲國立功，然對前輩功
臣則心向往之。

新轉南曹未叙朝散初秋暑退出
守吳興書此篇以自見志〔一〕

捧詔汀洲去〔二〕，全家羽翼飛〔三〕。喜抛新錦帳，榮借

舊朱衣〔四〕。且免材爲累,何妨拙有機〔五〕。宋株聊自守,
魯酒怕旁圍〔六〕。清尚寧無素,光陰亦未晞〔七〕。一杯寬
幕席,五字弄珠璣〔八〕。越浦黄甘嫩,吴溪紫蟹肥〔九〕。平
生江海志,佩得左魚歸〔一〇〕。

〔一〕本詩作于大中四年(八五〇)初秋。詩人于大中二年十二月抵京
　　爲尚書司勳員外郎、史館修撰,次年仲冬即上書宰相,以京官俸禄
　　不及刺史而無以養家爲由,求出爲杭州刺史,所請未允。復于四
　　年七月三上宰相啓求守湖州,終于獲准,于是年秋出爲湖州刺史。
　　關于詩人求刺湖州原因,另有爲追慕美色的傳説。如高彦休《闕
　　史》卷上云:"聞吴興郡有長眉纖腰有類神仙者,罷宛陵從事,專往
　　觀焉。使君籍甚其名,迎待頗厚,至郡旬日,繼以洪飲,睨觀官妓
　　曰:'善則善矣,未稱所傳也。'覽私選曰:'美則美矣,未惬所望
　　也。'將離去,使君敬請所欲,曰:'願泛彩舟,許人縱視,得以寓目,
　　愚無恨焉。'使君甚悦,擇日大具戲舟謳棹較捷之樂,以鮮華誇尚,
　　得人縱觀,兩岸如堵。紫微則循泛肆目,竟迷所得。及暮將散,俄
　　于曲岸見里婦攜幼女,年鄰小稔。紫微曰:'此奇色也。'遽命接致
　　綵舟,欲與之語。母幼惶懼,如不自安。紫微曰:'今未必去,第存
　　晚期耳。'遂贈羅纈一篋爲質。婦人辭曰:'他人無狀,恐爲所累。'
　　紫微曰:'不然。余今西航,祈典此郡,汝待我十年,不來而後嫁。'
　　遂筆于紙,盟而後别。紫微到京,常意雪上。厥後十四載,出刺湖
　　州之郡三日,即命搜訪,女適人已三載,有子二人矣。紫微召母及
　　嫁者詰之,其夫慮爲所掠,攜子而往。紫微謂曰:'且納我賄,何食
　　前言?'母即出留翰以示之,復自白:'待十年不至而後嫁之,三載
　　有子二人。'紫微熟視舊札,俯首逾刻曰:'其詞也直。'因贈詩以導
　　其志。詩曰:'自是尋春去校遲,不須惆悵怨芳時。狂風落盡深紅
　　色,緑葉成陰子滿枝。'翌日遍聞于好事者。"《唐摭言》和《麗情集》
　　亦有類似記載,唯詞語略異。贈詩《樊川外集》題作《嘆花》,一作
　　《悵詩》:"自恨尋芳到已遲,往年曾見未開時。如今風擺花狼藉,

綠葉成陰子滿枝。”對以上傳説，繆鉞先生在《杜牧年譜》中辨之甚
詳，以爲與事實、情理均不合，故不足信。或原有此詩，好事者因
緣附會而成故事。所論甚是。新轉南曹：謂新近由司勳員外郎
升遷爲吏部員外郎。南曹，唐吏部掌判選院的員外郎。《新唐
書·百官志》：“吏部員外郎二人，一人判南曹。”《唐會要》卷五八：
“南曹起于總章二年，司列少常伯李敬元奏置。”又，錢易《南部新
書》丙：“唐制，員外郎一人判南曹，在曹選街之南，故曰南曹。”未
叙朝散：尚未銓叙爲朝散大夫。朝散大夫，唐文階官從五品下之
稱號。唐制，官員除官職外，尚有官階，用于封贈，標誌等級身份。
杜牧新轉吏部員外，尚未銓叙官階，因云。吳興：湖州亦名吳興
郡，即今浙江省湖州市。

〔二〕汀洲：水邊平地，此謂湖州，因其位于太湖之濱，故云。

〔三〕羽翼飛：喻全家遠赴湖州之喜悦輕鬆心情，有如鳥之展翅高飛。

〔四〕喜抛兩句：謂自己欣然辭去吏部員外郎職，再次任州郡刺史。錦
帳，錦被帷帳，借指吏部員外郎。漢制，尚書郎入值臺中，由公家
供給卧具。《後漢書·鍾離意傳》注引蔡質《漢官儀》：“尚書郎入
直臺中，官供新青縑白綾被，或錦被，畫夜更宿，帷帳畫，通中枕，
卧旃蓐，冬夏隨時改易。”借朱衣，猶借緋。唐制，官員公服之顏色
按官階高下而定，三品以上著紫衣，五品以上著緋衣。任刺史官
階不及五品而特許著緋衣者，稱“借緋”。此謂任刺史職。詩人曾
任黄、池、睦三州刺史，故謂“榮借舊朱衣”。

〔五〕且免兩句：意謂不妨守拙安分而隨機應變，免爲才名所累。《莊
子·山木篇》：“弟子問於莊子曰：‘昨日山中之木，以不材得終其
天年；今主人之雁，以不材死，先生將何處？’莊子笑曰：‘周將處乎
材與不材之間。材與不材之間，似之而非也，故未免乎累。若夫
乘道德而浮遊則不然。無譽無訾，一龍一蛇，與時俱化，而無肯專
爲，……則胡可得而累邪！’”又，《天地篇》：‘吾聞之吾師，有機械
者必有機事，有機事者必有機心，機心存于胸中，則純白不備，則
神生不定，神生不定者，道之所不載也。”

135

〔六〕宋株兩句：意謂姑且效宋人守株待兔，不求通變；害怕無端受過，
　　　橫遭牽連。宋株，見《韓非子‧五蠹》：“宋人有耕者，田中有株，兔
　　　走觸株，折頸而死，因釋其耒而守株，冀復得兔。兔不可得，而身
　　　爲宋國笑。”聊，姑且。魯酒，猶薄酒。怕旁圍，恐爲無關之事所牽
　　　連。語見《莊子‧胠篋篇》：“魯酒薄而邯鄲圍。”《釋文》有二說。
　　　一曰：“楚宣王朝諸侯，魯恭公後至而酒薄。宣王怒，欲辱之。恭
　　　公不受命，……遂不辭而還。宣王怒，乃發兵與齊攻魯。梁惠王
　　　常欲擊趙，而畏楚救，楚以魯爲事，故梁得圍邯鄲。”二曰：“許慎注
　　　《淮南》云：‘楚會諸侯，魯趙俱獻酒於楚王，楚之主酒吏求酒于趙，
　　　趙不與，吏怒，乃以趙厚酒易魯薄酒，奏之，楚王以趙酒薄，故圍邯
　　　鄲也。’”

〔七〕清尚兩句：謂高尚品格乃平素養成；光陰尚早，應及時修養品德。
　　　晞(xī)干燥。《詩經‧秦風‧蒹葭》：“蒹葭萋萋，白露未晞。”

〔八〕一杯兩句：謂以詩酒自娛。幕席，幕天席地。《晉書‧劉伶傳》：
　　　“幕天席地，縱意所如。”五字，五言詩，此泛指詩歌。珠璣，珠寶。
　　　此喻詩句優美。

〔九〕越浦兩句：謂湖州物産豐饒，既有甜嫩之黃柑，又有肥美之螃蟹。
　　　越浦、吳溪，泛指吳越地區的江河湖澤。越、吳，均古國名，越都會
　　　稽，在今浙江省紹興市；吳都姑蘇，在今江蘇省吳縣。湖州古屬吳
　　　越。甘，通“柑”。紫蟹，即螃蟹，因蟹黃朱紅色，故稱。

〔一〇〕平生兩句：謂平生素有避世隱居之志，今日却佩得刺史印信而
　　　歸。江海志，語本《論語‧公冶長》：“子曰：道不行，乘桴浮于
　　　海。”左魚，謂刺史印信(詳參《朱坡絕句三首》注〔三〕)。

　　是詩寫其出守湖州之複雜微妙心情。首四句狀外任之喜悦，然接寫
之“且兔”、“何妨”、“聊”、“怕”四句却飽含隱衷，透露了朝中妒才嫉能、猜
忌巧僞的消息。詩人對此深惡痛絕，不願角逐周旋其間，故以出守外任、
修養身性爲逃遁之法，在江南美好風物間流連，以詩酒自娛。最後，以志
趣與出守互相矛盾之無可奈何心情結束全篇，頗有自我調侃的意味。

將赴吳興登樂遊原一絕〔一〕

清時有味是無能〔二〕，閒愛孤雲靜愛僧〔三〕。欲把一麾江海去，樂遊原上望昭陵〔四〕。

〔一〕本詩作于大中四年。樂(yuè)遊原：在長安城南，地勢高敞，唐時爲登臨勝地。《長安志》："朱雀街第四街南昇平坊東北隅，漢樂游廟，漢宣帝所立，因樂游苑爲名，在高原上，餘址尚存，其地居京城之最高，四望寬敞，京城之內，俯視諸掌。"

〔二〕清時句：謂生當清平之世，無能之人反可享受閒靜之情趣。有味，有趣味。語本《史記·馮唐列傳贊》："馮公之論將率(帥)，有味哉，有味哉！"黃周星《唐詩快》卷一〇評是句曰："遂成名言。"

〔三〕閒愛句：寫其閒靜之狀。意謂或賞孤雲飄浮，或與僧人交遊。其《郡齋獨酌》云："尋僧解幽夢。"兩句暗諷當局不用人材。

〔四〕欲把兩句：謂手持旌麾，欲赴江海之濱爲刺史，行前登樂遊原遠眺，望昭陵而不勝向往之情。江海，謂吳興，因其地近太湖，去東海不遠，故稱。昭陵，唐太宗陵墓，在今陝西省醴泉縣東北二十五里之九嵕山。

馬永卿《嬾真子》卷二曰："右杜牧之自尚書郎出爲郡守之作，其意深矣。蓋樂遊原者，漢宣帝之寢廟在焉，昭陵即唐太宗之陵也。牧之之意，蓋自傷不遇宣帝、太宗之時，而遠爲郡守也。藉使意不出此，以景趣爲意，亦自不凡，況感寓之深乎，此其所以不可及也。"俞陛雲《詩境淺説續編》曰："司勳將遠宦吳興，登樂遊原而遙望昭陵，追懷貞觀，有江湖魏闕之思。前二句詩意尤深，言昇平之世，宜致身君國，安得有清閒之味，惟其自顧無能，不足爲世用，亦不與世爭，始覺其有味也。第二句承首句有味而言，若謂閒中之味，愛天際孤雲，無心舒捲，靜中之味，愛空山老衲，相對忘言。具如是襟懷,則一麾南去,任其宦海沈浮耳。"

有關"一麾"二字之解釋,歷來衆説紛紜。如張表臣《珊瑚鈎詩話》卷一、沈括《夢溪筆談》、周必大《二老堂詩話》、胡震亨《唐音癸籤》卷一七等均曾涉及。《四庫全書總目》卷一九五曰:"論杜牧'擬把一麾江海去'句,以爲誤用顏延年語,以麾斥之麾爲麾旌。然考崔豹《古今注》曰:'麾者所以指麾也,武王執白旄以麾是也。乘輿以黄,諸公以朱,刺史二千石以纁。'據其所説,則刺史二千石乃得建麾,牧將乞郡,故有'擬把一麾'之語,未可云誤,表臣所論亦非也。"按,此説是。"麾"字蓋名詞,非動詞。旌麾,刺史出守所用之儀仗也。

登 樂 遊 原〔一〕

長空澹澹孤鳥没,萬古銷沉向此中〔二〕。看取漢家何似業,五陵無樹起秋風〔三〕。

〔一〕本詩作于大中四年。

〔二〕長空兩句:謂孤鳥遠飛,消失在遼闊的長空中,而古往今來的歷史亦如這孤鳥一般,消失在曠野之中。澹(dàn)澹,隱約貌。没(mò),消失。銷沉,湮没;磨滅。

〔三〕看取兩句:意謂漢王朝曾何等顯赫一時,而今五陵衰敗,竟然連可以興起秋風的樹木亦蕩然無存了。何似業,一作"何事業"。五陵,西漢五帝陵墓,即高帝長陵,惠帝安陵,景帝陽陵,武帝茂陵及昭帝平陵。漢代每立陵墓,均將四方富家豪族與外戚遷往居住,其中以五陵最爲著名。漢末歷經喪亂,五陵皆被發掘,幾成廢墟。《三國志·魏書·文帝紀》:"喪亂以來,漢氏諸陵,無不發掘,至乃燒取玉匣金縷,骸骨並盡。"又,沈德潛《唐詩別裁》卷二評結句曰:"樹樹起秋風,已不堪回首,況於無樹耶!"

是詩託物起興,藉孤鳥之飛逝,慨古來盛世之湮没;以五陵之興廢,抒其今昔之感,寓其對朝政之憂慮。李鍈《詩法易簡録》曰:"寄慨甚遠,借漢家説法,即殷鑒不遠之意。"俞陛雲《詩境淺説續編》:"詩後二句言漢家盛業,青史爛然,而五陵寂寞,只餘老樹吟風,已可深慨,今并樹無之,其荒寒爲何等耶! 前二句尤佳,有包掃一切之概,猶岑參《登慈恩塔》詩:'五陵北原上,萬古青濛濛。'若置身閶風之巔,俯視萬象,類泡影之明滅也。宋人詞:'消沉今古意無窮,盡在長空淡淡鳥飛中。'即襲用此詩。"

將赴湖州留題亭菊〔一〕

陶菊手自種〔二〕,楚蘭心有期〔三〕。遥知渡江日,正是擷芳時〔四〕。

〔一〕本詩作于大中四年。
〔二〕陶菊:猶言菊花。陶淵明以愛菊聞名,故稱。陶詩中頗多詠菊名句,如《飲酒》:"採菊東籬下,悠然見南山。""秋菊有佳色,裛露掇其英。"《九日閒居》曰:"余閒居,愛重九之名,秋菊盈園,而持醪無由。……酒能祛百慮,菊爲制頹齡。"又,蕭統《陶淵明傳》:"嘗九月九日出宅邊菊叢中坐,久之,滿手把菊。"
〔三〕楚蘭:屈原爲楚人,愛蘭草。《離騷》:"余既滋蘭之九畹兮,又樹蕙之百畝。……冀枝葉之峻茂兮,願竢時乎吾將刈。"心有期:内心向往。
〔四〕擷(xié)芳,語帶雙關,意謂挹取先賢之遺芳。擷,摘取。

詩以植蘭種菊喻其對屈、陶等先賢的仰慕;亦藉此表達願效法屈、陶的潔身自好。

湖南正初招李郢秀才〔一〕

　　行樂及時時已晚〔二〕，對酒當歌歌不成〔三〕。千里暮山重疊翠，一溪寒水淺深清〔四〕。高人以飲爲忙事〔五〕，浮世除詩盡强名〔六〕。看著白蘋牙欲吐〔七〕，雪舟相訪勝閑行〔八〕。

〔一〕本詩作于大中四年冬。馮集梧注：“按，李郢有《和湖州杜員外冬至日白蘋洲見憶詩》云：‘白蘋亭上一陽生，謝朓新裁錦繡成。千嶂雪消溪影綠，幾家梅綻海波清。已知鷗鳥長來狎，可許汀洲獨有名？多愧龍門重招引，即拋田舍棹舟行！’與牧之此詩用韻並同，惟李題云冬至，而此云新正，然兩詩語意相直，兼杜用白蘋，亦是湖州故事，知此題‘湖南’當是‘湖州’之誤，因各本皆同，故仍之。”馮説是。正初：猶“新正”，即農曆元旦。李郢：《新唐書·藝文志》：“李郢詩一卷。字楚望，大中進士第，侍御史。”秀才：唐時應進士試者之通稱。李肇《唐國史補》卷下：“進士……通稱謂之秀才。”

〔二〕行樂句：《古詩十九首》：“生年不滿百，常懷千歲憂；晝短夜苦長，何不秉燭遊？爲樂當及時，何能待來茲？”此化用其意。

〔三〕對酒句：曹操《短歌行》：“對酒當歌，人生幾何？譬如朝露，去日苦多。”此用其意。

〔四〕千里兩句：形容湖州山水秀美，意謂山巒重疊，翠色誘人；溪流澄清，深淺見底。

〔五〕高人：謂李郢。

〔六〕浮世：人世。强(qiǎng)名：徒有虛名。强，勉强。

〔七〕白蘋：生于淺水之隱花植物，五月開花，色白，故謂白蘋。牙：

通“芽”。

〔八〕雪舟相訪：用晉王徽之(字子猷)雪夜乘舟訪友故事爲喻,招請
　　　李郢前來飲酒賦詩暢叙。《世説新語・任誕》：“王子猷居山陰,
　　　夜大雪,眠覺,開室命酌酒,四望皎然,因起彷徨,詠左思《招隱
　　　詩》。忽憶戴安道,時戴在剡,即便夜乘小船就之。經宿方至,
　　　造門不前而返。人問其故,王曰：‘吾本乘興而行,興盡而返,何
　　　必見戴！’”

入茶山下題水口草市絶句〔一〕

　　倚溪侵嶺多高樹〔二〕,誇酒書旗有小樓〔三〕。驚起鴛
鴦豈無恨？一雙飛去却迴頭〔四〕。

〔一〕本詩作于大中五年(八五一)春,時年四十九歲。湖州名茶紫笋唐
　　　時爲貢品,每當三月採茶時刺史即親往監督,詩人于大中五年暮
　　　春亦曾按例親赴産地顧渚茶山,另有《題茶山》、《茶山下作》、《春
　　　日茶山病不飲酒因呈賓客》諸作。馮集梧注引《西清詩話》曰：“唐
　　　茶品雖多,惟湖州紫笋入貢。紫笋生顧渚,在湖、常二郡之間。當
　　　採茶時,兩郡守畢至,最爲盛會。唐杜牧詩所謂‘溪盡停蠻棹,旗
　　　張卓翠苔’;劉禹錫‘何處人間似仙境？春山攜妓採茶時’,皆以
　　　此。”茶山：在長興縣西。《元和郡縣志》卷二五：“顧山在縣(長
　　　興)西北四十二里,貞元以後,每歲以進奉顧山紫笋茶,役工三
　　　萬人,累月方畢。”水口：鎮名,在顧渚,唐置貢茶院于此。草
　　　市：謂鄉村市場。《資治通鑑》卷二八一：“魏州范延光遣兵度
　　　河焚草市。”胡注：“時天下兵争,凡民居在城外,率居草屋以成
　　　市里,以其價廉功省,猝遇兵火不至甚傷財以害其生也。”又,牧
　　　之《上李太尉論江賊書》：“凡江淮草市,盡近水際,富商大户,多

居其間。"

〔二〕溪：指箬(ruò)溪，在長興縣南。顧野王《輿地志》曰："夾溪悉生前
　　　箬，南岸曰上箬，北岸曰下箬，二箬村名，村人取箬下水釀酒，美勝
　　　於雲陽，俗稱箬下酒。"

〔三〕誇酒句：謂小樓酒旗迎風招展，似在誇説長興酒之美而醇。

〔四〕驚起兩句：此爲擬人手法，意謂酒旗飄拂使鴛鴦驚飛，飛復回首，
　　　似有無限留戀之情。

　　詩以疑問句式反襯溪山之美，描摹鴛鴦神態尤爲傳神。

沈　下　賢〔一〕

　　斯人清唱何人和〔二〕？草徑苔蕪不可尋〔三〕。一夕小
敷山下夢，水如環珮月如襟〔四〕。

〔一〕本詩作于大中五年爲湖州刺史時。沈下賢：沈亞之，字下賢，吳
　　　興人。著有傳奇《湘中怨》、《異夢録》、《秦夢記》等，有《沈下賢
　　　集》。據《晁氏讀書志》："《沈亞之集》八卷。亞之字下賢，長安人，
　　　元和十年進士，累進殿中丞、御史、内供奉。太和三年，栢耆宣慰
　　　德州，取爲判官。耆罷，亞之貶南康尉，後終郢州掾。亞之以文詞
　　　得名，常遊韓愈門。李賀、杜牧、李商隱俱有擬沈下賢詩，亦當時
　　　名輩所稱許云。"又，馮浩《玉谿生詩集箋注》卷三曰："下賢吳興
　　　人，昌谷所云'吳興才人怨春風'也。晁氏作長安人，似誤。昌谷、
　　　樊川之詩非擬也。"

〔二〕斯人：指沈下賢。清唱：謂下賢清新高雅之詩作。和(hè)：以聲
　　　相應。

〔三〕草徑句：謂下賢故宅荒蕪，路徑早爲野草苔蘚所掩，無從尋覓。

〔四〕一夕兩句：謂恍然入夢，見小敷山景色清幽，那淙淙流水，似下賢之環佩鳴響；那如洗月色，如下賢之高潔襟懷。小敷山，在今浙江湖州西南。《吳興掌故集》：“敷山，烏程西南二十里，在福山東。福山，俗名小敷山，唐人沈下賢居此。”環佩，佩玉。柳宗元《小石潭記》：“隔篁竹聞水聲，如鳴佩環。”

　　詩人憑弔前賢，對亞之深表敬慕，並藉以抒發牢落不偶之慨。俞陛雲《詩境淺説續編》曰：“前二句言獨行苔徑，清詠無人，乃懷沈下賢也。後言重過小敷山下，明月墮襟，水聲鳴佩，凝想悠然，詩意若有微波通辭之感，不類停雲懷友之詩！何風致綽約乃爾，其有哀窈窕思賢才之意乎！”俞謂“重過”，因其所據版本有異。“山下路”，《樊川文集》和《樊川詩集》均作“山下夢”。“夢”字似比“路”字更合詩人仰慕前賢之意，亦更具意境。

八月十二日得替後移居霅溪館因題長句四韻〔一〕

　　萬家相慶喜秋成，處處樓臺歌板聲〔二〕。千歲鶴歸猶有恨，一年人住豈無情〔三〕？夜涼溪館留僧話，風定霅潭看月生〔四〕。景物登臨閑始見，願爲閑客此閑行。

〔一〕本詩作于大中五年。牧之于大中四年秋出守湖州，一年後內升爲考功郎中、知制誥。卸任後未即赴任，暫移居于霅溪之館舍。得替：謂官員之新故交代。霅（zhà）溪館：在湖州烏程縣東南一里。《太平寰宇記》卷九四：“湖州烏程縣霅溪館。霅溪在縣東南一里，凡四水合爲一溪，自浮玉山曰苕溪；自銅峴山曰前溪；自天目山曰餘不溪；自德清縣前北流至州南興國寺曰霅溪，東北流四十里合太湖。”

〔 二 〕歌板：樂器，即檀板，歌者以爲節奏。

〔 三 〕千歲兩句：意謂在湖州一年，對當地山川人民深有感情，不忍遽然離去。千歲鶴歸，典出《搜神後記》卷一：“丁令威，本遼東人，學道于靈虛山，後化鶴歸遼，集城門華表柱。時有少年舉弓欲射之，鶴乃飛，徘徊空中而言曰：‘有鳥有鳥丁令威，去家千年今始歸，城郭如故人民非，何不學仙冢纍纍。’遂高上沖天。”

〔 四 〕蘇潭：即蘇公潭。《太平寰宇記》：“烏程縣蘇公潭，從貴涇東流三百五十步，至駱駝橋下，曰蘇公潭，此水深不可測。唐開元初，許國公蘇瓌子頲爲烏程尉，誤墜此溪水間，後爲代宗朝相(應爲玄宗相)，襲許國公。”

是詩寫得替卸任後之閒逸情致，其視內調無足輕重，可見其無意羈宦，而向往浙東山水之勝。錢謙益、何焯評曰：“首言秋成大稔，故處處有歌板之聲以相慶也。夫以物換時移，千歲鶴猶有未足之恨，今我秩滿得代，一年居此，豈無閒暇之情乎？所謂有情住此者，溪館夜涼，與僧共語；蘇潭風定，看月初生。此今日之居閒，遠勝于前日之羈宦。是以同此景物，登臨始見其勝。吾得常爲閒客，時時閒行此地，則吾願足矣，須富貴何爲哉？”(《唐詩鼓吹評註》)

途中一絕〔一〕

鏡中絲髮悲來慣，衣上塵痕拂漸難〔二〕。惆悵江湖釣竿手，却遮西日向長安〔三〕。

〔 一 〕本詩作于大中五年秋赴任長安途中。馮集梧注引《郡閣雅談》曰：

“杜牧舍人,罷任浙西郡,道中有詩云云。”

〔二〕鏡中兩句:謂多年來慣爲鏡中見白髮而悲嘆,總苦于爲仕宦而奔
　　　波,衣上征塵難以拂去。

〔三〕惆悵兩句:謂湖州處江湖之間,自己正可以漁釣爲樂,如今却須
　　　西向長安就任。惆悵,失意貌。

　　詩人以垂老之年,榮獲内調,却並無喜悦之色,反有無可奈何之慨,
蓋其自揣仕途曲折,難以施展,故不免消沉。陸游《劍門道中遇微雨》云:
“衣上征塵雜酒痕,遠遊無處不消魂。此身合是詩人未,細雨騎驢入劍
門!”范成大《暮春上塘道中》曰:“明朝遮日長安道,慚愧江湖釣手閒。”命
意均同。

隋　堤　柳〔一〕

　　夾岸垂楊三百里,祇應圖畫最相宜。自嫌流落西歸
疾,不見東風二月時〔二〕。

〔一〕本詩作于大中五年赴長安道中。《太平廣記》卷一四四引《感定
　　　録》曰:“唐杜牧自湖州刺史拜中書舍人,題汴河云:‘自憐流落西
　　　歸疾,不見春風二月時。’自郡守入爲舍人,未爲流落,至京果卒。”
　　　按,牧之于大中五年秋入京爲考功員外郎、知制誥,次年拜中書舍
　　　人,《廣記》所記有誤。隋堤:隋煬帝時開通濟渠,沿河築堤,遍植
　　　柳樹,世稱“隋堤”。《揚州府志》云:“隋開邗溝入江,旁築御河,植
　　　以楊柳,今謂之隋堤,在今江蘇江北運道上。宋張綸因其舊而修
　　　築之。南起江都,北達寶應爲十閘,以泄横流。即今運河堤也。”

〔二〕自嫌:猶“自恨”。流落:困留于外。牧之《上吏部高尚書狀》稱:
　　　“(牧)三守僻左,七換星霜,拘攣莫伸,抑鬱誰訴?”于此可見其難

言之隱痛。

秋晚與沈十七舍人期游樊川不至〔一〕

邀侶以官解，泛然成獨游〔二〕。川光初媚日，山色正矜秋〔三〕。野竹疏還密〔四〕，巖泉咽復流〔五〕。杜村連滻水〔六〕，晚步見垂鈎〔七〕。

〔一〕本詩作于大中六年(八五二)秋，時年五十歲。沈十七舍人：謂沈詢。據《新唐書·沈詢傳》：詢乃傳師子，“字誠之，亦能文辭，會昌初第進士，補渭南尉。累遷中書舍人，出爲浙東觀察使，除户部侍郎，判度支。”舍人，中書舍人，掌起草詔命。期：約定。樊川：樊川別墅。牧之甥裴延翰曰：“長安南下杜樊鄉，酈元注《水經》，實樊川也。延翰外曾祖司徒岐公之別墅在焉。上五年冬，仲舅自吳興守拜考功郎中、知制誥，盡吳興俸錢，創治其墅。出中書直，亟召昵密，往游其地。”(《樊川文集序》)

〔二〕邀侶兩句：謂原邀友人同遊，然其答以忙于官務，于是詩人獨自遊賞。解，解答，解説。

〔三〕矜(jīn)：誇。

〔四〕疏還密：謂疏密相間。

〔五〕咽復流：謂泉岩間水斷斷續續，且鳴且流。

〔六〕杜村：即樊鄉。滻(yù)水：即沇水。《水經注·渭水篇》：“其水西北流，徑杜縣之杜京西，西北流經杜伯冢南，又西北徑下杜城，即杜伯國。沇水亦謂滻水也。”

〔七〕晚步句：謂傍晚漫步水邊，見有人在垂釣。

華清宮三十韻〔一〕

　　繡嶺明珠殿〔二〕，層巒下繚牆〔三〕。仰窺雕檻影〔四〕，
猶想赭袍光〔五〕。

〔一〕本詩作于大中六年爲中書舍人時。華清宮：在今陝西省臨潼縣
　　城南驪山上。《長安志》卷一五："臨潼縣：温湯在縣南一百五十
　　步，驪山之西北。貞觀十八年，營建宮殿，御賜名温泉宮。天寶六
　　載改爲華清。驪山上下益治湯井爲池，臺殿環列山谷，明皇歲
　　幸焉。華清宮北向正門曰津陽門，東面曰開陽門，西門曰望京門，
　　南面曰昭陽門。津陽之東曰瑶光樓，其南曰飛霜殿，御湯九龍殿
　　亦名蓮花湯，玉女殿、七聖殿、宜春亭、重明閣、四聖殿、長生殿、集
　　靈臺、朝元閣、老君殿、鐘樓、明樓殿、笋殿、觀風樓、鬥雞殿、按歌
　　臺、毬場、連理木、飲鹿槽、丹霞、羯鼓樓，禄山亂後天子罕復游幸，
　　唐末遂皆圮廢。"
〔二〕繡嶺：山嶺名。《雍大記》："東繡嶺在驪山右，西繡嶺在驪山左。
　　唐玄宗時植林木花卉如錦繡，故名。"明珠：殿名。《長安志》："明
　　珠殿，長生殿之南近東也。"
〔三〕層巒：重疊之山巒。繚牆：謂圍繞宮殿的牆垣。
〔四〕仰窺：猶仰望。雕檻：刻有花紋之欄杆。
〔五〕赭(zhě)袍：紅色袍服，舊時爲帝王之服。此以物代人，謂唐玄
　　宗。《新唐書·車服志》："初，隋文帝聽朝之服，以赭黃文綾袍，唐
　　高祖以赭黃袍爲常服，既而天子袍衫稍用赤黃，遂禁臣民服。"

　　第一段寫華清宮地理形勢，引出往事回顧。

昔帝登封後〔六〕，中原自古強〔七〕。一千年際會，三萬里農桑〔八〕。几席延堯舜，軒墀立禹湯〔九〕。雷霆馳號令，星斗煥文章〔一〇〕。釣築乘時用，芝蘭在處芳〔一一〕。北扉閒木索，南面富循良〔一二〕。

〔六〕登封：《漢書·武帝紀》：“元封元年，東巡海上，還登封泰山。”古代帝王登泰山築壇祭天稱封，闢場祭地稱禪。秦漢後，封禪爲國家大典。《通典》：“大唐開元十三年十月，封祀于泰山，上御朝覲之帳殿大備，陳布文武百僚，二王後，孔子後，諸方朝集使，岳牧，舉賢良，咸在位。時中書令張說撰《封禪壇頌》，侍中源乾曜撰《社首壇頌》，禮部尚書蘇頲撰《朝覲壇頌》，以紀聖德焉。”

〔七〕中原：中國。

〔八〕一千兩句：意謂開元盛世，千載難逢，國中男耕女織，安居樂業。際遇，遇合。

〔九〕几(jī)席兩句：形容君聖臣良。意謂玄宗聖明若堯舜，憑几延攬賢才；朝中大臣皆具禹湯之中幹，輔佐治理國事。几席，祭祀席位，此謂帝王坐席。軒墀(chí)，殿堂前檐下之平臺及臺階，此指朝廷。

〔一〇〕雷霆兩句：形容玄宗號令嚴明，禮樂制度井然有序。星斗，謂魁星。《漢書·天文志》：“斗魁戴筐六星，曰：文昌宮。”《晉書·天文志》：“東壁二星，主文章，天下圖書之祕府也。星明，王者興，道術行，國多君子。”煥，鮮明；光亮。文章，此謂禮樂制度。

〔一一〕釣築兩句：意謂有才能者均能及時得到任用。釣，指呂尚，西周開國功臣，助武王滅紂。《史記·齊太公世家》：“呂尚蓋嘗窮困，年老矣，以漁釣奸周西伯。……於是周西伯獵，果遇太公於渭之陽，與語大說，……載與俱歸，立爲師。”築，指傅説，殷武丁大臣。《墨子·尚賢》：“傅説被褐帶索，庸築乎傅巖，武丁得之，舉以爲三公，與接天下之政，治天下之民。”芝蘭，兩種芳草名，此喻賢才。屈原《離騷》：“昔三后之純粹兮，固衆芳之所在。”在處，猶處處。

〔一二〕北扉(fēi)兩句：意謂開元間鮮有罪犯，故牢獄常空；而朝廷則多
　　　循吏良官。北扉，漢時囚繫犯人之所，此指牢獄。木索，束縛手脚
　　　之刑具。南面，古代君王坐北面南，故稱君王爲南面，此指朝廷。
　　　循良，古稱奉公守法之官。

第二段寫玄宗開元、天寶時期政治清明之況。

　　至道思玄圃，平居厭未央〔一三〕。鉤陳裹巖谷，文陛壓
青蒼〔一四〕。歌吹千秋節〔一五〕，樓臺八月涼。神仙高縹
緲，環佩碎丁當〔一六〕。泉暖涵窗鏡，雲嬌惹粉囊〔一七〕。
嫩嵐滋翠葆〔一八〕，清渭照紅妝〔一九〕。帖泰生靈壽，歡娛
歲序長〔二○〕。月聞仙曲調，霓作舞衣裳〔二一〕。雨露偏金
穴〔二二〕，乾坤入醉鄉〔二三〕。

〔一三〕至道兩句：謂玄宗厭居皇宮而思戀如仙境之華清宮。至道，玄宗
　　　尊號“至道大聖大明孝皇帝”之簡稱。玄圃，神仙居所，相傳在崐
　　　崙山上。此喻華清宮。平居，平日。未央，漢宮殿名。傳爲蕭何
　　　所造，規模宏大，壯麗精工。《三輔黃圖》卷二：“未央宮周回二十
　　　八里，前殿東西五十丈，深十五丈，高三十五丈。營未央宮因龍首
　　　山以制前殿。至孝武以木蘭爲棼橑，文杏爲梁柱，金鋪玉户，華榱
　　　璧璫，雕楹玉磶，重軒鏤檻，青瑣丹墀，左城右平。黃金爲璧帶，間
　　　以和氏珍玉，風至其聲玲瓏也。”此喻長安宮殿。
〔一四〕鉤陳兩句：謂華清宮爲峻巖深谷所包裹，其刻有花紋之臺階高聳
　　　在半空中。鉤陳，星名，主後宮，此喻華清宮。文陛，刻有花紋之
　　　殿階。青蒼，天空。
〔一五〕歌吹(chuì)：歌聲和樂聲。千秋節：玄宗生日。《舊唐書·玄宗
　　　紀》：“開元十七年八月癸亥，上以降誕日，宴百僚于花蕚樓下，百

寮表請以每年八月五日爲千秋節,王公以下獻鏡及承露囊,天下諸州,咸令宴樂,休暇三日,仍編爲令,從之。"

〔一六〕神仙兩句:謂樓上舞女翩翩,飄若神仙,身上的環佩不斷發出叮叮噹噹的聲響。環佩,佩玉。

〔一七〕泉暖兩句::寫溫泉與嬌雲映襯臨妝,既言宮之高,又見人之美。

〔一八〕翠葆:以翠鳥羽毛爲裝飾之車蓋。

〔一九〕清渭:渭水,黃河主要支流之一。《釋文》:"涇,濁水也;渭,清水也。"按,實則涇清渭濁,牧之乃沿用舊説。紅妝:盛裝之美女,此謂楊貴妃。

〔二〇〕帖泰兩句:謂百姓祝願國家安定,而玄宗則長年沉湎於歡娛。《資治通鑑》卷二一六:"上晚年自恃承平,以爲天下無復可憂,遂深居禁中,專以聲色自娛。"帖泰,安定。生靈,百姓。壽,祝願。歲序,泛指時間。

〔二一〕月聞兩句:謂玄宗迷戀楊妃之霓裳羽衣舞。《霓裳羽衣曲》,唐樂曲名,本傳自西涼,名《婆羅門》,開元中河西節度使楊敬述獻,經玄宗潤色,於天寶十三載改爲《霓裳羽衣曲》。唐時樂曲,曲終必促速,唯《霓裳羽衣曲》將畢,引聲益緩。楊貴妃善爲霓裳羽衣舞。時唐宮中多奏此樂,安史亂後,譜調已不全。小説家附會謂玄宗嘗方士遊月宮,聞仙樂,歸而記之,是爲霓裳羽衣曲。白居易有《霓裳羽衣舞歌》,寫霓裳舞姿甚詳,可參看。

〔二二〕雨露句:謂玄宗厚賜楊家兄妹。雨露,喻皇帝恩澤。金穴,喻豪富之家。《漢書·郭皇后紀》:"后弟況遷大鴻臚,帝數幸其第,賞賜金錢縑帛,豐盛莫比,京師號況家爲金穴。"又據《資治通鑑》卷二一六:"以貴妃姊適崔氏者爲韓國夫人,適裴氏者爲虢國夫人,適柳氏者爲秦國夫人。三人皆有才色,上呼之爲姨,出入宮掖,並承恩澤,勢傾天下。……三姊與銛、錡五家,凡有請託,府縣承迎,峻於制敕;四方賂遺,輻湊其門,惟恐居後,朝夕如市。……上所賜與及四方獻遺,五家如一。競開第舍,極其壯麗,一堂之費,動踰千萬;既成,見他人有勝己者,輒毀而改爲。虢國尤爲豪蕩。"

〔二三〕乾坤句：極言其奢侈揮霍，醉生夢死。

第三段寫玄宗後期窮奢極欲，極盡歡娛。

　　玩兵師漢武，迴手倒干將〔二四〕。鯨鬣掀東海〔二五〕，胡牙揭上陽〔二六〕。喧呼馬嵬血，零落羽林槍〔二七〕。傾國留無路，還魂怨有香。蜀峯橫慘澹，秦樹遠微茫〔二八〕。鼎重山難轉，天扶業更昌〔二九〕。望賢餘故老，花蕚舊池塘。往事人誰問，幽襟淚獨傷〔三○〕。碧簪斜送日，殷葉半凋霜。迸水傾瑤砌，疏風罅玉房〔三一〕。

〔二四〕玩兵兩句：謂玄宗仿效漢武帝，多次發動戰争；又任用非人，將兵權輕易授與楊國忠和安禄山等。玩兵，窮兵黷武。倒，倒持，即將劍柄授與他人。干將，寶劍名。傳爲吳人干將、莫邪夫婦所鑄。此喻兵權。按，玄宗於開元、天寶之際，發動過數次侵略邊境少數民族的不義之戰，僅其對南詔一戰，先後喪師二十萬。但牧之比之于漢武帝，似爲不倫。武帝興兵，除使天下困擾、國庫虛空外，尚有其鞏固邊境與國家統一的積極意義。

〔二五〕鯨鬣(liè)句：喻安史叛亂猶如巨鯨在東海掀起浪濤。鬣，魚類頷旁之鬐。

〔二六〕胡牙句：謂安禄山舉叛亂大旗起兵謀反，攻下洛陽。胡牙，指安禄山叛軍。牙，指牙旗。揭，高舉。上陽，宮名。據《新唐書·地理志》：“東都上陽宮，在禁苑之東，東接皇城之西南隅，上元中置，高宗常居以聽政。”此謂叛軍攻佔京東洛陽。《資治通鑑》卷二一四：安禄山“本營州雜胡，初名阿犖山。……父死，母攜之再適突厥安延偃。會其部落破散，與延偃兄子思順俱逃來，故冒姓安氏，名禄山。”天寶十四載，“十一月，甲子，禄山發所部兵及同羅、奚、契丹、室韋凡十五萬衆，號二十萬，反於范陽。……十二月，丁酉，禄山陷東京。"

〔二七〕喧呼兩句：謂禁衛軍在馬嵬坡逼迫玄宗縊死楊妃事。據《資治通鑑》卷二一八：安史叛亂之翌年六月，潼關失守，玄宗倉皇出逃成都。"丙申，至馬嵬驛，將士飢疲，皆憤怒。……軍士圍驛，上聞誼譁，問外何事，左右以國忠反對。上杖屨出驛門，慰勞軍士，令收隊，軍士不應。上使高力士問之，(陳)玄禮對曰：'國忠謀反，貴妃不宜供奉，願陛下割恩正法。'……上乃命力士引貴妃於佛堂，縊殺之。"馬嵬，地名，在今陝西省興平縣馬嵬鎮。羽林，羽林軍，唐置左右羽林軍爲護衛帝皇之禁衛軍。

〔二八〕傾國四句：寫楊妃死後，玄宗對之惋惜和懷念之情。傾國，喻美人，此指楊貴妃。李延年歌曰："北方有佳人，絶世而獨立。一顧傾人城，再顧傾人國。"(《漢書·外戚列傳》)還魂香，香名。《述異記》："聚窟洲有神鳥山，山上有返魂樹。伐其木根心，於玉釜中煮成汁，煎成丸，名曰驚精香，或名震靈丸、返生香、却死香。死者在地，聞香氣即活。"秦，長安一帶古屬秦國。

〔二九〕鼎重兩句：謂鼎雖小而重如山，不可奪移；有上天扶助，唐朝事業將更加昌盛。按，肅宗于天寶十四載六月即位于靈武，尊玄宗爲"上皇天帝"。至德二載(七五七)九月復京師，十月，復洛陽。肅宗遣使入蜀奉迎上皇，十二月，至長安。鼎，以青銅製成之三足兩耳圓形炊器，舊時爲國家政權之象徵。

〔三〇〕望賢四句：寫玄宗懷念往事。望賢，驛名，在今陝西省咸陽縣東。《舊唐書·玄宗紀》：天寶十五載六月，玄宗帶領貴妃等"自延秋門出至咸陽望賢驛置頓，官吏駭散，無復儲供。上憩于宮門之樹下，有父老獻麨，于是百姓獻食相繼。"花萼，樓名。《新唐書·讓皇帝憲傳》："先天後，賜憲及薛王第于勝業坊，申、岐二王居安興坊，環列宮側。天子于宮西、南置樓，其西署曰'花萼相輝之樓'，南曰'勤政務本之樓'，帝時時登之，聞諸王作樂，必亟召升樓，與同榻坐，或就幸第，賦詩燕嬉，賜金帛侑歡。"

〔三一〕碧簷四句：寫玄宗在興慶宮內寂寞度日情景。殷(yān)葉，紅葉。
　　　　彫霜，葉經霜後凋零。迸水，雨後由簷溝迸流下傾之水。瑤砌，謂
　　　　玉石製成之宮殿台階。疏風，遠風。罅(xià)，裂縫。此用作動
　　　　詞。玉房，喻華麗的宮殿。

第四段寫玄宗樂極生悲，釀成安史之亂，被迫縊死楊妃。

　　塵埃羯鼓索〔三二〕，片段荔枝筐〔三三〕。鳥啄摧寒木，
蝸延蠹畫梁〔三四〕。孤煙知客恨〔三五〕，遥起泰陵傍〔三六〕。

〔三二〕羯(jié)鼓：少數民族樂器名。《舊唐書·音樂志》：“羯鼓，正如漆
　　　　桶，兩手具擊，以其出羯中，故曰羯鼓，亦謂之兩杖鼓。”又，《新唐
　　　　書·禮樂志》：“玄宗既知音律，好羯鼓，而寧王善吹橫笛，達官大
　　　　臣慕之，皆喜言音律，帝常稱羯鼓八音之領袖，諸樂不可方也。”
〔三三〕荔枝：《新唐書·楊貴妃傳》：“妃嗜荔枝，必欲生致之，乃置傳送，
　　　　走數千里，味未變，已至京師。”又，《資治通鑑》卷二一五：“妃欲得
　　　　生荔支，歲命嶺南馳驛致之，比至長安，色味不變。”胡注：“自蘇軾
　　　　諸人，皆云此時荔支自涪州致之，非嶺南也。”
〔三四〕蝸延：蝸涎。延，通“涎”。蠹(dù)：蛀蝕。畫梁：繪有花紋之
　　　　棟梁。
〔三五〕客：詩人自稱。
〔三六〕泰陵：玄宗葬地，在今陝西省蒲城縣東北。

第五段以不勝今昔之慨結束全詩。

　　白居易曾作《長恨歌》，元稹則有《連昌宮詞》，均長篇歌行，流傳人
口。是詩却自出機杼，出以五言排律，時而敘述，時而議論，或寫景，或抒
情，揮灑自如，在以景寓情上尤爲感人。如“碧簷斜送日”四句，分寫晴

日、秋葉、雨天和遠風四種不同景物,意象衰颯孤清,用以烘托玄宗暮年的淒涼寂寞之情,富于抒情意味。而詩中的"雨露偏金穴,乾坤入醉鄉"一聯,極寫玄宗窮奢極欲之況,無愧爲千古名句。許彥周《彥周詩話》云:"小杜《華清宮詩》:'雨露偏金穴,乾坤入醉鄉',如此天下,焉得不亂?"

是詩爲五言排律,偶摻散文句法,如"一千年際會,三萬里農桑",却亦屬對工整。周紫芝以爲:"杜牧之《華清宮三十韻》,無一字不可人意。其叙開元一事,意直而詞隱,曄然有《騷》、《雅》之風。至'一千年際會,三萬里農桑'之語,置此詩中,如使優伶與嵇、阮輩並席而談,豈不敗人意哉!"(《竹坡詩話》)其説未免偏頗。詩中適當運用散文化的句子,可增變化之致,此正爲牧之"于律中常寓少拗峭,以矯時弊"(《後村詩話》)的例證。

詩選（未編年部分）

長 安 秋 望

　　樓倚霜樹外，鏡天無一毫〔一〕。南山與秋色〔二〕，氣勢兩相高〔三〕。

〔一〕樓倚兩句：謂樓閣高聳，碧樹經霜，詩人憑樓遠眺，唯見秋空澄澈，無有一絲雲影。

〔二〕南山：謂終南山。

〔三〕氣勢句：謂山色與秋色互比高下。

　　胡應麟《詩藪》內編卷六曰："杜牧'南山與秋色，氣勢兩相高'，宋人亟稱。然五言古詩著此語，猶可參伍儲、韋，今乃作絶，聲調乖舛甚矣。"按，胡說未諦，詩將南山與秋色擬人化，互相映襯，生動活潑，別具情趣，豈可以"聲調"繩之？

盆　　池

　　鑿破蒼苔地，偷他一片天。白雲生鏡裏，明月落階前。

　　是詩純以白描寫小池之幽雅可愛，而詩中"破"、"偷"、"生"、"落"諸字的運用，則具見煉字之功。

江　　樓〔一〕

　　獨酌芳春酒，登樓已半醺〔二〕。誰驚一行雁，衝斷過江雲？

〔　一　〕本詩選自《樊川別集》。
〔　二　〕醺（xūn）：醉。

　　是詩以比興手法寫孤寂，寓鄉思，頗爲後人贊賞。黃叔燦《唐詩箋注》曰："獨酌傷春，登樓自遣，忽驚斷雁，又觸愁腸，神隨遠望，情緒彌深。祇以'獨酌'二字領起，妙！"胡本淵《唐詩近體》云："'驚'字、'斷'字俱煉，亦有含蓄。"俞陛雲《詩境淺說續編》云："以'獨酌'二字開篇，知其後二句之驚寒斷雁，乃喻獨客之飄零。趙嘏《寒塘》詩云：'曉髮梳臨水，寒塘坐見秋。鄉心正無限，一雁過南樓。'則明言見雁而動鄉心。此二詩皆因雁寫懷，而有寥落之思也。"

哭李給事中敏〔一〕

　　陽陵郭門外，坡陁丈五墳〔二〕。九泉如結友，茲地好埋君〔三〕。

〔一〕給事：給事中之省稱。因常在皇帝左右侍從，備顧問應對等事，執事在殿中，故稱。唐屬門下省。中敏：據《新唐書》本傳：中敏"開成末，爲婺、杭二州刺史，卒于官。"其事蹟詳《李給事二首》注〔一〕。

〔二〕陽陵兩句：謂朱雲墳墓在陽陵城門外。原注："朱雲葬陽陵郭外。"陽陵，漢景帝陵墓，在今陝西省高陵西南。郭，外城。據《漢書·朱雲傳》："雲年七十餘，終於家。病不呼醫飲藥。遺言以身服斂，棺周於身，土周於椁，爲丈五墳，葬平陵東郭外。"是朱雲葬平陵(漢昭帝陵墓，在今陝西省咸陽西北)郭門外，非"陽陵郭門外"，詩云似誤。坡陁(tuó)，隆起不平貌。

〔三〕九泉兩句：謂中敏今亦葬此，兩位直臣正可于地下結爲知交。九泉，地下。《初學記》卷一四引阮瑀《七哀》詩："冥冥九泉室，漫漫長夜召。"

自　　貽〔一〕

杜陵蕭次君，遷少去官頻〔二〕。寂寞憐吾道，依稀似古人〔三〕。飾心無彩繢，到骨是風塵〔四〕。自嫌如匹素，刀尺不由身〔五〕。

〔一〕自貽(yí)：自贈。

〔二〕杜陵兩句：自比西漢蕭次君，意謂己屢被免官，難得升遷。蕭次君，蕭望之之子，名育，字次君，原籍東海蘭陵人，後徙居杜陵，育遂自稱"杜陵男子"。《漢書·蕭育傳》曰："育爲人嚴猛尚威，居官數免，稀遷。"頻，屢次。

〔三〕寂寞兩句：謂己堅守正道，故寂寞不偶，遭遇與古人相似。憐，嘆。古人,謂孔子、揚雄。孔子曾在陳被圍絶糧,揚雄曾自嘲寂寞。《史記·孔子世家》:"陳、蔡大夫……於是乃相與發徒役圍孔子於野。不得行,絶糧。從者病,莫能興。……孔子知弟子有愠心,乃召子路而問曰:'吾道非邪?吾何爲於此?'"揚雄《解嘲》曰:"惟寂惟寞,守德之宅。"

〔四〕飾心兩句:謂己不願文飾真情,故終身飽嚐風塵之苦,不能飛黄騰達。繢,通"繪"。到,一作"剉(cuò)"。風塵,指外放爲刺史,僕僕于道途。

〔五〕自嫌兩句:謂自怨如一匹白絹,任由刀尺裁剪,聽人擺佈,而難以自主。自嫌,猶自怨。素,白絹。

詩人寧肯自甘寂寞而不願與時俗合流,其《送弟杜顗赴潤州幕》詩以"直道事人男子業"贈杜顗,亦以之自勉;其《上李中丞書》亦云:"俯仰進趨,隨意所在,希時徇勢,不能逐人。是以官途之間,比之輩流,亦多困躓。"凡此,皆可與此詩互參。

史將軍二首〔一〕

長鋌周都尉,閒如秋嶺雲〔二〕。取螯弧登壘,以駢鄰翼軍〔三〕。百戰百勝價〔四〕,河南河北聞〔五〕。今遇太平日,老去誰憐君?

壯氣蓋燕、趙,耽耽魁傑人〔六〕。彎弧五百步〔七〕,長戟八十斤〔八〕。河湟非内地,安史有遺塵〔九〕。何日武臺坐,兵符授虎臣〔一〇〕?

〔一〕史將軍:生平未詳。

〔二〕長鈚(pī)兩句：以西漢名將周竈比擬史將軍，謂其曾立軍功，而今年老賦閒。長鈚都尉，官名。長鈚，長刃兵器。周竈曾以長鈚都尉身份從劉邦擊項羽，立功封侯。《漢書·高惠高后文功臣表》："隆慮克侯周竈以卒從起碭，以連敖入漢，以長鈚都尉擊項籍，侯。"師古注曰："長鈚，長刃兵也，爲刀而劍形。"

〔三〕取蝥(máo)弧兩句：追溯史將軍之勇猛善戰，謂其身先士卒猶如潁考叔取鄭伯之旗搶先登城；又如許盎之以駢鄰身份從軍作戰。蝥弧，鄭伯之旗名。《左傳·隱公十一年》："潁考叔取鄭伯之旗蝥弧以先登。"孔疏引《正義》曰："《周禮》：'諸侯建旗，孤卿建旜。'而《左傳》'鄭有蝥弧，齊有靈姑鈚'，皆諸侯之旗也。趙簡子有蜂旗，卿之旗也。其名當時爲之，其義不可知也。"壘，軍壘；城牆。駢(pián)鄰，比鄰。《史記·高祖功臣侯者年表》："柏至以駢憐從起昌邑。"《索隱》："姚氏：憐、鄰聲相近，駢鄰，猶比鄰也。"《漢書》作"柏至靖侯許盎以駢鄰從起昌邑。"師古曰："二馬曰駢。駢鄰，謂並兩騎爲軍翼也。"翼軍，輔佐軍務。

〔四〕價：身價。

〔五〕河南句：《唐六典》："凡天下十道。二曰河南道，凡二十八州；四曰河北道，凡二十五州。"

〔六〕壯氣兩句：謂史將軍威武雄壯，勇冠燕趙之士。燕、趙，戰國時之諸侯國，燕在今河北省，趙在今山西省、河南省黄河以北地區。韓愈《送董邵南序》："燕、趙古稱多感慨悲歌之士。"耽(dān)耽：同"眈眈"，威視貌。《易·頤》："虎視眈眈，其欲逐逐。"魁傑，魁偉豪傑。

〔七〕弧：木製之弓。

〔八〕長戟(jǐ)：一種長兵器，竿端附有枝狀之利刃。

〔九〕河湟兩句：謂河湟隴右地區爲吐蕃佔領，已非内地；類似安史叛亂之隱患仍然存在。河湟，黄河上游地區和湟水流域，安史亂起，爲吐蕃乘隙佔領。《新唐書·吐蕃傳》："湟水出濛谷，抵龍泉，與河合。……故世舉謂西戎地曰河湟。"遺塵，謂安、史殘餘勢力。安史亂平，肅宗貪圖苟安，仍任命安史舊將薛嵩、田承嗣等爲節度

使，縱其擁兵自重，後復相繼爲亂。《資治通鑑》卷二二二："正月
閏月癸亥，以史朝義降將薛嵩爲相、衛、邢、洺、貝、磁六州節度使，
田承嗣爲魏、博、德、滄、瀛五州都防禦使，李懷仙仍故地爲幽州、
盧龍節度使。時河北諸州皆已降，嵩等迎僕固懷恩，拜於馬首，乞
行間自效；懷恩亦恐賊平寵衰，故奏留嵩等及李寶臣分帥河北，自
爲黨援。朝廷亦厭苦兵革，苟冀無事，因而授之。"胡注："河北藩
鎮，自此強傲不可制矣。"

〔一〇〕何日兩句：希望之詞。謂何日朝廷爲收復河湟，平定藩鎮，而將
兵符授給如史將軍之猛將。武臺，殿名，漢武帝于此召見征伐匈
奴將領處。《漢書·李陵傳》："陵召見武臺。"兵符，古代調兵用之
憑證。虎臣，勇猛之臣。

　　是詩歌頌史將軍之豪氣蓋世、英勇善戰，而惜其賦閒不得用武之地。
"今遇太平日"句微含譏刺，"河湟非內地"兩句憂國憂民，而"何日武臺
坐"兩句，則寄希望于朝廷之振作。兩詩中間四句均用對偶以突出史將
軍之勇武過人，唯"取蝥弧"四句爲散文句式，前爲一四式，後爲四一式，
略嫌拗口，蓋受韓愈詩風影響所致。

獨　酌

　　長空碧杳杳〔一〕，萬古一飛鳥〔二〕。生前酒伴閑，愁醉
閑多少〔三〕？烟深隋家寺〔四〕，殷葉暗相照〔五〕。獨佩一壺
遊，秋毫泰山小〔六〕。

〔一〕碧杳杳：碧青深廣貌。
〔二〕萬古句：謂萬年之逝猶如飛鳥之過。萬古，指年代久遠。

〔三〕生前兩句：謂趁生前閑暇之時飲酒，與酒爲伴，而愁悶時借酒買
　　　　醉，則悠閑何如？

〔四〕隋家寺：指長安靖善坊大興善寺。詳前《長安雜題長句六首》注
　　　　〔三〕。

〔五〕殷（yān）葉：紅葉。

〔六〕秋毫句：語本《莊子·齊物論》：“天下莫大於秋毫之末，而泰山爲
　　　　小。”意謂天下之物大小相對，秋毫雖小，然猶有更小之物，故秋毫
　　　　爲大；而泰山雖大，猶有更大之物，故泰山爲小。

惜　　春

　　春半年已除〔一〕，其餘强爲有。即此醉殘花，便同嘗
臘酒〔二〕。悵望送春杯，殷勤掃花帚。誰爲駐東流？年年
長在手〔三〕。

〔一〕春半：指陰曆二月十五日。〔年已除〕謂一年好景已過。

〔二〕臘酒：陰曆十二月釀造之酒。古代以十二月祭祀，稱臘祭，後遂
　　　　以十二月爲臘月。

〔三〕誰爲兩句：謂誰能使時光停流不逝呢？唯有一杯在手，藉以銷愁
　　　　而已！駐，停留。東流，流水，此喻時光消逝。李白《金陵歌送別
　　　　范宣》詩：“四十餘帝三百秋，功名事跡隨東流。”

題安州浮雲寺樓寄湖州張郎中〔一〕

　　去夏疏雨餘，同倚朱欄語〔二〕。當時樓下水，今日到

何處？恨如春草多，事與孤鴻去。楚岸柳何窮，別愁紛
若絮〔三〕。

〔一〕安州：今湖北省安陸縣。湖州張郎中：張郎中，名字與身世不詳。
　　　郎中，官名。
〔二〕去夏兩句：謂去夏雨後兩人曾在浮雲寺樓並肩憑欄共語。
〔三〕絮：柳絮。

　　是詩“恨如春草多”以下數句常爲後人化用。如蘇軾《正月二十日與
潘、郭二生出郊尋春，忽記去年是日同至女王城作詩，乃和前韻》云：“人
似秋鴻來有信，事如春夢了無痕。”又如賀鑄《青玉案》曰：“試問閒愁都幾
許？一川烟草，滿城風絮，梅子黃時雨。”

長安送友人遊湖南〔一〕

　　子性劇弘和，愚衷深褊狷〔二〕。相捨囂譊中〔三〕，吾過
何由鮮〔四〕！楚南饒風烟，湘岸苦縈宛〔五〕。山密夕陽多，
人稀芳草遠；青梅繁枝低，斑筍新梢短〔六〕。莫哭葬魚
人〔七〕，酒醒且眠飯。

〔一〕湖南：謂湖南觀察使治所潭州(今湖南省長沙市)。《元和郡縣
　　　志》：“湖南觀察使管州七：潭州、衡州、郴州、永州、連州、道州、
　　　邵州。”
〔二〕子性兩句：謂友人度量極大，性情溫和；而自己則胸襟狹小，性情
　　　急躁。劇，一作“極”。弘，大。愚衷，謂自己。愚，謙詞。衷，內
　　　心。褊狷(biǎn juàn)，褊急狷介。

〔三〕相捨：謂離别。囂譊(náo)：喧嘩争鬧，此指京城。

〔四〕吾過句：過，過錯。鮮(xiǎn)：少。語本《北齊書·崔瞻傳》：
　　　　“(瞻)與趙郡李槃爲莫逆之友，槃將束還，瞻遺之書曰：‘仗酒使
　　　　氣，我之常弊，詆訶指切，在卿尤甚。足下告歸，吾於何聞過也？’”

〔五〕楚南兩句：意謂湖南卑濕，湘水曲折。楚南，湖南古屬楚國，在楚
　　　　之南，故稱。饒，多。湘，湘水，又名湘江，源于廣西興安之海陽
　　　　山，入湖南，至零陵與瀟水匯合，稱“瀟湘”。縈宛，旋繚曲折。

〔六〕斑筍：斑竹之筍。斑竹，竹身有紫色或灰褐色斑紋。一稱紫竹、
　　　　湘妃竹。《博物志》：“舜二妃曰湘夫人。舜死，二妃啼，以涕揮竹，
　　　　竹盡斑。”

〔七〕葬魚人：謂屈原。《楚辭·漁父》：“寧赴湘流，葬於江魚之腹中。”
　　　　又，《史記·賈誼列傳》：賈誼爲長沙王太傅，“聞長沙卑溼，自以
　　　　壽不得長，又以適去，意不自得。及渡湘水，爲賦以弔屈原。”

代人寄遠二首〔一〕

　　河橋酒斾風軟，候館梅花雪嬌〔二〕。宛陵樓上瞪
目〔三〕，我郎何處情饒〔四〕？

　　繡領任垂蓬鬢，丁香閒結春梢〔五〕。賸肯新年歸
否〔六〕？江南緑草迢迢。

〔一〕代人寄遠：爲某妓作詩贈遠行之情郎。詩人曾作《代吳興妓春初
　　　　寄薛軍事》及《爲人題贈二首》等，可見其常爲妓女代筆。

〔二〕河橋兩句：謂女子來至當日告别情郎之河橋，唯見橋畔樓頭酒旗
　　　　飄拂，候館梅花在白雪映襯下分外嬌嬈。酒斾(pèi)，酒旗。候
　　　　館，迎賓之所。《周禮·地官·遺人》：“五十里有市，市有候館。”

〔三〕宛陵：今安徽宣城。瞪目：極目遠眺。

〔四〕我郎句：意謂我郎繾綣何處、鍾情誰人呢？情饒，情感豐富。
　　　饒，多。

〔五〕繡領兩句：謂無心修飾打扮，任憑髮髻蓬鬆垂在繡衣領上；亦無
　　　意採摘丁香，由其結滿樹梢枝頭。蓬髻，髮髻如蓬。《詩經·衞
　　　風·伯兮》“自伯之東，首如飛蓬。豈無膏沐？誰適爲容？”此化用
　　　其意。丁香，灌木名，可爲香料及藥品。馮注引《碎録》：“丁香，一
　　　名百結，子出枝葉上，如釘，長三四分，有粗大如山茱萸者，名母
　　　丁香。”

〔六〕賸（shèng）肯：真肯。賸，俗作“剩”。楊萬里《寄題開州使君陳師
　　　宋柴扉》詩：“賸肯早歸來，盈尊酒初綠。”趙彥端《水調歌頭》詞：
　　　“賸肯南游否？蓬海試窮珠。”皆仿用此句。

　　　是詩寫妓女對情人之相思愛戀之情，用六言形式，細緻感人。細玩
之，兩詩更似詞作，與其慢詞《八六子》一脈相承。後歐陽修有《踏莎行》
詞云：“候館梅殘，溪橋柳細，草薰風暖搖征轡。離愁漸遠漸無窮，迢迢不
斷如春水。　　寸寸柔腸，盈盈粉淚，樓高莫近危欄倚。平蕪盡處是春
山，行人更在春山外。”詞語及意象與此詩有相似處。

過 勤 政 樓〔一〕

　　千秋佳節名空在〔二〕，承露絲囊世已無〔三〕。唯有紫
苔偏稱意〔四〕，年年因雨上金鋪〔五〕。

〔一〕勤政樓：唐宮殿名，全稱“勤政務本之樓”，在興慶宮内，玄宗開元
　　　年間所建。詳見《華清宮三十韻》“花蕚”注。

〔二〕千秋佳節：玄宗生日之美稱。《唐會要》：“開元十七年八月五日

（玄宗生日），丞相上請以是日爲千秋節，著之甲令，布于天下，羣臣以是日進萬壽酒，王公戚里進金鏡綬帶，士庶以結絲承露囊，更相問遺。”此後即稱皇帝、后妃之生日爲千秋節（參《華清宮三十韻》注）。

〔三〕承露絲囊：五彩絲綫製成之囊，民間節日互贈之物，後爲祝壽貢品。《續齊諧記》：“弘農鄧紹，嘗以八月旦入華山採藥，見一童子執五彩囊，承柏葉上露，皆如珠滿囊。紹問：‘用此何爲？’答曰：‘赤松先生取以明目。’言終便失所在。荆楚歲時八月十四日以錦彩爲眼明囊，遞相餉遺。”

〔四〕紫苔：苔類。稱意：隨意滋生。一作“得意”。

〔五〕金鋪：門上獸面形銅製舖鈕，用以銜環。馬永卿《嬾真子》卷二：“金鋪，出《甘泉賦》，云：‘排玉户而揚金鋪。’注云：‘金鋪，門首也。言風之所至，排門揚鋪，擊鼓鋄鈕。’蓋此樓久無人登，而苔蘚生其門上矣。漢以金盤承露，而唐以絲囊。絲囊可以承露乎？此不可解。”

　　勤政樓爲開元玄宗勤于政事之所，而今冷落荒蕪，詩人過此，百感交集。詩之開首不道眼前景，却先追寫玄宗生日盛况，于今則徒留空名，難尋臣下貢物，彌見感慨之深。三、四句寫眼前所見，不從正面着墨，却偏以擬人手法，極寫紫苔之“稱意”，以盛襯衰，小中見大，別具匠心，耐人咀嚼，誠爲詠史絶句之傑作。周珽《唐詩選脈會通》曰：“夫苔必以無人行地始生，年年因雨至上于金鋪，則比‘樓臺深鎖無人到’更深矣。回想千秋宴慶之盛時，能不起後人憑弔之悲感乎？‘偏稱’二字借無情之苔爲有意，描寫凄涼，構思甚奇。”俞陛雲《詩境淺説續編》曰：“開元之勤政樓，在長慶時，白樂天過之，已駐馬徘徊，及杜牧重遊，宜益見頽廢。詩言問其名則空稱佳節，求其物已無復珠囊。昔年壯麗金鋪，經春雨年年，已苔花繡滿矣。後人《過螢苑》詩云：‘閃閃寒燐猶得意，夜深來往豆花叢。’與此詩後二句同意。因廢苑荒涼，爲螢火、蒼苔滋生之地，客子所傷心者，正螢與苔所稱意，其荒寂可知矣。”

題 魏 文 貞〔一〕

蟪蛄寧與雪霜期〔二〕，賢哲難教俗士知〔三〕。可憐貞
觀太平後〔四〕，天且不留封德彝〔五〕。

〔 一 〕一作"過魏文貞宅"。魏文貞：即魏徵，唐太宗大臣，字玄成，官至
　　　　諫議大夫、秘書監，敢言直諫，爲太宗所重，卒諡"文貞"。
〔 二 〕蟪蛄(huì gū)：蟬類，夏末終日鳴聲不絶，至秋即死。《莊子·逍
　　　　遙遊》："蟪蛄不知春秋。"寧：豈；難道。
〔 三 〕賢哲：指魏徵。俗士：指封德彝。
〔 四 〕可憐：可惜。貞觀：唐太宗年號(六二七—六四九)。貞觀年間，
　　　　太宗李世民納諫進賢，用魏徵之議，施行仁義，與民休息，四年後
　　　　天下大治，史稱"貞觀之治"。
〔 五 〕封德彝：唐太宗大臣，名倫，以字顯。初仕隋，後降唐，官至尚書
　　　　右僕射。曾與魏徵廷争治國之策，反對魏徵之議。《新唐書·魏
　　　　徵傳》："于是帝即位四年，歲斷死二十九，幾至刑措，米斗三錢。
　　　　先是，帝嘗嘆曰：'今大亂之後，其難治乎？'徵曰：'大亂之易治，譬
　　　　如飢人之易食也。'帝曰：'古不云，善人爲邦百年，然後勝殘去殺
　　　　邪！'答曰：'此不爲聖哲論也。聖哲之治，其應如響，期月而可，蓋
　　　　不其難。'封德彝曰：'不然，三代之後，澆詭日滋，秦任法律，漢雜
　　　　霸道，皆欲治不能，非能治不欲。徵書生，好虛論，徒亂國家，不可
　　　　聽！'徵曰：'五帝三王，不易民以教，行帝道而帝，行王道而王，顧
　　　　所行何如爾！……'德彝不能對，然心以爲不可。帝納之不疑。
　　　　至是，天下大治。蠻夷君長，襲衣冠，帶刀宿衛，東薄海，南逾嶺，
　　　　戶闔不閉，行旅不齎糧，取給于道。帝謂羣臣曰：'此徵勸我行仁
　　　　義，既效矣，惜不令封德彝見之！'"

過華清宮絕句三首〔一〕

　　長安回望繡成堆〔二〕，山頂千門次第開〔三〕。一騎紅塵妃子笑，無人知是荔枝來〔四〕。

〔一〕華清宮：見《華清宮三十韻》注。
〔二〕繡成堆：謂驪山上東西繡嶺林木葱蘢、花卉盛開，猶如錦繡堆垛而成。
〔三〕千門次第開：謂華清宮重重宮門依次打開。次第，依次。
〔四〕一騎(jì)句：李肇《唐國史補》卷上：“楊妃生於蜀，好食荔枝，南海所生，尤勝蜀者，故每歲飛馳以進。”又，《天寶遺事》：“明皇歲幸華清宮，五宅車騎皆從，家別爲隊，隊各一色，開合若萬花照耀，谷成錦繡。唐史：天寶間涪州貢荔枝，到長安香色不變，貴妃乃喜。州縣以郵傳疾走，七日七夜至京，以稱人意，人馬僵斃，死望于道，百姓苦之。荔枝惟閩粵巴蜀有之，漢南越王尉佗以之備方物，始通中國。楊貴妃生于蜀，好嗜之，以南海荔枝勝蜀，故每歲飛馳以進。”紅塵，飛騎揚起的塵土。

　　俞陛雲《詩境淺説續編》：“首二句賦本題，宮在驪山之上，樓臺花木，布滿一山，亦稱繡嶺，故首句言‘繡成堆’也。後二句言回想當年，滾塵一騎西來，但見貴妃歡笑相迎，初不料爲馳送荔支，歷數千里險道蠶叢，供美人一粲也。唐人之過華清宮者，輒生感喟，不過寫盛衰之意，此詩以‘華清’爲題，而有褒姬烽火一笑傾周之慨，可謂君房妙語矣。”
　　是詩語句精警，影響深遠。蘇軾《荔枝嘆》：“宮中美人一破顏，驚塵濺血流千載。”即取其意而成。

新豐緑樹起黄埃〔一〕，數騎漁陽探使迴〔二〕。《霓裳》一曲千峯上〔三〕，舞破中原始下來。

〔一〕新豐：縣名，故城在今陝西省臨潼縣東北。

〔二〕原注：“帝使中使輔璆琳探禄山反否？璆琳受禄山金，言禄山不反。”《資治通鑑》卷二一七：天寶十四載二月，“國忠、見素言於上曰：‘臣有策可坐消禄山之謀。今若除禄山平章事，召詣闕，以賈循爲范陽節度使，吕知誨爲平盧節度使，楊光翽爲河東節度使，則勢自分矣。’上從之。已草制，上留不發，更遣中使輔璆琳以珍果賜禄山，潛察其變。璆琳受禄山厚賂，還，盛言禄山竭忠奉國，無有二心。上謂國忠等曰：‘禄山，朕推心待之，必無異志。東北二虜，藉其鎮遏。朕自保之，卿等勿憂也！’事遂寢。”漁陽：郡名，治所在今北京市密雲縣西南。此借指禄山所守之幽州。

〔三〕霓裳一曲：即《霓裳羽衣曲》。葛立方《韻語陽秋》卷一五：“明皇每用楊太真舞，故《長恨詞》云：‘風吹仙袂飄飄舉，猶似《霓裳羽衣舞》。’……厥後文人往往指《霓裳》爲亡國之音，故杜牧詩云：‘《霓裳》一曲千峯上，舞破中原始下來。’”又，黄叔燦《唐詩箋注》：“‘舞破中原始下來’，造句驚人，奇絶痛絶！”

據《資治通鑑》卷二一七：玄宗寵信禄山，直至天寶十四載（七五五）十一月，禄山兵發范陽，一路勢如破竹，“所過州縣，望風瓦解，守令或開門出迎，或棄城竄匿，或爲所擒戮，無敢拒之者。……太原具言其狀，東受降城亦奏禄山反。上猶以爲惡禄山者詐爲之，未之信也。”其昏庸不明如此！

萬國笙歌醉太平〔一〕，倚天樓殿月分明〔二〕。雲中亂拍禄山舞〔三〕，風過重巒下笑聲〔四〕。

〔一〕萬國：萬方；謂全國各地。笙歌：奏樂歌唱。笙，管樂器名。

〔二〕倚天樓殿：謂樓殿高聳雲天。

〔三〕雲中：喻宮殿之高。亂拍：即繁樂，指多種樂器合奏，節拍繁縟。據《新唐書·安禄山傳》："楊貴妃有寵，禄山請爲妃養兒，帝許之。……晚益肥，腹緩及膝，奮兩肩若挽牽者乃能行，作《胡旋舞》帝前，乃疾如風。"

〔四〕重巒：山峰連綿。

宮　詞　二　首〔一〕（選一）

監宮引出暫開門〔二〕，隨例趨朝不是恩〔三〕。銀鑰却收金鎖合，月明花落又黄昏〔四〕。

〔一〕本詩選自《樊川外集》。

〔二〕監宮：宮内女官。

〔三〕隨例趨朝：謂按規定朝見君王。

〔四〕銀鑰(yuè)兩句：謂宮人被鎖深宮，夜夜與明月落花爲伴。《詩林廣記》前集卷六引《苕溪漁隱叢話》曰："此詞絶句極佳。意在言外，而幽怨之情自見，不待明言之也。詩貴如此，若使一覽而意盡，何足道哉?"

月〔一〕

三十六宮秋夜深〔二〕，昭陽歌斷信沉沉〔三〕。唯應獨伴陳皇后〔四〕，照見長門望幸心〔五〕。

〔 一 〕本詩選自《樊川外集》。

〔 二 〕三十六宮：言宮殿之多。班固《西都賦》："離宮別館，三十六所。"

〔 三 〕昭陽：宮殿名。《三輔黃圖》卷三："武帝時，後宮八區，有昭陽、飛翔、增成、合歡……等殿。"又云："成帝趙皇后居昭陽殿，有女弟，俱爲婕妤，貴傾後宮，昭陽舍蘭房椒壁，其中庭彤朱，而庭上髹漆，切皆銅沓，黃金涂，白玉階，壁帶往往爲黃金釭，函藍田璧，明珠翠羽飾之，自後宮未嘗有焉。"歌斷：歌聲停歇。信沉沉：信息杳然。

〔 四 〕陳皇后：景帝姊大長公主女，名阿嬌。據《漢書·外戚傳》："初，武帝得立爲太子，長主有力，取主女爲妃。及帝即位，立爲皇后，擅寵驕貴，十餘年而無子，聞衛子夫得幸，幾死者數焉。上愈怒。后又挾婦人媚道，頗覺。元光五年，上遂窮治之，女子楚服等坐爲皇后巫蠱祠祭祝詛，大逆無道，相連及誅者三百餘人。楚服梟首於市。使有司賜皇后策曰：'皇后失序，惑於巫祝，不可以承天命。其上璽綬，罷退居長門宮。'"又，司馬相如《長門賦序》曰："孝武陳皇后，時得幸，頗妒，別在長門宮，愁悶悲思。聞蜀郡成都司馬相如，天下工爲文，奉黃金百斤，爲相如、文君取酒，因于(爲)解悲愁之辭。而相如爲文以悟主上，陳皇后復得親幸。"(《文選》卷一六)按，陳皇后廢退後並無復得親幸事，相如序未可信。《史記·外戚世家》司馬貞《索隱》曰："(司馬相如)作頌信有之也，復親幸之恐非實也。"

〔 五 〕長門：漢宮名。《三輔黃圖》卷三："長門宮，離宮，在長安城。孝武陳皇后得幸，頗妒，居長門宮。"據《陝西通志》卷七二：長門宮遺址，在故長安城東。

　　是詩以月爲題，通篇却並無"月"字，惟着"伴"字、"照"字，賦予孤月以人之感情，襯托陳皇后被廢後的孤寂淒清，並藉此寄寓其政治失意之抑鬱情懷。

奉陵宫人〔一〕

相如死後無詞客〔二〕，延壽亡來絕畫工〔三〕。玉顔不是黄金少〔四〕，淚滴秋山入壽宫〔五〕。

〔一〕奉陵宫人：供奉皇帝陵墓之宫人。馮集梧注引《通鑑唐紀》注：“唐制：凡諸帝升遐，宫人無子者，悉遣詣山陵，供奉朝夕，具盥櫛，治衾枕，事死如事生。”

〔二〕相如：司馬相如，漢武帝時著名辭賦家(參《月》詩注〔四〕)。

〔三〕延壽：毛延壽，漢元帝時畫工。據《西京雜記》：“元帝後宫既多，不得常見，乃使畫工圖形，按圖召幸之，諸宫人皆賂畫工者十萬，少亦不減五萬，獨王嬙不肯，遂不得見。匈奴入朝，求美人爲閼氏，于是上按圖以昭君行，及召見，貌爲後宫第一。帝窮按其事，畫工皆棄市。有杜陵毛延壽，爲人形，醜好老少，必得其真；安陵陳敞，新豐劉白、龔寬，下杜陽望、樊育亦同日棄市，京師畫工，于是差稀。”

〔四〕玉顔：如花似玉之美貌。

〔五〕壽宫：帝王生前預築之墳墓，此即謂皇帝陵墓。

奉陵宫人既美貌而又多黄金，然而爲何却要入壽宫與死人作伴？詩中不着一字譴責之語，却飽含對封建帝王殘酷剥奪宫人青春自由的憤激及對宫人命運的關心同情。詩的一、二兩句用典貼切自然：武帝時尚有相如爲貶入冷宫之陳皇后作賦，以打動武帝；元帝時亦有毛延壽爲宫人圖形，以期元帝召幸，如今則既無相如，亦無延壽，故宫人祇能在壽宫以淚洗面，葬送青春。

讀 韓 杜 集〔一〕

杜詩韓集愁來讀，似倩麻姑癢處搔〔二〕。天外鳳凰誰得髓？無人解合續弦膠〔三〕。

〔一〕韓杜集：韓愈、杜甫詩文集。

〔二〕杜詩兩句：謂愁悶時讀杜、韓詩、文，一如請麻姑搔癢，極感舒暢。韓集，一作"韓筆"。薛雪《一瓢詩話》："古人用字之法極妙。曾見善本《樊川集》'杜詩韓筆愁來讀'，'筆'字何等靈妙！俗本刻作'杜詩韓集愁來讀'，詩神頓損。"倩(qiàn)，請人代爲。麻姑，傳説中女仙。葛洪《神仙傳》："東漢桓帝時，仙人王遠降于蔡經家，召麻姑至，年十八九，甚美，自云：'接待以來，已見東海三爲桑田，向到蓬萊，水又淺于往者會時略半也，豈將復還爲陵陸乎？'蔡經見麻姑手指纖細似鳥爪，自念：'背大癢時，得此爪以爬背，當佳。'"（《太平廣記》卷六〇引）

〔三〕天外兩句：意謂杜、韓詩、文成就之高，無與倫比，鮮有能得其精髓而續響者。《三國志·吳書·吾粲傳》："應龍以屈伸爲神，鳳凰以嘉鳴爲貴，何必隱形于天外，潛鱗于重淵哉！"解合，懂得配製。續弦膠，傳爲仙家煮鳳喙麟角而成，能接續斷弦。《十洲記》："鳳麟洲在西海之中，洲四面弱水繞之，鴻毛不浮，不可越也。洲上有鳳麟數萬，各各爲羣，亦多仙家，煮鳳喙及麟角合煎作膠，名之爲續弦膠，此膠能續弓弩已斷之弦。"又，何遠《春渚紀聞》卷七"牧之詩誤"條曰："《十洲記》載：鳳麟洲上多麟鳳，人取鳳味及麟角合煎爲膠，號集賢膠，又名連金泥。漢武帝時，西國王使至，獻膠四兩，嘗于上林續弦者是也。而杜牧之詩有'天上鳳凰難得髓，何人解合續弦膠'，恐'髓'字誤，然髓亦安可爲膠也？"何説未妥，此詩人活用典故，安可如此膠着！

賀裳《載酒園詩話又編》:"紫微嘗有句'杜詩韓集愁來讀,似倩麻姑癢處搔。'此正一生所得力處,故其詩文俱帶豪健。'天外鳳凰誰得髓?無人解合續弦膠。'雖隱然自負,未之敢許也。"賀裳指出杜牧詩文之豪健風格得力于杜甫、韓愈,謂其有以杜、韓後勁自許之意。杜牧于唐代作家中最推崇李白、杜甫、韓愈和柳宗元四人,其《冬至日寄小侄阿宜詩》曾説:"李杜泛浩浩,韓柳摩蒼蒼。"是詩則寫其讀杜、韓詩文集之感受,以生動、新穎的比喻,盛贊杜詩韓文乃一代藝術高峯,爲後人所難以企及。同時,對晚唐詩文骨力萎靡,鮮有如杜詩、韓文深表不滿。全詩比喻妥貼,形象新奇,與杜甫《論詩絕句六首》同工。

江南春絕句

千里鶯啼緑映紅[一],水村山郭酒旗風[二]。南朝四百八十寺[三],多少樓臺烟雨中。

〔一〕千里:一作"十里"。楊慎云:"杜牧之《江南春》云'十里鶯啼緑映紅',今本誤作'千里',若依俗本'千里鶯啼',誰人聽得?'千里緑映紅',誰人見得?若作十里,則鶯啼緑紅之景,村郭樓臺,僧寺酒旗,皆在其中矣。"(《升庵詩話》卷八)胡震亨駁曰:"楊用修欲改'千里'爲'十里'。詩在意象耳,千里畢竟勝十里也。"(《唐音戊籤》卷五五三)何文煥亦曰:"升庵謂'千'應作'十'。蓋千里已聽不着看不見矣,何所云'鶯啼緑映紅'邪?余謂即作十里,亦未必盡聽得,看得見。題云'江南春',江南方廣千里,千里之中,鶯啼而緑映焉。水村山郭,無處無酒旗,四百八十寺,樓臺多在烟雨中也。此詩之意既廣,不得專指一處,故總而命曰'江南春'。詩家善立題者也。"(《歷代詩話考索》)
〔二〕酒旗:酒帘,俗稱"酒望子",古代酒家標誌。

〔三〕南朝：謂東晉後立國南方、建都建康（今南京）之宋、齊、梁、陳四
　　　朝。四百八十寺：據《南史·郭祖深傳》：“都下佛寺五百餘所，窮
　　　極宏麗。僧尼十餘萬，資產豐沃。所在郡縣，不可勝言。”

　　詩寫江南春景，既有水村山郭，酒旗迎風，鳥語花香之麗日風光，又
畫出微雨迷濛中若隱若現之寺院樓臺，可謂有聲有色，景象如畫。周珽
《唐詩選脈會通》曰：“此詩乃牧之赴宣州時總記道中隨所耳目之景以成
詠也。楊用修（慎）欲改‘千’字爲‘十’字，謂千里之遠，鶯啼誰聽得，綠映
紅誰見得？珽玩下聯十里之內，又焉能容得四百八十寺？不過廣言江南
之春，地有千里，寺有多少樓臺，則十字之改，用修未咀玩下文耳。且從
牧之途入江南，豈止得十里之景乎？驟讀之可發一笑。即用修亦云戲謂
也。依原本千里爲是。大抵牧之好用數目字，如‘南朝四百八十寺’、‘二
十四橋明月夜’、‘故鄉七十五長亭’是也。”
　　細玩三、四句，似含無限感慨。張表臣《珊瑚鈎詩話》以爲：“帝王所
都而四百八十寺，當時已爲多，詩人侈其樓閣臺殿焉。”謂是詩刺奢侈，似
未確。黃生《唐詩摘鈔》曰：“曰煙雨中，則非真有樓臺矣，感南朝遺蹟之
湮滅，而語特不直説。”謂“非真有樓臺”，亦不確，謂“感南朝遺蹟之湮
滅”，則頗中肯綮。“多少”二字即寓今昔盛衰之慨，語曲意婉，蘊藉有致。

初　冬　夜　飲〔一〕

　　淮陽多病偶求歡〔二〕，客袖侵霜與燭盤〔三〕。砌下梨
花一堆雪，明年誰此憑欄干〔四〕？

〔一〕本詩當作于外放刺史任上。
〔二〕淮陽句：謂已如多病之汲黯，偶而飲酒。淮陽，謂淮陽太守汲黯，
　　　字長孺，漢武帝時以直諫聞名，不得久留朝廷，後卒于任所。詩人

藉以自況。《史記·汲黯列傳》：“乃召拜爲中大夫。以數切諫，不得久留内，遷爲東海太守。黯學黄老之言，治官理民，好清静，擇丞史而任之。其治，責大指而已，不苛小。黯多病，卧閨閣内不出。歲餘，東海大治。”“上以爲淮陽，楚地之郊，乃召拜黯爲淮陽太守。黯伏謝不受印，詔數彊予，然後奉詔。詔召見黯，黯爲上泣曰：‘臣自以爲填溝壑，不復見陛下，不意陛下復收用之。臣常有狗馬病，力不能任郡事，臣願爲中郎，出入禁闥，補過拾遺，臣之願也。’上曰：‘君薄淮陽邪？吾今召君矣。顧淮陽吏民不相得，吾徒得君之重，卧而治之。’”求歡，謂飲酒。《易林》：“酒爲歡伯，除憂來樂。”

〔三〕客袖句：謂冬夜燈下獨坐，但覺寒氣襲人。客，謂外任刺史，客居異地。

〔四〕砌下兩句：謂石階下雪白如梨花，而明年此時，未知復能憑欄賞雪否？岑參《白雪歌》：“忽如一夜春風來，千樹萬樹梨花開。”此化用其句。又，袁枚《隨園詩話補遺》卷三：“東坡詩云：‘惆悵東闌一枝雪，人生能得幾清明？’此偷杜牧之‘砌下梨花一堆雪，明年誰倚此闌干’句也，然風調自别。”

俞陛雲《詩境淺説續編》曰：“淮南雪夜，小飲一杯，聊遣客中情況；玉砌飛花，暫娱此夕。明歲之倚欄吟賞者，知屬何人？杜少陵詩：‘明年此會知誰健，醉把茱萸子細看。’張夢晉詩：‘高樓明月清歌夜，此是生平第幾回？’明知勝會不常，未免有情難遣。東坡所謂‘此生此夜不常好，明月明年何處看’也。”按，是詩非僅感嘆良景不永，對屢遭外放、遷徙不定亦深致不滿，既有懷才不遇之恨，亦有人生無常之嘆。

柳　絶　句

數樹新開翠影齊，倚風情態被春迷〔一〕。依依故國樊川恨,半掩村橋半拂溪〔二〕。

〔一〕數樹兩句：謂柳絲臨風搖曳,別具情態,仿佛爲春色所陶醉。翠影,形容柳樹垂條。迷,陶醉。

〔二〕依依兩句：謂柳枝嫋娜,情意綿綿,令人懷念故鄉樊川而興悵恨之情。詩人在異地藉寫柳以咏鄉懷。依依,柳絲輕柔貌。《詩經·小雅·采薇》："昔我往矣,楊柳依依。"故國,故鄉。此謂樊川(見前《憶遊朱坡》注〔二〕)。《舊唐書·杜佑傳》："佑城南樊川有佳林亭,卉木幽邃,佑常與公卿讌集其間,廣陳妓樂,諸子咸居朝列,當時貴盛,莫之與比。"

題　禪　院〔一〕

觥船一棹百分空,十歲青春不負公〔二〕。今日鬢絲禪榻畔〔三〕,茶煙輕颺落花風〔四〕。

〔一〕禪院：寺院。

〔二〕觥(gōng)船兩句：謂在豪飲中自得其樂,度過十載青春。觥船,載酒之船。觥,古代酒器,以兕角或銅製成。棹,船槳。此代指船。百分空,爲雙關語,言酒既飲盡,年月亦耗盡。公,詩人自謂。《晉書·畢卓傳》："(卓)嘗謂人曰：'得酒滿數百斛船,四時甘味置兩頭,右手持杯,左手持蟹螯,拍浮酒船中,便足了一生矣。'"此用其意。

〔三〕鬢絲：鬢髮霜白。

〔四〕颺：飄。

　　李瑛《詩法易簡録》評是詩曰："前二句寫昔日,第三句以‘今日’劃清界限,末句景中有情,感慨係之。"俞陛雲《詩境淺説續編》曰："詩謂十載以來,芳時買醉,未嘗辜負春光,今以吴鹽點鬢之年,在禪閣縿經之地。落花風裏,竹院煎茶,藉雲液一杯,消除酒渴,亦稱清福矣。"

　　詩人追憶早年之落魄不羈,故作曠達語,"不負公"者,實有辜負青春、虚度年華之嘆;寫晚年之遲暮,則爲事業無成而悵惘。末句以景語作結,爲比興手法,含不盡之慨,意境幽遠。田雯《古歡堂集雜著》曰："樊川‘鬢絲禪榻’,翩翩才致。"

雲　夢　澤〔一〕

　　日旗龍旆想飄揚,一索功高縛楚王〔二〕。直是超然五湖客,未如終始郭汾陽〔三〕。

〔一〕雲夢澤:古澤藪名。本爲二澤,分跨長江中游南北,南稱夢,北稱雲,方廣八九百里,包括今湖北省景山縣南,枝江縣東,蘄春縣西及湖南省華容縣以北,後漸成陸地,遂併稱雲夢。戰國時爲楚王游獵地。

〔二〕日旗兩句:謂漢高祖僞稱出遊雲夢,設計擒獲楚王韓信。日旗龍旆(pèi),繪有日、龍等圖象的旌旗,爲帝王出巡儀仗。楚王,謂韓信。信原爲項羽部下,後隨劉邦平天下,以功高封齊王,後徙楚王,爲高祖所縛,降爲淮陰侯,終因謀反罪爲吕后所誅。據《史記·淮陰侯列傳》:"漢六年,人有上書告楚王信反,高帝以陳平計,天子巡狩會諸侯,南方有雲夢,發使告諸侯會陳:‘吾將游雲夢。’實欲襲信,信弗知。高祖且至楚,信欲發兵反,自度無罪,欲謁上,恐見擒。人或説信曰:‘斬(項王將鍾離)眛謁上,上必喜,無患。’信見眛計事。眛曰:‘漢所以不擊取楚,以眛在公所。若欲捕

177

我以自媚於漢,吾今日死,公亦隨手亡矣。'乃罵信曰:'公非長者!'卒自剄。信持其首,謁高祖於陳。上令武士縛信,載後車。"

〔三〕直是兩句:謂即使是功成引退、泛舟五湖的范蠡,亦不如富貴壽考的郭子儀。直,即使。五湖客,指范蠡,曾佐越王勾踐興越滅吳,後隱退,泛舟五湖(太湖之別稱)而去。《國語·越語下》:"反之五湖,范蠡辭於王曰:'君王勉之,臣不復入越國矣……'遂乘輕舟以浮於五湖,莫知其所終極。"又,《史記·越王勾踐世家》:"還反國,范蠡以爲大名之下,難以久居,且勾踐爲人可與同患,難與處安,……乃裝其輕寶珠玉,自與其私徒屬乘舟浮海以行,終不反。"郭汾陽,即郭子儀。唐玄宗時爲朔方節度使,因平定"安史之亂"有功,官至太尉、中書令,封汾陽王。《新唐書·郭子儀傳》:"子儀完名高節,爛然獨著,福禄永終,雖齊桓、晉文比之爲褊。唐史臣裴垍稱:'權傾天下而朝不忌,功蓋一世而上不疑,侈窮人欲而議者不之貶。'"

　　韓信、范蠡和郭子儀均曾建有大功,是著名歷史人物。然韓信因"謀反"見誅,范蠡由退隱全身,其君臣之際皆有始無終,難免遺憾。惟郭子儀則既有大功,又能長享富貴,一身繫國家安危者二十餘年,令名得終,君臣相得,略無缺憾,故詩人以雲夢詠史,深致企慕。

泊　秦　淮〔一〕

　　煙籠寒水月籠沙,夜泊秦淮近酒家〔二〕。商女不知亡國恨〔三〕,隔江猶唱《後庭花》〔四〕。

〔一〕本詩約作于由睦州赴任長安途中。秦淮:秦淮河,在今南京市。源出溧水縣,橫貫南京全城,西北入長江。《太平御覽》卷六五引

《輿地記》：“秦始皇巡會稽，鑿斷山阜，此淮即所鑿也，亦名秦淮。”

〔二〕夜泊句：王堯衢《古唐詩合解》卷六曰：“煙水色青，故煙籠水，月沙色白，故月籠沙，此夜泊秦淮景色也。酒家臨水，泊舟近酒家，而歌聲飄逸，所從來矣。”

〔三〕商女：歌女。

〔四〕後庭花：即《玉樹後庭花》，南朝亡國之君陳後主作。歷來被視爲亡國之音。後主名叔寶，宣帝子，即位後沉湎聲色，不理政事。《資治通鑑》卷一七六：“文士十餘人，侍上遊宴後庭，無復尊卑之序，謂之‘狎客’。上每飲酒，使諸妃、嬪及女學士與狎客共賦詩，互相贈答，采其尤艷麗者，被以新聲，選宮女千餘人習而歌之，分部迭進。其時有《玉樹後庭花》、《臨春樂》等，大略皆美諸妃嬪之容色。君臣酣飲，自夕達旦，以此爲常。……由是文武解體，以至覆滅。”

　　是詩以曲筆寫憂時之深慨，情景交融，含蓄蘊藉，爲牧之絶句之代表作，歷來受到高度評價。如李瑛《詩法易簡録》曰：“首句寫秦淮夜景，次句點明夜泊，而以‘近酒家’三字引起後二句。‘不知’二字，感慨最深，寄託甚微。通首音節神韻，無不入妙，宜沈歸愚嘆爲絶唱。”

題桃花夫人廟〔一〕

　　細腰宮裏露桃新〔二〕，脈脈無言幾度春〔三〕。至竟息亡緣底事〔四〕？可憐金谷墮樓人〔五〕。

〔一〕原注：“即息夫人。”桃花夫人廟在今湖北省黃陂縣東。《清一統志·漢陽府一》：“漢陽府桃花夫人廟，在黃陂縣東三十里，唐杜牧有《題桃花夫人廟》詩，即息夫人也。”息夫人，春秋時陳侯女，嫁

(guī)姓，嫁息侯爲夫人。《左傳·莊公十四年》曰："蔡哀侯爲莘故，諷(稱譽)息嬀，以語楚子(楚文王)。楚子如息，以食入享，遂滅息，以息嬀歸，生堵敖及成王焉。未言。楚子問之。對曰：'吾一婦人而事二夫，縱弗能死，其又奚言？'楚予以蔡侯滅息，遂伐蔡。秋七月，楚入蔡。"劉向《列女傳》說法有異，曰："息夫人者，息君夫人也。楚滅息，虜其君使守門，妻其夫人而納之入宮。楚王出游，夫人送出，見息君謂之曰：'人生一死而已，何至自苦，終不以身更貳醮。'遂自殺。"此詩用《左傳》意。

〔二〕細腰宮：楚宮。《墨子·兼愛中》："昔者楚靈王好細腰，靈王之臣，皆以一飯爲節，脇息然後帶，扶牆然後起。"又，《韓非子·二柄》："楚靈王好細腰，而國中多餓人。"按，文王早靈王一百五十年，此僅用典言楚宮而已。露桃：露井旁之桃。露井，無蓋之井。《宋書·樂志》："桃生露井上。"吳喬《圍爐詩話》："息嬀廟，唐時稱爲桃花夫人廟，故詩用'露桃'。"

〔三〕脈(mò)脈：猶默默，含情欲吐貌。《古詩十九首》："盈盈一水間，脈脈不得語。"無言：《史記·李廣列傳》："桃李不言，下自成蹊。"此暗用其句，既切桃花之意，亦寫息夫人難忘息侯舊情之隱痛。

〔四〕至竟：畢竟。底事：何事。

〔五〕可憐：可惜；可嘆。金谷墮樓人：參見《金谷園》詩註。

　　詩以露桃新綻起興，用以暗喻在楚宮的息夫人，其貌美如桃花，亦命薄如桃花。前兩句似有同情息夫人、譴責楚文王之意。然三、四兩句卻筆鋒陡轉，以發問形式責備息亡實由息夫人而起，理應如綠珠之墮樓以報石崇。而贊綠珠之剛烈赴死，正是譴責息夫人之苟活。但將息亡歸咎于息夫人，不免女色禍國之偏見。

　　張表臣《珊瑚鈎詩話》曰："杜牧之《息夫人》詩，與所謂'莫以今朝寵，能忘舊日恩。看花滿眼淚，不共楚王言'語意遠矣。蓋學有淺深，識有高下，故形於言者不同也。"王士禎《漁洋詩話》曰："益都孫文定公(定銓)詠息夫人云：'無言空有恨，兒女粲成行。'諧語令人頤解。杜牧之'至竟息亡緣底事,可憐金谷墜樓人',則以大義責之。王摩詰'看花滿眼淚,不共楚王言',更不著判斷一語,此盛唐所以爲高。"張謙宜《絸齋詩談》卷五曰:"(王維)《息夫人》云云,體貼出怨婦本情,真得《三百篇》法。止二十字,却有味外味,詩之最高者。"此均係謂此詩蘊藉遜于王維詩。而趙翼等則又力贊之。趙翼《甌北詩話》卷一云:"以綠珠之死,形息夫人之不死,高下自見,而詞語蘊藉,不露譏訕,尤得風人之旨耳。"潘德輿《養一齋詩話》卷七云:"王漁洋謂小杜'至竟息亡緣底事,可憐金谷墜樓人',不如摩詰'看花滿眼淚,不共楚王言',不著議論之高。愚謂摩詰平日詩品原在牧之上,然此題自以有關風教爲主,杜大義責之,詞色凜凜,真西山謂牧之息嫣作,能訂千古是非,信然。余尤愛其掉尾一波,生氣遠出,絶無腐酸態也。王雖不著議論,究無深味可耐咀含,鄙意轉捨盛唐而取晚唐矣。"

此前,許顗贊"此詩爲二十八字史論"(《許彦周詩話》)。真德秀曰:"杜牧之、王介甫賦息嫣、留侯等作,足以訂千古是非。"(《困學紀聞》卷一八引)吳喬《圍爐詩話》稱其:"用意隱然,最爲得體。"沈德潛《唐詩別裁集》曰:"不言而生子,此何意耶? 綠珠之墮樓,不可及也。"近人俞陛雲《詩境淺説續編》則曰:"詠桃花夫人者,多譏刺之語,詩謂息之亡國,端爲何人? 乃僅以不語表其哀怨,有愧於綠珠風節矣。後人有句云:'千古艱難惟一死,傷心豈獨息夫人。'雖爲息姬原諒,而致慨者尤多,故吳駿公有止欠一死之嘆也。"

寄揚州韓綽判官〔一〕

青山隱隱水遥遥〔二〕,秋盡江南草木凋〔三〕。二十四橋明月夜〔四〕,玉人何處教吹簫〔五〕?

〔一〕韓綽:生平未詳。杜牧另有《哭韓綽》云:"平明送葬上都門,紼翣交横逐去魂。歸來冷笑悲身事，喚婦呼兒索酒盆。”知其早逝。判官：唐節度使、觀察使屬官，掌文書。

〔二〕遥遥：一作“迢迢”。

〔三〕草木凋：一作“草未凋”、“岸草凋”。楊慎《升庵詩話》卷八：“俗本作‘草木凋’。秋盡而草木凋，自是常事，不必説也；況江南地暖，草木不凋乎。此詩杜牧在淮南而寄揚州人者，蓋厭淮南之摇落，而羡江南之繁華。若作‘草木凋’，則與‘青山明月’、‘玉人吹簫’不是一套事矣。余戲謂此二詩(《江南春》與本詩)絶妙，‘十里鶯啼’，俗人添一撇壞了，‘草未凋’，俗人減一筆壞了。甚矣，士俗不可醫也。”段玉裁《經韻樓集》卷八《與阮芸臺書》曰：“杜牧之‘秋盡江南草木凋’，本作‘草未凋’，坊本尚有不誤者。作‘草木凋’，尚何意味哉？”然周珽曰：“牧之嘗爲淮南節度書記，又守黃州，歷淮、楚、宣、浙，皆江南宦遊之地，風土雖暖，至秋盡無不凋之草，若必改‘木’字爲‘未’字，則江南風土和厚，俱屬可愛，何獨羡揚州乎？牧之詩有‘十年一覺揚州夢’之句，素戀其景物奇美，此不過謂韓判官當此零落之候，教簫于月中，不知二十四橋之夜在于何處。”

〔四〕二十四橋：揚州二十四座橋。一説即紅藥橋。沈括《夢溪補筆談》：“揚州在唐時最爲富，舊城南北十五里一百一十步，東西七里三十步。可紀者有二十四橋：最西濁河茶園橋，次東大明橋，入西水門有九曲橋，次東正當帥牙南門，有下馬橋，又東作坊橋。橋東河轉向南，有洗馬橋，次南橋，又南阿師橋，周家橋，小市橋，廣濟橋，新橋，開明橋，顧家橋，通泗橋，太平橋，利國橋。出南水門有萬歲橋，青園橋。自驛橋北河流東出，有參佐橋，次東水門東出有山光橋，又自牙門下馬橋直南，有北三橋中三橋南三橋，號九橋，不通船，不在二十四橋之數，皆在今州城西門之外。”馮集梧注：“按：沈氏所列橋下或自注今存，知已有不存者，且數亦不合。《方輿勝覽》云：‘揚州府二十四橋，隋置，並以城門坊市爲名，後韓令坤省築州城，分布阡陌，別立橋梁，所謂二十四橋，或在或廢，不可得而考矣。’斯語當得其實。”

〔五〕玉人：喻韓綽。《世說新語・容止》：“(裴楷)粗頭亂服皆好,時人
　　　皆以爲玉人。”元稹《鶯鶯傳》：“待月西廂下,迎風户半開。拂牆花
　　　影動,疑是玉人來。”

　　揚州乃詩人舊游之地,大和年間(八三三——八三五)杜牧曾在此十
里春風路上,酒樓歌館之中,與歌伎舞女親密交往。會昌六年(八四六)
至大中二年(八四八),牧雖至浙江爲睦州刺史,猶對當年生活心向往之。
故寄詩韓綽時,一則表達對友人之關心,一則流露其對揚州繁華歲月之
留戀。末句以調侃口吻發問,幽默風趣。謝枋得《唐詩絶句注解》卷三評
是詩曰：“厭江南之寂寞,思揚州之歡娱,情雖切而辭不露。”胡應麟《詩
藪》内編卷六曰：“此等入盛唐亦難辨。”《唐詩選脈會通》引顧璘語：“優柔
平實,有似中唐。”黄叔燦《唐詩箋注》曰：“‘十年一覺揚州夢’,牧之於揚
州綣戀久矣。‘二十四橋’二句,有神往之致,借韓以發之。”

鄭　瓘　協　律〔一〕

　　廣文遺韻留樗散,雞犬圖書共一船〔二〕。自説江湖不
歸事,阻風中酒過年年〔三〕。

〔一〕鄭瓘(guàn)：《新唐書・宰相世系表》：“鄭氏北祖房瓘,登州户曹
　　　參軍。”或即其人。協律：謂協律郎,官名,掌校正樂律。《新唐
　　　書・百官志》：“太常寺協律郎,正八品上。”
〔二〕廣文兩句：謂鄭瓘頗有鄭虔瀟灑不羈之風韻,平生以船爲家,與
　　　雞犬圖書共載一舟。據《新唐書・鄭虔傳》：虔字弱齋,鄭州滎陽
　　　人。玄宗天寶初,爲協律郎,復爲廣文館博士。“虔善圖山水,好
　　　書,常苦無紙,於是慈恩寺貯柿葉數屋,遂往,日取葉肄書,歲久殆
　　　遍。嘗自寫其詩并畫以獻,帝大署其尾曰：‘鄭虔三絶。’遷著作

郎。"安史亂後,以受僞職貶台州司戶參事,杜甫有詩送之。其《送
鄭十八虔貶台州司戶》曰:"鄭公樗散鬢成絲,酒後常稱老畫師。"
樗(chū)散,樗木散材,喻無用之才。《莊子·逍遥遊》:"吾有大
樹,人謂之樗。其大本擁腫而不中繩墨,其小枝卷曲而不中規矩,
立之塗,匠者不顧。"又,《人間世》:"散木也,以爲舟則沈,以爲棺
槨則速腐,以爲器則速毀,以爲門户則液樠,以爲柱則蠹,是不材
之木也,無所可用。"

〔三〕自說兩句:寫其任達之狀。謂其自稱未能歸隱江湖,或由受阻風
　　暴,或緣醉酒不醒,故年復一年蹉跎至今。中(zhòng)酒,醉酒。

　　此鄭璀或爲鄭虔後人,但古代贈詩,常以同姓著名人物琢句,亦未必
不可。鄭虔學識過人,詩書畫號爲"三絕",然仕途多舛,鬱鬱而卒。杜甫
晚年有《八哀詩》,將其與李光弼、嚴武、李邕、張九齡等並列,作《故著作
郎貶台州司户滎陽鄭公虔》詩,以緬懷之情述其生平,贊其學識,而哀其
牢落。是詩稱璀具虔之"遺韻",可知亦一才識兼優而身世坎坷者。詩中
"自說"二字透露其懷才不遇之憤,"阻風"實世路不平,"中酒"則藉以澆
愁耳。翁方綱《石洲詩話》云:"'今日鬢絲禪榻畔,茶煙輕颺落花風。''自
說江湖不歸事,阻風中酒過年年。'直自開天以後百餘年無人能道。而五
代南北宋以後,亦更不能道矣。此真悟徹漢魏六朝之底蘊者也。"

題 村 舍

　　三樹稚桑春未到〔一〕,扶牀乳女午啼饑〔二〕。潛銷暗
鑠歸何處〔三〕? 萬指侯家自不知〔四〕。

〔一〕三:一作"數"。
〔二〕乳女:一作"兒女"。

〔三〕鑠（shuò）：銷損。

〔四〕萬指侯家：謂擁有無數奴婢之王侯家。萬指，一萬手指，即一千
　　　人。古時奴隸以手指計數。《史記·貨殖列傳》：“僮手指千。”《集
　　　解》引《漢書音義》曰：“僮，奴婢也。古者無空手游日，皆有作務，
　　　作務須手指，故曰手指，以別馬牛蹄角也。”

江上偶見絶句〔一〕

　　楚鄉寒食橘花時〔二〕，野渡臨風駐綵旗〔三〕。草色連
雲人去住〔四〕，水紋如縠燕參差〔五〕。

〔一〕本詩當作于黃州刺史任上。江：謂長江。

〔二〕楚鄉：湖北古屬楚國，故稱。寒食：節令名，在陰曆清明前一日或
　　　二日。宗懍《荊楚歲時記》：“去冬節一百五日，即有疾風甚雨，謂
　　　之寒食，禁火三日，造餳大麥粥。”

〔三〕野渡句：謂野渡口彩旗臨風招展，迎候刺史到來。駐，插。

〔四〕草色連雲：謂碧草無際，似與天連。人去住：人來人往貌。

〔五〕水紋：水波。縠：織成縐紋之紗。參差（cēn cī）：形容燕子飛翔
　　　時其羽不齊貌。《詩經·邶風·燕燕》：“燕燕于飛，差池其羽。”

送隱者一絶

　　無媒徑路草蕭蕭〔一〕，自古雲林遠市朝〔二〕。公道世
間唯白髮，貴人頭上不曾饒。

〔一〕無媒句：謂無人引薦，與世隔絶，隱者居處野草叢生。媒，引薦者。蕭蕭，野草叢生貌。

〔二〕雲林：謂隱者居處在樹林深處。市朝：謂都市名利之場。

　　詩中一"唯"字寓不盡之慨，唯白髮不曾饒人，則世間不平事可勝數哉！

　　周珽《唐詩選脈會通》曰："胡次焱註此詩首以'無媒'，當從此二字發明，士在山林，如女在閨室，女無媒不嫁，士無媒不見，昌黎以石室爲媒是也。路逕草茫，與朝市相逢，無媒故耳。後二句所以寬隱者之心而堅其志，見無分窮達貴賤俱歸白髮，雖無媒可以浩然自得矣。胡仔曰：'牧之此詩與羅鄴之"芳草無煙暖更青"一首同一意。余嘗以二絶作一聯云："白髮惟公道，春風不世情。"蓋窮人不偶，遣興之作也。'"

寄　　遠〔一〕

　　前山極遠碧雲合〔二〕，清夜一聲《白雪》微〔三〕。欲寄相思千里月，溪邊殘照雨霏霏〔四〕。

〔一〕本詩選自《樊川外集》。

〔二〕碧雲：江淹《休上人怨別詩》："日暮碧雲合，佳人殊未來。"

〔三〕白雪：古曲名，聲調高雅。宋玉《對楚王問》："客有歌於郢中者，其始曰《下里巴人》，國中屬而和者數千人；其爲《陽阿薤露》，國中屬而和者數百人；其爲《陽春白雪》，國中屬而和者不過數十人；引商刻羽，雜以流徵，國中屬而和者，不過數人而已。是其曲彌高，其和彌寡。"

〔四〕欲寄兩句：化用宋玉《九辯》詩句："願寄言夫流星兮，羌倐忽而難當。卒壅蔽此浮雲兮，下暗漠而無光。"殘照，夕陽。霏霏，細雨濛濛貌。

　　所謂“寄遠”者,蓋詩人以比興手法藉男女離別相思喻其無由進取、不爲朝廷重用之愁緒。宋玉爲奸佞所讒而“蓄怨兮積思”,故藉流星以托言,以對問述其曲高和寡。詩人暗用其意,以幽遠綿邈之境遥寄相思之情,頗有迷離恍惚之致。

寓　言〔一〕

　　暖風遲日柳初含〔二〕,顧影看身又自慚。何事明朝獨惆悵〔三〕? 杏花時節在江南。

〔 一 〕本詩選自《樊川外集》。寓言: 有所寄托之詞。

〔 二 〕遲日:謂春天白晝日長。《詩經・豳風・七月》:“春日遲遲,采蘩祁祁。”柳初含:柳芽初發。

〔 三 〕惆悵:失意貌。

　　江南三月,風和日麗,柳眼初開,杏花競放,景色迷人。然風物雖好,究爲客地,詩人顧影自憐,不免爲春老江南、前途渺茫而獨自悵惘。以春色之美,反襯其心情孤寂,此其寓言之用意所在。

南　陵　道　中〔一〕

　　南陵水面漫悠悠〔二〕,風緊雲輕欲變秋。正是客心孤迥處〔三〕,誰家紅袖憑江樓〔四〕?

〔一〕本詩選自《樊川外集》。南陵：今安徽省南陵縣。

〔二〕漫悠悠：謂江水浩渺，流動悠緩。漫，盈溢貌。

〔三〕孤迥：孤寂凄清。

〔四〕憑：一作"倚"。秋水汗漫，風急雲浮，正當客子思歸，忽見少婦登
樓。豈盼征人之歸舟，抑遣無聊之閒愁？此情此景，詩人又平添
幾分鄉思。蘇軾《蝶戀花》詞："花褪殘紅青杏小。燕子飛時，綠水
人家繞。枝上柳綿吹又少。天涯何處無芳草？牆裏秋千牆外道。
牆外行人，牆裏佳人笑。笑漸不聞聲漸悄。多情却被無情惱。"較
近此詩意境。

　　因此詩畫意盎然，後人多喜愛。董其昌《畫禪室隨筆》曰："杜樊川
詩，時堪入畫。'南陵水面漫悠悠'云云，陸瑾、趙千里皆圖之。余家有吳
興小册，故臨於此。"又云："江南顧大中，嘗於南陵畫杜樊川詩意。予曾
見文徵仲畫此詩意。"賀裳《載酒園詩話》亦謂："杜紫微'南陵水面漫悠
悠'云云，羅鄴'別離不獨恨蹄輪'云云，每讀此二詩，忽忽如行江上。"俞
陛雲《詩境淺說續編》曰："此詩純以輕秀之筆，達宛轉之思。首句詠南
陵，已有慢艣開波之致。次句江上早秋，描寫入妙。後二句尤神韻悠然。
意謂客懷孤寂之時，彼美誰家，江樓獨倚，因紅袖之當前，憶綠窗之人遠，
遂引起鄉愁。雲鬟玉臂，遥念伊人，客心更無以自聊矣。"

遣　　懷〔一〕

　　落魄江南載酒行，楚腰腸斷掌中輕〔二〕。十年一覺揚
州夢，占得青樓薄倖名〔三〕！

〔一〕本詩選自《樊川外集》。遣懷：抒寫情懷。

〔二〕落魄兩句：意謂自己早年困頓江南，終日沉湎酒色。落魄，一作

"落拓"，困頓失意，放浪不羈。楚腰，楚靈王好細腰，因喻稱美女，
詳參《題桃花夫人廟》注〔二〕。腸斷，令人銷魂。一作"纖細"。掌
中輕，喻體態輕盈。據《飛燕外傳》：漢成帝皇后"趙飛燕體輕，能
爲掌上舞"。又，《南史·羊侃傳》："儛人張净婉，腰圍一尺六寸，
時人咸推能爲掌上舞。"

〔三〕十年兩句：謂揚州十年，徒然贏得青樓薄情之名，回顧往事，恍然
夢醒。占得，一作"贏得"。青樓，謂妓院。劉邈《萬山見採桑人》：
"倡妾不勝愁，結束下青樓。"薄倖，薄情；負心。胡仔《苕溪漁隱叢
話》："余嘗疑此詩必有謂焉。因閱《芝田録》云：牛奇章帥維揚，
牧之在幕中，多微服逸游。公聞之，以街子數輩潛隨牧之，以防不
虞。後牧之以拾遺召，臨別，公以縱逸爲戒。牧之始猶諱之，公命
取一篋，皆是街子輩報貼，云'杜書記平善'。乃大感服。方知牧
之此詩，言當日逸游之事耳。"(參見《贈別》注〔一〕。)

　　俞陛雲《詩境淺説續編》曰："此詩着眼在'薄幸'二字。以揚郡名都，
十年久客，纖腰麗質，所見者多矣，而無一真賞者。不怨青樓之萍絮無
情，而反躬自嗟其薄幸，非特懺除綺障，亦詩人忠厚之旨。"按，俞説可備
一解，但此詩首二句總結揚州十年生活，後二句則含無限感慨，深悔虛擲
光陰而功業無成。牧之胸懷坦蕩，作自我剖析，懺悔之意可見。直解即
可，不必迂曲求之也。

贈　漁　父〔一〕

　　蘆花深澤静垂綸〔二〕，月夕煙朝幾十春。自説孤舟寒
水畔，不曾逢着獨醒人〔三〕。

〔一〕本詩選自《樊川外集》。

〔 二 〕垂綸(lún)：垂釣。綸，釣絲。

〔 三 〕自說兩句：謂漁父數十年孤舟垂釣於寒水之濱，不曾逢着屈原那
樣的獨醒人。屈原《漁父》：“屈原既放，遊於江潭，行吟澤畔；顏色
憔悴，形容枯槁。漁父見而問之曰：‘子非三閭大夫歟？何故至於
斯？’屈原曰：‘舉世皆濁我獨清，衆人皆醉我獨醒，是以見放。’”黃
周星《唐詩快》曰：“此獨醒人難逢，逢亦難識。”按，牧之以屈原自
況，既爲世無知音而感孤憤，亦以漁父之言，寓其不滿時世之慨。

山　　行〔一〕

　　遠上寒山石徑斜〔二〕，白雲生處有人家〔三〕。停車坐
愛楓林晚〔四〕，霜葉紅于二月花。

〔 一 〕本詩選自《樊川外集》。

〔 二 〕寒山：深秋之山。

〔 三 〕生：一作“深”。按，“生”字佳，“生”爲動詞，兼有“生出”、“升起”
之義，寫山谷深處更鮮明生動。

〔 四 〕坐：因。

　　俞陛雲《詩境淺説續編》評此詩曰：“詩人之詠及紅葉者多矣，如‘林
間煖酒燒紅葉’、‘紅樹青山好放船’等句，尤膾炙詞壇，播諸圖畫。惟杜
牧詩，專賞其色之艷，謂勝于春花。當風勁霜嚴之際，獨絢秋光，紅黃紺
紫，諸色咸備，籠山絡野，春山無此大觀，宜司勳特賞于艷李穠桃外也。”
王文濡《唐詩評註讀本》曰：“從山行直起，初見惟白雲而已，至故偶然停
車小憩，坐看楓葉，嫣然可愛，較之二月花更覺紅艷，成絶好一幅秋景圖，
所謂‘詩中有畫’者是也。”

河　湟〔一〕

元載相公曾借箸〔二〕，憲宗皇帝亦留神〔三〕。旋見衣冠就東市〔四〕，忽遺弓劍不西巡〔五〕。

牧羊驅馬雖戎服，白髮丹心盡漢臣〔六〕。唯有涼州歌舞曲，流傳天下樂閒人〔七〕。

〔一〕河湟：指黃河上游地區及湟水流域一帶，自肅宗後爲吐蕃所佔。

〔二〕元載句：謂代宗朝宰相元載（曾任西州刺史，熟知河西、隴右情形）曾就防禦吐蕃，收復河湟，上書皇帝，提出過具體謀略。據《新唐書·元載傳》：“大曆八年，吐蕃寇邠寧，……載常在西州，具知河西、隴右要領，乃言于帝曰：‘國家西境，極于潘原，吐蕃防戍乃在摧沙堡，而原州界其間，草薦水甘，舊壘存焉。……請徙京西軍戍原州，乘間築作，二旬可訖。……徙子儀大軍在涇，以爲根本，分兵守石門、木峽、隴山之關，北抵于河，皆連山峻險，寇不可越。稍置鳴沙縣、豐安軍爲之羽翼，北帶靈武五城，爲之形勢，然後舉隴右之地以至安西，是謂斷西戎脛，朝廷高枕矣。’因圖上地形，使吏間入原州，度水泉，計徒庸，車乘畚鍤之器悉具。而田神功沮短其議，……帝由是疑不決。”相公，古代拜相必封公，故稱。借箸(zhù)，借箸代籌。此謂元載爲代宗謀畫收復河湟。箸，筷子。《史記·留侯世家》：“漢王方食，……張良對曰：‘臣請藉前箸爲大王籌之。’”

〔三〕憲宗句：謂憲宗亦曾有恢復河湟之意。憲宗，李純，(八〇五—八二〇在位)。《新唐書·吐蕃傳》：“憲宗常覽天下圖，見河湟舊封，赫然思經略之，未暇也。”

〔四〕旋見句：謂元載大曆十二年(七七七)因罪下獄，代宗下詔賜其自盡。旋，不久。就東市，《史記·鼂錯列傳》：錯"爲御史大夫，請諸侯之罪過，削其地，收其枝郡。……吳楚七國果反，以誅錯爲名。及竇嬰、袁盎進説，上令鼂錯衣朝衣斬東市"。

〔五〕忽遺句：謂憲宗死去，不及巡視西北，收復河湟。《水經注·河水篇》："陽周縣橋山上有黄帝冢，帝崩，惟弓劍存焉，故世稱黄帝仙矣。"

〔六〕牧羊兩句：意謂河湟人民爲吐蕃所奴役，被迫牧放牛羊，改穿胡服，但垂老仍時刻不忘祖國。沈亞之《賢良方正能直言極諫策》云："臣嘗仕於邊，又嘗與戎降人言，自翰海已東，神島、敦煌、張掖、酒泉東至于金城、會寧，東南至于上邽、清水，凡五十六郡、六鎮、十五軍，皆唐人子孫，生爲戎服奴婢，田牧耕作。或叢居城落之間，或散處野澤之中，及霜露既降，以爲歲時，必東望啼噓，其感故國之思如此。"（《沈下賢文集》卷一〇）又，《新唐書·吐蕃傳》："州人皆胡服臣虜，每歲時祀父祖，衣中國之服，號慟而藏之。"

〔七〕唯有兩句：謂涼州歌舞曲雖廣爲流傳，但徒然供閒散人娛樂，深受吐蕃奴役之河湟人民實無心過問。《新唐書·禮樂志》："天寶樂曲皆以邊地名，若《涼州》、《伊州》、《甘州》之類，後又詔道調法曲與蕃部新聲合作。明年安禄山反，涼州、甘州皆陷吐蕃。"

是詩對深受吐蕃奴役之河湟人民深表同情，對朝廷不思恢復憤憤不平。後宣宗大中三年（八四九）二月，吐蕃秦、原、安樂三州及石門等七關來降，八月，河、隴老幼千餘人詣闕，"上御延喜門樓見之，歡呼舞躍，解胡服，襲冠帶，觀者皆呼萬歲"（《資治通鑑》卷二四八），詩人激動不已，作詩頌之。詩曰："捷書皆應睿謀期，十萬曾無一鏃遺。漢武慚誇朔方地，宣王休道太原師。威加塞外寒來早，恩入河源凍合遲。聽取滿城歌舞曲，《涼州》聲韻喜參差。"

是詩頷聯對偶工致，感慨尤深沉。唯首聯叙事，微覺板滯，含蓄不足。曾季貍《艇齋詩話》曰："杜牧之《河湟》詩云：'元載相公曾借箸，憲宗皇帝亦留神。'一聯甚陋，唐人多如此。"又云："小杜《河湟》一篇第二聯

‘旋見衣冠就東市，忽遺弓劍不西巡’，極佳，爲‘借箸’一聯累耳。”

李給事二首〔一〕

一章緘拜皁囊中，慄慄朝廷有古風〔二〕。元禮去歸緱氏學〔三〕，江充來見犬臺宮〔四〕。紛紜白晝驚千古，鈇鑕朱殷幾一空〔五〕。曲突徙薪人不會，海邊今作釣魚翁〔六〕。

晚髮悶還梳，憶君秋醉餘。可憐劉校尉，曾訟石中書〔七〕。消長雖殊事，仁賢每見如〔八〕。因看魯褒論，何處是吾廬〔九〕？

〔一〕本詩約作于開成末。李給事：謂李中敏，字藏之，曾與牧之同在沈傳師幕府任判官。給事，給事中，門下省要職，位在侍中及門下侍郎下，掌駁正政令之違失。《新唐書·李中敏傳》：“元和中（中敏）擢進士第。性剛峭，與杜牧、李甘善，其文辭氣節大抵相上下。沈傳師觀察江西，辟爲判官，入拜侍御史。”

〔二〕一章兩句：謂中敏敢於上書直言，憬然有古人之風。皁囊，詳前《長安雜題》其四注〔一〕。慄慄，一作“憬憬”，嚴正貌。

〔三〕元禮句：原注：“李膺退罷歸緱氏，教授生徒。給事論鄭注，告滿歸潁陽。”詩謂中敏如東漢李膺免官歸鄉，教授生徒。元禮，李膺字元禮，潁川襄城（今屬河南省）人，性簡亢，有威名，爲刺史貪吏多望風棄官。後被免官，還居故里授徒，爲時人敬慕。復出後，官至司隸校尉，不畏權勢，執法如山，宦官皆畏之，誣之爲朋黨，被禁錮終身。緱（gōu）氏，當係“綸氏”之誤。綸氏，屬潁川郡，故城爲今陽城縣。馮集梧注曰：“緱氏，《英華》作‘綸氏’，彭叔夏《辨證》云：‘李膺本潁川人，綸氏屬潁川，膺免官歸潁川，教授常千人，而

集誤作緱氏。'"李中敏以請斬鄭注事得罪免官,頗與李膺相類,故
以之相比。

〔四〕江充句:原注:"鄭注對于浴室。"詩謂鄭注應對出没于宮禁内室
之中。江充,漢武帝時佞臣,曾以巫蠱罪陷害太子劉據,爲據所
殺。犬臺宫,漢宫名。《三輔黄圖校證》:"犬臺宫,在上林苑中,長
安城西二十八里。《漢書》:'江充召見犬臺宫。'"晉灼注引《黄
圖》:"上林有犬臺宫,外有走狗觀也。"此以江充喻鄭注。鄭注出
身寒微,本姓魚,冒姓鄭氏,以善醫爲宦官王守澄所薦,與李訓並
得文宗信用。"甘露之變"時爲監軍使張仲清所殺。《舊唐書·鄭
注傳》:"始以藥術游長安權貴之門,太和八年九月,注進藥方一
卷,召注對浴堂門,賜錦綵。"《長安志》:"東内大明宫有浴堂,内有
浴堂殿。"

〔五〕紛紜兩句:謂一旦之間,突變發生(此指"甘露之變"),震驚千古,
一時血染刀斧,朝堂爲之一空。紛紜,紛雜貌。鈇鑕(fū zhì),殺
人刑具。鈇,即"斧"。朱殷(yān),朱紅。李訓、鄭注與文宗謀藉
觀石榴樹上之甘露以誅宦官,事敗,李、鄭被殺,文宗受挾制,朝廷
大臣死者無數,史稱"甘露之變"。

〔六〕曲突兩句:謂中敏請斬鄭注雖屬見微知著、防患未然之舉,却不
受重視,至今賦閑,仍在海邊作釣魚翁。曲突徙薪,語本《漢書·
霍光傳》:"人爲徐生上書曰:臣聞客有過主人者,見其竈直突,傍
有積薪,客謂主人,更爲曲突,遠徙其薪,不者且有火患。主人默
然不應。俄而家果失火,鄰里共救之,幸而得息。人謂主人曰:
'鄉使聽客之言,不費牛酒,終亡火患。今論功而請賓,曲突徙薪
亡恩澤,燋頭爛額爲上客邪?'主人乃寤而請之。"突,烟囱。薪,
柴火。

〔七〕可憐兩句:原注:"給事因忤仇軍容,棄官東歸。"詩謂可嘆中敏觸
忤仇士良,如漢之劉向因反對宦官石顯而被捕下獄,橫遭不幸。
可憐,可嘆。劉校尉,謂劉向,原名更生,字子政,高祖弟楚元王
(劉交)四世孫。宣帝時任散騎諫大夫。《漢書·劉向傳》:"向患

苦外戚許、史在位放縱，而中書宦官弘恭、石顯弄權。(蕭)望之、
(周)堪、更生議，欲白罷退之。未白而語泄，遂爲許、史及恭、顯所
譖愬，堪、更生下獄，及望之皆免官。……成帝即位，顯等伏辜，更
生乃復進用，更名向。向以故九卿召拜爲中郎，使領護三輔都水。
數奏封事，遷光祿大夫。……爲中壘校尉。”訟，上疏彈劾。石中
書，石顯。中書，中書令，官名，以宦者擔任，掌傳宣詔命。

〔八〕消長兩句：謂歷代盛衰雖各不同，但志士賢人的遭遇却每每
　　　相似。

〔九〕因看兩句：謂閱讀魯褒譏刺貪鄙之論，令人欲效仿陶淵明超脫塵
　　　世，歸隱林下。魯褒，晉南陽人，字元道，好學多聞，以貧素自甘，
　　　不仕。《晉書・魯褒傳》：“元康之後，綱紀大壞，褒傷時之貪鄙，乃
　　　隱姓名而著《錢神論》以刺之，世共傳其文。”吾廬，陶淵明《讀山海
　　　經》：“衆鳥欣有託，吾亦愛吾廬。”

聞慶州趙縱使君與党項戰中箭身死長句〔一〕

將軍獨乘鐵驄馬〔二〕，榆溪戰中金僕姑〔三〕。死綏却
是古來有，驍將自驚今日無〔四〕。青史文章爭點筆〔五〕，朱
門歌舞笑捐軀〔六〕。誰知我亦輕生者，不得君王丈
二殳〔七〕。

〔一〕慶州：治所在今甘肅省慶陽縣。趙縱：生平未詳，曾爲慶州刺史。
　　　党項：古代少數民族，南北朝時分布于今青海南部和四川松潘以
　　　西山谷地帶，唐時爲吐蕃所迫，徙居今甘肅、寧夏、陝北一帶。文
　　　宗、武宗時常騷擾爲寇。宣宗大中五年平党項，牧之曾奉勅作《賀

平党項表》。《舊唐書·党項傳》:"吐蕃强盛,爲所逼,請内徙,始移其部落于慶州,置静邊等州以處之。太和、開成之際,藩鎮統領無緒,或强市羊馬,不酬其值,以是部落苦之,遂相率爲盗,靈鹽之路小梗。"

〔 二 〕鐵驄(cōng)馬:配有鐵甲之戰馬。驄,毛色青白相間之馬。王昌齡《箜篌引》:"將軍驄鐵汗血流,深入匈奴戰未休。"

〔 三 〕榆溪:亦稱榆林塞,漢唐時均爲北方要塞,故地約在今内蒙古鄂爾多斯黄河北岸。金僕姑:箭名。《左傳·莊公十一年》:"乘丘之役,公以金僕姑射南宫長萬。"

〔 四 〕死綏(suī)兩句:謂因敗軍而當死者古來多有,而驍勇之將如趙縱者今日則無。死綏,謂因退軍而當死罪。《左傳·文公十二年》:"秦以勝歸,我何以報,乃皆出戰,交綏。"注:"古名退軍爲綏。"疏:"《司馬法》云:'將軍死綏。'舊説,綏,却也。"驍(xiāo)將,勇悍之將。

〔 五 〕青史:史書。古以竹簡記事,故稱。

〔 六 〕朱門:豪富之家。古代豪貴住宅大門均漆成紅色,以示尊貴,杜甫《赴奉先縣詠懷五百字》:"朱門酒肉臭,路有凍死骨。"

〔 七 〕殳(shū):原注:"時珠切。"古代兵器,竹製,長一丈二尺。《詩經·衛風·伯兮》:"伯也執殳,爲王前驅。"

詩人描繪趙縱英勇戰鬪之威武形象,歌頌爲國犧牲之無畏精神,運用對比手法譴責朝廷偷生苟且之臣,亦藉以抒發自己懷才不遇難以報國之憤。中間兩聯對偶工整,愛憎鮮明。錢謙益、何焯《唐詩鼓吹評註》曰:"此言使君乘騎與党項戰于榆溪,今且被箭而死矣。夫天下死綏之臣從古所有,而勇敢之將在今則無,益少如趙使君之勇悍者也。公雖死而名編青簡,人争點筆,而朱門逸樂之輩,不知公之盡忠國難,反笑其爲輕生者有之矣。然而如使君者正不易得,惟我亦願效于疆場,但不得君王之命執殳爲先驅耳。若使君之古有今無,上無負于君國,下無愧于身名,雖死復何憾耶。"

潤　州　二　首〔一〕

　　向吳亭東千里秋〔二〕，放歌曾作昔年遊〔三〕。青苔寺裏無馬跡，綠水橋邊多酒樓〔四〕。大抵南朝皆曠達，可憐東晉最風流〔五〕。月明更想桓伊在，一笛聞吹《出塞》愁〔六〕。

　　謝朓詩中佳麗地〔七〕，夫差傳裏水犀軍〔八〕。城高鐵甕橫强弩〔九〕，柳暗朱樓多夢雲〔一〇〕。畫角愛飄江北去，釣歌長向月中聞〔一一〕。揚州塵土試迴首，不惜千金借與君〔一二〕。

〔一〕潤州，見前《送杜顗赴潤州幕》注〔一〕。
〔二〕向吳亭：一作“句吳亭”。胡震亨《唐音癸籤》卷一六曰：“《孔氏雜記》：向吳亭在潤州官舍，杜牧之《潤州詩》‘向吳亭東千里秋’；陸龜蒙詩‘秋來懶上向吳亭’。今刻牧之集者，改爲句吳亭，失之矣。”
〔三〕昔年遊：杜牧于大和七年（八三三）春，常往來于京口（今鎮江）揚州。《歙州刺史邢君墓誌銘》：“牧大和初，舉進士第于東都。……後六年，牧于宣州事吏部沈公。……後一年，某奉沈公命北渡揚州，聘丞相牛公，往來留京口。”
〔四〕青苔兩句：謂其或至荒涼寺院尋覓古蹟，或去橋邊酒樓歡飲買醉。青苔寺，古寺因人跡罕至而青苔遍佈。無馬跡，謂闃無人跡，寂寥荒涼。
〔五〕大抵兩句：意謂南朝多豁達開朗之士，東晉皆偶儻風流之人，其流風餘韻，至今不息。按，魏晉名士大都崇尚老莊，愛好清談，飲酒服藥,或蔑視禮節,曠達放誕,此風沿至東晉南朝未息,《世說新語》等載之甚詳。

〔六〕月明兩句:謂月明之夜,傳來一曲《出塞》笛聲,引人愁思,如當年桓伊吹笛。伊字子野。《世說新語·任誕》:"王子猷出都,尚在渚下,舊聞桓子野善吹笛,而不相識。遇桓於岸上,過,王在船中,客有識之者,云是桓子野。王便令人與相聞,云:'聞君善吹笛,試爲我一奏。'桓時已貴顯,素聞王名,即便回。下車,踞胡牀,爲作三調。弄畢,便上車去,客主不交一言。"又,劉孝標注引《續晉陽秋》:"左將軍桓伊,善音樂。"《出塞》,漢橫吹曲名。《樂府詩集》卷二一引《晉書·樂志》曰:"《出塞》、《入塞》曲,李延年造。"又引曹嘉之《晉書》曰:"劉疇嘗避亂塢壁,賈胡百數欲害之,疇無懼色,援笳而吹之,爲《出塞》、《入塞》之聲,以動其遊客之思,于是羣胡皆垂泣而去。"又曰:"按《西京雜記》曰:'戚夫人善歌《出塞》、《入塞》、《望歸》之曲。'則高帝時已有之,疑不起于延年也。唐又有《塞上》、《塞下》曲,蓋出于此。"

〔七〕佳麗地:謝朓《鼓吹曲》:"江南佳麗地,金陵帝王州。"南齊謝朓(四六四—四九九),字玄暉,善寫山水詩,爲"永明體"代表作家之一。

〔八〕夫差句:《國語·越語上》:"今夫差衣水犀之甲者億有三千。"韋昭注:"言多也。犀形似豕而大,今徼外所送,有山犀、水犀。水犀之皮有珠甲,山犀則無。億有三千,所謂賢良也,若今備衛士矣。"

〔九〕城高句:謂潤州城高堅固,易于守禦。原注:"潤州城,孫權築,號爲鐵甕。"馮集梧注:"《演繁露》:潤州城古號鐵甕,人但知其取喻以堅而已,然甕形深狹,取以喻城,似爲非類。乾道辛卯,予過潤,蔡子平置燕于江亭,亭據郡治前山絶頂,而顧子城雉堞緣岡,彎環四合,其中州治諸廨在焉,圓深之形,正如卓甕,予始知喻以爲甕者,指子城也。"又,《隋書·地理志》:"京口東通吳會,南接江湖,西連都邑,亦一都會也,其人本並習戰,號爲天下精兵。"甕(wèng),陶器。弩(nǔ),用機關發箭的弓。

〔一〇〕柳暗句：謂潤州城內多朱樓和美女。朱樓，歌樓伎館等行樂之
　　　　所。夢雲，謂美女，化用宋玉《高唐賦》故事：“楚襄王與宋玉游於
　　　　雲夢之臺，……昔者先王嘗游高唐，怠而晝寢，夢見一婦人曰：‘妾
　　　　巫山之女也，爲高唐之客，聞君游高唐，願薦枕席。’王因幸之。去
　　　　而辭曰：‘妾在巫山之陽，高邱之阻，旦爲朝雲，暮爲行雨，朝朝暮
　　　　暮，陽臺之下’。旦朝視之，如言，故爲立廟，號曰朝雲。”
〔一一〕畫角兩句：謂軍中的畫角聲飄往江北，月下的漁歌聲響徹夜空。
　　　　江北，指長江北岸之揚州。釣歌，猶漁歌。
〔一二〕揚州兩句：承上“畫角愛飄江北去”，謂揚州繁華之地，回望可見，
　　　　心嚮往之，不惜前往及時行樂。塵土，塵土飛揚，喻繁華熱鬧。

　　　第一首詩登高懷古，想見南朝清談名士曠達風流之態，而今僅存遺
蹟而已，寄寓無限感慨。第二首詩狀潤州之形勝繁華，亦可窺見杜牧大
和初年寄情於山水詩酒之生活情調。錢謙益、何焯《唐詩鼓吹評註》卷
六：“言昔謝朓以此爲佳麗之地，夫差於此有水犀之軍，今州城固於鐵甕，
而射潮之强弩猶在；柳色暗於朱樓，而雲雨之夢魂居多。且畫角之聲飄
江北而去，漁人之唱向月中而聞，回望揚州風景古來艷冶之處，當不惜千
金之費，與君買笑追歡也。”

書懷寄中朝往還〔一〕

平生自許少塵埃，爲吏塵中勢自迴〔二〕。朱紱久慚官
借與，白頭還嘆老將來〔三〕。須知世路難輕進，豈是君門
不大開。霄漢幾多同學伴，可憐頭角盡卿材〔四〕。

〔一〕中朝：謂朝廷。往還：謂朋游故舊。

〔二〕平生兩句：意謂平生頗以高潔自負，雖爲官多年，但始終向往歸
隱山林。塵埃，喻爲俗世所染。屈原《漁父》：“安能以皓皓之白而
蒙世俗之塵埃乎？”迴，回復自然，此謂歸隱。

〔三〕朱紱(fú)兩句：謂己久任刺史，蹉跎歲月，慨嘆老之將至。朱紱
(fú)，朱衣。紱，古代繫印紐之絲繩(參《新轉南曹未叙朝散初秋
暑退出守吳興書此篇以自見志》注〔四〕)。借與，喻任刺史之職。

〔四〕霄漢兩句：多有同窗共事者身居朝中高位，彼等頭角崢嶸，均爲
卿相之材！霄漢，喻朝廷。可憐，可羨。頭角，頭頂左右突出處，
比喻青年人之氣概或才華。杜甫《秋興八首》：“同學少年多不賤，
五陵衣馬自輕肥。”

據詩中“久慚”、“白頭”等語，可知作期當在四十歲後，約在池州或睦
州刺史任上。詩中反映了詩人矛盾複雜的心情：既對久任刺史不得升遷
深感不滿，又對才具平庸却能飛黃騰達者表示不齒。全詩未從正面着
墨，故作曠達之語，表其脫俗之志，不以官位高低爲意。“須知”兩句不道
“世路難輕進”之由，偏說並非“君門不大開”，以自我解嘲。此聯語本宋
玉《九辯》：“豈不鬱陶而思君兮，君之門以九重。猛犬狺狺而迎吠兮，關
梁閉而不通。”語意隱約，暗含譏刺。尾聯貌似羨慕、稱贊居高位者必有
其材，實則譏諷朝廷不識賢愚、壓抑人材，憤激之情，溢于言表。

悲 吳 王 城〔一〕

二月春風江上來，水精波動碎樓臺〔二〕。吳王宮殿柳
含翠〔三〕，蘇小宅房花正開〔四〕。解舞細腰何處往〔五〕，能
歌姹女逐誰迴〔六〕？ 千秋萬古無消息，國作荒原人
作灰〔七〕。

〔一〕本詩選自《樊川外集》。吳王城：在今江蘇省蘇州市，春秋時吳王
　　　闔閭建爲國都，故亦稱闔閭城。

〔二〕水精句：謂春風吹皺江水，攪碎樓臺倒影。水精，即水晶，形容江
　　　水澄澈如鏡。

〔三〕吳王：謂闔閭子吳王夫差(前四七五——前四七三在位)。曾敗
　　　越軍，越王勾踐卑身爲奴，獻美女以惑之。夫差沉湎聲色，終爲勾
　　　踐所乘，兵敗自殺。

〔四〕蘇小：謂蘇小小，六朝南齊時錢塘名妓。

〔五〕解舞細腰：擅舞之宮女。細腰，詳《遣懷》"楚腰"注。

〔六〕姹(chà)女：少女。逐：隨。

〔七〕國：國都，即吳王城。

過　驪　山　作〔一〕

　　始皇東遊出周鼎〔二〕，劉項縱觀皆引頸〔三〕。削平天
下實辛勤，却爲道旁窮百姓〔四〕。黔首不愚爾益愚〔五〕，千
里函關囚獨夫〔六〕。牧童火入九泉底〔七〕，燒作灰時猶
未枯〔八〕。

〔一〕驪(lí)山：在今陝西省臨潼縣東南，周幽王死于山下，秦始皇墓葬
　　　在此。《長安志》："驪山在臨潼縣東南二里，驪戎來居此山，故
　　　名。"《史記·秦始皇本紀》："葬始皇驪山。始皇初即位，穿治酈
　　　山，及并天下，天下徒送詣七十餘萬人，穿三泉，下銅而致椁，宮觀
　　　百官奇器珍怪徙臧滿之。令匠作機弩矢，有所穿近者輒射之。以
　　　水銀爲百川江河大海，機相灌輸，上具天文，下具地理。以人魚膏
　　　爲燭，度不滅者久之。"裴駰《集解》引《皇覽》："墳高五十餘丈，周

迴五里餘。"

〔二〕始皇句:《史記·秦始皇本紀》:"二十八年,始皇東行郡縣,……
還,過彭城,齋戒禱祠,欲出周鼎泗水。使千人没求之,弗得。"
周鼎,周朝傳國重器。鼎,古代烹飪器具,三足兩耳。

〔三〕劉項句:劉邦與項羽均曾在道旁觀看秦始皇出巡時盛況,各自發
出不同慨嘆。《史記·項羽本紀》:"秦始皇帝游會稽,渡浙江,梁
與籍俱觀。籍曰:'彼可取而代也!'"又《高祖本紀》:"高祖常繇咸
陽,縱觀,觀秦皇帝,喟然太息曰:'嗟乎! 大丈夫當如此也!'"縱
觀,任意觀看。

〔四〕削平兩句:謂秦始皇辛苦經營,削平天下,不久却被曾在道旁觀
看之平民所滅亡。窮百姓,指劉邦、項羽。秦始皇于三十七年出
巡會稽(即項羽觀始皇之地),祭大禹,復自琅邪北至榮成山,至平
原津而病,卒于沙丘平臺(今河北省平鄉縣東北)。子胡亥立爲二
世。二世元年七月,戍卒陳涉、吳廣起義,未幾,項梁、項羽叔侄和
劉邦各自起兵響應。後胡亥爲趙高所逼而自殺,秦王子嬰立四十
六日降于劉邦,爲項羽所殺,秦遂亡。

〔五〕黔(qián)首:秦令百姓以黑巾纏頭。黔,黑色。《史記·秦始皇本
紀》:"更名民曰'黔首'。"賈誼《過秦論》:"焚百家之言,以愚黔
首。"爾,謂秦始皇。

〔六〕千里句:天險函谷關最終成爲獨夫自囚之所。函關,函谷關,在
今河南省靈寶縣西南。《元和郡縣志》卷五:"秦函谷關在今陝州
靈寶縣西南十二里,以其道險隘,其形如函,故曰函谷。項羽坑秦
降卒於新安,即此地。"又卷六"函谷故城"下云:"秦函谷關城,漢
弘農縣也。《西征記》曰:'函谷關城,路在谷中,深險如函,故以爲
名。其中劣通,東西十五里,絶岸壁立,崖上柏林蔭蔭,谷中殆不
見日。關去長安四百里。日入則閉,鷄鳴則開,秦法也。'東自崤
山,西至潼津,通名函谷,號曰天險。"獨夫,亦稱"一夫",衆叛親離
之暴君,此謂秦始皇。《尚書·泰誓下》:"獨夫受(商紂名),洪惟
作威。"

〔七〕牧童句：語本《漢書·劉向傳》：“秦始皇帝葬於驪山之阿，下錮三
　　　　泉，上崇山墳，其高五十餘丈，周回五里有餘。……項籍燔其宮室
　　　　營宇，往者咸見發掘。其後牧兒亡羊，羊入其鑿，牧者持火照求
　　　　羊，失火燒其臧槨。自古至今，葬未有盛如始皇者也，數年之間，
　　　　外被項籍之災，內離牧豎之禍，豈不哀哉！”九泉，地下。按，據近
　　　　年考古報告，謂始皇墓尚完好，並未燒毀。
〔八〕燒作句：謂牧童“火入九泉”時，始王尸骨仍未枯朽，形容秦滅亡
　　　　之速。

　　杜牧于敬宗寶曆元年（八二五）曾作《阿房宮賦》，藉秦之驕奢淫逸、
二世而亡以刺敬宗。是詩則以辛辣的諷刺並運用對照的手法譏評秦始
皇，其用意仍在借古諷今，勸喻當政者引以爲戒，與《阿房宮賦》所表現的
主旨基本相似。

文選

阿 房 宮 賦〔一〕

六王畢，四海一〔二〕。蜀山兀，阿房出〔三〕。覆壓三百餘里，隔離天日。驪山北構而西折〔四〕，直走咸陽〔五〕。二川溶溶〔六〕，流入宮牆。五步一樓，十步一閣。廊腰縵迴〔七〕，檐牙高啄〔八〕。各抱地勢，鈎心鬪角〔九〕。盤盤焉〔一〇〕，囷囷焉〔一一〕，蜂房水渦，矗不知乎幾千萬落〔一二〕。長橋臥波，未雲何龍〔一三〕？複道行空，不霽何虹〔一四〕？高低冥迷，不知東西〔一五〕。歌臺暖響，春光融融〔一六〕；舞殿冷袖，風雨淒淒〔一七〕。一日之內，一宮之間，而氣候不齊。

妃嬪媵嬙〔一八〕，王子皇孫〔一九〕，辭樓下殿，輦來于秦〔二〇〕。朝歌夜絃，爲秦宮人。明星熒熒，開粧鏡也；綠雲擾擾，梳曉鬟也；渭流漲膩，棄脂水也〔二二〕；煙斜霧橫，焚椒蘭也〔二三〕；雷霆乍驚，宮車過也，轆轆遠聽〔二四〕，杳不知其所之也。一肌一容，盡態極妍〔二五〕，縵立遠視，而望幸焉〔二六〕。有不見者，三十六年〔二七〕。

燕、趙之收藏〔二八〕，韓、魏之經營，齊、楚之精英，幾世幾年，摽掠其人〔二九〕，倚疊如山〔三〇〕。一旦不能有〔三一〕，輸來其間〔三二〕。鼎鐺玉石，金塊珠礫〔三三〕，棄擲邐迤〔三四〕，秦人視之，亦不甚惜。嗟乎！一人之心，千萬人之心也。秦愛紛奢，人亦念其家。奈何取之盡錙銖〔三五〕，用之如泥沙，使負棟之柱，多於南畝之農夫〔三六〕；架梁之椽，多於機上之工女；釘頭磷磷〔三七〕，多於在庾之粟粒〔三八〕；瓦縫參差，多於周身之帛縷；直欄橫檻，多於九土之城郭〔三九〕；管絃嘔啞〔四〇〕。多於市人之言語。使天下之人，不敢言而敢怒，獨夫之心〔四一〕，日益驕固。戍卒叫〔四二〕，函谷舉〔四三〕，楚人一炬，可憐焦土〔四四〕。

　　滅六國者，六國也，非秦也。族秦者〔四五〕，秦也，非天下也。嗟乎！使六國各愛其人，則足以拒秦。使秦復愛六國之人，則遞三世可至萬世而爲君〔四六〕，誰得而族滅也？秦人不暇自哀，而後人哀之；後人哀之而不鑑之，亦使後人而復哀後人也。

〔一〕本文作於敬宗寶曆元年(八二五)，時年二十三歲。阿房(ē páng)宮，宮名，故址在今陝西省西安市西南，秦始皇所建。《史記·秦始皇本紀》：“三十五年(前二一二)……始皇以爲咸陽人多，先王之宮廷小，……乃營作朝宮渭南上林苑中。先作前殿阿房，東西五百步，南北五十丈，上可以坐萬人，下可以建五丈旗。周馳爲閣道，自殿下直抵南山。表南山之顛以爲闕。爲復道，自阿房渡渭，屬之咸陽，以象天極閣道絶漢抵營室也。阿房宮未成；成，欲更擇令名名之。作宮阿房，故天下謂之阿房宮。”張守節《正義》引顏師古云：“阿，近也。以其去咸陽近，且號阿房。”司馬貞《索隱》曰：“此以其形名宮也，言其宮四阿旁廣也。”

〔二〕六王兩句：謂趙、韓、魏、齊、楚、燕六國爲秦所滅，天下歸于一統。《史記·秦始皇本紀》：“六王咸伏其辜，天下大定。”

〔三〕蜀山兩句：謂蜀地林木被砍盡，用以建造阿房宮，以至蜀山光禿。兀(wù)，光禿。

〔四〕驪山：在今陝西省臨潼縣東南。詳前《過驪山作》注〔一〕。

〔五〕直走：直通。走，趨。咸陽：秦都，故址在今陝西省咸陽市東。

〔六〕二川：渭水和樊川。溶溶：水流動貌。

〔七〕廊腰縵(màn)迴：走廊，如腰帶曲折縈迴。縵迴，縈迴。

〔八〕檐牙高啄：屋檐突起如牙，猶如禽鳥仰首啄物。

〔九〕各抱兩句：形容樓閣宮室錯落有致，意謂按地勢高下向背而構建之樓閣彼此懷抱，與中心宮殿鈎連呼應，檐牙屋角則相湊如鬬。

〔一〇〕盤盤焉：盤旋貌。

〔一一〕囷(jūn)囷焉：回旋曲折貌。

〔一二〕落：滴水裝置，俗稱檐滴。一說指院落。以上四句謂宮室樓閣回環參差如蜂房，曲折高下似水渦，高聳直立的檐滴不知其數。

〔一三〕長橋兩句：意謂阿房宮有橋橫跨渭水，遠望如龍臥水波之上。《周易·乾·文言》：“雲從龍，風從虎。”

〔一四〕複道：閣道，架木空中作爲樓閣間之通道，以上下可通行，故稱。霽(jì)：雨後初晴。

〔一五〕高低兩句：謂長橋複道，或高或低，昏暗不明，使人難辨東西。冥迷，昏暗不明。

〔一六〕歌臺兩句：謂臺上歌聲響亮，使人感到溫暖，有如置身於融和春光之中。

〔一七〕舞殿兩句：謂殿中舞袖飄拂，帶來陣陣寒意，使人仿佛處在淒風涼雨裏。

〔一八〕妃嬪(pín)媵嬙(yìng qiáng)：謂六國諸侯之后妃宮人。《左傳·哀公元年》：“宿有妃嬙嬪御焉。”杜預註：“妃嬙貴者，嬪御賤者，皆内官。”媵，妾。

〔一九〕王子皇孫：謂六國諸侯之後。

〔二〇〕辭樓兩句：謂六國滅亡，諸侯王室人員被俘，離開各自殿樓，乘車來到秦都。輦，帝王后妃坐車，此用作動詞。

〔二一〕绿雲：喻宮女頭髮多而黑。

〔二二〕脂水：帶有胭脂香粉之洗臉水。

〔二三〕椒蘭：兩種香料名。

〔二四〕轆(lù)轆：車聲。

〔二五〕一肌兩句：謂各人之肌膚容顏，無不極盡嬌美。妍，美。

〔二六〕縵立兩句：謂宮女久立遠視，盼望秦皇來臨，從而得到寵幸。縵立，久立。

〔二七〕有不兩句：秦始皇在位凡三十六年(前二四六——前二二一)，此謂許多宮女幽居深宮，終生不得見其一面。

〔二八〕收藏：與下文"經營"、"精英"，均指代金玉珠寶。

〔二九〕摽(biāo)掠：猶掠奪。

〔三〇〕倚疊：謂堆積。

〔三一〕有：保有。

〔三二〕其間：謂阿房宮。

〔三三〕鼎鐺(chēng)兩句：謂不以稀珍爲寶，故視鼎如鍋，玉如石，金如土塊，珠如瓦礫。鐺，平底鍋。

〔三四〕邐迤(lǐ yǐ)：連綿不斷。

〔三五〕取之盡錙(zī)銖：謂錙銖般微小之物均欲搜刮淨盡。錙銖，重量單位，極言微小，約一百粒粟爲一銖，六銖爲一錙，四錙爲一兩。

〔三六〕南畝：泛指農田。古人田土多向南開闢，以利農作物生長。《詩經·豳風·七月》："饁彼南畝。"

〔三七〕釘頭磷磷：釘頭突出貌。

〔三八〕庾(yǔ)：穀倉。

〔三九〕九土：猶九州。

〔四〇〕嘔(ōu)啞：管絃聲。

〔四一〕獨夫：指秦始皇。

〔四二〕戍卒叫：指陳勝、吳廣起義。據《史記·陳涉世家》：陳勝、吳廣於秦二世元年(前二〇九)七月，被征發戍守漁陽，因天雨失期，於大澤鄉起義，陳勝自立爲王，號"張楚"，天下羣起響應。

〔四三〕函谷舉：據《史記·秦始皇本紀》：劉邦於前二〇七年攻下武關，駐軍霸上，秦王子嬰迎降，遂入咸陽，派兵守函谷關。

〔四四〕楚人兩句：謂項羽入關後焚燒秦宮室，阿房宮化爲焦土。可憐，猶可惜。《史記·項羽本紀》：“項羽引兵西屠咸陽，殺秦降王子嬰，燒秦宮室，火三月不滅。”

〔四五〕族：滅族。

〔四六〕則遞句：謂秦朝皇帝可順次由二世三世一直傳到萬世。遞，順次。《史記·秦始皇本紀》：“自今已來，除謚法，朕爲始皇帝，後世以計數，二世三世至于萬世，傳之無窮。”

杜牧《上知己文章啓》曰：“寶曆大起宮室，廣聲色，故作《阿房宮賦》。”此言作賦緣起，意在借古諷今，警告唐王朝應以秦之濫用民力激起人民反抗而自取滅亡爲戒。賦成，即獲時譽而傳誦人口，杜牧且由此得中進士。據王定保《唐摭言》卷六：“崔郾侍郎既拜命於東都試舉人，三署六卿，皆祖於長樂傳舍，冠蓋之盛，罕有加也。時吳武陵任太學博士，策蹇而至。郾聞其來，微訝之，乃離席與之言。武陵曰：‘侍郎以峻德偉望，爲明天子選才俊，武陵敢不薄施塵露？向者，偶見太學生十數輩，揚眉抵掌，讀一卷文書，就而觀之，乃進士杜牧《阿房宮賦》。若其人，真王佐才也。侍郎官重，必恐未暇披覽。’于是搢笏朗宣一遍。郾大奇之。武陵曰：‘請侍郎與狀頭。’郾曰：‘已有人。’曰：‘不得已，即第五人。’郾未遑對。武陵曰：‘不爾，即請此賦。’郾應聲曰：‘敬依所教。’既即席，白諸公曰：‘適吳太學以第五人見惠。’或曰：‘爲誰？’曰：‘杜牧。’衆中有以牧不拘細行間之者。郾曰：‘已許吳君矣。牧雖屠沽，不能易也。’”

此賦刻畫秦宮，情景宛見，用事準確，富於時代特徵。潘淳曰：“曾子固言牧賦宏壯巨麗，馳騁上下，累數百言，至‘楚人一炬，可憐焦土’，其論盛衰之變判於此矣。”（《潘子真詩話》）史繩祖《學齋佔畢》卷二曰：“此賦善於用事。凡作文之法，經可證史，史不可證經，前代史可證後代史，後代不可證前。如《阿房宮賦》所用事，不出於秦時，祇‘烟斜霧橫，焚椒蘭也’兩句，尤不可及。六經祇以蘭椒爲香。如‘有椒其馨’、‘其臭如蘭’、

‘蘭固有香’是也。楚詞亦祇以椒蘭爲香，如‘椒漿蘭膏’是也。沉檀龍麝等字皆出於漢，《西京》以後，詞人方引用，至唐人詩文，則盛引沉檀龍麝爲香，而不及椒蘭矣。牧此賦獨引用椒蘭，是不以秦時所無之物爲香也。”又，此賦韻散相間，錯落有致，融叙述、描寫與議論于一爐，富于感染力。日本鈴木虎雄《賦史大要》曰：“此賦全篇有散文的氣勢，如賈誼《過秦》，寓叙事于議論，此賦亦寓叙事、寫景于議論也，非獨末尾‘嗚呼滅六國者六國也，非秦也’云云一段而已。故余以爲文賦的近祖，推數阿房爲得當。”所論甚是，是賦開宋人抒情散文短賦之先河，歐陽修《秋聲賦》、蘇軾前後《赤壁賦》均受其影響。

竇 列 女 傳〔一〕

　　列女姓竇氏，小字桂娘。父良，建中初爲汴州户曹掾〔二〕。桂娘美顔色，讀書甚有文。李希烈破汴州〔三〕，使甲士至良門〔四〕，取桂娘以去。將出門，顧其父曰：“慎無戚〔五〕，必能滅賊，使大人取富貴於天子。”桂娘以才色在希烈側，復能巧曲取信〔六〕，凡希烈之密，雖妻子不知者，悉皆得聞。希烈歸蔡州〔七〕，桂娘謂希烈曰：“忠而勇，一軍莫如陳先奇〔八〕。其妻竇氏，先奇寵且信之，願得相往來，以姊妹叙齒〔九〕，因徐説之〔一〇〕，使堅先奇之心。”希烈然之，桂娘因以姊事先奇妻〔一一〕。嘗間曰〔一二〕：“爲賊兇殘不道，遲晚必敗，姊宜早圖遺種之地〔一三〕。”先奇妻然之。

　　興元元年四月〔一四〕，希烈暴死，其子不發喪，欲盡誅老將校，以卑少者代之〔一五〕。計未決，有獻含桃者〔一六〕，桂娘白希烈子，請分遺先奇妻〔一七〕，且以示無事於外。因爲蠟帛書〔一八〕，曰："前日已死，殯在後堂〔一九〕，欲誅大臣，須自爲計。"以朱染帛丸，如含桃。先奇發丸見之，言於薛育。育曰："兩日希烈稱疾，但怪樂曲雜發，盡夜不絕，此乃有謀未定，示暇於外〔二〇〕，事不疑矣。"明日，先奇、薛育各以所部譟於牙門〔二一〕，請見希烈，希烈子迫出拜曰："願去僞號〔二二〕，一如李納〔二三〕。"先奇曰："爾父勃逆〔二四〕，天子有命。"因斬希烈及妻子，函七首以獻〔二五〕，暴其尸於市。後兩月，吳少誠殺先奇〔二六〕，知桂娘謀，因亦殺之。

請試論之：希烈負桂娘者，但劫之耳，希烈僭而桂娘妃〔二七〕，復寵信之，於女子心，始終希烈可也。此誠知所去所就，逆順輕重之理明也。能得希烈，權也〔二八〕；姊先奇妻，智也；終能滅賊，不顧其私，烈也。六尺男子，有禄位者，當希烈叛，與之上下者衆矣〔二九〕，豈才力不足邪？蓋義理苟至，雖一女子可以有成。

大和元年〔三〇〕，予客遊涔陽〔三一〕，路出荆州松滋縣〔三二〕，攝令王淇爲某言桂娘事〔三三〕。淇年十一歲能念《五經》〔三四〕，舉童子及第〔三五〕，時年七十五，尚可日記千言。當建中亂，希烈與李納、田悦、朱泚、朱滔等僭詔書檄〔三六〕，爭勝戰敗，地名人名，悉能説之，聽説如一日前〔三七〕。言寶良出於王氏，實淇之堂姑子也〔三八〕。

〔一〕本文作于文宗大和元年(八二七)，時年二十五歲。列女：猶烈女。

〔二〕建中：唐德宗年號(七八〇——七八三)。汴(biàn)州：今河南省開封市。户曹：州郡掌户籍、道路等事務之官。掾(yuàn)：屬官之通稱。

〔三〕李希烈：燕州遼西(今北京市順義縣)人。德宗時爲淮寧節度使，背叛朝廷，于建中四年(七八三)十二月攻入汴州，次年正月即皇帝位，國號大楚。

〔四〕甲士：士兵。

〔五〕慎：禁戒之辭。戚：憂愁。

〔六〕巧曲：靈巧機智，曲意逢迎。

〔七〕蔡州：今河南省汝南縣。

〔八〕陳先奇：一作“陳仙奇”，李希烈部將。《新唐書·李希烈傳》：希烈“啖牛肉而病，親將陳仙奇陰令醫毒之以死”。按，《新唐書》一面謂仙奇毒死希烈，一面又引録此文，而牧文謂“希烈暴死”似與仙奇無關；且時間亦有先後，《資治通鑑》卷二三二載希烈于德宗貞元二年(七八八)四月爲仙奇毒死曰：“丙寅，大將陳仙奇使醫陳山甫毒殺之；因以兵悉誅其兄弟妻子，舉衆來降。甲申，以仙奇爲淮西節度使。”此文則以希烈暴死于興元元年(七八四)，前後相差四年。《通鑑考異》全文引録此文時稱：“今從《實録》及《舊傳》。”

〔九〕叙齒：以年齡長幼而定先後之次序。

〔一〇〕説(shuì)：游説，以言語勸之使其聽從。

〔一一〕事：侍奉。

〔一二〕間(jiàn)：離間，即勸先奇夫婦毋附希烈叛逆。

〔一三〕早圖遺種之地：謂及早爲子孫後代着想。唐法，謀反者滅族，故云。

〔一四〕興元：唐德宗年號。

〔一五〕卑少者：地位低微之年輕人。

〔一六〕含桃：櫻桃。

〔一七〕分遺(wèi)：猶分送。

〔一八〕蠟帛書：封于蠟丸内之帛書。帛書，寫于絲織物上之書函。

〔一九〕殯(bìn)：未葬之靈柩。

〔二〇〕示暇於外：對外表示悠閒無事貌。

〔二一〕譟(zào)：羣呼喧擾。牙門：立大旗于軍帳前以表示營門。《國語・齊語》韋昭注：“軍門立旃爲門，若今牙門矣。”

〔二二〕僞號：謂“楚帝”、“大楚”等稱號。

〔二三〕李納：淄青鎮李正己之子。正己于建中二年(七八一)和諸鎮謀反，旋病死，子納請襲父位，詔不許，遂叛，自稱齊王。建中四年(七八三)，德宗使人説李納，赦其罪而加其爵，並承認其割據之事實，納遂歸順朝廷。

〔二四〕勃逆：猶悖逆，謀反。

〔二五〕函：用作動詞，謂裝在匣中。

〔二六〕吳少誠：原李希烈部將。據《資治通鑑》卷二三二：陳仙奇歸順唐王朝後，“七月，淮西兵馬使吳少誠殺陳仙奇，自爲留後。少誠素狡險，爲李希烈所寵任，故爲之報仇。己酉，以少誠爲留後。”

〔二七〕僭(jiàn)：僭越，謂希烈冒用帝號背叛朝廷。

〔二八〕權：變通。

〔二九〕與之上下：謂聽命于希烈。

〔三〇〕大和：唐文宗年號(八二七—八三五)。

〔三一〕涔(cén)陽：縣名，在今湖北省公安縣南。縣置于天寶初年，因在涔水之陽得名。

〔三二〕荆州：唐時轄地在今湖北松滋至石首間的長江流域，上元元年(七六〇)升爲江陵府。松滋縣：今屬湖北省。

〔三三〕攝令：代理縣令。

〔三四〕五經：儒家經典《詩》、《書》、《禮》、《易》、《春秋》。

〔三五〕舉童子及第：謂考取童子科。童子，唐時特設考試科目之一，十歲以下能通經作詩賦者，應試後給予出身並授官。

〔三六〕田悦：曾爲魏博七州節度使，與李納、朱滔等勾結叛亂，稱魏王，後爲其堂弟田緒所殺。朱泚(cǐ)：曾爲盧龍節度使，後爲涇原變兵擁戴，自稱大秦皇帝，不久戰敗，爲部將所殺。朱滔：朱泚弟，繼任朱泚爲盧龍節度使，助田悦反叛，稱冀王，後投降朝廷，病死。

書檄(xí)：文書。

〔三七〕聽説：聽其所説。

〔三八〕堂姑子：叔伯姑母之子。

是文所記希烈之死與《舊唐書》有異，姑不論其確否，杜牧親自聽王湜詳述桂娘之英烈，深受感動而作此傳，似非無稽之談，故《新唐書》予以引録。

桂娘秀外而慧中，沉着冷静，富有智謀，當其突遭不幸時，鎮定自若，隨即爲誅滅希烈而行動，頗有大將風度。先是取得希烈之寵信，使其言聽計從；次則因先奇之妻而説先奇歸唐；再則利用希烈死而尚未發喪之機暗傳消息，使先奇誅滅希烈一家，爲朝廷除害。杜牧在後半篇之議論中，對桂娘以一弱女子而能智勇雙全，"不顧其私"，甚表敬佩。與其同情淪落風塵之不幸婦女的感情一脈相通。

同州澄城縣户工倉尉廳壁記〔一〕

縣之所重，其舉秀貢賢也〔二〕。今之自外諸侯之儒者，曠不能升一人，況尉乎〔三〕？次乃户税而已。

《史記·河渠書》曰："自徵引洛水至商顔下，鑿井深者四十餘丈〔四〕。"即此地也。徵者俗訛爲"澄"耳〔五〕。其地西北山環之：縣境籠其趾〔六〕，沙石相磟〔七〕，歲雨如注，他皆淫灩不測〔八〕。徵之土適潤〔九〕，苗則大穫。天或旬而不雨〔一〇〕，民則蒿然〔一一〕，四望失矣。是以年多薄，復絶絲麻藍菓之饒〔一二〕，固無豪族富室，大抵民户高下相差埒〔一三〕。然歲入官賦，未嘗期表鞭一人。因徵其來由〔一四〕，耆老咸曰〔一五〕："西四十里即畿郊也〔一六〕，至如

禁司東西軍〔一七〕，禽坊龍厩〔一八〕，彩工梓匠〔一九〕，善聲巧
手之徒〔二〇〕，第番上下，互來進取，挾公爲首，緣以一括
十〔二一〕。民之晨炊夜舂，歲時不敢嘗，悉以仰奉〔二二〕，父
伏子走，尚不能當其意，往往詈辱而去〔二三〕。長吏固不敢
援，復況其養秩安祿者邪〔二四〕？加以御女官多〔二五〕，盤
冗其間〔二六〕，遞相占附比，急熱如手足〔二七〕，自丞相、御
史咸不能與之角逐，縣令固無有爲也。非豪吏真工聯紐
相姻戚者，率率解去，是以縣賦益通〔二八〕。徵民幸脫此苦
者，蓋以西有通澗巨壑〔二九〕，又牙交吞〔三〇〕，小山峭徑，
馳鞍馬、張機罝者〔三一〕，不便於此，是以絕跡不到。兼之
土田枯鹵〔三二〕，樹植不茂，無秀潤氣象，咸惡之而不家
焉〔三三〕。民所以安活輸賦者〔三四〕，殆由此。儻使徵亦中
其苦〔三五〕，則墟矣，尚安敢比之於他邑乎。”

嗟乎！國家設法禁，百官持而行之，有尺寸害民者，
率有尺寸之刑〔三六〕。今此咸墮地不起〔三七〕，反使民以山
之澗壑自爲防限，可不悲哉！使民恃險而不恃法，則劃土
者宜乎牆山壍河而自守矣〔三八〕，燕、趙之盜〔三九〕，復何可
多怪乎？書其西壁，俟得言者覽焉〔四〇〕。

〔一〕本文作于大和元年。同州：置于西魏，隋名馮翊。唐時轄境相當
　　今陝西大荔、合陽、韓城、澄城、白水等縣地。澄城縣：今屬陝西
　　省。《元和郡縣志》卷二：“澄城縣，漢徵縣也。韋昭云：‘徵，音
　　懲。’徵、澄同聲，後人誤爲‘澄’。魯文公十年，秦伐晉，取北徵，即
　　此城是也。”戶工倉尉廳：掌一縣戶口、租賦等事務官之官署。
〔二〕舉秀貢賢：謂向朝廷舉薦才能秀美、志行高尚之賢士。貢，舉薦。
〔三〕今之三句：謂如今除外任節度使者，其餘儒者均無一人得以升
　　遷，何況區區簿尉。儒者，謂才學之士。曠，廢缺。

〔四〕自徵兩句：《史記·河渠書》原作："自徵引洛水至商顏山下。岸善崩，乃鑿井，深者四十餘丈。"洛水，源出陝西洛南縣西北部，東入河南，注入黃河。商顏，又曰"商原"。原注："商顏，山名。"山在陝西大荔縣北十里。

〔五〕訛(é)：錯。

〔六〕籠：包括。趾：通"址"，謂山腳。

〔七〕相磚：謂沙石混雜。

〔八〕淫灩：水滿溢貌。

〔九〕適：正好。

〔一〇〕旬：十日。

〔一一〕蒿(hāo)然：消耗貌。蒿，通"耗"。

〔一二〕藍：藍草，葉可製染料。饒：，豐厚。

〔一三〕相差埒(liè)：相差無幾。埒，相等。

〔一四〕徵：問。來由：緣故。

〔一五〕耆(qí)老：老人。《國語·吳語》："有父母耆老而無昆弟者以告。"注："六十曰耆，七十曰老。"

〔一六〕畿(jī)：京城管轄地區。

〔一七〕禁司東西軍：謂禁軍，皇帝之親兵。唐制，禁軍分屬南北衙。南衙爲諸衞兵，屬北衙者爲禁軍。北衙有左右羽林軍、並有左右龍武、左右神武、左右神策軍等，由宦官指揮。

〔一八〕禽坊龍厩：唐時專供皇帝玩樂所用之禽、馬等圈養之坊舍。《資治通鑑》卷二三六胡注："五坊，一曰鵰坊，二曰鶻坊，三曰鷂坊，四曰鷹坊，五曰狗坊。小兒者，給役五坊者也。唐時給役者多呼爲小兒，如苑監小兒、飛龍小兒、五坊小兒是也。五坊屬宣徽院。"韓愈《順宗實錄》有《五坊小兒》篇，對貞元末五坊小兒虐害百姓之狀記載甚詳。

〔一九〕梓(zǐ)匠：宮中木工。

〔二〇〕善聲巧手：謂宮庭歌人和樂手。

〔二一〕第番四句：謂上述刁徒輪流來搜刮，藉公家之名，行敲剝之實。

第番,輪番。挾,仗勢。首,首告,出首告發。緣,因。

〔二二〕民之三句:謂百姓終日辛勞得來之物,不敢入口,全數進奉。舂,
搗粟。歲時,四季之節日。

〔二三〕父伏三句:謂百姓父子俱爲之服役奔走,猶難令刁徒滿意,往往
受其鞭打辱罵。伏,通"服"。

〔二四〕長吏兩句:謂對擾民者縣吏也不敢拘執,何況那班尸位素餐的
人。長吏,縣吏之尊者。秩,禄。

〔二五〕御女:宮女。

〔二六〕盤冗(rǒng):盤結冗雜。

〔二七〕遞相兩句:謂彼等互相依傍勾結,親如手足。遞,更迭。附比,依
傍。急熱,親熱。

〔二八〕非豪三句:謂縣令如非豪吏,或能與豪吏結爲婚親者,便無能爲
力,每每相隨解官而去,所以縣賦日益拖欠。工,善于。率率猶言
相繼。解,解下印綬,即不再爲官。逋(bū),拖欠。

〔二九〕澗:夾在兩山之間的流水。壑(hè):山谷。

〔三〇〕叉牙交吞:形容澗壑互相交錯貌。

〔三一〕機罝(jū):捕獵之具。罝,捉兔之網。

〔三二〕枯鹵(lǔ):謂乾燥含鹹、不宜耕種之地。

〔三三〕家:安家。

〔三四〕輸:交納。

〔三五〕儻:通"倘"。中(zhòng)其苦:謂受上文所述之搜刮騷擾之苦。

〔三六〕率:大抵;一般。

〔三七〕墮(huī)地:意謂刑法遭廢棄踐踏。

〔三八〕劃土句:謂割據一方之將帥將憑恃天險以自守。牆山塹(qiàn)
河,以山爲牆,以河爲塹。塹,同"壍",壕溝。

〔三九〕燕趙之盜:指盤踞河北之盧龍軍、成德軍等叛鎮。

〔四〇〕俟(sì):等待。

牧之《燕將録》結尾曰:"(譚)忠弟憲,前范陽安次令,持兄喪歸葬于

絳,常往來長安間。元年孟春,某遇于馮翊屬縣北徵中,因吐其兄之狀,某因直書其事。"文中"元年"當指敬宗寶曆元年(八二五)或文宗大和元年(八二七),時杜牧尚未應進士試,故得暇訪問長安附近澄城之民俗人情,遇譚憲而盡悉譚忠事,乃作《燕將録》;又有感于澄城百姓僥倖安活,遂書此文于户工倉尉廳壁。

　　澄城土地貧瘠,物産不豐,久旱多雨,均成災害,但每歲租賦却從未拖欠,作者爲此大惑不解。後經詢問故老,方知全得益于山水險惡。唯其山水險惡,京師擾民之宦者、刁徒輩方不屑一顧,此地百姓遂僥倖得以"安活輸賦"。而臨近京都之民,則飽受搜刮欺凌,無以爲生。是人禍禍民之烈遠過于天災。此文雖不如柳宗元《捕蛇者説》生動形象,然其揭露神策軍等擾民之事實略無隱晦,對朝廷不聞不問之縱容態度亦深致不滿。最後一段議論,雖不脱書生之見,其憂國憂民之情却頗感人。

李 賀 集 序〔一〕

　　大和五年十月中〔二〕,半夜時,舍外有疾呼傳緘書者〔三〕。某曰〔四〕:"必有異〔五〕。"亟取火來〔六〕,及發之〔七〕,果集賢學士沈公子明書一通〔八〕,曰:"吾亡友李賀,元和中義愛甚厚〔九〕,日夕相與起居飲食〔一〇〕。賀且死〔一一〕,嘗授我平生所著歌詩,離爲四編〔一二〕,凡千首〔一三〕。數年來東西南北,良爲已失去〔一四〕。今夕醉解〔一五〕,不復得寐,即閲理篋帙〔一六〕,忽得賀詩前所授我者。思理往事,凡與賀話言嬉遊,一處所,一物候〔一七〕,一日夕,一觴一飯〔一八〕,顯顯焉無有忘棄者〔一九〕,不覺出涕。賀復無家室子弟得以給養卹問〔二〇〕,常恨想其人〔二一〕，詠其言止矣〔二二〕。子厚於我〔二三〕，與我爲賀集序〔二四〕，盡道其所來由〔二五〕，亦少解我意〔二六〕。"某其夕不果以書道不可〔二七〕，明日就公謝〔二八〕，且曰："世爲賀才絕出前〔二九〕。"讓〔三〇〕。居數日，某深惟公曰〔三一〕："公於詩爲深妙奇博，且復盡知賀之得失短長。今實叙賀不讓，必不能當君意，如何〔三二〕？"復就謝，極道所不敢叙賀，公曰："子固若是〔三三〕，是當慢我〔三四〕。"某因不敢辭，勉爲賀叙，然其甚慚〔三五〕。

皇諸孫賀〔三六〕，字長吉，元和中韓吏部亦頗道其歌詩〔三七〕。雲煙綿聯，不足爲其態也〔三八〕；水之迢迢，不足爲其情也；春之盎盎〔三九〕，不足爲其和也〔四〇〕；秋之明潔，不足爲其格也〔四一〕；風檣陣馬〔四二〕，不足爲其勇也；瓦棺篆鼎〔四三〕，不足爲其古也；時花美女，不足爲其色也；荒國陊殿〔四四〕，梗莽丘壠〔四五〕，不足爲其恨怨悲愁也；鯨呿鼇擲〔四六〕，牛鬼蛇神〔四七〕，不足爲其虛荒誕幻也。蓋騷之苗裔〔四八〕，理雖不及〔四九〕，辭或過之。騷有感怨刺懟〔五〇〕，言及君臣理亂〔五一〕，時有以激發人意，乃賀所爲，無得有是。賀能探尋前事，所以深嘆恨今古未嘗經道者，如《金銅仙人辭漢歌》〔五二〕、《補梁庾肩吾宮體謠》〔五三〕，求取情狀，離絕遠去筆墨畦逕間〔五四〕，亦殊不能知之。賀生二十七年死矣，世皆曰："使賀且未死，少加以理〔五五〕，奴僕命騷可也〔五六〕。"

賀死後凡十某年，京兆杜某爲其序〔五七〕。

〔一〕本文作于大和五年（八三一）十月，時年二十九歲。李賀（七九〇—八一六）：字長吉，福昌（今河南省宜陽縣）人，唐著名詩人。

〔二〕大和：唐文宗年號（八二七—八三五）。

〔三〕緘（jiān）書：書信。

〔四〕某：自稱之詞。

〔五〕異：異常情況。

〔六〕亟（jí）：急切；即刻。

〔七〕發：開啓。

〔八〕集賢學士：唐時設集仙殿，開元中改爲集賢殿，内設書院，置學
　　　士、直學士，以宰相爲知院事，掌理秘書圖籍等事。《舊唐書·玄
　　　宗紀》上：開元十三年“夏四月丁巳，改集仙殿爲集賢殿，麗正殿
　　　書院改集賢殿書院；内五品已上爲學士，六品已下爲直學士。”沈
　　　公子明：謂沈述師，字子明，李賀知交，亦詩人舊友，詳參《張好
　　　好》詩序。一通（tòng）：一封。

〔九〕元和：唐憲宗年號（八〇六—八二〇）。

〔一〇〕相與：共同。

〔一一〕且：將。

〔一二〕離爲四編：分別編爲四編。

〔一三〕凡：共計。按，賀詩今僅存二百餘首，大都亡佚。王琦注：“今世
　　　所傳諸本，有二百十九篇者，有二百四十二篇者，與序中所載之數
　　　不合，恐亦不能不爲後人淆亂矣。”（《三家評注李長吉歌詩》）

〔一四〕良爲句：誠以爲已丢失。良，確。

〔一五〕醉解：酒醒。

〔一六〕篋帙（qiè zhì）：藏于箱中之書稿。篋，藏物小箱。帙，書套，此指
　　　代書稿。

〔一七〕物候：謂景物。

〔一八〕觴（shāng）：酒器，此謂飲酒。

〔一九〕顯顯焉：清晰明顯貌。

〔二〇〕給（jǐ）養邮（xù）問：供養周濟。

〔二一〕恨想：悵然思念。

〔二二〕言止：言談舉止。

〔二三〕子：尊稱杜牧。

〔二四〕與(yǔ)：許諾。

〔二五〕來由：來歷。

〔二六〕少(shāo)解我意：稍稍慰解我之意願。少，稍。

〔二七〕某其夕句：謂當晚不及用書信説明其不能作序之原由。不果，不及。

〔二八〕明日句：謂次日至沈述師處辭謝。

〔二九〕世爲句：謂世人認爲李賀才情高絶，超出前人。

〔三〇〕讓：推辭。

〔三一〕惟：思，想。

〔三二〕公於五句：寫杜牧不願作序之想法。意謂述師于詩造詣甚高，復深諳賀詩之得失短長，如自己不加推辭而直接爲賀詩作序，必不能使其滿意，如此則無可奈何了。

〔三三〕固：必。

〔三四〕慢：輕視。

〔三五〕其：自指代詞。

〔三六〕皇諸孫：謂皇室子孫。《舊唐書·李賀傳》：賀本“宗室鄭王之後。”

〔三七〕韓吏部：謂韓愈，愈曾任吏部侍郎，故稱。道：稱贊。《新唐書·李賀傳》：“(賀)七歲能辭章。韓愈、皇甫湜始聞未信，過其家，使賀賦詩，援筆輒就，如素構，自目曰《高軒過》。二人大驚，自是有名。”

〔三八〕不足爲其態：難以形容賀詩之神態。

〔三九〕盎(àng)盎：和盛貌。

〔四〇〕和：和諧。

〔四一〕格：風格。

〔四二〕風檣句：謂航行于風浪中的船隻，或在戰場上馳騁的駿馬。

〔四三〕瓦棺篆鼎：陶土製成之棺，刻有秦篆之鼎(喻其年代久遠)。瓦棺，燒土爲棺，古之習俗。《禮記·檀弓》上：有虞氏瓦棺，夏后氏

　　聖周,殷人棺椁。"

〔四四〕荒國阤(duò)殿:荒蕪之都城,衰敗之宫殿。阤,破敗。

〔四五〕梗莽丘壠:荒草叢生之墳墓。

〔四六〕鯨呿(qū)鼇擲:如鯨之張口,如鼇之跳躍。呿,張口貌。鼇,海中
　　　　大鼇。

〔四七〕牛鬼蛇神:牛變鬼,蛇成神,形容虚荒怪誕。

〔四八〕蓋騷句:意謂賀詩繼承屈原《離騷》之精神。蓋,推原之詞。苗
　　　　裔,後代子孫。

〔四九〕理:道理,即下文所説之"感怨刺懟"、"君臣理亂"等思想内容。

〔五〇〕刺懟(duì):諷刺怨恨。

〔五一〕理亂:治與亂。唐人避高宗李治諱,改"治"爲"理"。

〔五二〕金銅仙人辭漢歌:賀詩名篇之一,詩以擬人手法寫漢武帝所鑄之
　　　　銅人爲魏明帝拆遷時之悲凉思緒。

〔五三〕補梁庾肩吾宫體謡:現存李賀詩集題作《還自會稽歌》。

〔五四〕離絶句:意謂賀詩描摹情感和狀態,意象在文字之外。筆墨,文
　　　　辭。畦(qí)逕,途徑,畦,田間空道,意即字裏行間。

〔五五〕少加以理:稍稍再充實思想,即再增加有關君臣理亂,感怨刺懟
　　　　方面的内容。

〔五六〕奴僕句:意謂要將《離騷》作爲奴僕驅使亦無不可了。

〔五七〕京兆:京都。杜牧爲京兆萬年(今陝西省西安市)人,故稱。

　　本文先叙爲李賀詩集作序之由,次評李賀詩歌的藝術成就、風格及
其不足之處。由于筆端含情,詞藻富贍而精闢,故其本身即爲富于感染
力之優美散文。杜牧對李賀的詩歌不作正面論述,而是運用生動的比
喻,指出賀詩具有强烈的藝術魅力和豐富的想象力,並將賀詩與屈騷比
較,既指出其詩寓怨刺的一脈相承之關係,又指出其"理雖不足,辭或過
之"的得失所在,評價全面公允,至今稱詩序名篇。
　　賀貽孫《詩筏》曰:"唐人作唐人詩序,亦多誇詞,不盡與作者痛癢相
中。惟杜牧之作《李長吉序》,可以無媿,然亦有足商者。……余每訝序

中‘春和’、‘秋潔’二語，不類長吉，似序儲、王、韋、柳五言古詩。而‘雲烟綿聯’、‘水之迢迢’，又似爲微之《連昌宮詞》、香山《長恨歌》諸篇作贊。若‘時花美女’，則《帝京篇》、《公子行》也。此外數段，皆爲長吉傳神，無復可議矣。其謂長吉詩爲‘騷之苗裔’一語，甚當。蓋長吉詩多從《風》、《雅》及《楚辭》中來，但入詩歌中，遂成創體耳。又謂‘理雖不及，辭或過之，使加以理，奴僕命騷可也’數語，吾有疑焉。夫唐詩所以夐絕千古者，以其絕不言理耳。宋之程、朱及故陳白沙諸公，惟其談理，是以無詩。彼《六經》皆明理之書，獨毛詩三百篇不言理，惟其不言理，所以無非理也。聖賢讀‘素絢’而得‘禮後’，讀‘尚絅’而得‘闇然’，讀‘唐棣’而得‘思遠’。蓋聖賢事境圓明，風謠工歌，無不可以入理。若但作理解，則固陋已甚，且不能如匡鼎之解頤，又安能若西河之起予哉！楚騷雖惠愛惻怛，然其妙在荒唐無理，而長吉詩歌所以得爲騷苗裔者，政當于無理中求之，奈何反欲加以理耶？理襲辭鄙，而理亦付之陳言矣，豈復有長吉詩歌，又豈復有騷哉！”

　　賀貽孫對杜牧之論，有贊同者，亦有不以爲然者，原無不可。然其對“理”字之解釋，不合序文本意。杜牧所謂“理”，與“辭”相對，指詩作之思想感情，而“辭”則爲辭藻文采之意。他批評賀詩在“理”上比之屈騷略顯不足，而在“辭”上則綽有餘裕。而宋詩中所表現之“理”，與“意”、“情”相對，屬於抽象議論。一般以爲宋詩多議論，正是病其枯澀。嚴羽《滄浪詩話》云：“本朝尚理而病于意。”吳喬《圍爐詩話》曰：“唐人以詩爲詩，宋人以文爲詩；唐詩主于性情，故于《三百篇》近，宋詩主于議論，故于《三百篇》遠。”賀貽孫將杜序所說之“理”與宋代理學及宋詩多議論之“理”混爲一談，毫釐千里矣。

罪　　言〔一〕

　　國家大事，牧不當官，言之實有罪，故作《罪言》。

〔一〕本文作于大和八年(八三四)。時作者年三十二歲,爲牛僧孺淮南
　　　節度幕府掌書記。

篇首説明題意。

　　生人常病兵〔一〕,兵祖於山東〔二〕,胤於天下〔三〕,不得
山東,兵不可死〔四〕。山東之地,禹畫九土〔五〕,曰冀州
野〔六〕。舜以其分太大〔七〕,離爲幽州〔八〕,爲并州〔九〕,程
其水土〔一〇〕,與河南等〔一一〕,常重十一二〔一二〕。故其人
沉鷙多才力〔一三〕,重許可〔一四〕,能辛苦。自魏、晉以下,
胤浮羡淫〔一五〕,工機纖雜〔一六〕,意態百出〔一七〕,俗益蕩
弊〔一八〕,人益脆弱。唯山東敦五種〔一九〕,本兵矢〔二〇〕,他
不能蕩而自若也〔二一〕。復産健馬,下者日馳二百
里〔二二〕,所以兵常當天下〔二三〕。冀州,以其恃强不循理,
冀其必破弱,雖已破,冀其復强大也〔二四〕。并州,力足以
并吞也。幽州,幽陰慘殺也。故聖人因其風俗〔二五〕,以爲
之名。

〔一〕生人:生民,百姓。唐避太宗世民諱,稱“民”爲“人”。病兵:痛恨
　　　戰爭。
〔二〕祖:始。山東:指太行山以東、黄河以北地區,包括今河北和山東
　　　部分地區。
〔三〕胤(yìn):《爾雅・釋詁》曰:“胤,繼也。”
〔四〕死:滅絶。
〔五〕禹畫九土:史載舜時洪水泛濫,夏禹受命治水,劃分天下爲九州。
　　　《尚書・禹貢》:“禹敷土,隨山刊木,奠高山大川。”所劃九州爲:

冀、豫、雍、揚、兗、徐、梁、青、荆。九土,即九州。

〔六〕冀州:九州之一,包括今山西省、河北省西北部,河南省北部,遼
　　　寧省西部。野:分野。區域;範圍。

〔七〕舜:虞舜,上古五帝之一。分:分野。

〔八〕離:分。幽州:今河北省北部及遼寧省一帶。

〔九〕并州:今河北省保定、正定,山西省太原、大同等地。

〔一〇〕程:計,量。

〔一一〕河南:謂山東、河南兩省黃河以南地區。等:相等。

〔一二〕重:增加。

〔一三〕沉鷙(zhì):性情深沉勇猛。

〔一四〕重許可:重視許諾,講信用。

〔一五〕胤浮羨淫:習俗浮華,競求逸樂。胤,胤嗣。此謂承繼。羨,
　　　趨慕。

〔一六〕工機:善於取巧。纖雜:細碎。

〔一七〕意態百出:神情姿態多變。

〔一八〕蕩弊:放縱腐敗。

〔一九〕敦五種:謂重視農耕。五種,五種穀物:黍、稷、菽、麥、麻(一
　　　作稻)。

〔二〇〕本兵矢:以戰備爲本業。

〔二一〕他不句:意謂其他地方的不良風氣不能破壞山東原有的重視農
　　　耕和戰備的傳統,因而能保持其地方特色。

〔二二〕下者:謂下等的馬。

〔二三〕兵:兵力。當:抵擋。

〔二四〕冀州五句:解釋冀州得名原由,謂其人仗力恃強,不講道理,故望
　　　其衰敗而被征服,最終,又盼其能重新強大。

〔二五〕聖人:謂上文舜、禹。

　　以上概括介紹山東之民風。

黄帝時〔二六〕，蚩尤爲兵階〔二七〕，自後帝王，多居其地，豈尚其俗都之邪〔二八〕？自周劣齊霸〔二九〕，不一世〔三〇〕，晉大〔三一〕，常傭役諸侯〔三二〕。至秦萃鋭三晉〔三三〕，經六世乃能得韓〔三四〕，遂折天下脊〔三五〕，復得趙〔三六〕，因拾取諸國〔三七〕。秦末韓信聯齊有之〔三八〕，故蒯通知漢、楚輕重在信〔三九〕。光武始於上谷，成於鄗〔四〇〕。魏武舉官渡，三分天下有其二〔四一〕。晉亂胡作〔四二〕，至宋武號爲英雄〔四三〕，得蜀得關中〔四四〕，盡得河南地，十分天下有八，然不能使一人渡河以窺胡〔四五〕。至于高齊荒蕩〔四六〕，宇文取得〔四七〕，隋文因以滅陳，五百年間，天下乃一家〔四八〕。隋文非宋武敵也〔四九〕，是宋不得山東，隋得山東，故隋爲王，宋爲霸。由此言之，山東，王者不得，不可爲王；霸者不得，不可爲霸；猾賊得之〔五〇〕，是以致天下不安。

〔二六〕黄帝：傳説爲我國遠古中原各族的共同祖先，姬姓，號軒轅氏。曾率各部落在涿鹿(今屬河北省)擊殺蚩尤，被尊爲天子。因有土德之瑞，故號黄帝。

〔二七〕蚩尤句：原注："阪泉，在今嬀(guī)川縣。"阪(bǎn)泉爲黄帝與炎帝交戰之地，而與蚩尤戰於涿鹿，兩地相距不遠，故注阪泉以概之。《史記·五帝本紀》曰："(黄帝)與炎帝戰於阪泉之野，三戰，然後得其志。蚩尤作亂，不用帝命，於是黄帝乃徵師諸侯，與蚩尤戰於涿鹿之野，遂禽殺蚩尤。"又，《史記集解》引孔安國語："九黎君號蚩尤。"爲兵階，謂挑起戰争。

〔二八〕尚：尊重。都之：以山東之地爲國都。

〔二九〕周劣齊霸：謂春秋時周天子衰落而齊桓公稱霸諸侯。

〔三〇〕一世：三十年。

〔三一〕晉大：晉國强大。晉文公繼齊桓公之後稱霸諸侯。

〔三二〕傭役諸侯：役使諸侯各國。

〔三三〕萃銳三晉：集中精銳兵力對付三晉。三晉：春秋末（前四〇三）魏、趙、韓三家卿大夫分晉而建立諸侯國，故稱。

〔三四〕六世：秦自孝公、惠文王、武王、昭王、孝文王、莊襄王，爲六世。得韓：滅韓。韓國在今山西省東南角和河南省中部，介乎魏、秦、楚之間，爲軍事要衝，前二三〇年亡于秦。

〔三五〕脊：脊梁。此喻韓地形勢險要。

〔三六〕趙：在今山西省中部、陝西省東北角、河北省西南部。

〔三七〕拾取諸國：秦滅韓後，九年內接連攻滅魏、趙、齊、楚、燕諸國。拾取，謂攻滅諸國易如取物。

〔三八〕韓信聯齊有之：韓信圍攻齊國，據有其地。韓信，淮陰（今江蘇省靖江縣西南）人，助劉邦取天下，戰功卓著，後因謀反被誅。

〔三九〕蒯（kuǎi）通：范陽（今河北省定興北固城鎮）人，謀士。《史記·淮陰侯列傳》：“齊人蒯通知天下權在韓信，欲爲奇策而感動之，以相人説韓信曰：‘……當今兩主之命縣於足下。足下爲漢則漢勝，與楚則楚勝。……莫若兩利而俱存之，參（三）分天下，鼎足而居。’”韓信猶豫不忍背漢，遂謝蒯通。

〔四〇〕光武兩句：《後漢書·光武帝紀》：“上谷太守耿況遣其將寇恂將突騎來助擊王朗……諸將議上尊號，行至鄗，羣臣因得奏。於是命有司設壇場於鄗南千秋亭五成陌。六月己未，即皇帝位，建元爲建武，改鄗爲高邑。”上谷，郡名，治沮陽，在今河北省懷來縣東南。鄗（hào），古縣名，在今河北省柏鄉縣北。

〔四一〕魏武兩句：謂曹操攻佔官渡後，據有天下三分之二的地方。魏武，曹操（一五五—二二〇），字孟德，漢獻帝時封魏王，子丕稱帝後，追尊其爲武帝。舉，拔取。官渡，在今河南省中牟縣東北。建安五年（二〇〇），曹操在此以劣勢兵力消滅袁紹主力，爲統一北方奠定基礎。

〔四二〕晉亂胡作：謂西晉政治混亂引起十六國大亂。胡，對北方少數民族的蔑稱，此謂匈奴、鮮卑、羯、氐、羌五個少數民族。

〔四三〕宋武：謂宋武帝劉裕。裕曾率兵北伐，收巴蜀，官相國，封宋王，
　　　元熙二年(四二○)代晉稱帝。

〔四四〕關中：謂函谷關以西、今陝西省一帶。

〔四五〕窺胡：窺探敵人虛實，此謂收復被少數民族佔領的失地。

〔四六〕高齊：北朝齊國(五五○——五七七)，高洋所建，都鄴(今河北省
　　　臨漳縣西南)，佔有今洛陽以東晉、冀、魯、豫及内蒙古一部分地
　　　區。荒蕩：荒淫無道。北齊幾個皇帝無不殘虐淫亂。

〔四七〕宇文取得：謂北周武帝宇文邕於公元五七七年滅北齊。

〔四八〕隋文三句：謂隋文帝楊堅於公元五八九年滅陳，最終結束了自漢
　　　末以來五百年間大分裂的局面，重新統一天下。按，漢末至隋，其
　　　間不足五百年，此舉其成數而言。

〔四九〕敵：對手。

〔五○〕猾賊：奸狡，此謂狡詐之割據者。《史記·高祖本紀》：“懷王諸老
　　　將皆曰：‘項羽爲人僄悍猾賊。’”

以上以歷代成敗事實說明山東地理形勢之重要。

　　國家天寶末〔五一〕，燕盜徐起〔五二〕，出入成皋、函、潼
間〔五三〕，若涉無人地，郭、李輩常以兵五十萬〔五四〕，不能
過鄴〔五五〕。自爾一百餘城〔五六〕，天下力盡，不得尺寸，人
望之若迴鶻、吐蕃〔五七〕，義無有敢窺者。國家因之畔河修
障戍〔五八〕，塞其街蹊〔五九〕，齊、魯、梁、蔡〔六○〕，被其風
流〔六一〕，因亦爲寇。以裏拓表，以表撑裏〔六二〕，混湣迴
轉〔六三〕，顛倒橫斜〔六四〕，未嘗五年間不戰，生人日頓
委〔六五〕，四夷日猾熾〔六六〕，天子因之幸陝、幸漢中〔六七〕，
焦焦然七十餘年矣〔六八〕，嗚呼！運遭孝武〔六九〕，澣衣一

肉〔七〇〕,不畋不樂〔七一〕,自卑冗中拔取將相〔七二〕,凡十三年〔七三〕,乃能盡得河南、山西地〔七四〕,洗削更革〔七五〕,罔不順適,唯山東不服,亦再攻之,皆不利以返〔七六〕。豈天使生人未至於帖泰耶〔七七〕?豈其人謀未至耶?何其艱哉,何其艱哉!

〔五一〕天寶:唐玄宗年號(七四二—七五五)。

〔五二〕燕盜:謂安史之亂。安祿山,營州柳城(今遼寧省朝陽南)胡人,爲平盧、范陽、河東三鎮節度使,天寶十四載(七五五)與親信史思明發動叛亂,自稱大燕皇帝。代宗廣德元年(七六三),亂平。

〔五三〕成皋:在今河南滎陽縣。函:函谷關。潼:潼關,在今陝西省潼關縣北。

〔五四〕郭李:郭子儀和李光弼,均當時平亂主將。

〔五五〕鄴:今河南省安陽縣,爲安史叛軍重要據點。據《資治通鑑》卷二二一:肅宗乾元二年(七五九),郭子儀和李光弼等曾以六十萬重兵在此與安史叛軍決戰,由於缺乏統一指揮,未能取勝。

〔五六〕一百餘城:謂被安史叛軍佔領之山東諸城。

〔五七〕迴鶻(hú):即回紇,北方少數民族之一,唐德宗貞元四年(七八八)改稱回鶻。曾助唐平定安史叛亂。吐蕃(bō):古代藏族所建立之地方政權,唐時與中原有較密切的政治、經濟和文化聯繫。

〔五八〕畦(qí)河:以黃河爲界。畦,用作動詞"劃"解。障戍:防守用的土城牆。

〔五九〕街蹊(xī):猶道路。

〔六〇〕齊、魯:指淄青鎮,據有今山東省大部地區,治所青州(今山東省益都縣)。原爲平盧鎮,治所營州(今遼寧省朝陽縣),有今河北灤河下游以東、遼寧大凌河以西地區,爲安史叛軍據點。肅宗上元二年(七六一)節度使侯希逸舉衆南遷淄青,此後遂稱淄青,或稱淄青平盧,或稱平盧。梁:指宣武鎮,據有今河南省、山東省部分

地區,治所汴州(今河南省開封市)。蔡:指淮西鎮,據有今河南
省南部地區,治所在蔡州(今河南省汝南縣)。

〔六一〕被其風流:謂受山東地區藩鎮叛亂風氣之影響。

〔六二〕以裏兩句:謂藩鎮叛亂自山東擴展至河南,它們互爲表裏,相互
支持。裏,謂山東叛鎮;表,謂河南叛鎮。

〔六三〕混澒(hòng)迴轉:連續不斷貌。

〔六四〕顛倒橫斜:混亂不堪貌。

〔六五〕頓委:疲乏狼狽。

〔六六〕四夷:謂回鶻、吐蕃等少數民族。夷,對少數民族之蔑稱。猖熾
(chì):謂侵略氣焰囂張。

〔六七〕天子句:謂代宗於廣德元年(七六三)逃至陝州(今河南省陝縣)
避吐蕃亂事。據《資治通鑑》卷二二二:"吐蕃帥吐谷渾、党項、氐、
羌二十餘萬衆,彌漫數十里,已自司竹園渡渭,循山而東。……上
方治兵,而吐蕃已度便橋,倉猝不知所爲。丙子,出幸陝州。"幸,
天子出巡,此爲避難之婉稱。幸漢中:德宗於建中四年(七八三)
避朱泚(cǐ)亂,逃至奉天(今陝西省乾縣),次年李懷光叛亂,又逃
至漢中(今陝西省漢中市)避難。

〔六八〕焦焦然:窘迫不振貌。七十餘年:自安史叛亂至寫本文止凡七十
九年。

〔六九〕孝武:謂唐憲宗。憲宗諡號"神聖章武孝皇帝"。

〔七〇〕澣(huàn)衣:謂衣不厭舊。澣,洗去衣物污垢。一肉:每餐僅食
一種肉食。史稱晏子"食不重(chóng)肉"(《史記・管晏列傳》)。

〔七一〕不畋(tián)不樂:謂憲宗不事田獵不好音樂。按,牧之《感懷》詩
中亦有類似稱美憲宗詩句,可參看。

〔七二〕自卑冗(rǒng)句:據《資治通鑑》卷二三七:憲宗元和元年(八〇
六),西川節度使劉闢反抗朝廷,宰相杜黃裳向憲宗薦舉高崇文爲
統帥,拜左神策行營節度使,"時宿將名位素重者甚衆,皆自謂當
征蜀之選,及詔用崇文,皆大驚。"卑冗,謂地位低微。

〔七三〕凡十三年:自憲宗即位,至元和十二年(八一七)收回蔡州、平定

淮西,前後正十三年。

〔七四〕山西:太行山以西地區,約當今山西省。

〔七五〕洗削更革:謂掃平藩鎮,加以改革整頓。

〔七六〕唯山東三句:據《資治通鑑》卷二四〇:憲宗曾於元和十一年、元和十二年,詔河東、幽州、義成等六鎮兩次討伐成德鎮王承宗,由于軍無統帥,諸軍互相觀望,終于勞而無功。平定淮西後,朝廷無力征討,"詔洗雪王承宗及成德將士,復其官爵。"以妥協告終。

〔七七〕帖泰:安定。

以上寫山東自安史亂後即爲藩鎮所據,叛亂不絕,國家不寧,人民無從安定生活。

今日天子聖明,超出古昔,志於平理〔七八〕。若欲悉使生人無事,其要在於去兵,不得山東,兵不可去,是兵殺人無有已也。今者上策莫如自治。何者?當貞元時〔七九〕,山東有燕、趙、魏叛〔八〇〕,河南有齊、蔡叛〔八一〕,梁、徐、陳、汝、白馬津、盟津、襄、鄧、安、黃、壽春〔八二〕,皆成厚兵〔八三〕,凡此十餘所,纔足自護治所〔八四〕,實不輟一人以他使〔八五〕,遂使我力解勢弛〔八六〕,熟視不軌者〔八七〕,無可奈何。階此〔八八〕,蜀亦叛〔八九〕,吳亦叛〔九〇〕,其他未叛者,皆迎時上下〔九一〕,不可保信。自元和初至今二十九年間〔九二〕,得蜀〔九三〕,得吳,得蔡,得齊,凡收郡縣二百餘城,所未能得,唯山東百城耳。土地人户、財物甲兵,校之往年〔九四〕,豈不綽綽乎〔九五〕?亦足自以爲治也。法令制度,品式條章〔九六〕,果自治乎?賢才奸惡,搜選置捨〔九七〕,果自治乎?障戍鎮守,干戈車馬,果自治乎?井

閭阡陌〔九八〕,倉廩財賦,果自治乎?如不果自治,是助虜
爲虐〔九九〕,環土三千里〔一〇〇〕,植根七十年,復有天下陰
爲之助〔一〇一〕,則安可以取?故曰,上策莫如自治。

〔七八〕平理:猶平治。唐避高宗李治諱,稱"治"爲"理"。
〔七九〕貞元:唐德宗年號(七八五——八〇四)。按:下文所記均係建中
　　　二、三年間事,此處恐有誤。
〔八〇〕燕趙魏叛:指德宗建中二年(七八一),幽州盧龍節度使朱滔、成
　　　德觀察使王武俊及魏博節度使田悦反叛朝廷事。
〔八一〕齊、蔡叛:德宗建中二年,割據淄青鎮的李正己謀反。次年,淮寧
　　　節度使李希烈自稱天下都元帥反叛。淮寧,即淮西,治所在蔡州
　　　(今河南省汝南縣)。
〔八二〕梁:梁州,治所在今河南省開封市。徐:徐州,治所在今江蘇省徐
　　　州市。陳:陳州,治所在今河南省淮陽縣。汝:汝州,治所在今河
　　　南省臨汝縣。白馬津:在今河南省滑縣。盟津:在今河南省孟
　　　縣。襄:襄州,治所在今湖北省襄陽縣。鄧:鄧州,治所在今河南
　　　省鄧縣。安:安州,治所在今湖北省安陸縣。黃:黃州,治所在今
　　　湖北省黃岡縣。壽春:壽州治所,今安徽省壽縣。
〔八三〕戍:駐守。厚兵:重兵。
〔八四〕自護:自守。
〔八五〕實不句:謂難抽調一人去作他用。輟(chuò),通"掇",拾取,此謂
　　　調派。
〔八六〕力解(xiè)勢弛:勢力衰弱。解,通"懈"。
〔八七〕不軌者:指割據反叛之藩鎮。
〔八八〕階此:由此。
〔八九〕蜀:謂西川節度使劉闢叛亂。
〔九〇〕吳亦叛:憲宗元和二年(八〇七),鎮海節度使李錡反叛,不久兵
　　　敗被殺。
〔九一〕迎時上下:迎合時勢,見風使舵。

〔九二〕元和：憲宗年號(八〇六——八二〇)。

〔九三〕得：平定；收復。

〔九四〕校：通“較”。

〔九五〕綽綽：寬裕貌。

〔九六〕品式：官吏的等級及其相應的待遇(如服飾等)。條章：條例章程。

〔九七〕賢才兩句：謂搜求選拔賢才，處置捨棄奸惡小人。

〔九八〕井閭(lú)：泛指戶口。古制八家爲井，里門稱閭。阡陌：田間小路，指土地。

〔九九〕助虜爲虐：幫助叛逆者爲非作歹。《孟子·滕文公》下：“周公相武王，誅紂伐奄。”朱熹《集注》：“奄，東方之國，助紂爲虐者也。”

〔一〇〇〕環土三千里：意謂河北三鎮佔有廣闊土地。環土，周圍的土地。

〔一〇一〕天下：指各地圖謀不軌勢力。

　　以上指出元和後，平定蜀、吳、齊、蔡等藩鎮叛亂，形勢於朝廷有利，只須進一步採取措施，即可擴大戰果，徹底平定河北三鎮。上策莫如從整頓法令、選用賢才、加強戰備入手，求得自治。

　　中策莫如取魏〔一〇二〕。魏於山東最重，於河南亦最重。何者？魏在山東，以其能遮趙也〔一〇三〕，既不可越魏以取趙，固不可越趙以取燕〔一〇四〕，是燕、趙常取重於魏〔一〇五〕，魏常操燕、趙之性命也〔一〇六〕。故魏在山東最重。黎陽距白馬津三十里〔一〇七〕，新鄉距盟津一百里〔一〇八〕，陣壘相望〔一〇九〕，朝駕暮戰〔一一〇〕，是二津虜能潰一〔一一一〕，則馳入成皋不數日間，故魏於河南間亦最重。今者願以近事明之。元和中，纂天下兵〔一一二〕，誅蔡誅齊，頓之五年〔一一三〕，無山東憂者，以能得魏也〔一一四〕。
昨日誅滄〔一一五〕，頓之三年，無山東憂者，亦以能得魏
也〔一一六〕。長慶初誅趙〔一一七〕，一日五諸侯兵四出潰
解〔一一八〕，以失魏也〔一一九〕。昨日誅趙〔一二〇〕，罷如長慶
時〔一二一〕，亦以失魏也〔一二二〕。故河南、山東之輕重，常
懸在魏，明白可知也。非魏强大能致如此，地形使然也。
故曰，取魏爲中策。

〔一〇二〕魏：魏博鎮，治所在魏州(今河北省大名縣東北)。

〔一〇三〕遮趙：掩蔽趙地。趙，成德軍，治所在恒州(今河北省正定縣)。

〔一〇四〕燕：盧龍鎮，治所在幽州(今北京市)。

〔一〇五〕取重：借重；依靠。

〔一〇六〕操：掌握。

〔一〇七〕黎陽：在今河南省濬縣。

〔一〇八〕新鄉：今河南省新鄉縣。原注：“黎陽、新鄉，並屬衛州。”

〔一〇九〕陴(pí)：城上短牆。壘：營壘。

〔一一〇〕朝駕暮戰：早晨駕兵車出發，黃昏即能到達與之接戰。

〔一一一〕二津：謂白馬津、盟津。

〔一一二〕纂：集。

〔一一三〕頓：駐兵。

〔一一四〕得魏：原注：“田弘正來降。”元和七年(八一二)八月，魏博節度
　　　　　使田季安死，部將擁戴田弘正(原名興，字安道)，田率魏博六州
　　　　　歸順朝廷。朝廷以田爲節度使，爲五年後的平定淮西吳元濟創
　　　　　造了條件。

〔一一五〕昨日誅滄：謂平定橫海節度副使李同捷(詳參前《感懷詩》注
　　　　　〔一〕)。

〔一一六〕亦以句：原注：“史憲誠來降。”李同捷反叛之初，魏博節度使史
　　　　　憲誠曾助以糧餉，後聞李將敗而懼，奉表請入朝聽命，遂使平定

　　滄景之戰取得勝利。

〔一一七〕長慶：唐穆宗年號(八二一—八二四)。誅趙：謂討伐成德都知
　　　　兵馬使王庭湊。穆宗長慶元年，庭湊殺節度使田弘正，自稱留
　　　　後作亂，穆宗下詔魏博、橫海、昭義、河東、義武諸軍討伐之。

〔一一八〕五諸侯兵：謂上述五路討伐王庭湊之藩鎮軍。

〔一一九〕以失魏也：原注："田布死。"謂五路討伐軍潰敗是由于失去魏
　　　　博軍支持之故。據《資治通鑑》卷二四二：長慶二年，參加討伐
　　　　成德軍之魏博節度使田布因部將史憲誠謀叛而自殺，朝廷即任
　　　　史憲誠爲魏博節度使。史表面順從朝廷，實則與王庭湊等叛鎮
　　　　勾結。朝廷不得已，"以庭湊爲成德節度使，軍中將士官爵皆復
　　　　其舊"。

〔一二〇〕昨日誅趙：謂文宗太和二年(八二八)，王庭湊陰以鹽糧助李同
　　　　捷，文宗下詔削其官爵，命將進討。

〔一二一〕罷(pí)如句：謂日前征討王庭湊，疲憊之況與長慶初年討伐王
　　　　時相仿佛。

〔一二二〕亦以失魏：原注："李聽敗。"據《資治通鑑》卷二四四：文宗太和
　　　　三年，朝廷以李聽兼魏博節度使(李原爲義成節度使)討伐王庭
　　　　湊，因魏博部將何進滔叛亂，李聽大敗。朝廷無力征討，"赦庭
　　　　湊及將士，復其官爵"。

　　以上説明魏博鎮舉足輕重之地理形勢，故提出中策：收復魏博鎮。

　　　最下策爲浪戰，不計地勢、不審攻守是也〔一二三〕。兵
多粟多，驅人使戰者，便於守；兵少粟少，人不驅自戰者，
便於戰。故我常失於戰，虜常困於守〔一二四〕。山東之人，
叛且三五世矣〔一二五〕，今之後生所見，言語舉止，無非叛
也，以爲事理正當如此，沉酣入骨髓〔一二六〕，無以爲非者。

指示順向，詆侵族巒，語曰叛去，酋酋起矣〔一二七〕。至於
有圍急食盡，餤屍以戰〔一二八〕，以此爲俗，豈可與決一勝
一負哉？自十餘年來，凡三收趙〔一二九〕，食盡且下。堯山
敗〔一三〇〕，趙復振；下博敗〔一三一〕，趙復振；館陶
敗〔一三二〕，趙復振。故曰，不計地勢、不審攻守，爲浪戰，
最下策也。

〔一二三〕計：推究。審：考察。

〔一二四〕故我兩句：謂我方常在進攻中失利，而敵人常於防守中受困
　　　　　（因朝廷兵多糧多利於守，叛軍兵少糧少利於攻）。

〔一二五〕且：將近。

〔一二六〕沉酣句：意謂割據叛亂已成風氣，影響極深，如入人骨髓。

〔一二七〕指示四句：喻山東之人受叛亂風氣影響之深，意謂有人教其做
　　　　　何事，皆能順從；有人詆毀他人，則羣起巒割之；甚至於一旦有
　　　　　人號召反叛朝廷，亦立即起而響應。巒（luán），分割。酋酋
　　　　　（qiú）急貌。《爾雅·釋詁》：“遒，急也。”

〔一二八〕餤：同“啖”，吃。

〔一二九〕三收趙：謂三次討伐承德軍。第一次討王承宗，在憲宗元和十
　　　　　一年（八一六）；第二次討王庭湊，在穆宗長慶元年（八二一）；第
　　　　　三次討王庭湊，在文宗太和三年（八二九），前後歷時約十四年。

〔一三〇〕堯山敗：原注：“郗尚書。”郗尚書，郗士美，時爲昭義節度使，曾
　　　　　爲檢校工部尚書，故稱。據《資治通鑑》卷二三九：元和十一年
　　　　　士美曾奏大破承宗兵，斬首千餘級。次年，却“敗於柏鄉，拔營
　　　　　而歸，士卒死者千餘人”。堯山，在今河北省南部，與柏鄉接境。

〔一三一〕下博敗：原注：“杜叔良。”據《資治通鑑》卷二四二：叔良爲橫海
　　　　　節度使，於穆宗長慶元年（八二一）奉詔討王承湊，遇敵輒敗，
　　　　　“監軍謝良通奏叔良大敗於博野”。

〔一三二〕館陶敗：原注：“李聽。”據《資治通鑑》卷二四四：李聽於文宗太

和三年討王庭湊。"時李聽自貝州還軍館陶，遷延未進，……李聽進至魏州，進滔拒之，不得入。秋七月，進滔出兵擊李聽；聽不爲備，大敗，潰走。"館陶，縣名。春秋時因地近陶丘，趙國置館其側，因名。今屬河北省。

以上說明朝廷前後三次收趙失敗，皆浪戰所致，是謂最下策。

本篇寫作動機，杜牧曾自述，曰："往年弔伐之道未甚得所，故作《罪言》。"《資治通鑑》卷二四四亦曰："杜牧憤河朔三鎮之桀驁，而朝廷專事姑息，乃作書，名曰《罪言》。"《新唐書》本傳云："牧追咎長慶以來朝廷措置亡術，復失山東，鉅封劇鎮，所以繫天下輕重，不得承襲輕授，皆國家大事，嫌不當位而言，實有罪，故作《罪言》。"

杜牧時爲淮南節度使牛僧孺幕府掌書記，雖人微言輕，却關心時政，尤痛恨於藩鎮之禍，對朝廷姑息養奸深致不滿。在前《感懷詩》中，他便以五古發抒己見，此則更以政論形式，詳論河北三鎮割據之形成及其危害，大膽抨擊朝廷政策，所論深中肯綮。因其致力於攻守之道，故絕無書生空論，所言均切實可行，絕非僅以文字勝也。劉熙載《藝概·文概》評此文云："杜牧之識見自是一時之傑。觀所作《罪言》，謂'上策莫如自治'，'中策莫如取魏'，'最下策爲浪戰'；又兩進策於李文饒，皆案切時勢，見利害於未然。以文論之，亦可謂不浪戰者矣。"郭正域云："二篇（指《罪言》和《原十六衛》）《樊川集》中錚錚者。"（厲鶚、譚獻評點《唐文粹》引）

戰　論　并序[一]

兵非脆也，穀非殫也，而戰必挫北，是曰不循其道也，故作《戰論》焉。

河北視天下[二]，猶珠璣也[三]；天下視河北，猶四支也〔四〕。珠璣苟無，豈不活身；四支苟去，吾不知其爲人。何以言之？夫河北者，俗儉風渾〔五〕，淫巧不生〔六〕，樸毅堅强，果于耕戰〔七〕。名城堅壘〔八〕，嶺嶭相貫〔九〕；高山大河，盤互交鎖〔一〇〕。加以土息健馬〔一一〕，便于馳敵〔一二〕，是以出則勝，處則饒〔一三〕，不窺天下之產，自可封殖〔一四〕，亦猶大農之家，不待珠璣然後以爲富也。天下無河北則不可，河北既虜〔一五〕，則精甲、銳卒、利刀、良弓、健馬無有也。卒然夷狄驚四邊〔一六〕，摩封疆〔一七〕，出表裹〔一八〕，吾何以禦之？是天下一支兵去矣。河東、盟津、滑臺、大梁、彭城、東平〔一九〕，盡宿厚兵〔二〇〕，以塞虜衝〔二一〕，是六郡之師〔二二〕，嚴飾護疆〔二三〕，不可他使，是天下二支兵去矣。六郡之師，厥數三億〔二四〕，低首仰給〔二五〕，橫拱不爲〔二六〕，則沿淮已北〔二七〕，循河之南〔二八〕，東盡海〔二九〕，西叩洛〔三〇〕，經數千里，赤地盡取〔三一〕，才能應費〔三二〕，是天下三支財去矣。咸陽西北〔三三〕，戎夷大屯〔三四〕，嚇呼膻臊〔三五〕，徹于帝居〔三六〕，周秦單師〔三七〕，不能排闥〔三八〕，于是盡剷吳越、荊楚之饒，以啖兵戎〔三九〕，是天下四支財去矣。乃使吾用度不周，徵徭不常〔四〇〕，無以膏齊民〔四一〕，無以接四夷〔四二〕。禮樂刑政，不暇修治；品式條章〔四三〕，不能備具。是天下四支盡解，頭腹兀然而已〔四四〕。焉有人解四支，其自以能久爲安乎？

　　今者誠能治其五敗，則一戰可定，四支可生。夫天下無事之時，殿寄大臣〔四五〕，偷處榮逸，爲家治具〔四六〕，戰士離落〔四七〕，兵甲鈍弊〔四八〕，車馬刓弱〔四九〕，而未嘗爲之簡帖整飾〔五〇〕，天下雜然盜發，則疾歐疾戰〔五一〕，此宿敗

之師也〔五二〕，何爲而不北乎〔五三〕！是不蒐練之過
者〔五四〕，其敗一也。夫百人荷戈〔五五〕，仰食縣官〔五六〕，則
挾千夫之名〔五七〕，大將小裨〔五八〕，操其餘贏〔五九〕，以虜壯
爲幸，以師老爲娛〔六〇〕，是執兵者常少，糜食者常
多〔六一〕，築壘未乾〔六二〕，公囊已虚。此不責實科食之
過〔六三〕，其敗二也。夫戰輒小勝，則張皇其功〔六四〕，奔走
獻狀，以邀上賞，或一日再賜，一月累封，凱還未歌，書品
已崇〔六五〕。爵命極矣〔六六〕，田宮廣矣〔六七〕，金繒溢
矣〔六八〕，子孫官矣，焉肯搜奇外死，勤于我矣〔六九〕。此厚
賞之過，其敗三也。夫多喪兵士，顛翻大都，則跳身而來，
刺邦而去，迴視刀鋸，菜色甚安，一歲未更，旋已立于壇墀
之上矣〔七〇〕。此輕罰之過，其敗四矣。夫大將將
兵〔七一〕，柄不得專〔七二〕，恩臣詰責〔七三〕，第來揮之〔七四〕。
至如堂然將陣，殷然將鼓〔七五〕，一則曰必爲偃月，一則曰
必爲魚麗〔七六〕，三軍萬夫，環旋翔佯〔七七〕，悀駭之
間〔七八〕，虜騎乘之，遂取吾之鼓旗。此不專任責成之
過〔七九〕，其敗五也。

　　元和時，天子急太平〔八〇〕，嚴約以律下〔八一〕，常團兵
數十萬以誅蔡〔八二〕，天下乾耗〔八三〕，四歲然後能取，此蓋
五敗不去也。長慶初〔八四〕，盜據子孫，悉來走命〔八五〕，是
内地無事，天子寬禁厚恩，與人休息〔八六〕。未幾而燕、趙
甚亂，引師起將〔八七〕，五敗益甚，登壇注意之臣，死竄且
不暇〔八八〕，復焉能加威于反虜哉。今者誠欲調持干戈，灑
掃垢汙〔八九〕，以爲萬世安，而乃踵前非〔九〇〕，踵前非是不
可爲也。

　　古之政有不善，士傳言，庶人謗〔九一〕。發是論者，亦

且將書于謗木〔九二〕，傳于士大夫，非偶言而已。

〔一〕本文約作于文宗大和八年，與《罪言》同時。

〔二〕河北：道名，治所在魏州（今河北省大名縣東北），轄境相當今北京市、河北省、遼寧省大部，河南、山東古黃河以北地區。

〔三〕珠璣：珠玉。《資治通鑑》卷二四四胡注："言河北不資天下所產以爲富。"

〔四〕四支：四肢。

〔五〕俗儉風渾：風俗儉樸渾厚。

〔六〕淫巧：邪惡巧詐。

〔七〕果于耕戰：勤于農耕，勇于作戰。

〔八〕堅壘：堅固的軍壘。

〔九〕嶺嵲（yè niè）相貫：山巒連貫。嶺，原注："音頁。"山高貌。嵲，原注："音五結切。"山。

〔一〇〕盤互交鎖：盤結交錯。

〔一一〕息：生；產。

〔一二〕馳敵：馳騁抵拒。

〔一三〕是以兩句：謂因而對外則戰無不勝，退守則資源富饒。

〔一四〕封殖：聚斂貨財。

〔一五〕虜：謂被藩鎮所竊據。

〔一六〕卒（cù）然：突然。卒，通"猝"。夷狄：蔑稱回鶻、党項等西北少數民族。

〔一七〕摩封疆：謂侵擾邊境。摩，染指，侵擾。封疆，領土。

〔一八〕表裏：謂國境內外。

〔一九〕河東：唐方鎮名，治所在太原（今山西太原市西南晉源鎮）。盟津，即孟津，指河陽軍，治所在河陽（今河南省孟縣西南）。滑臺，即義成軍，治所在滑州（今河南省滑縣東滑縣城）。大梁，即宣武軍，治所在汴州（今河南省開封市）。彭城，即武寧軍，治所在今江蘇省徐州市。東平，即天平軍，治所在今山東省東平東。

〔二〇〕宿：駐守。

〔二一〕以塞虜衝：以抵擋敵寇之突擊。

〔二二〕六郡：謂上述河東等六郡。

〔二三〕嚴飾：戒備。

〔二四〕厥：其。

〔二五〕仰給(jǐ)：依賴供應。

〔二六〕橫拱不爲：謂無所事事。《資治通鑑》胡注："橫拱者，言橫其兩
　　　　肱，拱立而事其帥，他無所爲也。"

〔二七〕淮：淮河。

〔二八〕河：黃河。

〔二九〕海：東海。

〔三〇〕卭：此謂接近。洛：洛河。

〔三一〕赤地盡取：意謂將以上地區所有財物，罄其所有，搜括一空。赤
　　　　地，地面寸草不生。

〔三二〕應費：應付供給之費用。

〔三三〕咸陽：在今陝西省。

〔三四〕戎夷：謂西北回鶻、党項等少數民族。大屯：聚集屯紮，謂圖謀侵
　　　　略。

〔三五〕嚇(hè)呼膻(shān)臊(sào)：形容敵人侵略時的囂張氣焰。嚇
　　　　呼，恐嚇聲。膻臊，牛羊腥味。西北少數民族多食牛羊肉，因云。

〔三六〕徹于帝居：謂聲聞京都。徹，通。帝居，謂京都。

〔三七〕周秦：指代唐王朝。單師：謂少量軍隊。

〔三八〕排闥：謂驅逐敵寇。

〔三九〕盡剗兩句：謂盡力刮取吳越、荊楚富饒之物產，以供養防邊士卒。
　　　　剗，刮取。吳越，今江浙一帶，古屬吳越，故稱。荊楚，即古楚國。
　　　　饒，物產豐富。啖(dàn)食。此謂供養。

〔四〇〕徵徭：徵稅和服徭役。不常：無定時。

〔四一〕膏齊民：使百姓得到恩澤。膏，滋潤。齊民，平民。《管子·君
　　　　臣》下："齊民食于力，則作本。"

〔四二〕接四夷：對付四方各族。四夷，蔑稱漢族以外之各少數民族，即
　　　　東夷、西戎、南蠻、北狄之省稱。

〔四三〕品式條章：見前《罪言》注〔一九〕。

〔四四〕兀(wù)然：光禿禿的樣子。

〔四五〕殿寄大臣：《資治通鑑》胡注：“謂受殿邦之寄者，牧蓋謂當時節度
　　　　使也。”

〔四六〕治具：猶言蓄產。

〔四七〕離落：離散流落。

〔四八〕兵甲鈍弊：兵器不利，鎧甲破舊。弊，通“敝”。

〔四九〕刓(wán)：刓敝，凋敝。

〔五〇〕簡帖整飭：檢查補充，整頓治理。簡，檢查。帖，通“貼”，補充。
　　　　飾，通“飭”；治。

〔五一〕疾毆疾戰：急速驅馳，倉促應戰。毆，同“驅”。

〔五二〕宿敗：常敗。

〔五三〕北：敗。

〔五四〕蒐(sōu)練：檢閱操練。蒐，檢閱；閱兵。《左傳·成公十六年》：
　　　　“蒐乘補卒，秣馬利兵。”

〔五五〕荷(hè)戈：肩負兵器。戈，古兵器，如戟而橫刃。

〔五六〕仰食縣官：意謂依賴朝廷供養。縣官，指朝廷。

〔五七〕挾：憑藉。

〔五八〕裨(pí)：偏將。

〔五九〕操其餘贏：謂大小將領把持兵員空額，中飽私囊。

〔六〇〕以虜兩句：謂以敵兵強盛爲幸事，而以己方兵力疲弱爲樂事。

〔六一〕糜(mí)食者：坐食消耗者。糜，通“靡”，費。

〔六二〕壘：軍營。

〔六三〕責實科食：按實情徵用糧食。科，徵稅。

〔六四〕張皇：誇大。

〔六五〕凱還(xuán)兩句：《資治通鑑》胡注：“戰勝，則奏凱歌而還。書
　　　　品，謂書其官品也。”還，通“旋”。品，官吏的品位等級。崇，升高。

〔六六〕爵命：謂爵位。

〔六七〕田宮：《資治通鑑》胡注：“田宮，猶言田宅也。”

〔六八〕金繒：謂金帛。溢：滿，極言其多。

〔六九〕焉肯兩句：謂此等只知誇功邀賞之將，怎肯冒險捨命爲朝廷效
力？外死，置生死于度外。我，謂朝廷。

〔七〇〕多喪八句：意謂將領戰敗，士兵多有死喪，所守之城爲敵所佔，脱
身逃至京師，朝廷僅貶其爲刺史。因而，敗軍之將對朝廷刑法毫
無懼色，而一年未終，又被命爲將軍。顛翻，謂失守。跳身兩句，
《資治通鑑》胡注：“跳身而來，謂逃至京師也。刺邦而去，謂貶爲
刺史也。”菜色，《資治通鑑》作“氣色”。更，更遞。旋，頃刻。立于
壇墀(chí)之上，謂復登大將之位。墀，階上地。

〔七一〕將(jiāng)兵：統帥兵士。

〔七二〕柄：權。

〔七三〕恩臣：《資治通鑑》胡注：“恩臣，亦指宦官之怙恩者。”按，玄宗後，
朝廷每以寵幸之宦官爲監軍，以與統帥分庭抗禮。詰(jié)責：
責難。

〔七四〕第：但。

〔七五〕至如兩句：寫軍隊統帥與監軍布陣之軍威聲勢。堂然，陣容盛
貌。殷然，盛大貌。

〔七六〕偃月、魚麗：據《資治通鑑》胡注：“皆陣名。偃月陣，中軍偃居其
中，張兩角向前。《左傳》：爲魚麗之陣，先偏後伍，伍承彌縫。”

〔七七〕翔佯：《資治通鑑》胡注：“翔佯，猶云徜徉，徘徊也。”

〔七八〕悗駭：慌張驚詫貌。

〔七九〕責成：謂課責之以成效。

〔八〇〕天子句：謂憲宗爲致力太平、削平淮西而焦急。

〔八一〕嚴約句：謂以嚴法約束臣下。

〔八二〕團：聚集。蔡：蔡州，指淮西鎮，治所上蔡(今河南省汝南縣)，長
期爲李希烈、吳元濟盤踞。憲宗于元和九年十月，派兵討吳元濟，
歷時近四年始平定。

〔八三〕乾耗：財力耗費枯竭。

〔八四〕長慶：穆宗年號(八二一—八二四)。

〔八五〕盜據兩句：謂穆宗年間,平定燕、趙,兩處節度使不得不攜帶子孫來歸順朝廷。走命,猶歸命。牧之《感懷詩》："繼于長慶初,燕趙終异强,攜妻負子來,北闕争頓顙。"

〔八六〕與人休息：與民休息。

〔八七〕未幾兩句：參看《感懷詩》"坐幄無奇兵"註,意謂穆宗取姑息政策,致使燕、趙藩鎮復叛,危害愈烈。

〔八八〕死鼠：謂亡命。

〔八九〕灑掃句：謂削平叛亂之藩鎮。垢汗,《資治通鑑》作"垢污",是。

〔九〇〕踵：繼續。前非：謂前"五敗"之失。

〔九一〕士傳兩句：語本《左傳·襄公十四年》："士傳言,庶人謗。"注："士卑不得徑達,聞君過失,傳告大夫。"又云："庶人不與政,聞君過則誹謗。"

〔九二〕謗木：相傳堯立誹謗之木以納諫。《史記·孝文本紀》："古之治天下,朝有進善之旌,誹謗之木,所以通治道而來諫者。"

　　是文序言説明朝廷每戰皆敗由不遵其道,故作文以論之。第一段詳論河北地位之重要,如人之四肢,一旦失之則天下危矣。第二段指出"五敗"存在即爲戰敗之因。第三段説明應吸取教訓,勿重蹈覆轍。結束語謂是文係有所爲而發,並非無的放矢。

守　論　并序

　　往年兩河盜起,屠囚大臣,劫戮二千石,國家不議誅洗,束兵自守,反條大曆、貞元故事,而行姑息之政[一],是使逆輩益橫[二],終唱患禍,故作《守論》焉。

厥今天下何如哉？干戈朽，鈇鉞鈍〔三〕，含引混貸〔四〕，煦育逆孽〔五〕，而殆爲故常〔六〕。而執事大人〔七〕，曾不歷算周思〔八〕，以爲宿謀〔九〕，方且魋岸抑揚〔一〇〕，自以爲廣大繁昌莫己若也〔一一〕，嗚呼！其不知乎？其俟塞頓顛傾而後爲之支計乎〔一二〕？且天下幾里，列郡幾所，而自河已北，蟠城數百〔一三〕，金堅蔓織〔一四〕，角奔爲寇〔一五〕，伺吾人之顦顇〔一六〕，天時之不利，則將與其朋伍〔一七〕，羅絡郡國〔一八〕，將駭亂吾民于掌股之上耳〔一九〕。今者及吾之壯〔二〇〕，不圖擒取，而乃偷處恬逸〔二一〕，第第相付〔二二〕，以爲後世子孫背脅疽根〔二三〕，此復何也？

今之議者咸曰："夫倔強之徒〔二四〕，吾以良將勁兵以爲銜策〔二五〕，高位美爵充飽其腸，安而不撓，外而不拘〔二六〕，亦猶豢擾虎狼而不拂其心〔二七〕，則忿氣不萌。此大曆、貞元所以守邦也，亦何必疾戰焚煎吾民，然後以爲快也。"愚曰：大曆、貞元之間，適以此爲禍也。當是之時，有城數十，千百卒夫，則朝廷待之，貸以法故〔二八〕，于是乎闊視大言〔二九〕，自樹一家，破制削法，角爲尊奢。天子養威而不問〔三〇〕，有司守恬而不呵〔三一〕。王侯通爵〔三二〕，越錄受之〔三三〕，覿聘不來，几杖扶之〔三四〕。逆息虜胤，皇子嬪之〔三五〕；裝緣采飾〔三六〕，無不備之。是以地益廣，兵益強，僭擬益甚〔三七〕，侈心益昌。于是土田名器〔三八〕，分割殆盡，而賊夫貪心，未及畔岸〔三九〕。遂有淫名越號〔四〇〕，或帝或王，盟詛自立〔四一〕，恬淡不畏〔四二〕，走兵四略〔四三〕，以飽其志者也〔四四〕。是以趙、魏、燕、齊，卓起大倡〔四五〕，梁、蔡、蜀，躡而和之〔四六〕。其餘混潰軒囂〔四七〕，欲相效者，往往而是。運遭孝武〔四八〕，宵旰不忘〔四九〕，前英後傑，夕思朝議，故能大者誅鋤，小者惠來〔五〇〕，不然，周、秦之郊，幾爲犯獵哉〔五一〕。

大抵生人油然多欲〔五二〕，欲而不得則怒，怒則爭亂隨之。是以教笞于家〔五三〕，刑罰于國，征伐于天下，此所以裁其欲而塞其爭也。大曆、貞元之間，盡反此道，提區區之有而塞無涯之爭〔五四〕，是以首尾指支〔五五〕，幾不能相運掉也〔五六〕。今者不知非此，而反用以爲經〔五七〕，愚見爲盜者非止于河北而已。

嗚呼！大曆、貞元守邦之術，永戒之哉！

〔一〕往年七句：據《資治通鑑》二四二：穆宗長慶元年（八二一）七月，幽州盧龍都知兵馬使朱克融囚其節度使張弘靖以反，成德軍大將王庭湊旋即殺其節度使田弘正亦反。“朝廷不能討，遂并朱克融、王庭湊以節授之。由是再失河朔，迄于唐亡，不能復取。”（參《感懷詩》“骨添薊垣沙”注）。二千石，漢之俸禄等級，九卿郎將、郡守尉等均爲二千石，後即用以稱郎將、郡守、知府。誅洗，討伐消滅。條，條例，此用作動詞，意謂引以爲例。代宗大曆間（七六六—七七九），朱泚、朱滔等殺節度使自爲留後，朝廷不予追究，而任其爲節度使，後朱泚叛亂，自稱皇帝，叛兵攻入京城，德宗倉皇出走，賴渾瑊、李晟等平定之。其後，德宗貞元間（七八五—八〇四），諸鎮復相繼叛亂，朝廷照例姑息養奸（參《感懷詩》“齊蔡燕趙魏”注）。

〔二〕逆輩，謂叛鎮。橫（hèng），橫暴。

〔三〕干戈兩句：干戈，兵器。鈇鉞（fū yuè），亦兵器名。鈇，斧。鉞，青銅所製，形狀如斧。

〔四〕含引混貸：寬容姑息之意。含，包容。引，引進。混，苟且。貸，寬免。

〔五〕煦育逆孽：給予叛鎮以恩惠。逆孽，謂叛鎮。

〔六〕殆：幾乎。故常：常例。

〔七〕執事大人：謂朝廷大臣。

〔八〕歷算周思：周密地推算思考。歷，通“曆”，推算。周，完密。

〔九〕宿謀：老謀深算。

〔一〇〕方且句：謂却在高傲自得。嵬（wéi）岸，雄偉。抑揚，俯身揚首，自得貌。

〔一一〕廣大繁昌：謂國力強大繁榮昌盛。莫己若：莫若己，不如自己。

〔一二〕其：難道。蹇（jiǎn）頓顛傾：傾覆滅亡。蹇頓，困躓。顛傾，覆滅。支計：撐持籌畫。

〔一三〕蟠城：指叛鎮盤踞之城。

〔一四〕金堅蔓織：喻持兵器着甲胄者之多。金，兵刃。堅，甲胄。蔓，蔓延。

〔一五〕角奔爲寇：争相爲寇。

〔一六〕顦頴：同“憔悴”。

〔一七〕朋伍：同伙。

〔一八〕羅絡郡國：謂藩鎮間勾結如羅網。

〔一九〕駭亂：使人驚惶混亂。

〔二〇〕吾：指朝廷。

〔二一〕偷處恬逸：苟且圖安。偷，苟且。恬逸，安樂。

〔二二〕第第相付：因循沿襲之意。付，授。

〔二三〕以爲句：意謂遺患後代。脅，身軀兩側自腋下至肋骨盡處。疽（jū），毒瘡。

〔二四〕倔强（jiàng）：強硬。

〔二五〕吾以句：謂我用良將勁兵駕馭強橫之徒。銜策，手持馬鞭。《資治通鑑》胡注：“銜策，所以馭馬。”策，馬鞭。

〔二六〕安而兩句：謂使其安定而不擾亂，居外而不予限制。撓，擾。

〔二七〕豢（huàn）擾：豢養馴服。《資治通鑑》胡注：“豢，養也。擾，馴也，順也。”拂：違逆。

〔二八〕法故：《資治通鑑》作“法度”。

〔二九〕鬩視：傲視。

〔三〇〕養威：揚威的反義,怕事的宛轉説法。

〔三一〕有司句：謂官吏偷安而不加制約。

〔三二〕通爵：通侯的爵位名。通侯原稱徹侯,因避漢武帝劉徹諱,改稱通侯。此泛指坐鎮一方之藩鎮。

〔三三〕越録：謂濫賜爵禄。《資治通鑑》胡註：“凡賞功者録其功而加之封爵,無功而超越授之以爵,是謂越録。”

〔三四〕覲(jìn)聘兩句：謂藩鎮失禮,不按時覲見天子,朝廷不予論罪,反賜以几杖安慰之。覲聘,朝拜天子,遣使通問。几杖,几案和手杖,古時帝王用以恩賜臣下以爲敬老之禮。

〔三五〕逆息兩句：謂天子以公主下配藩鎮之子爲婦。逆息虜胤,謂叛鎮之子孫後代。《資治通鑑》胡注：“息,子也。胤,繼嗣也。河北蕃將之子,率多尚主。”皇子,公主。嬪(pín),婦,此用作動詞。

〔三六〕裝緣采飾：謂公主之妝奩富麗多彩。裝,通“妝”。緣,緣飾,文飾。

〔三七〕僭(jiàn)擬：超越名分比擬天子。

〔三八〕土田：土地。名器：爵位與車服儀制等。

〔三九〕未及句：謂其貪心無有止境。畔岸,邊際。

〔四〇〕淫名越號：不守法度,濫用名號。

〔四一〕盟詛(zǔ)：盟誓。

〔四二〕恬淡不畏：安然自若,毫無懼色。

〔四三〕走兵四略：派兵四出掠奪。

〔四四〕飽：滿足。

〔四五〕趙魏兩句：《資治通鑑》胡注：“謂朱滔、王武俊、田悦、李納相立爲王。李希烈、李錡、劉闢繼亂也。”卓起,指朱滔等擅自稱王。

〔四六〕躡(niè)而和(hè)之：追隨其後而響應之。

〔四七〕混潰(hòng)軒囂：雜亂喧鬧。混潰,水深廣貌,此喻雜亂。

〔四八〕孝武：指憲宗,其尊號爲“昭文章武大聖至神孝皇帝”。

〔四九〕宵旰(gàn)：宵衣旰食。謂未明而衣,既暮而食,喻勤於政事。

〔五〇〕大者兩句：謂憲宗于元和十二年(八一七)誅滅吳元濟，一舉平定
　　　　淮西，其他藩鎮恐懼，遂相繼上表歸順，暫時形成統一局面。惠
　　　　來，以恩惠招徠之。

〔五一〕周秦兩句：謂河南、關內一帶幾爲叛鎮侵佔。《資治通鑑》胡注：
　　　　"周秦之郊，謂河南、關內也。"獵，取也。

〔五二〕油然：充盛貌。

〔五三〕教笞(chī)：教訓鞭打。

〔五四〕區區：小貌。無涯：無窮盡。

〔五五〕支：通"肢"。

〔五六〕運掉：轉動。

〔五七〕經：常。

　　序文批評朝廷對叛鎮行姑息之政，以隱忍苟且而貽後患。本文第一
段指出對河北叛鎮不圖擒取，必爲子孫患。第二段駁斥議者以大曆、貞
元姑息之政爲守邦之謬論，認爲姑息適足以助長藩鎮之叛逆野心，後患
無窮，故對叛鎮應予征伐。末尾説明大曆、貞元守邦之術不足恃，應引以
爲戒。

　　《資治通鑑》卷二四四曾將杜牧所著《罪言》、《原十六衞》、《戰論》、
《守論》、《注孫子序》五文予以摘要抄録，數量之多，實爲罕見，可見司馬
光對杜牧文章的重視。其實，在《感懷詩》中，詩人即已對德宗以來朝廷
縱容藩鎮之姑息政策深致不滿，而至文宗大和年間，形勢更加險惡，故著
文專論戰守之癥結。《戰論》中"四支""五敗"之論，深中時弊，獨具卓見。
謝枋得曰："唐自府兵既弛，藩鎮跋扈，要君者皆是羈縻，奉命者十二三
耳。此論若當時振起行之，未必不可反危爲安，不徒文字嚴卓可垂也。"
(《古文淵鑒》引)徐乾學曰："四支、五敗，字字精確，而文亦磊砢自
喜。……風規峻邁，文采焰然。"(《古文淵鑒》)厲鶚、譚獻評曰："樊川論
時事之文，是得力于《戰國策》，極縱橫馳驟之致。"(《唐文粹》)
　　《守論》一文，極論苟且自守之弊，指出大曆、貞元對藩鎮之姑息非守

邦之術，而是危國之道，文中檢討前朝之失，亦切中癥結。謝枋得評此文曰："指畫禍亂本根，皆必至之理。文字嚴緊，無矜張之氣。"（同上）又，厲鶚、譚獻曰："樊川憂國之心與少陵同。"（《唐文粹》）

上知己文章啓〔一〕

某啓。某少小好爲文章，伏以侍郎〔二〕，文師也〔三〕，是敢謹貢七篇〔四〕，以爲視聽之污〔五〕。伏以元和功德〔六〕，凡人盡當歌詠記叙之，故作《燕將録》。往年弔伐之道未甚得所〔七〕，故作《罪言》。自艱難來始，卒伍傭役輩，多據兵爲天子諸侯，故作《原十六衛》。諸侯或恃功不識古道，以至于反側叛亂，故作《與劉司徒書》。處士之名〔八〕，即古之巢、由、伊、吕輩〔九〕，近者往往自名之，故作《送薛處士序》。寶曆大起宮室〔一〇〕，廣聲色〔一一〕，故作《阿房宫賦》。有廬終南山下〔一二〕，嘗有耕田著書志，故作《望故園賦》。雖未能深窺古人，得與揖讓笑言，亦或的的分其貌矣〔一三〕。

自四年來，在大君子門下〔一四〕，恭承指顧〔一五〕，約束於政理簿書間，永不執卷〔一六〕。上都有舊第〔一七〕，唯書萬卷，終南山下有舊廬，頗有水樹，當以耒耜筆硯歸其間〔一八〕。齒髮甚壯〔一九〕，間冀有成立〔二〇〕，他日捧持〔二一〕，一遊門下，爲拜謁之先，或希一獎。今者所獻，但有輕黷尊嚴之罪〔二二〕，亦何所取。伏希少假誅責〔二三〕，生死幸甚。謹啓。

〔一〕此篇作于文宗大和八年,時在揚州牛僧孺淮南節度使幕中。知己:指沈傳師。自文宗大和二年秋至七年春,牧之曾在傳師江西幕府和宣州幕府任職,甚得賞識,故視傳師爲知己。

〔二〕伏:敬詞。侍郎:指沈傳師,傳師曾任吏部侍郎,故稱(參《張好好詩》注〔三〕)。

〔三〕文師:謂能文者。傳師博學能文。

〔四〕謹貢:敬獻。

〔五〕視聽之污:謙辭。意謂自己的文章有辱傳師耳目。

〔六〕元和功德:謂憲宗平定淮西等掃蕩叛鎮之功。

〔七〕弔伐之道:伐罪弔民之舉,指討伐叛鎮,拯救百姓。任昉《百辟勸進今上箋》:"伐罪弔民,一匡靖亂。"

〔八〕處士:隱居不仕之士。

〔九〕巢:巢父,傳爲唐堯時隱士,在樹上築巢而居,故稱。由:許由,上古高士,隱于箕山。傳説堯讓天下與巢父,巢不受,與許由,亦不受。伊:伊尹,商湯大臣。原爲湯妻陪嫁奴隸,後助湯伐桀。吕:吕尚,即姜太公,傳説釣于渭濱,周文王出獵相遇,與語大悦,同載而歸,立爲師,後輔武王滅紂。

〔一〇〕寶曆:唐敬宗年號(八二五—八二六)。

〔一一〕廣:廣收。

〔一二〕廬:指樊川別墅,在終南山下。《樊川記》:"萬年縣南二十里,是爲樊川,西爲韋曲,東爲杜曲,中有莊林亭卉,最爲幽邃。"終南山:一名南山,又稱秦山,在陝西長安縣西五十里,東至藍田縣,西至郿縣,綿亘八百餘里。張衡《西京賦》:"終南、太乙,隆崛崔崒。"

〔一三〕的的:昭著貌。

〔一四〕大君子:謂沈傳師。

〔一五〕指顧:手指目顧,謂照顧。

〔一六〕約束兩句:意謂忙于公務,久不讀書。政理,謂事務。簿書,文書。永,久。

〔一七〕上都:京都。

〔一八〕耒耜(lěi sì)：均耕具。

〔一九〕齒髮：謂年齡。

〔二〇〕間(jiàn)：間或；偶然。成立：成就。

〔二一〕捧持：奉獻。

〔二二〕輕黷(dú)：怠慢不敬。

〔二三〕伏希句：自謙語，謂望其原諒，勿多責備。少，稍。假，給予。誅責，責怪。

薦 王 寧 啓〔一〕

　　前渭南縣令王寧〔二〕。前件官實有吏才〔三〕，稱於衆口，年少强力〔四〕，一也。遇事必能裁割〔五〕，二也。既蘊智能〔六〕，無頭角誇誕〔七〕，三也。廉直可保，四也。處於驕將内臣之間〔八〕，必能和同〔九〕，五也。今者邊將生事，雜虜起戎〔一〇〕，不憂兵甲，唯在饋運〔一一〕，某過承恩獎〔一二〕，故敢薦才，伏惟取捨之間〔一三〕，特賜恕察。謹啓。

〔一　〕此篇作于大和九年(八三四)，時年三十三歲。

〔二　〕渭南縣：本漢新豐縣地，置于苻秦，西魏廢帝二年，改南新豐爲渭南縣。今屬陝西省。

〔三　〕前件官：前所舉之官，上列之官，唐宋公文常語。即指王寧。

〔四　〕强力：精力强健。

〔五　〕裁割：善決斷。

〔六　〕蘊：藏，具有。

〔七　〕頭角：頭頂左右突出處，此喻驕傲。誇誕：誇大虛妄。

〔八〕驕將：指跋扈之藩鎮和驕悍之邊將。内臣：指弄權之宦官。

〔九〕和同：調停使之和睦。

〔一〇〕雜虜：指邊境少數民族。起戎：掀起戰爭。

〔一一〕餽(kuì)運：運送糧食，供應軍需。

〔一二〕過承恩獎：謙辭，謂過分蒙受獎勵。

〔一三〕伏惟：古人書札中常用之敬辭。

　　大和九年，杜牧由淮南幕府掌書記轉真監察御史，赴長安供職。唐制，監察御史掌分察百官、巡撫州縣獄訟、祭祀及監諸軍出使等，故任職伊始，特向有司薦舉富于才幹、年少有爲的王寧。書啓僅用百字，即已概括王寧之特點，可謂簡煉有法。

投 知 己 書〔一〕

　　夫子曰〔二〕："不怨天，不尤人，下學而上達，知我者其天乎？"復曰："知我者《春秋》，罪我者亦以《春秋》〔三〕。"此聖人操心〔四〕，不顧世之人是非也。柱厲叔事莒敖公，莒敖公不知，及莒敖公有難，柱厲叔死之〔五〕。不知我則已，反以死報之，蓋怨不知之深也。豫讓謂趙襄子曰："智伯以國士待我，我以國士報之〔六〕。"此乃烈士義夫，有才感其知，不顧其生也。行無堅明之異，材無尺寸之用，泛泛然求知於人〔七〕，知則不能有所報，不知則怒，此乃衆人之心也。聖賢義烈之士，既不可到，小生有異於衆人者，審己切也〔八〕。審己之行，審己之才，皆不出衆人，亦不求知於人，已或有知之者，則藏縮退避，唯恐知之深，蓋自度無可以爲報效也。或有因緣他事〔九〕，不得已求知於人者，苟不知，未嘗退有懟言怨色〔一〇〕，形於妻子之前，此乃比於衆人，唯審己求知也。

大和二年〔一一〕，小生應進士舉〔一二〕，當其時，先進之士〔一三〕，以小生行可與進，業可益修，喧而譽之，爭爲知己者不啻二十人〔一四〕。小生邇來十年江湖間，時時以家事一抵京師，事已即返，嘗所謂喧而譽之爲知己者，多已顯貴，未嘗一到其門。何者？自十年來，行不益進，業不益修，中夜忖量，自愧於心，欲持何説，復於知己之前爲進拜之資乎！默默藏縮，苟免寒饑爲幸耳。

昨李巡官至〔一五〕，忽傳閣下旨意，似知姓名，或欲異日必録在門下。閣下爲世之偉人鉅德，小生一獲進謁，一陪宴享，則亦榮矣，況欲異日終置之於榻席之上〔一六〕，齒於數子之列乎〔一七〕！無攀緣絲髮之因〔一八〕，出特達倜儻之知〔一九〕，小生自度宜爲何才，可以塞閣下之求；宜爲何道，可以報閣下之德。是以自承命已來〔二〇〕，審己愈切，撫心獨驚〔二一〕，忽忽思之〔二二〕，而不自知其然也。

若蒙待之以衆人之地〔二三〕，求之以衆人之才，責之以衆人之報，亦庶幾異日受約束指顧於簿書之間〔二四〕，知無不爲，爲不及私，亦或能提筆伸紙，作詠歌以發盛德，止此而已。其他望於古人，責以不及，非小生之所堪任。伏恐閣下聽聞之過〔二五〕，求取之異，敢不特自發明〔二六〕，導説其衷，一開閣下視聽。其他感激發憤，懷愧思德，臨紙汗發，不知所裁。某恐懼再拜。

〔一〕此篇作于文宗開成二年（八三七），時年三十五歲。知己：指崔郾

(dān)。鄲係杜牧中進士時座師崔鄲之弟,時爲宣歙觀察使。杜
牧開成元年爲監察御史,分司東都。次年,因弟杜顗目疾,告假赴
揚州。假滿百日,按例“停解”(解職)。于是上書宣歙觀察使崔
鄲,望其援引。是年秋末,應崔鄲之召,入宣州幕,爲團練判官、殿
中侍御史内供奉。

〔二〕夫子:孔子。下引四句見《論語·憲問》。

〔三〕知我兩句:見《孟子·滕文公下》引孔子語,今本作:“知我者,其
惟《春秋》乎? 罪我者,其惟《春秋》乎?”

〔四〕操心:用心。

〔五〕柱厲叔四句:《列子·説符篇》:“柱厲叔事莒敖公,自爲不知己,
去居海上。……莒敖公有難,柱厲叔辭其友而往死之。其友曰:
‘子自以爲不知己,故去,今往死之,是知與不知無辨也。’柱厲叔
曰:‘不然,自以爲不知,故去,今死,是果不知我也。吾將死之,以
醜後世之人主不知其臣者也。’”《吕氏春秋·恃君》亦載此事,文
字略異。莒(jǔ)敖公,莒國國君。

〔六〕豫讓三句:事見《戰國策·趙策》。今本作:“知伯以國士遇臣,臣
故國士報之。”《史記·刺客列傳》作:“智伯國士遇我,我故國士報
之。”豫讓,原事智伯,智伯尊寵之。趙襄子與韓魏合謀滅智伯,漆
其頭以爲飲器。豫讓變名姓,漆身吞炭,毁容刺襄子以報仇,不
成,自殺。

〔七〕泛泛然:淺薄貌。

〔八〕審己切:謂有自知之明。審,審察。切,貼合。

〔九〕因緣:假借某種緣故。

〔一〇〕懟(duì)言:怨恨的話。《爾雅·釋言》:“懟,怨也。”

〔一一〕大和二年:公元八二八年。

〔一二〕應進士舉:《資治通鑑》卷二四三:“(大和二年)閏三月甲午,賢良
方正裴休、李郃、李甘、杜牧、馬植、崔嶼、王式、崔慎由等二十二人
中第,皆除官。”

〔一三〕先進之士:猶先輩。李肇《唐國史補》卷下:“得第謂之前進士,互

相推敬謂之先輩。”

〔一四〕喧而兩句：杜牧文章得到太學生稱譽事，見《阿房宮賦》注引《唐摭言·公薦》。不啻(chì)，不只。

〔一五〕李巡官：崔鄲幕府李姓屬官。巡官，唐時節度、觀察、團練、防禦諸使，其僚屬都有巡官，位居判官、推官之次。

〔一六〕置之於榻席之上：意謂自己將受召入幕府爲判官。榻席，均坐臥用具，古時布席治事，故亦稱職務或容身之所爲榻席。

〔一七〕齒：排列。

〔一八〕攀緣：攀附求進。絲髮：喻微細。

〔一九〕特達：獨出於衆，特殊。王褒《四子講德論》：“夫特達而相知者，千載一遇也。”劉良注：“特，獨也。”倜儻(tì tǎng)：卓越豪邁。司馬遷《報任安書》：“唯倜儻非常之人稱焉。”

〔二〇〕承命：此謂受聘入崔鄲幕府爲官。

〔二一〕撫心：以手撫胸。

〔二二〕忽忽：猶言每每。

〔二三〕地：地位，待遇。

〔二四〕庶幾：希冀之詞。指顧：手指目視。

〔二五〕過：過分。

〔二六〕發明：闡明。

　　本文自述應進士試時受人推譽及此後備遭冷落之境遇，於感激崔鄲知遇之恩的同時，對世態炎涼的感慨頗爲深切。

張保皋鄭年傳〔一〕

　　新羅人張保皋、鄭年者〔二〕，自其國來徐州〔三〕，爲軍中小將。保皋年三十，年少十歲，兄呼保皋〔四〕。俱善鬬戰，騎而揮槍，其本國與徐州無有能敵者。年復能没海履其地〔五〕，五十里不噎〔六〕。角其勇健〔七〕，保皋差不及年。保皋以齒，年以藝，常齟齬不相下〔八〕。

後保皋歸新羅，謁其王曰〔九〕：“遍中國以新羅人爲奴婢，願得鎮清海〔一〇〕，使賊不得掠人西去。”其王與萬人〔一一〕，如其請〔一二〕。自大和後〔一三〕，海上無鬻新羅人者〔一四〕。保皋既貴於其國，年錯寞去職〔一五〕，饑寒在泗之漣水縣〔一六〕。一日，言於漣水戍將馮元規曰〔一七〕：“年欲東歸乞食於張保皋。”元規曰：“爾與保皋所挾何如〔一八〕，奈何去取死其手？”年曰：“饑寒死不如兵死快〔一九〕，況死故鄉邪！”年遂去。至謁保皋，保皋飲之極歡。飲未卒，其國使至，大臣殺其王，國亂無主。保皋遂分兵五千人與年，持年泣曰：“非子不能平禍難。”年至其國，誅反者，立王以報。王遂徵保皋爲相〔二〇〕，以年代保皋。

天寶安禄山亂〔二一〕，朔方節度使安思順以禄山從弟賜死〔二二〕，詔郭汾陽代之〔二三〕。後旬日，復詔李臨淮持節分朔方半兵〔二四〕，東出趙、魏〔二五〕。當思順時，汾陽、臨淮俱爲牙門都將〔二六〕，將萬人〔二七〕，不相能〔二八〕，雖同盤飲食，常睚相視〔二九〕，不交一言。及汾陽代思順，臨淮欲亡去〔三〇〕，計未決，詔至，分汾陽兵東討，臨淮人請曰：“一死固甘〔三一〕，乞免妻子。”汾陽趨下，持手上堂偶坐〔三二〕，曰：“今國亂主遷〔三三〕，非公不能東伐，豈懷私忿時耶？”悉詔軍吏，出詔書讀之，如詔約束。及別，執手泣涕，相勉以忠義。訖平劇盜〔三四〕，實二公之力。

知其心不叛，知其材可任，然後心不疑，兵可分。平生積忿，知其心，難也；忿必見短，知其材，益難也。此保皋與汾陽之賢等耳。年投保皋，必曰：“彼貴我賤，我降下之，不宜以舊忿殺我。”保皋果不殺，此亦人之常情也。臨淮分兵詔至，請死於汾陽，此亦人之常情也。保皋任年，事出於己，年且寒飢，易爲感動。汾陽、臨淮，平生抗立〔三五〕，臨淮之命，出於天子，摧於保皋〔三六〕，汾陽爲優。此乃聖賢遲疑成敗之際也，彼無他也，仁義之心與雜情並植〔三七〕，雜情勝則仁義滅，仁義勝則雜情銷，彼二人仁義之心既勝，復資之以明〔三八〕，故卒成功。

世稱周、邵爲百代人師〔三九〕，周公擁孺子而邵公疑之〔四〇〕。以周公之聖，邵公之賢，少事文王〔四一〕，老佐武王，能平天下，周公之心，邵公且不知之。苟有仁義之心，不資以明，雖邵公尚爾〔四二〕，況其下哉。語曰：“國有一人，其國不亡。”夫亡國非無人也，丁其亡時〔四三〕，賢人不用，苟能用之，一人足矣。

〔一〕本文約作于開成四、五年間(八三九—八四〇)爲史館修撰時。

〔二〕新羅：朝鮮古國。

〔三〕徐州：今江蘇省徐州市。

〔四〕兄呼保皋：鄭年稱呼保皋爲兄。兄，名詞作狀語。

〔五〕没海履其地：謂其游泳技術之高，在水上如履平地。

〔六〕噎(yē)：氣逆。

〔七〕角(jué)：角力，比武。

〔八〕保皋三句：謂保皋憑年長，鄭年憑武藝常相抵觸，爭持不下。齒，年齡。齟齬(jǔ yǔ)，意見不合。

〔九〕謁(yè)：拜見。

〔一〇〕鎮：鎮守。清海：新羅地名。原註曰：“新羅海路之要。”

〔一一〕與：給予。

〔一二〕如其請：同意保皋鎮守清海的請求。

〔一三〕大和：文宗年號(八二七—八三五)。

〔一四〕鬻(yù)：賣。

〔一五〕錯寞：即錯莫。冷落，寂寞。王褒《甘泉宮頌》："徑落莫以差錯。"
又，杜甫《瘦馬行》："失主錯莫無晶光。"仇注："錯莫，猶云落寞。"

〔一六〕泗：泗州，轄境相當今江蘇泗洪、泗陽、宿遷、漣水、灌南、邳縣、睢
寧及安徽泗縣等地。漣水縣：在江蘇省北部。

〔一七〕戍將：守將。

〔一八〕挾：挾恨，懷恨在心。

〔一九〕饑寒句：謂死于饑寒不如死于兵器痛快。

〔二〇〕徵：徵召。

〔二一〕天寶：唐玄宗年號(七四二—七五五)。安禄山亂：玄宗天寶十四
載(七五五)冬，平盧、范陽、河東三鎮節度使安禄山起兵叛亂，至
代宗廣德元年(七六三)漸次蕩平，前後歷時八年。

〔二二〕朔方：唐方鎮名，治所在靈州(今寧夏靈武西南)，玄宗時爲邊防
十節度使之一。安思順：安禄山堂弟。據《資治通鑑》卷二一七：
"户部尚書安思順知禄山反謀，因入朝奏之。及禄山反，上以思順
先奏，不之罪也。哥舒翰素與之有隙，使人詐爲禄山遺思順書，於
關門擒之以獻，且數思順七罪，請誅之。丙辰，思順及弟太僕卿元
貞皆坐死，家屬徙嶺外。"從弟：堂弟。

〔二三〕郭汾陽：郭子儀，安禄山叛亂時任朔方節度使，後因平叛有功升
中書令，進封汾陽郡王。

〔二四〕李臨淮：李光弼，契丹旗人，曾任河西節度副使、朔方節度副使等
職，與郭子儀共同平叛，因功封臨淮郡王。節：符節，古時使臣執
以示信之物。多以竹、木或金屬爲之。

〔二五〕趙：指鎮州，今河北省正定縣。魏：魏州，今河北省大名縣東北。

〔二六〕牙門：古代軍營門口置牙旗，故稱。都將：官名。唐藩鎮和禁軍
中的領兵官均稱都將。據《新唐書》本傳，李光弼"起家左衛親府

左郎將,累遷左清道率,兼安北都護,補河西王忠嗣府兵馬使,充
赤水軍使。"郭子儀"以武舉異等補左衛長史,累遷單于副都護、振
遠軍使。"

〔二七〕將:統率。

〔二八〕不相能:不相契合。

〔二九〕睇(dì):斜視。

〔三〇〕亡:逃亡。

〔三一〕一死固甘:新、舊《唐書》郭、李本傳均未載此事。《李光弼傳》曰:
"朔方節度使安思順表爲副,知留後事,愛其材,欲以子妻之,光弼
引疾去。……安禄山反,郭子儀薦其能,詔攝御史大夫,持節河東
節度副大使,知節度事,兼雲中太守。……初,與郭子儀齊名,世
稱'李、郭',而戰功推爲中興第一。"可知安禄山反時,郭子儀曾向
朝廷薦舉李光弼,兩人間似無仇隙。又,《通鑑考異》卷二一七引
録杜牧此文後亦云:"按:於時玄宗未幸蜀,唐之號令猶行於天
下,若制書除光弼爲節度使,子儀安敢擅殺之,杜或得于傳聞之
誤也。"

〔三二〕偶坐:並坐。

〔三三〕國亂主遷:謂玄宗避安禄山亂,君臣播遷四川。

〔三四〕訖:通"迄",到;最後。劇盜:强悍之寇盜,此指安、史叛魁。

〔三五〕抗立:並立。

〔三六〕摧(què):商摧,衡量。

〔三七〕雜情:個人恩怨之情。並植:同時並存。

〔三八〕明:明智。

〔三九〕周、邵:周公旦和召公奭(shì)。周公旦爲武王弟,召公奭爲周之
支族,武王之臣。據《史記·管蔡世家》:"武王已克殷紂,平天下,
封功臣昆弟。於是封叔鮮於管,封叔度於蔡。"……"封叔旦於魯
而相周,爲周公。"又,《燕召公世家》:"召公奭與周同姓,姓姬氏。
周武王之滅紂,封召公於北燕。"邵,同"召"。

〔四〇〕擁:擁護;扶助。孺子:謂成王。《尚書·金縢》:"武王既喪,管叔

及其羣弟乃流言於國,曰:'公將不利於孺子。'周公乃告二公曰:'我之弗辟,我無以告我先王。'"又,《史記·周本紀》:"成王少,周初定天下,周公恐諸侯畔周,公乃攝行政當國。管叔、蔡叔羣弟疑周公,與武庚作亂,畔周。周公奉成王命,伐誅武庚、管叔,放蔡叔。"又,《燕召公世家》:"其在成王時,召公爲三公:自陝以西,召公主之;自陝以東,周公主之。成王既幼,周公攝政,當國踐祚,召公疑之,作《君奭》。《君奭》不説周公。"

〔四一〕文王:武王父姬昌。

〔四二〕尚爾:尚且如此。

〔四三〕丁:當。

此文前半記叙保皋挺身而出,禁止不法之徒買賣新羅奴婢及張、鄭捐棄前嫌共赴國難等事蹟,後半爲議論部分。作者以郭子儀、李光弼不計個人恩怨而並肩平叛事比擬張、鄭,且以召公疑周公事爲例,反襯張、鄭之能辨是非。將古聖賢與兩個少數民族的人物相提並論,充分反映其過人識見。文中有關郭、李交惡事,或係得自傳聞,新、舊《唐書》本傳均未載,《新唐書·新羅傳》則全文予以引録,但將議論部分改爲牧之贊語。復加嗟嘆曰:"嗟乎! 不以怨毒相惎,而先國家之憂,晉有祁奚,唐有汾陽、保皋,孰謂夷無人哉!"

上池州李使君書〔一〕

景業足下。僕與足下齒同而道不同〔二〕,足下性俊達堅明〔三〕,心正而氣和,飾以溫慎〔四〕,故處世顯明無罪悔〔五〕。僕之所禀〔六〕,闊略疏易〔七〕,輕微而忽小〔八〕,然其天與其心〔九〕,知邪柔利己〔一〇〕,偷苟讒諂〔一一〕,可以進取〔一二〕，知之而不能行之。非不能行之，抑復見惡之，不能忍一同坐與之交語〔一三〕。故有知之者，有怒之者，怒不附己者，怒不恬言柔舌道其盛美者〔一四〕，怒守直道而違己者。知之者，皆齒少氣銳〔一五〕，讀書以賢才自許，但見古人行事真當如此，未得官職，不睹形勢，絜絜少輩之徒也〔一六〕。怒僕者足以裂僕之腸，折僕之脛〔一七〕，知僕者不能持一飯與僕，僕之不死已幸，況爲刺史，聚骨肉妻子，衣食有餘，乃大幸也，敢望其他？然與足下之所受性，固不得伍列齊立〔一八〕，亦抵足下疆壠畦畔間耳〔一九〕，故足下憐僕之厚〔二〇〕，僕仰足下之多〔二一〕。在京城間，家事人事，終日促束〔二二〕，不得日出所懷以自曉，自然不敢以輩流間期足下也〔二三〕。

　　去歲乞假〔二四〕，自江、漢間歸京〔二五〕，乃知足下出官之由〔二六〕，勇於爲義。向者僕之期足下之心〔二七〕，果爲不繆〔二八〕，私自喜賀，足下果不負天所付與，僕所期向，二者所以爲喜且自賀也，幸甚，幸甚。夫子曰："吾少也賤，故多能鄙事〔二九〕。"復曰："不試〔三〇〕，故藝〔三一〕。"聖人尚以少賤不試，乃能多能有藝，況他人哉。僕與足下年未三十爲諸侯幕府吏〔三二〕，未四十爲天子廷臣〔三三〕，不爲甚賤，不爲不試矣。今者齒各甚壯，爲刺史，各得小郡〔三四〕，俱處僻左〔三五〕，幸天下無事，人安穀熟，無兵期軍須、逋負諍訴之勤〔三六〕，足以爲學，自强自勉於未聞未見之間。僕不足道，雖能爲學，亦無所益，如足下之才之時〔三七〕，真可惜也。向者所謂俊達聖明，心正而氣和，飾以溫慎，此才可惜也。年四十爲刺史，得僻左小郡，有衣食，無爲吏之苦，此時之可惜也。僕以爲天資足下有異日名聲〔三八〕，跡業光于前後〔三九〕，正在今日，可不勉之！

　　僕常念百代之下，未必爲不幸，何者？以其書具而事多也〔四〇〕。今之言者必曰："使聖人微旨不傳〔四一〕，乃鄭玄輩爲注解之罪〔四二〕。"僕觀其所解釋，明白完具〔四三〕，雖聖人復生，必挈置數子坐於游、夏之位〔四四〕。若使玄輩解釋不足爲師，要得聖人復生，如周公、夫子親授微旨，然後爲學。是則聖人不生，終不爲學，假使聖人復生，即亦隨而猾之矣〔四五〕。此則不學之徒，好出大言，欺亂常人耳。自漢已降，其有國者成敗廢興，事業蹤跡，一二億萬，青黃白黑，據實控有，皆可圖畫，考其來由，裁其短長，十得四五，足以應當時之務矣。不似古人窮天鑒玄〔四六〕，躡於無蹤，算於忽微〔四七〕，然後能爲學也。故曰，生百代之下，未必爲不幸也。

　　夫子曰："三人行，必有我師焉〔四八〕。"此乃隨所見聞，能不亡失而思念至也。楚王問萍實，對曰："吾往年聞童謠而知之〔四九〕。"此乃以童子爲師耳。參之於上古〔五〇〕，復酌於見聞，乃能爲聖人也。諸葛孔明曰："諸公讀書，乃欲爲博士耳。"此乃蓋滯於所見〔五一〕，不知適變〔五二〕，名爲腐儒，亦學者之一病。

　　僕自元和已來，以至今日，其所見聞名公才人之所論討，典刑制度〔五三〕，征伐叛亂，考其當時，參於前古，能不忘失而思念，亦可以爲一家事業矣。但隨見隨忘，隨聞隨廢，輕目重耳之過，此亦學者之一病也。如足下天與之性，萬萬與僕相遠。僕自知頑滯〔五四〕，不能苦心爲學，假使能學之，亦不能出而施之，懇懇欲成足下之美〔五五〕，異日既受足下之教，於一官一局而無過失而已〔五六〕。自古未有不學而能垂名於後代者，足下勉之。

　　大江之南，夏候鬱濕，易生百疾，足下氣俊，胸臆間不以悁忿是非貯之〔五七〕，邪氣不能侵。慎防是晚多食〔五八〕，大醉繼飲。其他無所道。某再拜。

〔　一　〕本篇作於武宗會昌二年(八四二)，時年四十歲。池州：《元和郡縣圖志》卷二八："本漢郫郡之域，吳于此置石城縣。梁昭明太子以其水魚美，故封其水爲貴池，今城西枕此水。隋廢石城縣入南陵縣，開皇中于此置秋浦縣。永泰二年，江西觀察使李勉奏置池州，因武德四年總管左難當所奏舊名，取貴池以爲州號也。"治所在今安徽省貴池縣。李使君：李方玄(八〇三—八四五)，時任池州刺史。使君，對州郡長官的尊稱。杜牧有《祭故處州李使君文》，述兩人交往及約爲兒女之親甚詳。又有《唐故處州刺史李君墓誌銘并序》記其生平事跡云："君諱方玄，字景業，……少有文學，年二十四，一貢進士，舉以上第，升名解褐，裴晉公奏以秘書省校書郎，校集賢殿秘書。聰明才敏，老成人爭與之交。後以協律郎爲江西觀察支使裴誼觀察判官，……裴公移宣城，授大理評事、團練判官。後尚書馮公宿自兵部侍郎節鎮東川，以監察裏行爲觀察判官。不一歲，御史府取爲真御史，分察鹽池左藏吏盜隱官錢千萬獄，竟遷左補闕，遇事必言，不知其他。丞相固言以門下侍郎出鎮西蜀，奏景業以檢校禮部員外郎參節度軍謀事，仍賜緋魚袋。徵拜起居郎，出爲池州刺史。……景業復聰明少銳，儉苦溫謹，早與長者游，備知天下之所治，嘗慷慨有意於經綸。少在諸侯府，入爲朝官，出爲刺史，早夜勤苦，爲學不已，屈指計量，必伸己志，雖時之名士，亦以此許之。"

〔　二　〕齒同而道不同：年齡相同而性格不同。

〔　三　〕俊達：秀美通達。堅明：堅忍明察。

〔　四　〕飾以溫慎：加以性情溫和謹慎。

〔　五　〕罪悔：過失。

〔六〕禀：禀性;天性。

〔七〕闊略疏易：粗疏簡慢。

〔八〕輕微而忽小：意謂不拘小節。

〔九〕然其句：意謂天生的秉性。

〔一〇〕邪柔：曲意順從他人。

〔一一〕偷苟：苟且偷生。讒諂：拍馬諂媚,讒言害人。

〔一二〕進取：進升官爵。

〔一三〕忍：忍受。

〔一四〕恬：通"甜"。

〔一五〕齒少氣鋭：少年氣盛。

〔一六〕絜絜：潔身自好貌。絜,通"潔"。

〔一七〕脛(jìng)：小腿。

〔一八〕伍列：並列。

〔一九〕亦抵句：謂自己難與李方玄比肩齊立。抵,相當。疆壠畦畔,均田邊意,喻難與比肩。

〔二〇〕憐：愛。

〔二一〕仰：仰仗。

〔二二〕促束：急迫匆忙貌。

〔二三〕輩流：同輩人。期：期望。

〔二四〕去歲乞假：杜牧于文宗開成五年(八四〇)乞假赴潯陽(今江西省九江市)視弟顗眼疾,於武宗會昌元年(八四一)與顗隨堂兄杜慥自江守蘄(今湖北省蘄春縣),七月歸長安。《上宰相求湖州第二啓》曰："會昌元年四月,兄慥自江守蘄,某與顗同舟至蘄。某其年七月却歸京師。明年七月,出守黄州。"

〔二五〕江、漢：長江、漢水。

〔二六〕出官：由京官出爲地方官。

〔二七〕向者：從前。

〔二八〕繆：通"謬"。

〔二九〕夫子曰三句：見《論語·子罕》。夫子,孔子。賤,貧賤。鄙事,卑賤之事。

〔三〇〕不試：不爲世所用。

〔三一〕藝：手藝；技藝。

〔三二〕僕與句：李方玄"以協律郎爲江西觀察使裴誼觀察判官"(《墓誌銘》)，杜牧則"某年二十六，由校書郎入沈公幕府"(《與浙西盧大夫書》)。諸侯，謂節度使。

〔三三〕未四十句：李方玄四十歲前任御史和左補闕，杜牧則三十七歲任左補闕及史官修撰，尋爲膳部、比部員外郎兼史職。

〔三四〕各得小郡：指李爲池州刺史，牧爲黄州刺史。

〔三五〕僻左：荒遠偏僻之地。作者《雪中書懷》云："孤城大澤畔，人疏烟火微。"又，《雨中作》云："得州荒僻中。"

〔三六〕兵期：謂發生戰事。軍須：謂供應軍需。逋(bū)負：拖欠賦税。《史記・鄭當時傳》："(鄭)莊任人賓客爲大農僦人多逋負。"諍訴：刑事訴訟案件。

〔三七〕時：時運，機遇。

〔三八〕資：賦予。

〔三九〕跡業：業績。

〔四〇〕書具：書籍完備。

〔四一〕微旨：微言大義。

〔四二〕鄭玄：字康成，東漢高密人，師從馬融，刻意研經，打破西漢儒生專治一經之風，遍註五經，爲研治經學之大家。

〔四三〕完具：完備。

〔四四〕必挈(qiè)句：謂孔子如能復生，必將安置鄭玄等于子游、子夏之列。挈，帶；領。子游、子夏，孔子學生中擅長文章學問者。《論語・先進》："文學，子游、子夏。"

〔四五〕隨而猾之：意謂當代學風不正，即令周公、孔子復生，一班不學之徒亦會隨之摇脣鼓舌、播弄是非。猾，擾亂。

〔四六〕窮天鑿玄：猶窮究自然，發明道理。

〔四七〕忽微：極微細之意。忽，重量單位，一錙之千分之一。

〔四八〕夫子曰三句：見《論語・述而》。

〔四九〕楚王三句：事見劉向《説苑・辨物》："楚昭王渡江，有物大如斗，直觸王舟，止於舟中，昭王大怪之，使聘問孔子。孔子曰：'此名萍實。'……弟子請問。孔子曰：'異時小兒謡曰：楚王渡江得萍實，大如斗，赤如日，剖而食之美如蜜。'"萍，蓬草（又名水粟、水粟包）生南方池澤中，其果實曰萍實。

〔五〇〕參：驗證。

〔五一〕滯：拘泥。

〔五二〕適變：適應變化。

〔五三〕典刑：常刑。《尚書・舜典》："象以典刑。"

〔五四〕頑滯：愚鈍，不通事理。

〔五五〕懇懇：誠意貌。

〔五六〕一官：謂地方官，如刺史。一局：謂擔任部門職務，如門下省之左補闕、中央各部之員外郎。

〔五七〕悁（yuān）忿：恨怒。

〔五八〕是晚：每晚。

　　是書自述其直道事人不肯柔曲諂媚之性格，稱贊好友之才學過人而惜其際遇不時，委曲下僚。書中引人矚目者爲對當時學風之批評。據《新唐書・啖助傳》，可知自天寶末年後，治經者往往非議傳注，自名其學，任意穿鑿，以爲獨得聖人旨意。連韓愈亦受此風浸染，贊盧全曰："春秋三傳束高閣，獨抱遺經究終始。"（《寄盧全》）杜牧力排衆議，于文中指出鄭玄注經爲後人讀經釋疑提供方便，其功不可没，而不學之徒則無視前人研究成果，妄加雌黄，輕目重耳。是説深獲編纂《新唐書》之宋祁所贊賞，故在《啖助傳》贊語中吸取杜牧之説而對啖助及其追隨者之不正學風予以批評。

　　李慈銘《越縵堂讀書記》曰："樊川集中《上池州李使君書》，有曰：……此等議論，唐中葉以後，人所罕知。樊川文章風概，卓絶一代，其學問識力，亦復如是。予向推爲晚唐第一人，非虚誣也。宋子京深喜樊川之文，《新唐書》中傳論，多取其語，其自作文字，亦力倣之，故于啖助等傳，論末學之弊，其識議亦與樊川同，非韓、歐文章家所知也。」

上李中丞書〔一〕

某入仕十五年間〔二〕，凡四年在京〔三〕，其間臥疾乞假，復居其半。嗜酒好睡，其癖已痼〔四〕，往往閉戶，便經旬日，弔慶參請，多亦廢闕〔五〕。至于俯仰進趨，隨意所在，希時徇勢，不能逐人〔六〕。是以官途之間，比之輩流，亦多困躓〔七〕。自顧自念，守道不病〔八〕，獨處思省〔九〕，亦不自悔。然分于當路〔一〇〕，必無知己，默默成戚〔一一〕，守日待月〔一二〕，冀得一官，以足衣食。一自拜謁門館〔一三〕，似蒙獎飾〔一四〕，敢以惡文，連進機案〔一五〕，特遇采錄，更不因人〔一六〕，許可指教〔一七〕，實爲師資〔一八〕，接遇之禮過等，詢問之辭悉纖〔一九〕。雖三千里僻守小郡〔二〇〕，上道之日，氣色濟濟〔二一〕，不知沉困之在己，不知昇騰之在人〔二二〕，都門帶酒〔二三〕，笑別親戚。斯乃大君子之遇難逢，世途之不偶常事〔二四〕，雖爲遠宦，適足自寬。

某世業儒學，自高、曾至于某身〔二五〕，家風不墜，少小孜孜〔二六〕，至今不怠。性顓固〔二七〕，不能通經，于治亂興亡之跡〔二八〕，財賦兵甲之事，地形之險易遠近，古人之長短得失，中丞即歸廊廟〔二九〕，宰制在手〔三〇〕，或因時事召置堂下，坐之與語〔三一〕，此時迴顧諸生，必期不辱恩獎〔三二〕。今者志尚未泯〔三三〕，齒髮猶壯〔三四〕，敢希指

顧〔三五〕，一罄肝膽〔三六〕，無任感激血誠之至。某恐懼
再拜〔三七〕。

〔一〕本篇作于會昌二年至會昌五年間。李中丞：謂李回(一説指李讓
　　夷)。據《新唐書・李回傳》：回字昭度，"長慶中，擢進士第，又策
　　賢良方正異等，辟義成、淮南幕府，稍遷監察御史，累進起居郎。
　　李德裕雅知之。爲人彊幹，所蒞無不辦。……會昌中，以刑部侍
　　郎兼御史中丞。……以户部侍郎判户部事，俄進中書侍郎、同中
　　書門下平章事。"中丞，御史中丞，掌彈劾、糾察及圖籍秘書。

〔二〕入仕十五年：牧之自文宗大和二年(八二八)制策登科入仕爲校
　　書郎，至武宗會昌二年正爲十五年。

〔三〕四年在京：牧之于文宗大和九年(八三五)由淮南幕府轉爲監察
　　御史，旋即移疾分司東都，是爲在京一年；開成四年(八三九)，由
　　宣州幕府入爲左補闕、史館修撰，至武宗會昌二年春出爲黄州刺
　　史，在京三年，連前一年，合計在京四年。

〔四〕其癖已痼(gù)：謂其嗜好之深。癖，嗜好。痼，難治之疾。

〔五〕弔慶兩句：謂凡有弔喪喜慶或對上司參謁請見等禮節，亦多廢止
　　不行。

〔六〕至于四句：意謂與人應接周旋，每隨心意而定；若論迎合時俗，則
　　難追隨人後。俯仰進趨，謂應酬。希時徇勢，謂迎合時俗。希，迎
　　合。徇，順從；曲從。

〔七〕困躓(zhì)：窘迫，受挫。

〔八〕守道不病：不以守道爲病。《左傳・昭公二十年》："守道不如
　　守官。"

〔九〕獨處思省(xǐng)：獨居反省。《論語・學而》："曾子曰：吾日三省
　　吾身。"

〔一〇〕分：料想。當路：當權者。

〔一一〕默默：不得志貌。賈誼《弔屈原賦》："吁嗟默默，生之無故兮。"戚
　　戚：憂懼貌。《論語・述而》："君子坦蕩蕩，小人長戚戚。"

〔一二〕守：等待。

〔一三〕門館：此謂李回之官署。

〔一四〕獎飾：稱譽。

〔一五〕機案：同几案，桌子。

〔一六〕因人：依傍他人。

〔一七〕許可：應允。

〔一八〕師資：可爲效法之人。

〔一九〕接遇兩句：謂相待之厚，關懷之切。過等，超過同輩。悉纖，詳盡
　　　　細緻。

〔二〇〕三千里：作者出任黃州荒僻小郡，距京都有三千里之遥。

〔二一〕氣色濟濟：表情莊嚴恭敬。

〔二二〕不知兩句：謂全不理會自己因受壓抑而困頓于下僚，亦不理會他
　　　　人飛黃騰達而身居高位。

〔二三〕都門帶酒：謂在都門飲餞別酒。都門，京都城門。

〔二四〕斯乃兩句：以結識李回爲幸事，意謂人生道路多困頓，難遇如李
　　　　回之大君子。不偶，謂命運坎坷多難，不順利。

〔二五〕高、曾：高祖、曾祖。

〔二六〕孜孜：勤勉不怠。

〔二七〕顓（zhuān）固：愚蒙固執。

〔二八〕于：致力於。

〔二九〕廊廟：謂朝廷。《戰國策·秦策》：“今君相秦，計不下席，謀不出
　　　　廊廟，坐制諸侯。”

〔三〇〕宰制：即將掌宰相之權。

〔三一〕坐之：使之坐。坐，使動用法。

〔三二〕期：期望。不辱恩獎：不辜負其恩寵褒獎。

〔三三〕泯（mǐn）：滅。

〔三四〕齒髮句：謂尚在壯年。

〔三五〕指顧：手指目視。此謂得到李回重視。

〔三六〕一罄（qìng）肝膽：謂盡情吐露心曲。罄，盡。

〔三七〕無任兩句：古代書信結束語，下對上表示恭敬之詞。無任，不勝。
血誠，至誠。

與汴州從事書〔一〕

汴州境内，最弊最苦，是牽船夫，大寒虐暑，窮人奔
走，斃踣不少〔二〕。某數年前赴官入京，至襄邑縣〔三〕，見
縣令李式甚年少，有吏才，條疏牽夫〔四〕，甚有道理。云：
“某當縣萬户已來，都置一板簿〔五〕，每年輪檢自差〔六〕，欲
有使來，先行文帖〔七〕，尅期令至〔八〕，不揀貧富，職掌一切
均同〔九〕。計一年之中，一縣人户，不著兩度夫役〔一〇〕，
如有遠户不能來者，即任納錢，與於近河雇人，對面分付
價直，不令所由欺隱〔一一〕。一縣之内，稍似蘇息〔一二〕。
蓋以承前但有使來，即出帖差夫，所由得帖，富豪者終年
閑坐，貧下者終日牽船。今即自以板簿在手，輪轉差遣，
雖有黠吏〔一三〕，不能用情〔一四〕。”
某每任刺史，應是役夫及竹木瓦磚工巧之類，並自置
板簿，若要役使，即自檢自差，不下文帖付縣。若下縣後，
縣令付案〔一五〕，案司出帖，分付里正〔一六〕，一鄉只要兩
夫，事在一鄉遍着〔一七〕，赤帖懷中藏却，巡門掠斂一
遍〔一八〕，貧者即被差來。若籍在手中，巡次差遣〔一九〕，不
由里胥典正〔二〇〕，無因更能用情。以此知襄邑李式之能，
可以惠及夫役，更有良術，即不敢知。
以某愚見，且可救急，因襄邑李生之績效，知先輩思

報幕府之深誠〔二一〕,不覺亦及拙政,以爲證明,豈敢自述。今爲治,患於差役不平,《詩》云:"或栖遲偃仰,或王事鞅掌〔二二〕。"此蓋不平之故。長吏不置簿籍一一自檢,即奸胥貪冒求取〔二三〕,此最爲甚。某恐懼再拜。

〔一〕汴州:今河南省開封市。從事:官名,州刺史之佐吏,掌管文書,察舉非法。

〔二〕踣(bó):僵;跌倒。

〔三〕襄邑縣:古縣名,今河南省睢縣。

〔四〕條疏:分條陳述。

〔五〕某當兩句:謂自當縣令以來,對本縣千家萬户,皆登記于册簿之中。都,皆。板簿,同版簿,户口册。

〔六〕輪檢自差:謂輪流差遣,不使重複或遺漏。

〔七〕文帖:公文。

〔八〕尅(kè)期:限定日期。

〔九〕職掌:職分上所應掌管之事。此謂當差拉縴。

〔一〇〕不著:不用承擔。

〔一一〕與於三句:謂允許遠户于近河處雇人代役,當面交清錢款,不令小吏從中欺瞞。與,許。價直,同價值。所由,所由官之省稱,指地方小吏或差役,此謂主管民夫者。《資治通鑑》卷二四三:"丞相不應許所由官呫囁耳語。"注曰:"京尹任煩劇,故唐人謂府縣官爲所由官。項安世《家説》曰:'今坊市公人謂之所由。'"又,卷二四二:"令所由將鹽就村糶易。"注曰:"所由,綰掌官物之吏也。事必經由其手,故謂之所由。"

〔一二〕蘇息:休養生息。

〔一三〕黠(xiá)吏:奸狡之吏。

〔一四〕用情:以情徇私。

〔一五〕案:案司,指縣吏中主管文書者。

〔一六〕里正:鄉吏。唐時以百户爲里,五里爲鄉,每里置里正一人。

〔一七〕遍着：普遍徵用民夫之意。

〔一八〕巡門：逐門挨戶。掠斂：奪取搜刮。

〔一九〕巡次：按次序。

〔二〇〕不由旬：謂無須鄉吏主管其事。里胥，鄉吏。典正，主其事。

〔二一〕幕府：衙署，此指上官。

〔二二〕詩云三句：爲《詩經·小雅·北山》詩句，寫久役之下層人士不平
之慨，謂有人游息安居，有人爲王事忙碌。栖遲，游息。偃仰，仰
臥。鞅掌，煩勞，忙迫。

〔二三〕奸胥：奸詐小吏。貪冒(mò)：同貪墨，貪財好賄。

　　從"某每任刺史"推測，此書當作于黄州、池州、睦州刺史任後之晚
年。杜牧前在赴京途中，見襄邑縣令李式善于差遣緯夫，使富戶與貧民
平均負擔差役，窮苦百姓免遭黠吏之荼毒，深受啓發，後每任刺史，亦用
此法，加惠窮民，使奸吏無所用情，差役稍得均平。徭役差遣貧富不均之
弊自古已然，李式則親自掌握册簿，不論貧富，輪流差遣，革除吏胥中間
漁利之積弊；杜牧亦在刺史任上予以實行，身爲封建官吏，作此改革，殊
深不易。

　　杜牧向汴州從事推薦李式之年少有吏才，《薦王寧啓》亦薦舉"年少"
"有吏才"之王寧，可見他一向比較注重實幹，不重資歷，獎掖後進，不拘
一格。

杭州新造南亭子記〔一〕

　　佛著經曰：生人既死，陰府收其精神〔二〕，校平生行
事罪福之〔三〕。坐罪者〔四〕，刑獄皆怪險，非人世所爲，凡
人平生一失舉止〔五〕，皆落其間〔六〕。其尤怪者，獄廣大千

百萬億里，積火燒之〔七〕，一日凡千萬生死，窮億萬世〔八〕，無有間斷，名爲“無間”〔九〕。夾殿宏廊，悉圖其狀，人未熟見者，莫不毛立神駭〔一○〕。佛經曰：我國有阿闍世王〔一一〕，殺父王簒其位，法當入所謂獄無間者，昔能求事佛，後生爲天人。況其他罪，事佛固無恙〔一二〕。

梁武帝明智勇武〔一三〕，創爲梁國者，捨身爲僧奴，至國滅餓死不聞悟，況下輩固惑之。爲工商者，雜良以苦，僞内而華外，納以大秤斛，以小出之〔一四〕，欺奪村閭戇民〔一五〕，銖積粒聚〔一六〕，以至于富。刑法錢穀小胥〔一七〕，出入人性命〔一八〕，顛倒埋没，使簿書條令不可究知〔一九〕，得財買大第豪奴，如公侯家。大吏有權力，能開庫取公錢，緣意恣爲〔二○〕，人不敢言。是此數者，心自知其罪，皆捐己奉佛以求救，月日積久，曰：“我罪如是，貴富如所求，是佛能滅吾罪，復能以福與吾也。”有罪罪滅，無福福至，生人唯罪福耳，雖田婦稚子，知所趨避。今權歸於佛，買福賣罪，如持左契〔二一〕，交手相付。至有窮民，啼一稚子，無以與哺〔二二〕，得百錢，必召一僧飯之〔二三〕，冀佛之助，一日獲福〔二四〕。若如此，雖舉寰海内盡爲寺與僧〔二五〕，不足怪也。屋壁繡紋可矣，爲金枝扶疎，擎千萬佛〔二六〕；僧爲具味飯之可矣〔二七〕，飯訖持錢與之。不大、不壯、不高、不多、不珍奇瓌怪爲憂〔二八〕，無有人力可及而不爲者。

晉，霸主也，一銅鞮宮之衰弱，諸侯不肯來盟〔二九〕，今天下能如幾晉，凡幾千銅鞮，人得不困哉？文宗皇帝嘗語宰相曰〔三○〕：“古者三人共食一農人，今加兵、佛，一農人乃爲五人所食，其間吾民尤困於佛。”帝念其本牢根大，不能果去之。

武宗皇帝始即位〔三一〕，獨奮怒曰：“窮吾天下，佛也。”始去其山臺野邑四萬所，冠其徒幾至十萬人。後至會昌五年，始命西京留佛寺四，僧唯十人；東京二寺〔三二〕。天下所謂節度、觀察〔三三〕，同、華、汝三十四治所〔三四〕，得留一寺，僧准西京數〔三五〕，其他刺史州不得有寺。出四御史縷行天下以督之〔三六〕，御史乘驛未出關〔三七〕，天下寺至於屋基耕而刓之〔三八〕。凡除寺四千六百，僧尼筓冠二十六萬五百〔三九〕，其奴婢十五萬，良人枝附爲使令者，倍筓冠之數〔四〇〕，良田數千萬頃，奴婢口率與百畝，編入農籍〔四一〕。其餘賤取民直，歸於有司〔四二〕，寺材州縣得以恣新其公署傳舍〔四三〕。

今天子即位〔四四〕，詔曰：“佛尚不殺而仁〔四五〕，且來中國久，亦可助以爲治。天下州率與二寺，用齒衰男女爲其徒〔四六〕，各止三十人，兩京數倍其四五焉。”著爲定令，以徇其習〔四七〕，且使後世不得復加也。

趙郡李子烈播〔四八〕，立朝名人也，自尚書比部郎中出爲錢塘〔四九〕。錢塘於江南，繁大雅亞吳郡〔五〇〕，子烈少遊其地，委曲知其俗蠹人者，剔削根節，斷其脈絡，不數月人隨化之〔五一〕。三賤干丞相云〔五二〕：“濤壞人居〔五三〕，不一錚錒〔五四〕，敗侵不休。”詔與錢二千萬，築長堤，以爲數十年計，人益安喜。子烈曰：“吳越古今多文士〔五五〕，來吾郡遊，登樓倚軒，莫不飄然而增思〔五六〕。吾郡之江山甲於天下，信然也〔五七〕。佛熾害中國六百歲〔五八〕，生見聖人，一揮而幾夷之〔五九〕，今不取其寺材立亭勝地，以彰聖人之功，使文士歌詩之，後必有指吾而罵者。”乃作南亭，

在城東南隅，宏大煥顯〔六〇〕，工施手目，髮勻肉均，牙滑
而無遺巧矣〔六一〕。江平入天〔六二〕，越峯如髻〔六三〕，越樹
如髮〔六四〕，孤帆白鳥，點盡上凝〔六五〕。在半夜酒餘，倚老
松，坐怪石，殷殷潮聲，起於月外。

　　東閩、兩越〔六六〕，宦游善地也〔六七〕，天下名士多往
之。予知百數十年後，登南亭者，念仁聖天子之神功
矣〔六八〕，美子烈之旨跡〔六九〕。睹南亭千萬狀，吟不辭
已〔七〇〕；四時千萬狀，吟不能去。作爲歌詩，次之於
後〔七一〕，不知幾千百人矣。

〔一〕本文約作于宣宗大中初年。

〔二〕陰府：陰曹地府，陰間。佛經《俱舍論》謂有陽世，有陰間，生人住
　　　陽世，死人則魂歸地府。

〔三〕校：考較。罪福：用作動詞，謂或使之受罪，或使之享福。

〔四〕坐罪者：因犯罪受刑者。

〔五〕一失舉止：謂舉動一有失當。

〔六〕皆落其間：都落入地獄受刑。

〔七〕積火：歷久不熄之火。

〔八〕窮：盡。

〔九〕無間(jiàn)：佛經中所稱八熱地獄之一，亦稱"阿鼻地獄"。謂人
　　　在生前做壞事，死後即墮入地獄受苦。無間，即受苦無有間斷
　　　之意。

〔一〇〕毛立神駭：毛骨悚然，心神驚懼。

〔一一〕阿闍(shé)世王：據《涅槃經》十九載：古印度摩揭陀國之國王，父
　　　　名頻婆娑羅，母名韋提希。其母懷胎時，相師占之，謂是兒生必害
　　　　父，因名"未生怨"(未生以前即已結怨意)。其父聞相師言，與夫
　　　　人共謀生他之日從樓上墮之于地，然僅損其指未死，故又名"折
　　　　指"。阿闍世既長，近惡友提婆達多，幽囚父母，即位後併吞諸小

國,威震四鄰,建一統印度之基。後因害父之罪,遍體生瘡,至佛
所懺悔後平愈,遂歸依釋迦牟尼。

〔一二〕無恙(yàng):無病,無災。

〔一三〕梁武帝:名蕭衍,字叔達,南朝梁之建立者。篤信佛教,大興佛
寺,曾三次捨身同泰寺,後東魏降將侯景叛亂,攻滅都城,飢病
而死。

〔一四〕爲工五句:謂商賈內心虛僞而外表則加以文飾,花言巧語,以大
斗買進,小斗賣出,從中漁利。華,文飾。斛(hú),容量單位,十斗
爲一斛。

〔一五〕村閭:猶村莊。閭,里門。古制,二十五家爲閭。《周禮·地官·
大司徒》:"令五家爲比,使之相保,五比爲閭,使之相受。"戇
(zhuàng)民:愚民。戇,愚直,魯莽。

〔一六〕銖積粒聚:謂聚少成多。銖,古衡器名,一兩當四十八銖。此喻
細微。

〔一七〕刑法句:謂掌管刑法和錢穀的小官吏。小胥,小吏。

〔一八〕出入句:謂操縱着他人的生死權。

〔一九〕顛倒兩句:意謂隨意解釋或隱瞞有關法令條文,使百姓難以知
曉,以便中飽私囊。

〔二〇〕緣意恣爲:任意胡作非爲。緣,循。恣,放縱。

〔二一〕持左契:謂有把握。左契,勝券。契約剖分左右,各執其一,合之
以爲信,左券爲債主所執。

〔二二〕哺(bǔ):喂養。

〔二三〕飯:用作動詞。

〔二四〕一日:有朝一日。

〔二五〕寰海內:猶言天下。寰,同"環"。

〔二六〕爲金兩句:謂壁畫上萬千佛像高踞于金色樹枝之上。扶疏,枝葉
繁茂。擎,擎受。

〔二七〕具味:準備食物。一種食物叫一味。

〔二八〕瓌(guī)怪:奇偉怪異。

〔二九〕晉霸四句：謂晉文公所創霸業至頃公時已一蹶不振，故諸侯各國不肯來赴盟會。銅鞮(dī)宮，晉之離宮，在今山西省沁縣南。《左傳·成公九年》："鄭伯如晉。晉人討其貳于楚也，執諸銅鞮。"

〔三〇〕文宗：唐文宗李昂(八二七—八四〇在位)。

〔三一〕武宗：唐武宗李炎(八四〇—八四六在位)。

〔三二〕始去六句：據《資治通鑑》卷二四八：武宗會昌五年，"祠部奏括天下寺四千六百，蘭若四萬，僧尼二十六萬五百。……上惡僧尼耗蠹天下，欲去之，道士趙歸真等復勸之；先毀山野招提、蘭若，敕上都、東都兩街各留二寺，每寺留僧三十人，天下節度、觀察使治所及同、華、商、汝州各留一寺，分爲三等：上等留僧二十人，中等留十人，下等五人。餘僧及尼并大秦穆護、祆僧皆勒歸俗。寺非應留者，立期令所在毀撤，仍遣御史分道督之。財貨田産並没官，寺材以葺公廨驛舍，銅像、鐘磬以鑄錢。"(《通鑑考異》謂其所載係從《實録》，與此文數字略異)又曰："詔陳釋教之弊，宣告中外。凡天下所毀寺四千六百餘區，歸俗僧尼二十六萬五百人，大秦穆護、祆僧二千餘人，毀招提、蘭若四萬餘區。收良田數千萬頃，奴婢十五萬人。所留僧皆隸主客，不隸祠部。百官奉表稱賀。尋又詔東都止留僧二十人，諸道留二十人者減其半，留十人者減三人，留五人者更不留。"山臺野邑，謂私造之寺院。《通鑑考異》："官賜額者爲寺，私造者爲招提、蘭若，杜牧所謂'山臺野邑'是也。"冠其徒，使僧尼留髮戴帽還俗。冠，用作動詞。會昌，唐武宗年號(八四一—八四六)。西京，謂京都長安。東京，謂洛陽。漢都長安，東漢時遷都洛陽，以長安在西，稱西京，洛陽在長安東，稱東京。唐沿舊習。《新唐書·地理志》："上都(長安)初曰京城，天寶元年曰西京，至德二載曰中京，上元二年復曰西京，肅宗元年曰上都。"

〔三三〕節度：官名，唐自玄宗于重要地區設置節度使，賜給雙旌雙節，節制一方，總攬一區之軍民、財政。觀察：官名，位次于節度使，掌考察州縣官吏政績，兼理民事。凡不設節度使之處，即以觀察使爲一地區之行政長官，設節度使處亦兼領觀察使。

〔三四〕同：州名，轄境相當今陝西省大荔、合陽、韓城、澄城、白水等縣地，治所在今陝西省大荔縣。華（huà）：州名，轄境相當今陝西華縣、華陰、潼關及渭北下邽鎮附近，治所在今華縣。汝：州名，轄境相當今河南省北汝河、沙河流域各縣，治所在今臨汝縣。

〔三五〕僧准句：謂允許留下之僧人數目與長安相等。

〔三六〕出四句：謂朝廷派出御史四方巡行，以監督各地執行詔命。御史，官名，掌監察。縷行，連連巡行。縷，絲頭連續不斷。此謂屢屢。

〔三七〕乘（shèng）驛：指車騎。驛，傳遞官文書的馬、車。

〔三八〕天下句：謂天下寺院連同屋基均被剗除。剗（wán），削。

〔三九〕笄（jī）冠：謂僧尼還俗，分別蓄髮或戴帽或加簪。笄，古時女子盤髮之簪。

〔四〇〕良人兩句：謂一般百姓依附寺院爲寺院所差遣者比還俗僧尼之數猶多一倍，即在五十萬人以上。枝附，依附。

〔四一〕奴婢兩句：謂每個奴婢一般分與田地一百畝，編入農業戶口。口率，按人口比例。《周禮·天官·太宰》鄭玄注：“賦，口率出錢也。”籍，戶籍。據《唐大詔令集》卷一一三《拆寺制》：“其天下所拆寺四千六百餘所，還俗僧尼二十六萬五千人，收充兩稅戶，拆召提蘭若四萬餘所，收膏腴上田數千萬頃，收奴婢爲兩稅戶十五萬人。”

〔四二〕其餘兩句：謂剩下的田地廉價賤賣給老百姓，所得的錢歸于有關主管部門。直，通“值”。有司，主管部門。

〔四三〕寺材句：謂寺院之建築材料則允許各州縣取用以整修其官署及供行人住宿之房舍。恣，聽憑。新，用作動詞，謂整舊爲新。傳舍，驛站所設之房舍以便行人休止。

〔四四〕今天子：謂唐宣宗。據《資治通鑑》二四八：宣宗即位後，于大中元年敕曰：“‘應會昌五年所廢寺，有僧能營葺者，聽自居之。’是時君相務反會昌之政，故僧、尼之弊皆復其舊。”

〔四五〕尚：崇尚。

〔四六〕齒衰：年老者。

〔四七〕徇(xùn)其習：順其習慣。

〔四八〕李子烈播：李播，字子烈，詩人好友。其《寄李播評事》詩曰："子烈光殊價，明時忍自高。寧無好舟楫，不泛惡風濤。大翼終難戢，奇鋒且自韜。春來煙渚上，幾净雪霜毫？"

〔四九〕尚書：謂尚書省，與中書省、門下省合爲朝廷最高權力機構。比部郎中：屬刑部，掌内外賦斂、經費俸禄等。出：由中央到地方任職。錢塘：縣名，即今浙江省杭州市。

〔五〇〕繁大句：謂杭州繁華正與蘇州相類。雅，正。亞，流亞，同一類。吳郡，隋唐時稱蘇州爲吳郡。

〔五一〕委曲四句：謂李播盡知杭城之習俗頗能毒害人心，即設法予以根治，不數月即收到成效，使人們受到教化。委曲，始末原委。蠹(dù)，侵蝕。此謂毒害。

〔五二〕牋(jiān)：信札。干：求。

〔五三〕濤：謂錢塘江浪濤。

〔五四〕銲(hàn)錮：以銅鐵銲塞，此謂加固錢塘江堤岸以防水患。

〔五五〕吳越：謂江浙一帶。江浙古屬吳國、越國，故稱。

〔五六〕飄然：神思高遠貌。

〔五七〕信然：確實如此。

〔五八〕熾(chì)害：毒害。熾，盛。

〔五九〕生見兩句：謂有幸親見武宗一舉而夷滅佛寺。聖人，謂武宗。夷，夷滅；剷除。

〔六〇〕焕顯：光明貌。

〔六一〕工施手目三句：以人身各器官之匀稱形容南亭無不妥貼，巧極天工。

〔六二〕江平入天：謂錢塘江水平滿，似與天接。

〔六三〕髻(jì)：婦女束髮于頂之髮式。

〔六四〕越樹如髮：喻杭城樹木繁茂。

〔六五〕點盡上凝：謂孤帆遠去，白鳥高飛。

〔六六〕東閩：謂福建。兩越：浙東、浙西。

〔六七〕宦游：出仕。

〔六八〕仁聖天子：武宗尊號"仁聖文武章天成功神德明道大孝皇帝"之
　　　　簡稱。

〔六九〕美：欣賞，贊美。旨跡：美好的功業。

〔七〇〕吟不辭已：吟咏辭句，情不能已。

〔七一〕次：順序而列。

　　杜牧在武宗會昌年間一任黃州刺史，再任池州刺史，以爲受宰相李
德裕排斥，因而對他非常不滿。但他不因個人淹蹇而掩蓋武宗朝之善
政，故對武宗果斷廢除佛教，命僧尼還俗之舉大爲贊賞，而對宣宗即位後
反其道而行則微露不滿。前此憲宗時韓愈有《論佛骨表》，痛斥迷信佛教
之愚妄，杜牧是文亦頗有韓文餘風，詳論佞佛之種種弊端，揭露貪官豪吏
利用佛教爲非作惡的無恥嘴臉，闡述迷信佛教的愚昧不化，説明佞佛對
國家社稷的危害。其中尤以揭露大官、工商和小吏百計掠取搜刮，只須
奉佛，即可"有罪罪滅，無福福至"一段文字，最爲尖鋭深刻，可與范縝之
《神滅論》先後輝映。李慈銘《越縵堂讀書記》曰："考牧之雖稍見用于大
中初，其時職史秉筆，未免于會昌朝事，稍形指斥，此亦君相之意。其微
詞見義，如《奇章公墓志》中直載劉從諫入朝還鎮月日，及《杭州南亭記》
言武宗毀佛等事，固曲直甚明爾。"

上宰相求湖州第一啓〔一〕

　　某啓。人有愛某者，言於某曰："吏部員外郎例不爲
郡〔二〕，子不可求，假使已求，慎勿堅懇。"至于再三。答
曰："某雖不學，按《六典》令式及諸故事〔三〕，多無此例，國

史復無賢相名卿懸之以爲格言。此乃急於進趨之徒，自爲其説。若以言例，貞元初故相國盧公邁由吏部員外郎出爲滁州〔四〕，近者澧王傅李凝爲鹽鐵使江淮留後〔五〕，豈曰無例。”人曰：“盧事太遠，李爲擢用，此不足徵〔六〕。”某曰：“不知今者，視之古事在書，取爲今證。遠自三代、兩漢〔七〕，近至隋氏、國初〔八〕，尚可援引〔九〕，況前十五年名相故事，反不足爲例乎？況盧公邁止以骨肉寒餓，求守滁陽〔一〇〕，非如某以親弟廢錮〔一一〕，寒餓仍之〔一二〕，是盧公有一，某有二，與盧公所切〔一三〕，復爲不同。仲尼曰：‘雍也可使南面〔一四〕。’今刺史古之南面諸侯，行天子教化刑罰者，江淮鹽鐵留後，求利小臣，校量輕重，與刺史相懸〔一五〕。求利臣乃可吏部員外郎爲之，十萬户州，天下根本之地，曰吏部員外郎不可爲其刺史，即是本末重輕，顛倒乖戾〔一六〕，莫過於此。”

　　某弟顗〔一七〕，世胄子孫〔一八〕，二十六一舉進士及第，嘗爲《上裴相公書》，遒壯温潤，詞理傑逸〔一九〕，賈生、司馬遷能爲之〔二〇〕，非班固、劉向輩亹亹之詞〔二一〕，流於後輩，人皆藏之。朱崖李太尉迫以世舊〔二二〕，取爲浙西團練使巡官〔二三〕。李太尉貴驕多過，凡有毫髮〔二四〕，顗必疏而言之〔二五〕。後謫袁州〔二六〕，於蒼惶中言於親吏曹居實曰〔二七〕：“如杜巡官愛我之言，若門下人盡能出之，吾無今日。”李太尉在袁州，顗客居淮南〔二八〕，牛公欲辟爲吏〔二九〕，顗謝曰：“荀爽爲李膺御〔三〇〕，以此顯名，今受命爲幕府下執事〔三一〕，御李膺矣〔三二〕。然李公困謫遠地，未願仕宦。”牛公嘆美之。聰明儁傑，非尋常人也。

　　某自省事以來〔三三〕，未聞有後進名士，喪明廢棄，窮居海上,如顒比者。今有一兄,仰以爲命,復不得一郡以飽其衣食,盡其醫藥,非今日海内無也,言於所傳聞,亦未有也。

自古喜莫若虢國太子以其死而復生〔三四〕,言懇莫若申包胥求救於秦,七日七夜,哭聲不絶〔三五〕。某今懇如包胥,但未哭爾。若蒙恩憫,特遂血懇〔三六〕,其喜也不下虢太子。詞語煩碎,頻干尊重〔三七〕,足及軒闥〔三八〕,神驚汗流,不勝憂恐懇悃之至〔三九〕。謹啓。

〔一〕本篇作于大中四年(八五〇)夏,時年四十八歲。求:求守,要求任湖州刺史。湖州:州府名。置于隋仁壽二年(六〇二),因地濱太湖得名,治所在烏程(今吳興)。唐時轄境相當于今浙江吳興、德清、安吉、長興等縣。

〔二〕吏部員外郎:《自撰墓誌銘》:"轉吏部員外郎,以弟病乞守湖州。"參看《新轉南曹未叙朝散初秋暑退出守吳興書此篇以自見志》注〔一〕。

〔三〕六典:唐玄宗時官修之書,分述唐代職官之官佐、品秩等。令式:謂《六典》所定之法令、條令。故事:先例,舊日之典章制度。

〔四〕貞元:唐德宗年號(七八五——八〇四)。相國:即宰相。盧公邁:《新唐書·盧邁傳》:"盧邁字子玄,河南河南人。性孝友,舉明經入第,補太子正字。以拔萃調河南主簿、集賢校理。公卿交薦之,擢右補闕。三遷吏部員外郎。以族屬客江介,出爲滁州刺史。……以本官同中書門下平章事。"

〔五〕澶(chán)王:《新唐書·宗室世表》:"澶王忱。"傅:老師。鹽鐵使:官名。掌收運鹽鐵之税,或兼兩税使、租庸使。《舊唐書·食貨志》:"(漢)後掌財賦者世有人焉。開元以前事歸尚書省,開元以後權移他官。由是有轉運使,租庸使,鹽鐵使……隨事立名,沿革不一"。留後:官名。唐廣德元年,以梁崇義爲山東道節度使留後,留後之名始此。

〔六〕徵：證。

〔七〕三代：謂夏、商、周三代。

〔八〕隋氏：謂隋朝。國初：唐初。

〔九〕援引：引以爲證。

〔一〇〕滁陽：滁州,隋置,唐時一度改稱永陽郡。

〔一一〕親弟：謂杜顗。廢錮：禁止其人使終身不得仕進,此謂杜顗因患眼疾失明而殘廢不能爲官任職。

〔一二〕仍：隨。

〔一三〕切：急。

〔一四〕仲尼兩句：見《論語·雍也》。《正義》曰："南面,謂諸侯也,言冉雍有德行,堪任爲諸侯,治理一國者也。"仲尼,孔子名丘,字仲尼。雍,孔子學生,冉姓,名雍,字仲弓。南面,古以南向爲尊,故以指代諸侯。

〔一五〕今刺六句：謂刺史係執行天子教化法律之長官,而鹽鐵使則僅爲斤斤于輕重小利之臣,兩者相去甚遠。校,通"較"。懸,懸殊。

〔一六〕乖戾(lì)：不合;違背。

〔一七〕顗(yǐ)：杜牧弟,少牧四歲,早于杜牧病逝。詳參《送杜顗赴潤州幕》注。

〔一八〕世胄(zhòu)：世族後裔。

〔一九〕傑逸：傑出超羣。

〔二〇〕賈生句：謂杜顗爲文頗有賈誼、司馬遷之風。

〔二一〕班固：漢代著名史學家、詞賦家,著有《漢書》一二〇卷及《兩都賦》、《幽通賦》等。劉向：漢代著名經學家、目錄學家和文學家,著有《別錄》、《說苑》、《新序》等。所作辭賦數十篇,大都亡佚,代表作有《九嘆》,見《楚辭章句》。亹(wěi)亹：文詞華美貌。

〔二二〕朱崖李太尉：謂李德裕,字文饒,李吉甫子,武宗時宰相,爲"牛李黨爭"李派之首領。武宗死,宣宗即位,起用牛派白敏中爲相,遂盡斥李黨,德裕亦貶死崖州(治所在今廣東省瓊山東南)。朱崖,猶“珠崖”，指崖州。世舊：世交舊好。德裕父吉甫曾爲杜牧祖父杜佑屬下，後同爲憲宗宰相。《唐故岐陽公主墓誌銘》曰：“丞相吉甫曰：‘臣嘗爲司徒吏，熟其家事。’”德裕辟杜顗爲巡官事參《送杜顗赴潤州幕》注〔一〕。

〔二三〕團練使：官名。唐肅宗時置，大者領十州，並設有副使。代宗後，令刺史兼任之。巡官：官名。唐時節度、觀察、團練、防禦諸使下屬官，位居判官、推官之次。

〔二四〕毫髮：喻細微之過失。

〔二五〕疏(shù)：疏陳，即書面提出意見。

〔二六〕袁州：治所在今江西省宜春縣。據《資治通鑑》卷二四五：“初，李德裕爲浙西觀察使，漳王傅母杜仲陽坐宋申錫事放歸金陵，詔德裕存處之。會德裕已離浙西，牒留後李蟾使如詔旨。……左丞王璠、户部侍郎李漢奏德裕厚賂仲陽，陰結漳王，圖爲不軌。……(文宗太和九年)四月，以德裕爲賓客分司。……貶德裕袁州長史。”按，李德裕貶袁州，係鄭注、李訓及李宗閔等合謀排斥所致。文中所説德裕“驕貴太過”及其後悔不聽杜顗之言，恐爲杜牧迎合牛黨君相而誇張之詞。

〔二七〕蒼惶：猶“倉皇”。慌張；匆忙。《唐故淮南支使試大理評事兼監察御史杜君墓誌銘》載其事曰：大和九年“東下居揚州龍興寺，承相奇章公僧孺請君入幕府，君謝曰：‘李公在困，未願副知己。’”

〔二八〕淮南：謂揚州。

〔二九〕牛公：謂牛僧孺，字思黯，敬宗時封奇章郡公，文宗時與李宗閔相結，爲牛派首領，與李德裕對立。時爲淮南節度使。辟(bì)：徵召。

〔三〇〕荀爽句：《後漢書·李膺傳》：“膺性簡亢，無所交接，唯以同郡荀淑、陳寔爲師友。……南陽樊陵求爲門徒，膺謝不受。……荀爽嘗就謁膺，因爲其御，既還，喜曰：‘今日乃得御李君矣。’其見慕如此。”御，駕車者。

〔三一〕幕府：此謂節度使府署。執事：謂供使令之人。

〔三二〕御李句：謂自己能爲僧孺幕府吏，猶荀爽之爲李膺御車，甚爲
　　　　榮幸。

〔三三〕省(xǐng)事：視事，即到任理事。

〔三四〕虢(guó)國句：事本《史記·扁鵲列傳》：“扁鵲過虢。虢太子死，
　　　　扁鵲至虢宮門下，問中庶子喜方者曰：‘太子何病，國中治穰過於
　　　　衆事？’中庶子曰：‘太子病血氣不時，交錯而不得泄，暴發於外，則
　　　　爲中害。精神不能止邪氣，邪氣畜積而不得泄，是以陽緩而陰急，
　　　　故暴蹷而死。’……扁鵲曰：‘若太子病，所謂“尸蹷”者也。’……扁
　　　　鵲乃使弟子子陽厲鍼砥石，以取外三陽五會。有間，太子蘇。乃
　　　　使子豹爲五分之熨，以八減之齊和煑之，以更熨兩脅下。太子起
　　　　坐。更適陰陽，但服湯二旬而復故。”

〔三五〕申包三句：事本《左傳·定公四年》：“伍員與申包胥友，其亡也，
　　　　謂申包胥曰：‘我必復楚國。’申包胥曰：‘勉之！子能復之，我必能
　　　　興之。’及昭王在隨，申包胥如秦乞師，……立依於庭牆而哭，日夜
　　　　不絶聲，勺飲不入口。七日，秦哀公爲之賦《無衣》，九頓首而坐。
　　　　秦師乃出。”又，《史記·秦本紀》：“哀公三十一年，吳王闔閭與伍
　　　　子胥伐楚，楚王亡奔隨，吳遂入郢。楚大夫申包胥來告急，七日不
　　　　食，日夜哭泣。於是秦乃發五百乘救楚，敗吳師。吳師歸，楚昭王
　　　　乃得復入郢。”

〔三六〕血懇：至誠求懇。

〔三七〕干：干擾，冒犯。尊重：尊稱宰相，表敬重之意。

〔三八〕軒闥(tà)：謂室門。軒，較小之室。闥，門。

〔三九〕懇悃(kǔn)：誠懇。

第 二 啓

某啓。某幼孤貧，安仁舊第〔一〕，置於開元末〔二〕，某

有屋三十間，去元和末〔三〕，酬償息錢〔四〕，爲他人有，因此移去。八年中，凡十徙其居，奴婢寒餓，衰老者死，少壯者當面逃去，不能呵制〔五〕。有一豎〔六〕，戀戀憫嘆，挈百卷書隨而養之〔七〕。奔走困苦，無所容庇〔八〕，歸死延福私廟〔九〕，支拄欹壞而處之〔一〇〕。長兄以驢遊丐于親舊〔一一〕，某與弟顗食野蒿藿〔一二〕，寒無夜燭，默所記者，凡三周歲，遭遇知己，各及第得官。

　　文宗皇帝改號初年〔一三〕，某爲御史分察東都，顗爲鎮海軍幕府吏。至二年間〔一四〕，顗疾眼，暗無所睹，故殿中侍御史韋楚老曰〔一五〕："同州有眼醫石公集〔一六〕，劍南少尹姜沔喪明〔一七〕，親見石生針之〔一八〕，不一刻而愈，其神醫也。"某迎石生至洛〔一九〕，告滿百日〔二〇〕，與石生俱東下，見病弟于揚州禪智寺〔二一〕。石曰："是狀也，腦積毒熱，脂融流下，蓋塞瞳子〔二二〕，名曰内障〔二三〕。法以針旁入白睛穴上〔二四〕，斜撥去之，如蠟塞管，蠟去管明，然今未可也。後一周歲，脂當老硬，如白玉色，始可攻之。某世攻此疾，自祖及父，某所愈者，不下二百人，此不足憂。"其年秋末，某載病弟與石生自揚州南渡，入宣州幕〔二五〕。至三年冬，某除補闕〔二六〕，石生自曰明年春眼可針矣，視瞳子中，脂色玉白，果符初言。堂兄慥守潯陽〔二七〕，沂流不遠〔二八〕，刺史之力也。復可以飽石生所欲，令其盡心，此即家也，京中無一畝田，豈可同歸，遂如潯陽〔二九〕。四年二月，某於潯陽北渡赴官，與弟顗決〔三〇〕，執手哭曰："我家世德〔三一〕，汝復無罪，其疾也豈遂痼乎〔三二〕？然有石生，慎無自撓〔三三〕。"其年四月，石生施針，九月，再施針，俱不效。五年冬，某爲膳部員外郎〔三四〕，乞假往潯陽取顗西歸，顗固曰："歸不可議，俟兄愷所之而隨之〔三五〕。"

會昌元年四月〔三六〕，兄愷自江守蘄〔三七〕，某與顗同舟至蘄。某其年七月却歸京師。明年七月，出守黃州〔三八〕，在京時詣今虢州庾使君〔三九〕，問庾使君眼狀，庾云："同州有二眼醫，石公集是一也，復有周師達者，即石之姑子，所得當同，周老石少，有術甚妙，似石不及。某常病內障，愈于周手，豈少老間工拙有異？"某至黃州，以重幣卑詞，致周至蘄〔四〇〕。周見弟眼曰："嗟乎！眼有赤脈。凡內障脂凝有赤脈綴之者，針撥不能去赤脈，赤脈不除，針不可施，除赤脈必有良藥，某未知之。是石生業淺〔四一〕，不達此理，妄再施針〔四二〕。"周不針而去。

時西川相國兄始鎮揚州〔四三〕，弟兄謀曰："揚州大郡，爲天下通衢〔四四〕，世稱異人術士多遊其間，今去值有勢力〔四五〕，可爲久安之計，冀有所遇〔四六〕。"其年秋，顗遂東下，因家揚州。與顗一相見，別八年矣，坐一室中，不復有再生意。住三十日而西〔四七〕，臨歧與決，曰："此行也必祈大郡〔四八〕，東來謀汝醫藥衣食，庶幾如志。"近聞九疑山南有隱士綦毋弘者〔四九〕，人言異人，能愈異疾。忠州豐都縣有仙都觀〔五〇〕，後漢時仙人陰長生於此白日昇天〔五一〕，今聞道士龔法義年逾八十，精嚴其法。人之所謂有前世負累，今世還以痼疾者〔五二〕，奏章於上帝，能爲解之。刺史之力，二人或可致〔五三〕，是以去歲閏十一月十四日，輒獻長啓〔五四〕，乞守錢塘〔五五〕，蓋以私懇有素〔五六〕，非敢率然〔五七〕。言念病弟喪明，坐廢十五年矣，但能識某聲音，不復知某髮已半白，顏面衰改。是某今生可以見顥，而顥不能復見某矣，此天也，無可奈何。某能見顥而不得去，此豈天乎！而懸在相公〔五八〕，若小人微懇，終不能上動相公〔五九〕，相公恩憫終不下及小人，是日月下親兄弟終無相見期。況去歲淮南小旱，衣食益困，目無所睹，復困於衣食，即海内言窮苦人，無如顥者。今敢以情事，再書懇迫〔六〇〕，上干尊重，伏料仁旨必爲憫惻〔六一〕。

然某早衰多病，今春耳聾，積四十日，四月復落一牙。耳聾牙落，年七、八十人將謝之候也〔六二〕。今未五十，而有七、八十人將謝之候，蓋人生受氣，堅强脆弱，品第各異也〔六三〕。堅强者七、八十而衰，脆弱者四、五十而衰，其不同也，亦與草木中蒲柳、松柏同也〔六四〕。某今生四十八矣，自今年來，非唯耳聾牙落，兼以意氣錯寞〔六五〕，在歡笑之中，常如登高四望，但見莽蒼大野，荒墟廢壠〔六六〕，悵望寂默〔六七〕，不能自解，此無他也，氣衰而志散，真老人態也。自省人事已來，見親舊交遊，年未五十尚壯健而死者衆矣，況某早衰，敢望六、七十而後死乎！聞未死前，一見病弟，異人術士，求其所未求，以甘其心〔六八〕，厚其衣食之地。某若先死，使病弟無所不足，死而有知，不恨死早。湖州三歲，可遂此心。伏惟仁憫，念病弟望某東來之心，察某欲見病弟之志，一加哀憐〔六九〕，特遂血懇，披剔肝膽，重此告訴〔七〇〕。當盛暑時，敢以私事及政事堂啓干丞相〔七一〕，治其罪可也。伏紙流涕，俯候嚴命，不勝憂惶激切之至〔七二〕。謹啓。

〔 一 〕安仁舊第：見《冬至日寄小姪阿宜詩》注〔一三〕。
〔 二 〕開元：唐玄宗年號(七一三—七四一)。

〔　三　〕元和：唐憲宗年號(八〇六—八二〇)。

〔　四　〕息錢：利息。

〔　五　〕呵(hē)制：呵禁制止。

〔　六　〕豎：童僕。《列子·説符》："楊子之鄰人亡羊,既率其黨,又請楊子之豎追之。"

〔　七　〕挈(qiè)：帶。

〔　八　〕容庇：容身遮蔽之所。

〔　九　〕延福：私廟名。

〔一〇〕支拄欹(qī)壞：支撐傾側。

〔一一〕遊丐：行乞。

〔一二〕蒿藿：泛指野菜。蒿,艾類野草。藿,豆葉。

〔一三〕改號初年：謂開成元年(八三六),時杜牧爲監察御史,分司東都。

〔一四〕二年：謂開成二年。

〔一五〕殿中侍御史：官名,掌殿廷儀衞及京城之糾察。韋楚老：杜牧友人。新、舊《唐書》皆無傳。馮集梧注："按:本集有《哭亡友韋壽朋詩》,一作《哭韋楚老拾遺》,蓋壽朋其名,而楚老字也。"又,康駢《劇談録》卷下《李相國宅》注曰:"(朱崖李相國平泉莊)莊東南隅即徵士韋楚老拾遺別墅。楚老風韻高致,雅好山水,相國居廊廟日,以白衣累擢諫署。後歸平泉,造門訪之,楚老避于山谷,相國題詩云:'昔日征黄綺,余慚在鳳池。今來招隱士,恨不見瓊枝。'"

〔一六〕同州：治所在今陝西省大荔縣。

〔一七〕劍南：唐十道之一。置于貞觀元年。元和後分設西、東川節度使。前者領二十六州,後者領十二州。西川節度使理所在益州(今成都市),東川節度使理所在梓州(今四川三台、中江等縣地)。少尹：州府副職。唐制,州之升爲府者,其刺史稱府尹,下設少尹二人,掌貳府州之事。

〔一八〕針：針灸。

〔一九〕洛：洛陽。

〔二〇〕告滿百日：杜牧告假至長安接眼醫東下揚州,爲杜顗治病。唐

制:"職事官假滿百日,即合停解。"(《唐會要》卷八二)爲治弟病,
杜牧即離洛陽棄官而去。

〔二一〕禪智寺:詳《題揚州禪智寺》詩注〔一〕。

〔二二〕瞳子:瞳孔。

〔二三〕内障:謂白内障。

〔二四〕白睛穴:人體穴位名,在眼眶旁。

〔二五〕入宣州幕:開成二年八月,牧之應宣歙觀察崔鄲之辟爲團練
判官。

〔二六〕除補闕:任命爲左補闕。除,拜官。謂除舊官,授新職。補闕,官
名,置于唐武后垂拱年間,分左、右補闕,左屬門下省,右屬中書
省,掌侍從諷諫。

〔二七〕慥(zào):杜慥,杜牧堂兄。守潯陽:兼代潯陽刺史。守,唐宋官
制:職位低的官兼代職位高的官職曰守。潯陽,郡名,治所在今
江西省九江市。

〔二八〕泝(sù)流:逆流而上。

〔二九〕如:往。

〔三〇〕決:通"訣",辭别。

〔三一〕世德:世代有德。

〔三二〕痼(gù):痼疾,經久不愈之病。

〔三三〕自撓:自我煩擾。

〔三四〕膳部員外郎:掌朝廷祭器、牲豆、酒膳等,唐屬禮部。

〔三五〕之:前一"之"字爲動詞,往;後者爲人稱代詞,謂杜慥。

〔三六〕會昌:唐武宗年號(八四一—八四六)。

〔三七〕自江守蘄(qí):由九江刺史調任爲蘄州刺史。蘄,州名,治所在今
湖北省蘄春縣。

〔三八〕出守黄州:由京官出任爲黄州刺史。

〔三九〕虢(guó)州:州名,治所在今河南省靈寶縣北。使君:漢稱刺史爲
使君。

〔四〇〕致:招請。

〔四一〕業淺：謂醫道淺薄。

〔四二〕妄再句：妄自施針兩次。再，兩次。

〔四三〕西川相國兄：謂其堂兄杜悰，字永裕，尚憲宗嫡女岐陽公主，曾任
　　　　劍南西川節度使、淮南節度使。會昌四年入朝爲相，故稱。鎮揚
　　　　州：鎮守揚州，即調任淮南節度使。杜悰于會昌二年至四年任淮
　　　　南節度使。

〔四四〕通衢：四通八達之路。

〔四五〕值：正逢。

〔四六〕遇：指有治病的機會。

〔四七〕西：往西，即回黃州。

〔四八〕祈：請求。

〔四九〕九疑山：即蒼梧山，在湖南省寧遠縣南。《元和郡縣圖志》卷二
　　　　九：“九疑山在(延唐)縣東南一百里。舜所葬也。九山相似，行者
　　　　疑惑，故爲名。”

〔五〇〕忠州：州名，治所在今四川省忠縣，豐都縣屬其所轄。《舊唐書·
　　　　地理志》：“忠州，隋巴東郡之臨江縣，義寧二年置臨州，又分置豐
　　　　都縣。”

〔五一〕陰長生：新野(今屬河南省)人。生于富貴之家而喜道術，師從馬
　　　　鳴生二十年，馬攜其入青城山，授以道經。傳説于平都山白日飛
　　　　升。著《丹經》九篇。

〔五二〕人之兩句：據佛教輪迴之説，善因得善果，惡因得惡果，前世有所
　　　　欠缺，則今世必有所報應。《涅槃經·憍陳品》：“三世因果，循環
　　　　不失。”還，還報。

〔五三〕二人：謂隱士綦毋弘和道士龔法義。

〔五四〕長啓：指《上宰相求杭州啓》。

〔五五〕錢塘：見《杭州新造南亭子記》注〔五〇〕。

〔五六〕私懇有素：謂一向私交甚篤。素，平素。

〔五七〕率然：輕遽貌。

〔五八〕懸在相公：謂掌握在宰相手中。相公，漢魏以來拜相必封公，

故稱。

〔五九〕微懇：微小的請求。

〔六〇〕懇迫：迫切的請求。

〔六一〕伏料：書函中下對上之敬詞。下文"伏惟"同。仁旨：仁人之心。

〔六二〕謝：凋落。此謂死亡。

〔六三〕品第：謂身體强弱之等第。

〔六四〕蒲柳、松柏：喻早衰及長壽。典出《晉書·顧悦之傳》："松柏之姿，經霜猶茂；蒲柳常質，望秋先衰。"

〔六五〕錯寞：寂寞冷落。詳前《張保皋鄭年傳》注〔一五〕。

〔六六〕荒墟廢壠：荒蕪廢敗之山丘壠畝。

〔六七〕寂默：通"寂寞"。

〔六八〕甘其心：使其心得遂所願。

〔六九〕一加：猶加一，即給予一點之意。

〔七〇〕重(chóng)：再次。

〔七一〕堂啓：當面啓稟。堂，官府治事之所。

〔七二〕激切：激動迫切。

杜牧上書求守湖州，連上三啓，兹將第三啓引録于下：

　　某啓。某去歲閏十一月十四日，輒書微懇，列在長啓，干黷尊重，乞守錢塘，以便家事。自嘆精誠不能上動相公，不遂於便。伏以病弟孀妹，因緣事故，寓居淮南，京中無業，今者不復西歸，遂於淮南客矣。病孤之家，假使旁有强近，救接庇借，歲供衣，月供食，日問其所欠闕，尚猶戚戚多感，無樂生意。况乎爲客於大藩喧囂雜沓之中，無俸禄之氣勢，食不繼月，用不給日，閉門於荒僻之地，取容於里胥遊徼之輩。部曲臧獲，可以氣凌鼠侵，又不能制止，所可仰以爲命者，在三千里外一郎吏爾。復有衣食生生之所須，悉多欠闕，欲其安活，而無嘆吒悲恨，不可得也。

　　去歲伏蒙恩念出於私曲，語今青州鄭常侍云：'更與一官，必任東去。'某承受仁旨，不敢不重以錢塘更塵視聽。今自勳曹擢爲廢置，在某更授一官已榮過矣，在相公必任東去之言鏘然在耳。近者累得書告，以羈旅困乏，聞於他人，可爲酸鼻，況於某心，豈易排遣。今年七月，湖州月滿，敢輒重書血誠，再干尊重，伏希憐憫，特賜比擬。

　　某伏念骨肉悉皆早衰多病，常不敢以壽考自期，今更得錢三百萬，資弟妹衣食之地，假使身死，死亦無恨。湖州三考，可遂此心。湖州名郡也，私誠難遂也，不遇知己，豈得如志。瀝血披肝，伏紙迸淚，伏希殊造，或賜濟活，下情無任懇悃惶懼之至。謹啓。

　　三啓所說各有側重，第一啓着重批駁吏部員外郎不宜外任刺史之論，以爲乃急于趨進之徒妄爲其說，實不足徵。同時述其弟杜顗喪明廢棄之苦，身爲胞兄自應擔負供養之責。第二啓先叙其兄弟三人幼年之困苦，次述其爲杜顗百計治病，而眼疾終不可治之慘狀，末訴自己年未老而多病早衰等情。第三啓加叙其病弟、寡妹孤苦無依，賴其供給，故急迫請求外放，以俾養家活口。三啓情辭哀懇，尤以第二啓娓娓動人，足見其同胞手足之情深。宰相果爲所動，遂其所請。杜牧要求外放均以家事爲懇，固爲事實，且看其于次年升任入朝爲考功郎中、知制誥後，即以湖州所得之俸錢修葺城南樊川別墅，與親友優遊其間，可見湖州一任俸錢之豐厚。然細尋原因，恐亦含有難言之隱，故當其獲准赴任湖州時，即作《將赴吳興登樂游原一絕》透露其無限感慨，頗有不滿朝政之意，在朝既一無作爲，何如外放，樂得逍遥。

題荀文若傳後〔一〕

　　荀文若爲操畫策取兗州，比之高、光不棄關中、河内〔二〕；官渡不令還許，比楚、漢成皋〔三〕。凡爲籌計比擬，無不以帝王許之〔四〕，海內付之〔五〕。事就功畢，欲邀名於漢代〔六〕，委身之道〔七〕，可以爲忠乎？世皆曰曹、馬〔八〕。且東漢崩裂紛披〔九〕，都遷主播〔一〇〕，天下大亂，操起兵東都〔一一〕，提獻帝於徒步困餓之中〔一二〕，南征北伐，僅三十年〔一三〕，始定三分之業〔一四〕。司馬懿安完之代，竊發肘下，奪偷權柄，殘虐狡譎，豈可與操比哉〔一五〕！若使操不殺伏后〔一六〕，不誅孔融〔一七〕，不囚楊彪〔一八〕，從容於揖讓之間，雖慚於三代，天下非操而誰可以得之者〔一九〕？紂殺一比干，武王斷首燒屍，而滅其國〔二〇〕。桓、靈四十年間，殺千百比干，毒流其社稷，可以血食乎〔二一〕？可以壇墠父天拜郊乎〔二二〕？假使當時無操，獻帝復能正其國乎？假使操不挾獻帝以令，天下英雄能與操爭乎？若使無操，復何人爲蒼生請命乎？教盜穴牆發櫃，多得金玉，已復不與同挈，得不爲盜乎？何況非盜也〔二三〕。文若之死，宜然耶〔二四〕。

〔一〕本文作年未詳。荀文若：荀彧(一六三—二一二)，字文若，東漢潁川潁陰(今河南省許昌縣)人。原依袁紹，後爲曹操謀士，操比之爲張良。操迎獻帝徙都許昌，以彧爲侍中、守尚書令，時人稱爲荀令君。常參與軍國大事。操之功業，多出其謀。後因反對操進爵魏公，飲藥自殺。

〔二〕荀文若兩句：《三國志·魏書·荀彧傳》：“太祖(即曹操)欲遂取徐州，還乃定布。彧曰：‘昔高祖保關中，光武據河內，皆深根固本以制天下，進足以勝敵，退足以堅守，故雖有困敗而終濟大業。將軍本以兗州首事，平山東之難，百姓無不歸心悅服。且河、濟，天下之要地也，今雖殘壞，猶易以自保，是亦將軍之關中、河內也，不可以不先定。’太祖乃止。大收麥，復與布戰，分兵平諸縣。布敗走,兗州遂平。"兗(yǎn)州,東漢置,轄陳留、東郡、任城、泰山、濟北、山陽、濟陰、東平八郡。治昌邑,在今山東省金鄉縣西北。高、光,謂漢高祖劉邦和光武帝劉秀。楚、漢戰爭中,劉邦因有關中作根據,供給糧餉,故終滅項羽,取得勝利。關中,相當於今陝西省。劉秀係劉邦九世孫,於西漢末起兵,大破王莽軍於昆陽,略定河內。公元二五年,在鄗(今河北省柏鄉縣)即皇帝位。此後兩年內,連破赤眉和更始餘部,重建漢家政權,是爲東漢。河內,黄河以北地區,相當今河南省。

〔三〕官渡兩句:《三國志·魏書·荀彧傳》:"建安五年,與紹連戰。太祖保官渡,紹圍之。太祖軍糧方盡,書與彧,議欲還許以引紹。彧曰:'今軍食雖少,未若楚、漢在滎陽、成皋間也。是時劉項莫肯先退,先退者勢屈也。公以十分居一之衆,畫地而守之,扼其喉而不能進,已半年矣。情見勢竭,必將有變,此用奇之時,不可失也。'太祖乃住。遂以奇兵襲紹別屯,斬其將淳于瓊等,紹退走。"楚、漢,據《史記》載,漢王三年,項羽圍滎陽,困劉邦,漢軍乏食,劉邦部下紀信詐爲漢王誑楚,劉邦脱身逃出圍城,滎陽遂爲項羽所拔。項羽復圍成皋,令大司馬曹咎謹守成皋,勿與漢戰。但在漢軍挑戰下,楚軍欲度汜水與戰,士卒半度,漢軍擊破之,盡得楚金玉貨略。曹咎自剄。楚元氣大傷。荀彧借此説明曹軍在官渡糧食雖缺乏,然並未至危急關頭,故不可還許,應靜俟袁紹之變,以尋找戰機。官渡,在今河南省中牟縣東北。許,故址在今河南省許昌市一帶。成皋,在今河南省滎陽縣汜水鎮西。

〔四〕許:推許;贊同。

〔五〕付:托。《尚書·梓材》:"皇天既付中國民。"

〔六〕事就兩句:據《三國志·魏書·荀彧傳》:曹操在建安十七年前,先後敗張繡,擒呂布,破袁紹,平劉表,消滅北方割據勢力。"十七年,董昭等謂太祖宜進爵國公,九錫備物,以彰殊勳,密以諮彧。彧以爲太祖本興義兵以匡朝寧國,秉忠貞之誠,守退讓之實,君子愛人以德,不宜如此。太祖由是心不能平。"邀名,求名。

〔七〕委身：託身，以身事人。

〔八〕世皆曰曹、馬：謂世人將曹、馬並稱。曹、馬，曹操、司馬懿（一七
八一二五一）。司馬懿，字仲達，初爲曹操主簿，後任太子中庶子，
爲曹丕信任。明帝時任大將軍。曹芳即位，與曹爽同受遺詔輔
政，後設計殺曹爽。其孫炎代魏稱帝，是爲晉朝。

〔九〕崩裂紛披：喻國家陷入分裂混亂狀態。公元一八九年靈帝死，皇
子辯繼位，不久被董卓所廢，立陳留王協爲獻帝。此後，東漢王朝
有名無實，進入軍閥分裂割據時期。

〔一○〕都遷主播：指漢末皇帝蒙塵遷都事。獻帝繼位次年，即隨董卓西
遷長安；建安元年（一九六）回洛陽，旋又隨曹操至許昌，播，流蕩；
遷徙。

〔一一〕操起兵東都：據《三國志·魏書·武帝紀》：曹操"年二十，舉孝廉
爲郎，除洛陽北部尉，遷頓丘令，徵拜議郎。光和末，黃巾起，拜騎
都尉，討潁川賊。……（董卓）廢帝爲弘農王而立獻帝，京都大
亂。……太祖至陳留，散家財，合義兵，將以誅卓。冬十二月，始
起兵於己吾，是歲中平六年也。"

〔一二〕提獻帝句：據《後漢書·孝獻帝紀》："（建安元年夏六月）宮室燒
盡，百官披荊棘，依牆壁間。州郡各擁强兵，而委輸不至，羣僚飢
乏，尚書郎以下自出採稆，或飢死牆壁間，或爲兵士所殺。……庚
申，遷都許。己巳，幸曹操營。"

〔一三〕僅：將近。自靈帝光和末（一八三）起兵，至建安十三年（二○八）
赤壁之戰，其間爲二十六年。

〔一四〕三分之業：曹操統一北方後，率軍八十萬攻打孫、劉，敗于赤壁
（今湖北省蒲圻縣西北），再也無力南下，天下遂成魏、蜀、吳三國
鼎立之勢。習鑿齒曰："昔齊桓公一矜其功而叛者九國，曹操暫自
驕伐而天下三分。"（《資治通鑑》卷六五引）

〔一五〕司馬五句：意謂曹操南征北戰三十年，於統一事業有功，而司馬
懿坐享其成，辜負魏帝信任（曹操曾任懿爲黃門侍郎，曹丕、曹叡
臨終時均以其爲顧命大臣），以殘暴狡詐奪得曹魏政權，豈能與曹

操相提並論。據《晉書·宣帝紀》:"帝(司馬懿死後謚號宣皇帝)
內忌而外寬,猜忌多權變。魏武察帝有雄豪志,聞有狼顧相,欲驗
之。乃召使前行,令反顧,面正向後而身不動。又嘗夢三馬同食
一槽,甚惡焉。因謂太子丕曰:'司馬懿非人臣也,必預汝家事。'
太子素與帝善,每相全佑,故免。帝于是勤於吏職,夜以忘寢,至
於芻牧之間,悉皆臨履,由是魏武意遂安。及平公孫文懿,大行殺
戮。誅曹爽之際,支黨皆夷及三族,男女無少長,姑姊妹女子之適
人者,皆殺之。既而,竟遷魏鼎云。"安完,謂形勢比較穩定。竊發
肘下,謂其暗中在魏帝身邊竊權。

〔一六〕殺伏后:《後漢書·孝獻帝紀》:"(建安)五年春正月,車騎將軍董
承、偏將軍王服、越騎校尉种輯受密詔誅曹操,事泄。壬午,曹操
殺董承等,夷三族。……十九年十一月丁卯,曹操殺皇后伏氏,滅
其族及二皇子。"

〔一七〕誅孔融:孔融(一五三—二〇八),東漢末魯人,字文舉,獻帝時爲
北海相,入朝爲太中大夫。《後漢書·孔融傳》:"初,曹操攻屠鄴
城,袁氏婦子多見侵略,而操子丕私納袁熙妻甄氏。融乃與操書,
稱'武王伐紂,以妲己賜周公。'操不悟,後問出何經典。對曰:'以
今度之,想當然耳。'後操討烏桓,又嘲之者:'大將軍遠征,蕭條海
外,昔肅慎不貢楛矢,丁零盜蘇武牛羊,可並案也。'時年飢兵興,
操表制酒禁,融頻書爭之,多侮嫚之辭。既見操雄詐漸著,數不能
堪,故發辭偏宕,多致乖忤。又嘗奏宜准古王畿之制,千里寰內不
以封建諸侯。操疑其所論建漸廣,益憚之。……既積嫌忌,而郗
慮復構成其罪……下獄棄市。時年五十六。妻子皆被誅。"

〔一八〕囚楊彪:楊彪字文先,博習舊聞。獻帝時拜太尉,郭汜、李傕之亂
中盡節衛主有功,爲曹操所忌。《後漢書·楊彪傳》:"建安元年,
從東都許。時天子新遷,大會公卿,兗州刺史曹操上殿,見彪色不
悦,恐于此圖之,未得宴設,託疾如廁,因出還營。彪以疾罷。時
袁術僭亂,操託彪與術婚姻,誣以欲圖廢置,奏收下獄,劾以大
逆。"經孔融力爭,操不得已而出之。

〔一九〕從容三句：意謂曹操如以文德服人，則其功業雖不如夏、商、周三代，然天下必爲曹操所得。揖讓，賓主相見之禮，此指不以威力脅取，以禪代得天下。

〔二〇〕紂殺三句：《史記・殷本紀》：“紂愈淫亂不止。微子數諫不聽，乃與太師、少師謀，遂去。比干曰：‘爲人臣者，不得不以死争。’乃强諫紂。紂怒曰：‘吾聞聖人心有七竅。’剖比干，觀其心。箕子懼，乃詳狂爲奴，紂又囚之。殷之太師、少師乃持其樂器奔周。周武王於是遂率諸侯伐紂。紂亦發兵距之牧野。甲子日，紂兵敗。紂走入，登鹿臺，衣其寶玉衣，赴火而死。周武王遂斬紂頭，縣之太白旗。殺妲己。釋箕子之囚，封比干之墓，表商容之閭，封紂子武庚禄父，以續殷祀，令修行盤庚之政。殷民大説。於是周武王爲天子。”

〔二一〕桓、靈四句：謂桓、靈二帝在位期間（一四七——一八八），殺死無數直臣名士，危害社稷國家，死後豈能得到祭祀！比干，殷末紂王叔伯父（一説爲紂庶兄），因犯顔强諫，紂王剖其心而死。桓、靈時曾掀起兩次黨錮之禍，直臣名士罹難者無數。《通鑑》卷五〇：桓帝延熹九年，“帝遂下（李）膺等於黄門北寺獄，其辭所連及，太僕潁川杜密、御史中丞陳翔及陳寔、范滂之徒二百餘人……黨人二百餘人皆歸田里，書名三府，禁錮終身。”又卷五六：靈帝建寧元年，名士李膺、范滂等被殺害，“凡黨人百餘人，妻子皆徙邊，天下豪傑及儒學有行義者，宦官一切指爲黨人；有怨隙者，因相陷害，睚眦之忿，濫入黨中。州郡承旨，或有未嘗交關，亦離禍毒，其死、徙、廢、禁者又六七百人。”血食，受祭祀。《左傳・莊公六年》：“若不從三臣，抑社稷實不血食，而君焉取餘。”又，《漢書・高帝紀》：“秦侵奪其地，使其社稷不得血食。”注：“祭者尚血腥，故曰血食也。”

〔二二〕可以句：意謂桓、靈昏庸失德，豈能居帝位設祭壇以拜祭天地！壇墠（shàn），祭祀場所。《禮記・祭法》：“設廟祧壇墠而祭之。”此爲設置祭壇意。父天，謂天子以天爲父。拜郊，拜祭天地。

〔二三〕教盜五句：謂教唆盜賊穿牆破櫃，竊得金玉財寶，雖不與盜賊同取,就不算盜賊了麽？何况曹操並非盜賊！穴,挖掘牆洞。用作動詞。挈(qiè),提取。

〔二四〕文若兩句：《三國志·魏書·荀彧傳》：“(建安)十七年,太祖軍至濡須,彧疾,留壽春,以憂薨,時年五十。”《後漢書·荀彧傳》：“至濡須,彧病,留壽春。操饋之食,發視,乃空器也。於是飲藥而卒,時年五十。”《三國志》裴松之注引《魏氏春秋》亦曰：“太祖饋彧食,發之,乃空器也。於是飲藥而卒。”此文當取後二説。宜然,應當如此。

　　荀彧爲曹操之謀士,爲操畫策不遺餘力,終爲曹操所忌而被逼自殺,論者皆爲之抱屈而不直曹操。是文則獨具己見,以爲荀彧有始無終,初既以帝業許操,後却又反對操稱公,故其死爲咎由自取,不足爲訓。文中比較曹操與司馬懿之功過,認爲操之作爲有利于統一之業,是爲有功之英雄,而司馬懿則性格“殘虐狡譎”,靠陰謀起家,故難與曹操比肩。文末用一連串設問句式贊美曹操之歷史功績,譏評荀彧之患得患失,在評史文字中别開生面。

答　莊　充　書〔一〕

　　某白莊先輩足下〔二〕：凡爲文以意爲主〔三〕,氣爲輔〔四〕,以辭彩章句爲之兵衛〔五〕,未有主强盛而輔不飄逸者,兵衛不華赫而莊整者〔六〕。四者高下圓折〔七〕,步驟隨主所指〔八〕,如鳥隨鳳,魚隨龍,師衆隨湯、武〔九〕,騰天潛泉〔一〇〕,橫裂天下〔一一〕,無不如意。苟意不先立,止以文彩辭句,繞前捧後,是言愈多而理愈亂,如入闤闠〔一二〕,紛紛然莫知其誰,暮散而已。是以意全勝者,辭愈樸而文

愈高;意不勝者,辭愈華而文愈鄙。是意能遣辭,辭不能
成意,大抵爲文之旨如此。

　　觀足下所爲文百餘篇,實先意氣而後辭句,慕古而尚
仁義者〔一三〕。苟爲之不已,資以學問〔一四〕,則古作者不
爲難到。今以某無可取,欲命以爲序,承當厚意,惕息不
安〔一五〕。復觀自古序其文者,皆後世宗師其人而爲
之〔一六〕,《詩》、《書》、《春秋左氏》以降〔一七〕,百家之
説〔一八〕,皆是也。古者其身不遇於世〔一九〕,寄志於
言〔二〇〕,求言遇於後世也。自兩漢以來,富貴者千百,自
今觀之,聲勢光明,孰若馬遷、相如、賈誼、劉向、揚雄之
徒〔二一〕,斯人也豈求知於當世哉〔二二〕?故親見揚子雲著
書,欲取覆醬瓿〔二三〕,雄當其時,亦未嘗自有誇目〔二四〕。
況今與足下并生今世,欲序足下未已之文〔二五〕,此固不可
也。苟有志,古人不難到,勉之而已。某再拜〔二六〕。

〔一〕莊充:杜牧友人。生平未詳。
〔二〕先輩:唐時同時考中進士者相互間的敬稱。李肇《國史補》下:
　　　“得第謂之前進士,互相推敬,謂之先輩。”又,顧炎武《日知録》卷
　　　一七:“先輩乃同試而先得第者之稱。”
〔三〕主:君主。
〔四〕輔:宰相;輔佐。
〔五〕辭彩:辭藻與文采。章句:章節與句子。兵衛:兵器與衛士。
〔六〕華赫:華麗光彩。
〔七〕四者:謂上述之“意”、“氣”、“辭采”、“章句”。
〔八〕步驟:步爲緩行,驟爲疾走。
〔九〕師衆:軍隊。湯武:成湯與周武王。
〔一〇〕騰天潛泉:飛騰上天,下潛入地。

〔一一〕橫裂天下：縱橫四方。

〔一二〕闤闠(huán huì)：謂市肆。闤，市垣；闠，市之外門。左思《魏都賦》：“班列肆以兼羅，設闤闠以襟帶。”

〔一三〕尚：崇尚。

〔一四〕資：輔助。

〔一五〕惕息：恐懼貌。

〔一六〕宗師：尊崇與師法。

〔一七〕詩：《詩經》，儒家經典之一，我國最早的詩歌總集，編成于春秋時代。書：《尚書》，一稱《書經》，儒家經典之一，我國上古歷史文件和部分追述古代事蹟著作之滙編。春秋左氏：即《左傳》，儒家經典之一，編年體春秋史，記自魯隱公元年至魯悼公四年二百六十年間史事，保存大量古史料，且文字優美，兼有史學與文學價值。以降：以來。

〔一八〕百家之説：謂先秦諸子百家之學説。

〔一九〕遇：遇合。

〔二〇〕言：指文章。

〔二一〕馬遷：司馬遷。相如：司馬相如，字長卿，著有《子虛》、《上林》、《美人》、《長門》等賦。賈誼：著有《惜誓》、《鵬鳥賦》、《弔屈原賦》等辭賦及《新書》。劉向：字子政，著有《九嘆》、《新序》、《説苑》等。揚雄：字子雲，著有《長楊賦》、《羽獵賦》、《解嘲》等賦作及《法言》、《太玄》等。以上五人均西漢著名史學家和文學家。

〔二二〕斯人：謂上述五人。斯，指示代詞。

〔二三〕故親兩句：事本《漢書·揚雄傳》：“(雄)家素貧，耆酒，人希至其門。時有好事者載酒肴從游學，而鉅鹿侯芭常從雄居，受其《太玄》、《法言》焉。劉歆亦嘗觀之，謂雄曰：‘空自苦！今學者有禄利，然尚不能明《易》，又如《玄》何？吾恐後人用覆醬瓿也。’雄笑而不應。”醬瓿(bù)，盛醬之瓦罐。

〔二四〕誇目：誇耀。

〔二五〕已：終。此謂完成。

〔二六〕再拜：舊時書信中表敬之辭。

　　莊充要求杜牧爲其文集作序，牧作此書以答之。首先，他提出爲文之旨當以意爲主，氣爲輔，辭彩章句次之，即文章內容起決定作用。其次，他勉勵莊充爲文應以西漢司馬遷等人爲榜樣，不應急于求成，要不斷學習，努力寫作，則古人不難到。

　　杜牧提出“文以意爲主”，是曹丕“文以氣爲主”（《典論・論文》）説的補充與發展。曹丕指出作家各有個性風貌，揭示了文學創作的特殊規律，爲前人所未曾道及。然其所謂“氣”，乃指作家個人之氣質才性，尚未涉及作品內容與形式間的關係。杜牧提出“文以意爲主”，則明確指出作品應以意爲主帥，辭彩等僅爲接受主帥指揮、調度之兵衞而已。如將主從關係顛倒，則“言愈多而理愈亂”，最終將不知所云。其所舉“文以意爲主”之説，在中國文學批評史爲首創。李澤厚、劉綱紀主編之《中國美學史》予以高度評價：“杜牧的‘文以意爲主’的説法，雖未引起人們多大的注意，實際卻是過去不曾明確地見之于文字表述的新提法。它所強調的不是‘道’而是‘意’，並且認爲‘意’是主。”

《中國古典文學名家選集》已出書目

王維孟浩然選集　　　／　王達津選注

高適岑參選集　　　　／　高文、王劉純選注

李白選集　　　　　　／　郁賢皓選注

杜甫選集　　　　　　／　鄧魁英、聶石樵選注

韓愈選集　　　　　　／　孫昌武選注

柳宗元選集　　　　　／　高文、屈光選注

白居易選集　　　　　／　王汝弼選注

杜牧選集　　　　　　／　朱碧蓮選注

李商隱選集　　　　　／　周振甫選注

歐陽修選集　　　　　／　陳新、杜維沫選注

蘇軾選集　　　　　　／　王水照選注

黃庭堅選集　　　　　／　黃寶華選注

楊萬里選集　　　　　／　周汝昌選注

陸游選集　　　　　　／　朱東潤選注

辛棄疾選集　　　　　／　吳則虞選注

陳維崧選集　　　　　／　周韶九選注

朱彝尊選集　　　　　／　葉元章、鍾夏選注

查慎行選集　　　　　／　聶世美選注

黃仲則選集　　　　　／　張草紉選注